Elias Haller
Rotkäppchen lügt
Ein Grimm-Thriller, Band 1

AF177836

Das Buch

Heimtückisch, brutal und todbringend: Nora Rothmann scheint das Böse geweckt zu haben. Zuständig für Korruptionsfälle in den eigenen Reihen, ist die Sonderermittlerin beim LKA Berlin seit jeher so verhasst wie unbestechlich. Als sich ihre Nachforschungen gegen den pensionierten LKA-Präsidenten richten, löst dies eine nie da gewesene Gewaltspirale aus. Wie ein blutdürstiger Wolf zieht ein Killer durch die Hauptstadt. Er fügt seinen Opfern größtmögliche Schmerzen zu. Dabei inszeniert er seine eigene abartige Märchenversion von Rotkäppchen. Denn Rotkäppchen hat gelogen ...

Der Autor

Elias Haller, geboren 1977, ist leidenschaftlicher Schriftsteller, aber vor allem ist er seit über zwanzig Jahren Polizeibeamter. Er lebt und arbeitet in Chemnitz, der Stadt, in der auch seine erfolgreiche Reihe um Kriminalhauptkommissar Erik Donner spielt.

ELIAS HALLER

ROT KÄPPCHEN LÜGT

THRILLER

Deutsche Erstveröffentlichung bei
Edition M, Amazon Media EU S.à r.l.
38, avenue John F. Kennedy, L-1855 Luxembourg
Oktober 2023
Copyright © der deutschsprachigen Ausgabe 2023
By Elias Haller

Buchcover: Liron Gilenberg & Buchumschlag: bürosüd⁰ München,
www.buerosued.de
Umschlagmotiv: © Wirestock/ Getty Images; © Ensuper/ Shutterstock
Lektorat und Korrektorat: VLG Verlag & Agentur, Haar bei München,
www.vlg.de
Gedruckt durch:
Amazon Distribution GmbH, Amazonstraße 1, 04347 Leipzig /
Canon Deutschland Business Services GmbH, Ferdinand-Jühlke-Str. 7,
99095 Erfurt /
CPI books GmbH, Birkstraße 10, 25917 Leck

ISBN 978-2-49671-323-7
e-ISBN: 978-2-49671-322-0

www.edition-m-verlag.de

KAPITEL 1

»Ist das Signal wieder aktiv?«, vergewisserte sich Polizeioberkommissarin Juliana Beyer.

»Negativ«, kam es über Funk aus der Wache zurück. »Unverändert tot. Letzte Position war seine Wohnung. Da lag die Akku-Kapazität noch bei zwei Prozent. Vor zwei Stunden ist der Kontakt zum Probanden abgebrochen. Seitdem versucht die GÜL erfolglos, Tremmel per Handy zu erreichen.«

GÜL. Damit meinte der Diensthabende die Gemeinsame Überwachungsstelle der Länder, deren Sitz sich in der Justizvollzugsanstalt Weiterstadt befand. Direkt aus dem dortigen Hochsicherheitstrakt erhielt die Berliner Polizei die Benachrichtigung, sobald sich ein Problem mit einem der zahlreichen Fußfesselprobanden in der Stadt abzeichnete. Alleine schon für den Stadtteil Neukölln gab es einen eigenen Ordner. Darin befanden sich die Namen aller dort wohnhaften Straftäter, die ihre Zeit im Knast abgesessen hatten und anschließend mit elektronischer Fußfessel am Knöchel am normalen Leben teilnehmen durften.

»Empfangen«, bestätigte Juliana in ihr Funkgerät. »Dann warten wir auf die zweite Besatzung, bevor wir reingehen.« Zusammen mit ihrem Streifenpartner Polizeiobermeister Jan

Bajetzky beobachtete sie einen gelben Transporter, der sich auf der Harzer Straße eine Parklücke suchte. In unübersehbaren Buchstaben stand auf der Karosserie:

BSSD Schmidtke – für Ihre Sicherheit reissen wir uns ein Bein aus.

»Der Schlüsseldienst trifft gerade ein«, gab sie an die Wache durch.

»Dass so ein Typ überhaupt in der Nähe einer Grundschule wohnen darf, ist ein Skandal«, kam es von Jan, der krampfhaft an seiner Schutzweste herumzupfte. »Hast du mal sein Gerichtsurteil gehört?«

»Hab ich leider.«

Juliana musste an ihre eigene Tochter denken und daran, wie sie reagieren mochte, wenn jemand ihr etwas anzutun versuchte. Das Ergebnis ihrer Überlegungen stand im krassen Gegensatz zu dem Eid, den sie als Polizeibeamtin einst geleistet hatte. Vermutlich ging es Jan ebenso, denn sein Gebiss mahlte geräuschvoll. Er hatte drei Kinder. Entsprechend angespannt wirkte er schon seit Auftragserteilung. Dabei musste der Streifendienst bei GÜL-Ereignissen häufig Leute wie diesen Tremmel überprüfen. Bisher hatte es sich am Ende stets als Versäumnis der Probanden herausgestellt.

»Das Mädchen aus der Nachbarschaft war zehn Jahre alt, als Tremmel es das erste Mal an einer Bushaltestelle zwang, seinen Penis in den Mund zu nehmen«, zitierte Jan das Urteil, als würde er den Text auswendig kennen. »Zehn, verdammt!«

»Tremmel war damals erst dreizehn und er hat nicht einmal die siebte Klasse geschafft«, argumentierte Juliana, dabei verstand sie selbst nicht, warum sie Partei für diesen Pädophilen ergriff. Vermutlich tat sie es, um sich runterzufahren. »Seine

Mutter war völlig überfordert mit seiner Erziehung. Du hast ihn doch beim letzten Mal erlebt, das ist ein Schwachsinniger, dem fehlen im Kopf ein paar Windungen. Der kann sich nicht mal richtig artikulieren, geschweige denn rational handeln.«

»Was für eine Rolle spielt das für das Opfer? Bei dem haben sämtliche Behörden versagt. Dieses Dreckschwein sollte keinen Schritt mehr in Freiheit machen dürfen. Der wievielte Einsatz ist das eigentlich schon wegen ihm? Der verarscht uns doch nach Strich und Faden. Beschissenes Deutschland! Und die Eltern des Mädchens haben diese erste Tat weder angezeigt, noch dem Jugendamt gemeldet. Folglich ist nichts passiert. Zwei Jahre später hat er die dann Zwölfjährige zufällig im Wald getroffen. Er war mit einem geklauten Moped zum Baden unterwegs. Hat sich am Wegrand versteckt, sie vom Fahrrad gerissen und sie ins Dickicht gezerrt.«

»Okay, das reicht«, sagte Juliana, anscheinend nicht energisch genug, denn Jan erzählte weiter.

»Er hat sie zu Boden gestoßen, sie angeschrien und sie aufgefordert, sich zu entkleiden. Dann hat er sie vergewaltigt. Sie hatte keine Chance gegen ihn. Weil er wusste, dass sie ihn verraten würde, hat er sie noch tiefer ins Unterholz dirigiert und sie dort mit seinem Badehandtuch erdrosselt. Natürlich erst, nachdem er sie ein zweites Mal brutal missbraucht hatte.«

»Hör endlich auf!«

»Mit dem Handtuch hat er sein Sperma von ihrem Genitalbereich gewischt und die Leiche unter Gestrüpp und Erde zurückgelassen. Was muss denn noch geschehen, bevor so einer aus dem Verkehr gezogen wird?«

Während er redete, stellte Juliana sich vor, wie jemand ihre Tochter in den Wald zwang. Neun Jahre Jugendstrafe hatte Tremmel für den Mord bekommen. Neun Jahre, weil er zur Tatzeit fünfzehn gewesen war.

»Du bist nicht ganz dicht!« Erbost riss Juliana die Fahrertür auf.

»Was denn?«, rief Jan ihr nach. »Solche *edlen* Leute finanzierst du mit deinen Steuergeldern!«

Zum Glück kam gerade die angeforderte Unterstützung, denn sie wollte sich nicht länger das Geschwätz anhören, auch wenn sie ihrem Kollegen im Innersten zustimmte. Für die Polizei galten dennoch andere Regeln. Entsprechend professionell wollte sie den Auftrag durchziehen.

»Ick soll hier ne Tür öffnen«, sagte der Mitarbeiter vom Schlüsseldienst und runzelte die Stirn, weil gleich vier Beamte ihn umringten.

Juliana nickte. Bestimmt hatte niemand ihm erklärt, um wessen Tür es ging.

»Wir gehen vor und auf mein Zeichen können Sie loslegen.«

Neben dem Eingang des Mehrfamilienhauses befand sich eine Eckkneipe, die allerdings immer erst mittags öffnete. Der Betreiber war angeblich sogar der Vermieter. Da in dem Viertel öfter Streifenwagen auftauchten, interessierten sich kaum Anwohner für das kleine Polizeiaufgebot. Bis auf die Geräusche von den dicken Sohlen der Einsatzschuhe herrschte im Treppenhaus absolute Ruhe.

»Warum wohnen solche Typen eigentlich immer im Dachgeschoss?«, fragte Jan hörbar genervt.

»Ick hätte wohl ne Strahler mitnehmen sollen«, sagte der Schlüsseldienstmann, während er schwer schnaufend seinen Werkzeugkoffer schleppte.

Vergeblich betätigte Juliana einen Lichtschalter nach dem anderen. Das Hausflurlicht war auf allen Etagen defekt. Oben angekommen, klingelte sie erneut und hämmerte zusätzlich die Faust gegen das Türblatt.

»Polizei! Letzte Chance, Herr Tremmel, machen Sie auf!«

Außer einem Hund, der in einer der unteren Wohnungen bellte, gab es keine Reaktion.

»Also dann«, sagte sie und ließ dem Schlüsseldienstmitarbeiter den Vortritt, der nach einem geschulten Blick den Rahmen entlang zu einem Türfallen-Öffnungsspachtel griff.

»Kann ma ener von euch leuchten?«

Sofort zielten vier Taschenlampen auf das Türschloss. Nur zwei Sekunden später machte Juliana per Funk Meldung über die geöffnete Wohnungstür. Zeitgleich mit Jan griff sie zur Waffe.

»Herr Tremmel!«, rief sie in die finstere Diele und setzte einen Schritt hinein. »Hier ist die Polizei, sind Sie zu Hause?«

Keine Erwiderung. Dafür empfing sie ein abartiger Geruch. Mit gezogener Waffe bewegte Juliana sich vorwärts. Jan und die beiden anderen Kollegen folgten ihr. Das letzte Signal der Fußfessel war von dieser Adresse gekommen. Möglich, dass Tremmel schlief.

»Herr Tremmel?«

Tatsächlich wurden sie auf dem Bett im Schlafzimmer fündig. Aber die Auffindesituation gestaltete sich völlig anders als erwartet.

»O mein Gott!«, stieß Jan bei dem ekelerregenden Anblick aus, ehe er sich wegen des penetranten Geruchs Mund und Nase zuhielt.

»Habt ihr was?«, kam die Nachfrage aus dem Funkgerät.

»Kann man so sagen«, antwortete Juliana und auch sie kämpfte mit dem Würgereiz. »Wir haben die Fußfessel gefunden – und sein linkes Bein. Der Rest von Tremmel fehlt.«

KAPITEL 2

Drei Monate später

Der Holzsteg knarrte bei jedem Schritt. Kriminalhauptkommissarin Nora Rothmann war schon oft darüber gelaufen. Sie kannte das Gelände und seine Tücken. Deshalb achtete sie darauf, auf welche Bretter sie trat. Sonne, Wind und die Feuchtigkeit des Teufelsseemoors hatten das Holz über Jahrzehnte morsch gemacht. Schrauben und Nägel waren durchgerostet und brüchig. Nur ein Wunder hielt die Konstruktion noch beisammen. Irgendwann würde der gesamte Bau zusammenbrechen und sein Grab im Moor finden. Bis dahin durfte sie als Jägerin den Pfad nutzen.

»Sie wissen auch wirklich, wohin wir wollen?«, fragte sie den Mitarbeiter vom Forstamt, der sie am Vormittag angerufen hatte und sie gerade immer tiefer in das Waldgebiet bei Köpenick führte.

»Es ist nicht mehr weit«, antwortete Sigmund Mehltau. Er lief ein paar Meter vor ihr und hielt eine Gebietskarte vor seinem Bauch. »Unmittelbar an einer zerfallenen Wetterhütte muss es sein.«

»Es ist schon spät für diese Jahreszeit und das Moor ist selbst für eine kundige Person heimtückisch. Ich will hier weg sein, bevor es dunkel ist.«

»Dann sollten wir uns beeilen, Frau Rothmann. Es kann nicht mehr lange dauern, bis wir es gefunden haben. Vielleicht ist es auch nur blinder Alarm.«

Blinder Alarm! Wie kann ein Alarm blind sein, fragte sich Nora.

»Woher wissen Sie eigentlich so genau, wo die Stelle ist?«

»Weil der Anrufer mir die exakten Geokoordinaten mitgeteilt hat.« Mehltau hielt die Karte wie zum Beweis hoch. Kalter Wind erfasste das Papier und knickte es zornig hin und her. »Sehen Sie die Markierung?«

Statt sich das aufgemalte Kreuz näher anzusehen, beobachtete Nora die Umgebung. Der Wald wirkte leblos. Der Wintereinbruch hatte die Natur erstarren lassen. Vereinzelt lag auf den Zweigen der Kiefern und Birken eine dünne Schneeschicht. Bei der kleinsten Berührung konnten die verkrüppelten Äste brechen.

»Wenn der Anrufer ein gewöhnlicher Spaziergänger war, was hatte er denn dann abseits der ausgeschilderten Wege zu suchen?«

»Das kann ich Ihnen leider nicht sagen. Mein Abteilungsleiter meinte, ich solle mir das ansehen und vorher den zuständigen Revierförster informieren. Das wollte ich tun, aber weil der sich im Urlaub befindet, hat man mich an Sie als seine Vertretung verwiesen. Danke, dass Sie sich die Zeit nehmen.«

Eigentlich wartete jede Menge Arbeit auf Noras dienstlichem Schreibtisch. Für ein kompliziertes Ermittlungsverfahren musste sie noch einmal alle ihre Aufzeichnungen gründlich durchgehen. Außerdem wollte sie mit ihrem Kollegen Benjamin die weitere Strategie besprechen. Immerhin ging es um

Strafvereitelung im Amt. Der Beschuldigte war kein Geringerer als der ehemalige Leiter des Landeskriminalamtes Berlin.

»Und der Anrufer hat tatsächlich von einem Wolfsangriff gesprochen?«

»Ich weiß, es klingt verrückt, aber genau deshalb hat er sich wohl an das Forstamt Köpenick gewandt.«

»Wann wurde der letzte Wolf in der Umgebung gesehen?«

»Laut unserer Statistik vor einem halben Jahr.«

Obwohl ihr nichts ferner lag, als auf einen Wolf zu schießen, führte Nora ihre Flinte mit. Ohne ihr Jagdgewehr ging sie nicht in den Wald. Selbst wenn es kein Wild zu erlegen gab. Im Naturschutzgebiet Teufelsseemoor durfte ohnehin niemand jagen. Mit der Waffe auf der Schulter fühlte sie sich dennoch für alle Eventualitäten gerüstet. Innerhalb der Polizei nannte man sie die »Wölfin«, weil sie angeblich Jagd auf die eigenen Kollegen machte. Das war natürlich ausgemachter Blödsinn, doch sie hatte aufgehört, gegen das Vorurteil anzukämpfen.

»Ich bin keine Expertin für Wölfe, das wissen Sie hoffentlich.«

»Aber ich nehme an, Sie können eine Einschätzung abgeben.« Er schaute über seine Schulter und zwinkerte ihr durch seine Brillengläser zu. »Wie gesagt, den zuständigen Förster habe ich nicht erreicht. Jetzt sind Sie schon mal hier und außerdem müsste die Stelle gleich dort vorn sein!«

Sie verließen den Steg und mussten noch ein kurzes Stück eines Trampelpfads zurücklegen. Mehltau stellte sich auf den Baumstumpf einer Rosskastanie und rückte seine Brille zurecht. Er drehte sich einmal im Kreis, stieg wieder herunter und schob mit der Schuhspitze das hohe verwelkte Gras beiseite.

»Das verstehe ich nicht, es sollte genau hier liegen.«

»Das Reh, meinen Sie?«

Er nickte. »Dort hinten ist die alte Hütte, wie ich gesagt habe. Nur müsste sich der Kadaver hier irgendwo auf der Wiese befinden.«

»Hat sich vielleicht der Wolf geholt.«

»Wenigstens nehmen Sie es mit Humor. Komisch, zumindest Blut und Fellhaare müsste es dann geben ...«

»Ich korrigiere meine Theorie.« Sie stieß ihn mit dem Handrücken gegen die Schulter, woraufhin er sich herumdrehte. Sein Blick folgte dem Flintenlauf, mit dem sie zu einem Baum unmittelbar neben der Hütte deutete. »Fällt Ihnen an diesem Reh etwas auf?«

KAPITEL 3

»Hörst du nicht, Strohkopf?«

Als der Fahrer nach hinten brüllte, erschrak Mara so heftig, dass sie ihr Buch fallen ließ. Schnell sammelte sie es zusammen mit dem Lesezeichen vom matschigen Fahrzeugboden auf. Allerdings waren die Buchseiten jetzt schmutzig und nass.

»Du bist da«, flüsterte neben ihr Hans, der mit ihr in die vierte Klasse ging und drei Straßen weiter wohnte.

»Na los, raus jetzt!« Der Mann hinter dem Lenkrad war noch ungeduldiger geworden. »Irgendwann will ich auch mal Feierabend machen.«

Der neue Fahrer war nicht besonders nett. Seit zwei Wochen fuhr er die Kinder vom Schulhort nach Hause. Am ersten Tag hatte er Mara gefragt, ob sie ein Spasti sei. Das Wort kannte sie zwar, aber sie war kein Spasti. Sie träumte nur öfter und vergaß alles um sich herum. So beschrieben es ihre Eltern, wenn andere Menschen fragten, was mit Mara los war.

Ohne eine Verabschiedung schloss sich hinter ihr die Seitentür. Dann rauschte der Kleinbus die Grunewaldstraße davon.

Strohkopf, wiederholte Mara gedanklich. Davon würde sie ihrer Mama nichts erzählen. Mama machte sich auch so schon viel zu viele Sorgen um Mara. Wegen des Unterrichts und weil Mara nicht mit anderen Kindern spielte. Bestimmt würde sie Ärger bekommen wegen ihrer Mütze, die sie irgendwo verloren hatte. Vielleicht im Bus auf der Hinfahrt oder im Schulflur. In ihrem Schulspind war sie jedenfalls nicht mehr gelegen. Leider verschwanden bei ihr immer mal Dinge. Ihre Eltern ermahnten sie ständig, sie müsse besser auf ihre Sachen aufpassen, aber Mara war der festen Überzeugung, dass allein die Pixies Schuld daran trugen. In ihren Büchern kamen Pixies vor. Diese koboldartigen Wesen spielten den Menschen Streiche und klauten Gegenstände. Ganz bestimmt hatten sie die rote Mütze mitgehen lassen. Dagegen war sie als Kind machtlos.

Als könnte ihre Mutter aus der Ferne ihre Gedanken lesen, klingelte Maras Handy.

»Bist du schon zu Hause, Liebes?«

»Ja, bin gerade angekommen.«

»Gut, bei mir wird es heute später, aber Papa ist bald bei dir. Er hat mich angerufen, er kommt pünktlich von der Arbeit. Du bist ja schon ein großes Mädchen und kannst ein paar Minuten allein auf die Wohnung aufpassen. Wartet nicht mit dem Abendessen auf mich.«

»Ist gut, Mama. Darf ich fernsehen?«

»Nicht zu lange.«

Mit einem »Hab dich lieb!« verabschiedeten sie sich voneinander. Wegen der Mütze hatte Mara ein schlechtes Gewissen, aber bestimmt tauchte sie wieder auf. Pixies versteckten Gegenstände auch gern. Bis dahin würde sie ihren Eltern einfach nichts von dem Verlust erzählen. Während sie sich das im Stillen vornahm, tauschte sie ihr Smartphone gegen den Haustürschlüssel. Plötzlich schepperte es unweit von ihr. Mara zuckte zusammen, als sie einen Mann erblickte. Zuerst dachte sie, ein Obdachloser würde die Mülltonnen durchsuchen, dann las sie auf der Rückseite der Jacke das Wort »Hausmeisterdienste«.

Als sie die Eingangstür aufschließen wollte, bemerkte sie auch den Wischeimer und den Besen an der Hauswand. Die Hausreinigung stand also wieder an.

»Tach«, hörte sie hinter sich, war jedoch zu schüchtern, um den Fremden zurückzugrüßen.

»Hältst du mir die Tür auf?«

Mara traute sich nicht, den Kopf zu heben. Sie nickte bloß zaghaft und stemmte sich gegen die schwere Haustür. Wegen ihrer Schüchternheit hielten andere sie für sonderbar oder sogar für zurückgeblieben. Ihr fiel es einfach unglaublich schwer, Umgang mit fremden Leuten zu haben.

Der Mann schleppte sein Putzzeug und eine Trittleiter ins Haus und als er sich bedankte, ließ Mara die Tür augenblicklich los und rannte die Treppenstufen hinauf. Eine Etage später hatte sie die Begegnung mit dem Mann schon fast vergessen. Nunmehr machte sie sich Gedanken, wie sie ihr durchweichtes Buch noch retten konnte. Im Wohnzimmer würde sie sofort die Heizung aufdrehen und die Seiten darauf trocknen. Mit diesem Entschluss sperrte sie die Wohnungstür auf.

»Bist du denn ganz allein?«

Erschrocken wirbelte Mara herum. Es war die Stimme des Mannes vom Hausmeisterdienst, aber sein Gesicht gehörte nicht länger zu dem eines Menschen. Vor ihr stand jetzt ein Monster. Ein riesiger finsterer Wolf. Vor Angst wollte sie schreien, doch wie so oft brachten ihre Stimmbänder in Gegenwart eines Fremden keinen Ton zustande. Bevor sie überhaupt zu einer Regung fähig war, packten seine Klauen zu. Gewaltsam drängte er sie in die Wohnung und drückte die Tür hinter ihnen zu. Dann befand sich Mara allein mit dem Wolf in dem dunklen Flur.

»Wenn du einen Mucks von dir gibst, werde ich dir deine süße Zunge aus dem Mund reißen.«

Er brauchte ihr nicht zu drohen. Maras Körper fühlte sich auch so schon wie versteinert an. Sie umklammerte das feuchte Buch vor ihrer Brust und hoffte, die guten Zauberer würden aus der Geschichte springen und das Monster bekämpfen. Aber die Seiten raschelten nicht einmal. Im Buch und in der gesamten Wohnung ging es ganz und gar still zu. Nur die Bewegungen des Mannes verursachten Geräusche.

Er stellte einen Rollstuhl ab, den sie unten am Eingang für eine Trittleiter gehalten hatte. Dann schaute er sich kurz im Korridor um, beugte sich zu ihr und fasste sie am Kinn.

»Vermisst du denn nicht deine rote Kappe?«

Zuerst verstand Mara nicht, dann begriff sie plötzlich, dass er ihre Mütze meinte. Also hatte er sie wohl gestohlen. Er war aber sicherlich nicht hergekommen, um sie ihr zurückzugeben. Stattdessen zupfte er ihr das Buch aus den Fingern und betrachtete den Titel.

»Die Flüsse von London«, sagte er und legte das Buch auf die Flurkommode. »Sehr schön, du magst anscheinend fantastische Erzählungen. Soll ich dir etwas verraten? Du befindest dich mitten in einer solchen Geschichte.«

Damit stieß er sie vor sich her und lenkte sie in die Küche, wo sie sich auf einen der vier Stühle setzen musste. Aus seiner Jacke legte er nacheinander eine Klebebandrolle, mehrere Kabelbinder, drei Leinensäcke, ein Smartphone und ein furchtbar großes Messer auf den Tisch. Beim kleinsten Poltern zuckte Mara zusammen.

»Dieses Zimmer ist perfekt für alles, was heute noch passieren wird«, sagte er, während er die Schränke und Schubfächer kontrollierte und schließlich vor dem Wandkalender stehen blieb. Er hielt jede Sekunde mit der Videokamera seines Smartphones fest und richtete das Objektiv eine ganze Weile auf den Kalender. »Überaus interessant, was da steht: ›Gute Menschen leben ein gutes Leben, schlechte Menschen mitunter auch.‹«

Dieser Spruch schien ihn kurzzeitig zu belustigen. Alsbald kehrte wieder seine raue Stimme zurück.

»Weißt du, was der Satz bedeutet?«

Mara wackelte unschlüssig mit dem Kopf.

»Was ist? Kannst du nicht reden, Kindchen?«

»Doch.«

Es war mehr ein Krächzen, was sie hervorbrachte.

»Verstehe, deshalb gehst du wohl auf eine Beklopptenschule. Aber weißt du was? Die beste Schule ist das Leben selbst.« Er schnippte gegen den Kalender. »Und weiß du, was mich das Leben gelehrt hat?«

Weil er wohl eine Antwort erwartete, zwang sie sich, eine zu geben, und brachte immerhin ein dünnes »Nein« heraus.

»Ich will es dir sagen: Nur weil du ein guter Mensch bist, ist das Leben nicht gnädig mit dir, mein Rotkäppchen.«

Damit riss er ein Stück von der Klebebandrolle ab und kam auf Mara zu.

KAPITEL 4

Von einem Reh war weit und breit nichts zu sehen, dafür hatte Nora ein anderes totes Tier entdeckt. Soweit sie das aus der Ferne bewerten konnte, hatte jemand ein Lamm an den stärksten Ast einer Birke gehängt.

»Sieht das nach einem Wolfsangriff aus?«

»Nein, also ... der Anrufer ...«, stammelte der Forstamtsmitarbeiter. »Ich hatte wirklich keine Ahnung, dass ...«

Nora ließ ihn stehen und trat mit dem ungeladenen Gewehr an den Kadaver heran. Er hing mit dem Kopf nach unten, die Hinterläufe mit einem Seil nach oben vertäut. Jemand hatte dem Tier den Bauch der Länge nach aufgeschnitten. Und zwar an Ort und Stelle. Vor nicht allzu langer Zeit, so bewertete Nora das, was sie anhand der Blutlache auf dem Erdboden bestimmen konnte.

»Wer ist zu so etwas fähig?«, fragte Mehltau, der ihr gefolgt und hinter ihr stehen geblieben war.

Nora tastete das Fell ab und drehte den Kadaver einmal um die eigene Achse. Haut und Muskeln waren bereits leicht gefroren. Beim Inspizieren der Wunde fiel ihr ein Fremdgegenstand auf, der inmitten der Organe steckte. »Die Frage sollte lauten: Warum macht jemand so etwas?«

»Was haben Sie vor?«

Statt einer Antwort lehnte sie das Gewehr gegen den Baumstamm, zog die Lederhandschuhe aus und fuhr mit den Fingern zwischen die blutigen Hautlappen und die Gedärme. Einen Augenblick später zog sie eine durchsichtige Plastikfolie heraus. Es handelte sich um einen handelsüblichen Gefrierbeutel. Mit einer Handvoll Grashalme wischte sie das anhaftende Sekret behelfsweise ab und betrachtete durch die Verpackung das Innere.

»Gott, was ist das?«, fragte Mehltau.

Zuerst hielt Nora es für ein Herz, aber beim Inhalt handelte es sich um keinerlei Organ.

»Sieht aus wie roter Wollstoff.« Sie öffnete den Verschluss und fingerte den Gegenstand heraus. »Es ist eine Mütze.«

»Könnte einem Kind gehören«, mutmaßte Mehltau.

Das war nicht das einzig Sonderbare. Als Nora die Kopfbedeckung befühlte, klapperte es und sie ertastete ein viereckiges Objekt. Sie hob die Kappe an und ließ den Gegenstand aus der Öffnung in ihre Handfläche fallen. Ein Kompass landete darin. Sie klappte ihn auf und richtete ihn aus.

»Norden ist aber da«, sagte Mehltau nach einer Weile und zeigte Richtung Müggelsee. »Die Nadel funktioniert nicht richtig.«

Seine Beobachtung stimmte. Doch so sehr Nora den Kompass schüttelte, die Magnetnadel wollte sich nicht nach Norden ausrichten. Irgendein Kleinteil im Inneren des Gehäuses schien locker, weshalb es bei jeder Bewegung rasselte. Den Zustand des Kompasses konnte man bestenfalls als abgenutzt bezeichnen.

Bevor sie sich weitere Gedanken über die Entdeckung machen konnte, klingelte ihr Handy.

»Endlich«, sagte sie leise zu sich, als sie die Nummer aus der Senatsverwaltung des Inneren erkannte.

Sie ging ein paar Schritte hinter die zerfallene Wetterhütte, damit der Forstmitarbeiter nicht mithören konnte. Erst danach nahm sie das Gespräch an.

»Der Senator hat grünes Licht gegeben«, sagte der Anrufer knapp und monoton.

»Was heißt das genau? Wann kann ich Wilhelm Tuchfeldt anhören?«

»Morgen, dreizehn Uhr.«

Auf einmal kam die Sache schneller als erwartet ins Rollen. Sie war sogar geneigt, Terminaufschub zu erbitten, um besser vorbereitet zu sein. Allerdings bestand dann die Gefahr, dass Tuchfeldt das Treffen absagte. Mit der Hand, mit der sie eben noch in den Tierkadaver gegriffen hatte, raufte sie sich nun das Haar. Wenn sie die morgige Befragung nicht gegen die Wand fahren wollte, musste sie heute Abend Überstunden schrubben.

»Einverstanden«, sagte sie. »Ich bin vorbereitet.«

»Eine Sache wäre da noch«, hielt der Senatsbeamte sie in der Leitung. »Das Treffen wird in seiner Villa stattfinden.«

»Ausgeschlossen! Das verstößt gegen sämtliche Verfahrensregeln.«

»Sie wollen ihn befragen, dann bestimmt er die Regeln. So läuft das, finden Sie sich damit ab. In diesem Verfahren ist nichts, wie es sein sollte, das dürften Sie langsam begriffen haben. Für beide Seiten ist dieser Fall äußerst kompliziert. Also reden Sie mit niemanden.«

»Hören Sie, ich …«

»Damit hätten wir alles besprochen. Tuchfeldt gehört Ihnen. Mehr kann ich nicht für Sie tun. Machen Sie das Beste daraus.«

Eine Sekunde später brach die Verbindung ab und Nora kehrte zu dem aufgehängten Schaf zurück.

»Können Sie mit all dem etwas anfangen?«, wollte Mehltau wissen.

Noch verstimmt vom eben geführten Telefonat schüttelte sie bloß den Kopf und stopfte Kompass und Mütze zurück in den Beutel. Schließlich gab sie doch eine Einschätzung ab.

»Könnte so eine Art abartiges Geocaching sein. Egal, was hier passiert ist, ich werde die Gegenstände mitnehmen und den Fund der Einsatzzentrale der Polizei melden. Mal sehen, vielleicht gab es in den vergangenen Tagen oder Wochen ähnliche Vorfälle. Am Wochenende werde ich das Gebiet sicherheitshalber mit einem befreundeten Jäger absuchen. Lassen Sie mir die Anruferdaten zukommen.«

»Und was passiert mit dem Vieh dort?«

»Das ist jetzt leider Ihr Problem.«

KAPITEL 5

Wenn Mareike Busch spät von der Arbeit nach Hause kam, klingelte sie wie heute an ihrer eigenen Wohnungstür. Selbst nach etlichen Augenblicken des Wartens und einem erneuten Betätigen der Klingel öffnete ihr von drinnen niemand. Verwundert und leicht genervt griff sie zum Schlüssel. Ob Mario etwas mitbekommen hatte? Ausgeschlossen! Höchstens wenn er neuerdings ihr Handy ausspionierte. Hatte er doch nicht, oder? Also warum machten er oder Mara ihr nicht auf? Die Merkwürdigkeit nahm noch zu, als sie im nächsten Moment den unbeleuchteten Korridor betrat und eine verwaist wirkende Wohnung vorfand.

»Hallo, ich bin da!«, rief sie in die Wohnung hinein. »Mara, Mario! Begrüßt mich denn niemand?«

Statt Freudenrufen ihrer Familie vernahm sie plötzlich ein gequältes Stöhnen. Wie ein altkirchlicher Trauergesang, so hörte es sich an. Nur noch düsterer. Im ersten Moment dachte sie an eine gruselige Serie auf dem Fernsehgerät, aber als sie die Küche erreichte, befand sie sich mitten in einer Horrorstory. Ihr Mann und ihre Tochter saßen gefesselt und mit Leinensäcken über den Köpfen auf Stühlen. Beide waren am Leben. Ihre Stimmen und ihre Bewegungen verrieten das. Aber sie gaben nur gedämpfte Laute von sich, so als hielte jemand ihnen gewaltsam die Münder zu.

Ein Raubüberfall! Völlig geschockt von der Situation ließ Mareike ihre Tasche und den Schlüsselbund zu Boden fallen. Sie schrie ihr Entsetzen hinaus. Ihr Schrei endete jedoch abrupt, als hinter ihr jemand flüsterte.

»Endlich ist die Familie komplett!«

Noch während Mareike sich umdrehte, wurde ihr Kopf gepackt und gegen den Türrahmen gehämmert. Für einen Sekundenbruchteil tauchte die Visage eines Monsters in ihrem Blickfeld auf. Dann versank alles um sie herum in Schwärze.

Als sie wieder erwachte, bemerkte sie zuerst den chemischen Geschmack auf ihren Lippen. Dann kamen die Schmerzen an ihrer Schläfe. Sie stöhnte und kniff mehrfach ihre Augen zusammen, um die Bewusstseinsstörung vollends zu vertreiben. Schließlich stellte sie fest, dass sie gefesselt auf einem Stuhl saß. Sie wollte schreien, aber ihr Mund war zugeklebt. Der Leim schmeckte synthetisch auf ihrer Zunge. Daher der Geschmack. Sie begann zu wimmern. Als sie Mara und Mario erneut registrierte, kamen ihr unweigerlich die Tränen. Sie trugen immer noch die Leinensäcke. Darauf hatte jemand mit schwarzer Farbe schiefe Smileygesichter gemalt. Die Familie saß sich im Dreieck gegenüber, aber nur Mareike konnte sehen, was in dem Raum geschah.

»Du bist nun wach«, sagte der Fremde, der im nächsten Augenblick die Küche betrat. »Ich habe mich in der Zwischenzeit mit deiner Unterwäsche beschäftigt. Du magst es anscheinend bunt. Was sagen deine Slips denn über deine Persönlichkeit aus? Schätze, deine Follower bei Instagram würde das interessieren. Wollen wir ein paar davon posten und die Leute da draußen abstimmen lassen? Das lieben sie und du vielleicht auch. Ich habe deine Bilder bei Instagram aufmerksam studiert. Jeden einzelnen Tag. Ich muss sagen, für eine einunddreißigjährige Fitnessinfluencerin machst du dich gar nicht mal so schlecht. Ist sicher hart bei all der jüngeren Konkurrenz. Nicht nur das reale Leben ist brutal, auch die virtuelle Welt kann ziemlich grausam sein, nicht wahr?« Er stellte sich vor sie, wodurch ihr der Blick auf ihren Ehemann versperrt war. Mit seinen behandschuhten Fingern streichelte er ihre Wange, was sich für sie wie Stromstöße anfühlte. »Wie gut, wenn man sich zu Hause geborgen fühlt. Ich habe mir eben die Fotoalben auf eurem Laptop angeschaut. Wirklich, sehr schön. Besonders euer letzter Urlaub in Italien. Mareike, Mario und Mara, die sich unzertrennlich an den Händen halten! Alleine schon die Namen klingen so harmonisch. Hach, der Gedanke, eine glückliche Familie zu zerstören, lässt mich beinahe melancholisch werden. Und deine Haut ist so glatt. Schätze, deinen Gatten macht es jedes Mal an, wenn er dich streichelt.«

Ein lähmendes Gefühl ergriff sie bei jeder seiner Berührungen. Ihre Sorge, er werde ihr die Kleider vom Leib reißen und sie anschließend vergewaltigen, war deutlich erträglicher als die Vorstellung, was er mit Mara anstellen konnte. Tapfere kleine Mara, die artig auf ihrem … Stuhl saß. Erst jetzt bemerkte Mareike ihren Irrtum. Mara hockte nicht auf einem der Küchenstühle. Sie saß in einem …

»Willst du mir nicht ins Gesicht schauen und mich fragen, warum ich so große Augen habe?«, forderte der Fremde wieder Aufmerksamkeit.

Mareike wagte es nicht, den Fremden direkt anzublicken. Trotz der Panik, die wie eine zerkratzte Schallplatte in ihrem Kopf abspielte, stolperte sie gedanklich über seine Formulierung. Natürlich versuchte sie, sich markante Merkmale des Mannes einzuprägen, aber alles, was sich in ihrem Gedächtnis manifestierte, war die Wolfsmaske, die er trug. Ein schwarzes

25

Wolfsgesicht mit senkrechten signalroten Streifen über den Augenschlitzen und den Wangen.

»Ach so, du kannst ja gar nicht sprechen«, sagte er und riss Mareike den Klebestreifen von den Lippen.

»Bitte, lassen Sie uns in Ruhe!«, flehte Mareike daraufhin schwer atmend.

»Nein, das ist der falsche Text! Begreifst du denn nicht, dass wir hier gerade Rotkäppchen und der Wolf spielen?« Er bewegte sich von ihr weg und trat hinter Mara. Er streichelte den Leinensack über ihrem Kopf. Malte mit dem Zeigefinger das falsche Lachen nach. »Zu dumm, dass Rotkäppchen seine rote Kappe verloren hat. Aber vielleicht findet jemand sie wieder. Wäre schade, wenn sich die Kleine erkälten würde.«

»Nehmen Sie alles mit, was Sie finden können. Nur gehen Sie, bitte!«

Auch Mario wurde jetzt wieder energischer. Zumindest drangen Grunzlaute unter seinem Leinensack hervor. Offenbar war auch sein Mund mit einem Klebestreifen versiegelt. Erst jetzt fiel Mareike das Blut auf seinem Hemd auf. Wahrscheinlich hatte er sich anfangs gegen den Einbrecher gewehrt und war dabei verletzt worden.

»Aber ich nehme mir doch schon alles, was ich will.« Der Wolf ließ von Mara ab und bewegte sich hin zum Küchenschrank. Dort öffnete er die Besteckschublade, griff sich den Einschubkasten und schüttete das gesamte Besteck so heftig auf den Tisch aus, dass es schepperte.

»Zunächst möchte ich, dass du deiner Familie von deinem Geheimnis erzählst.«

»Mein Geheimnis? Ich habe kein …«

»Ah!«, unterbrach er sie und reckte die Zacken einer Essensgabel in die Luft. »Für jede weitere Lüge verliert deine Tochter ein Auge. Danach kommt dein Mann dran. Und abschließend du.«

»Ich habe eine Affäre!«, gestand Mareike unter Tränen. »Mario, es tut mir leid. Es ist keine Liebe, du musst mir glauben, nur eine Affäre.«

»Sieh an, das ging schneller als gedacht!«, sagte der Wolf, nachdem eine Pause eingetreten war, in der Mareike nur hoffte, ihr Mann werde ihr vergeben. »Kommst du deshalb in letzter Zeit spät nach Hause?«

Mareike wusste nicht, woher der Fremde davon wusste, aber sie schloss die Augen und nickte.

»Sie nickt, das ist übel«, sagte der Wolf. »Aber immerhin war es keine Lüge.«

Achtlos warf er die Gabel zu dem übrigen Besteck.

»Bitte, ich schäme mich so«, wisperte Mareike und ließ den Kopf auf ihren Brustkorb fallen. »Bitte, gehen Sie!«

»Gehen? Jetzt schon? Zu dumm, die Leute kennen einfach nicht die Geschichte des wahren Rotkäppchens. Von dem Mädchen, das in die Welt der Erwachsenen eintaucht. Seine ach so rote Kappe steht dabei sinnbildlich für den Beginn der Menstruation. Das klingt neu für dich, nicht wahr? Ich rede von der Ursprungsversion, die in einer abgeschiedenen Alpenregion entstanden ist. Weit vor den Fassungen der Brüder Grimm und noch vor Charles Perrault. Aber ich mache dich gern mit dem Originaltext vertraut.« In diesem Moment fing auch Mara an zu weinen. »Deiner Tochter und deinem Ehemann habe ich das Märchen schon vorgetragen. Sie wissen bereits, wie es ursprünglich ausgeht. Der Wolf frisst Rotkäppchen. Ende und aus! Kein Jäger, kein Happy End. Vorher zerteilt der Wolf noch die Großmutter in Häppchen und gibt dem Kind das warme Blut zu trinken und das gebratene Fleisch zu essen. Und natürlich muss sich das nackte Kind zum Wolf in das Bett legen.«

»Hören Sie auf damit!«

Zwar unterbrach er sich auf ihre Forderung hin, aber gleichzeitig schien er wie bei einem Abzählreim die Küchengeräte auf dem Tisch zu sortieren. Jedes Klappern ließ Mareike zusammenzucken. Richtig durchfuhr es ihren Körper aber erst, als er seine Stimme wieder erhob. Diesmal noch unheildrohender.

»Nein, ich höre nicht auf. Nicht, nachdem du noch gar nicht dein eigentliches Geheimnis gebeichtet hast.«

»Was?« Als Mareike den Kopf hob, hielt der Wolf den Fleischklopfer in der Hand.

»Das Geheimnis, das du schon jahrelang mit dir herumträgst und von dem du niemandem erzählt hast.«

»Nein, ich habe kein …«

Als der Wolf den Kopf schief legte, kniff sie die Lippen zusammen und würgte einen bitteren Speichelklumpen hinunter. Er wusste von damals. Es war zwecklos, zu lügen. Der Wolf wusste alles. Reden oder schweigen, sie ahnte längst, dass ihre Beichte nicht nur seelische Qualen hinterlassen würde. Dies wurde ihr schmerzvoll bewusst, als der Wolf auf Mario zuging und den Fleischklopfer mit voller Wucht auf seine Kniescheibe krachen ließ.

KAPITEL 6

»Wer hat die Leiche entdeckt?«, lautete Kriminalhauptkommissar Konrad Königs erste Frage, als er an die Grube in der Straßenmitte herantrat.

»Einer von den Bauarbeitern, schätze ich«, antwortete Kriminaloberkommissarin Manja Steinke, die zwanzig Minuten vor ihm am Tatort eingetroffen war.

»So, schätzt du also ...«

Er brauchte sie nicht anzublicken, um zu wissen, dass sie neben ihm die Augen verdrehte.

»Schon gut, ich finde es heraus.« Mit zwei Fingern im Mund pfiff sie einmal quer über die Straße, gefolgt von einem schrillen Ausruf. »Herkommen, wer die Tote gefunden hat!«

Statt sich über die hollywoodreife Vorgehensweise seiner Kollegin aufzuregen, stand König ungerührt und mit den Händen in der Manteltasche da. Mit Manja arbeitete er nunmehr seit drei Jahren beim LKA. Seite an Seite im Dezernat 11. Trotz ihres extravaganten Auftretens, was die knallroten Haare und die mitunter vulgäre Sprachwahl einschloss, hielt er sie für eine kompetente und eifrige Ermittlerin. Wobei er als Leiter der Mordkommission besser als jeder andere wusste, dass Fleiß nicht zwangsläufig zu Ermittlungserfolgen führte.

Damit das Ergebnis aber letztlich stimmte, dafür war er ja verantwortlich. Deshalb bewertete er auch heute still für sich die Auffindesituation.

Mit dem Gesicht nach unten lag die Frau in der Baugrube. Sie trug neongelbe Leggins und einen braunen Fellmantel. Einer ihrer hochhackigen Schuhe steckte zwischen zwei Rohren fest. Unter der Wollmütze schauten die Haarspitzen heraus. Brünett. Zumindest mutmaßte König, dass es sich um brünett handelte. Aufgrund von Schmutz und Nässe konnte man die Haarfarbe von hier oben aus nur vage bestimmen. Schnee und der permanente Temperaturwechsel der letzten Tage hatten am Boden der Baugrube zentimeterhohes Brackwasser hinterlassen. Auf der erdfarbenen Wasseroberfläche hatte sich über Nacht eine hauchdünne Eisschicht gebildet. Nach Feststellen des Todes hatte der Notarzt auf Ertrinken getippt. Laut seiner Aussage hatten er und die Rettungssanitäter den Leichnam nur kurz auf die Seite gedreht und ihn dann in die Ausgangsposition zurückgelegt. Obwohl stets misstrauisch, sah König keinen Grund, an den Angaben des Mediziners zu zweifeln. Nach Stand der Dinge war die Frau über einen Meter in die Tiefe gestürzt und in Bauchlage gelandet. Dafür konnte es alle möglichen Gründe geben. Von Herzinfarkt bis Mord. Die exakte Todesursache würde sich nach der Leichenschau, spätestens jedoch nach der Obduktion ergeben. Solange man König nichts Gegenteiliges bewies, ging er von einem Unfall aus.

Der Baustellenzaun war zusätzlich mit rot-weißen Verkehrsbaken abgesperrt und mit gelben Lichtern gekennzeichnet. Alle Lampen funktionierten. Es gab nur einen Durchgang zwischen den Zaunfeldern. Wenn man es streng auslegte, konnte man zu der Einschätzung kommen, jemand habe den Zaun an dieser Stelle verrückt. Durch den Spalt musste die Frau die Gefahrenstelle betreten haben. Vielleicht war sie einfach nur neugierig gewesen und hatte sich über den

Stand der Bauarbeiten informieren wollen. Allerdings erschloss sich König nicht, was an Abwasserkanalarbeiten besonders interessant sein sollte. Selbst im Winter stank es hier gehörig. Dazu kam, dass die Leipziger Straße in diesem Bereich auch ohne die Baulampen gut beleuchtet war. Selbst im betrunkenen Zustand konnte man die zusätzlichen Lichter nicht übersehen und versehentlich auf den Schacht zusteuern. Zumindest nicht, wenn der Zaun nach Arbeitsschluss vorschriftsmäßig aufgestellt war, wie die Streifenkollegen nach den ersten Befragungen behaupteten. Damit würde nachts sogar ein Blinder die Gefahrenstelle erkennen.

»Das ist Pavel Ziegner.« Manja drückte König einen Personalausweis in die Hand und schmatzte. Sobald sie beim Reden eine Pause machte, ließ sie einen Kaugummi mit Colageschmack im Mund kreisen. Cola roch eindeutig besser als die Brühe da unten.

»Und wozu sollte ich mich für Pavel Ziegner interessieren?«

»Der hat auf der Baustelle das Sagen.«

»Sie haben die Tote gefunden?«, konfrontierte König den Arbeiter, der versetzt hinter Manja stand.

»Nee, ich habe nur den Notruf gewählt.«

»Warum stehlen Sie mir dann meine Zeit? Schicken Sie denjenigen her, der die Leiche festgestellt hat. Und zwar zügig, ich habe keine Lust, mir sinnlos den Arsch abzufrieren.«

»Kann ich machen, der Balázs spricht allerdings nur Ungarisch. Können Sie Ungarisch?«

König brummte und drückte dem Vorarbeiter dessen Ausweis auf Brusthöhe gegen die Latzhose. »Ich mag ungarische Gulaschsuppe, das sollte als Basis reichen.«

Kopfschüttelnd trottete der Mann davon.

»Tja«, sagte Manja. »Anscheinend haben die Leute mich nicht richtig verstanden.«

»Tu mir einen Gefallen und hol einen sportlichen Streifenbeamten her. Da unten liegt nämlich eine Handtasche und anscheinend hat es bisher keiner von den Schutzleuten für nötig gehalten, sie sicherzustellen.«

»Die wollten bestimmt keine Spuren vernichten.«

»Kriegst du das hin?«

»Wenn die Revierkollegen nicht zufällig alle Ungarisch sprechen …«

Minuten später kletterte ein junger Polizeiobermeister in die Baugrube und fischte die schwarze Lederhandtasche aus der trüben Suppe. In sichtlicher Erwartung eines Lobs reichte er das Fundstück über den Grubenrand. Mit einem zerknirschten »Danke« riss König es an sich. Während Manja dem jungen Beamten die Hand reichte und ihm half herauszusteigen, öffnete König die Tasche.

»Dann wollen wir mal sehen, wen wir da haben.«

Bisher war die Identität der Toten ungeklärt. Auch wenn die Handtasche nicht zwingend der Frau gehören musste, ging König vorerst davon aus. Als er die Hand aus der Tasche zog, stieß er einen Pfiff aus. Zwischen seinen Fingern hielt er ein durchsichtiges Tütchen mit weißem Pulver.

»War bestimmt ihre tägliche Traubenzuckerration«, spöttelte Manja. »Soll ich kosten oder übernimmst du das heute?«

Anders als in billigen amerikanischen Blockbustern, wo die Drogenfahnder derartigen Inhalt mit dem kleinen Finger und der Zungenspitze überprüften, würde König ums Verrecken nichts davon probieren. Er reichte die Tüte an Manja weiter und fand zwischen einem Lippenstift und einem zerknitterten Fünfzigeuroschein schließlich den Personalausweis. Als er den Namen neben dem Foto der Frau las, verschlug es selbst ihm für einen Moment die Sprache.

»Ich glaube, jetzt gehen die Probleme erst richtig los.«

KAPITEL 7

Anders als üblich erschien Nora an diesem Freitag erst kurz nach neun Uhr auf der Dienststelle. Nach dem Frühstück hatte sie ihre Handynachrichten bloß überflogen. Sogar Kevins Nachfrage, ob er sie heute sehen könne, ließ sie unbeantwortet. Bis weit nach Mitternacht hatte sie über dem Fall Tuchfeldt gebrütet und sich ein Konzept erarbeitet. Auch die Sache mit dem aufgeschnittenen Lamm und dem Fund im Inneren des Tiers hatte sie gestern nicht weiterverfolgt. Sie musste sich auf die anstehende Anhörung des pensionierten Polizeipräsidenten konzentrieren. Das erwartete man von ihr.

Auf dem Weg zu ihrem Arbeitsplatz und beim Blick in die anderen Büros bemerkte sie die Aufregung, die an diesem Morgen in der gesamten Abteilung herrschte.

»Was ist denn heute los?«, erkundigte sie sich bei Kriminalkommissar Benjamin, mit dem sie sich seit zwei Monaten das Zimmer teilte und der zuvor beim Dezernat 13 Sexualdelikte beackert hatte.

»Weißt du es noch nicht?«, flüsterte Benjamin, als würde in der Abteilung ein riesengroßes Geheimnis kursieren.

»Würde ich sonst fragen?«

»Die Trinkerin ist tot.«

Eine leise Ahnung, um wen es ging, beschlich Nora, doch sie vergewisserte sich lieber. »Von welcher Trinkerin sprichst du?«

»Ich rede von Margot Schreiner.«

Ausgerechnet Margot Schreiner! Diese Neuigkeit musste Nora erst mal sacken lassen, weshalb sie sich hinsetzte und nichts tat. Ihr Blick schweifte über ihren Schreibtisch und die darauf ausgebreiteten Dokumentationen, in denen sie noch vor wenigen Stunden geblättert hatte. Auf einmal standen ihre gesamten Ermittlungen gegen den ehemaligen LKA-Präsidenten auf wackligen Füßen. Zuvor hatte Nora nur mit Anfeindungen innerhalb der Polizei zu kämpfen gehabt, bald würde auch der Druck von außen zunehmen. Margot Schreiner war eine sechsundfünfzigjährige Journalistin gewesen und seit über dreißig Jahren bei der *Berliner Krone* tätig. In der Branche hatte sie als enthusiastisch und unerbittlich gegolten. Sie hatte sich auch nicht vor den härtesten Brocken der Gesellschaft gescheut. Weder nahm sie Rücksicht auf Alter und Herkunft noch auf soziale Stellung. Sie kannte keine Freunde oder Verwandten, wenn sie sich in eine Story verbissen hatte. Auch auf persönliche Situationen oder Befindlichkeiten ihrer Ziele nahm sie keinerlei Rücksicht, sondern recherchierte, konfrontierte und hetzte knallhart. Eine Karikatur im Internet, die zeigte, wie sie namhafte Politiker auf einem Spieß briet, war irgendwann zu ihrem schauerlichen Denkmal geworden. Weil sie in letzter Zeit wohl Alkoholprobleme gehabt hatte, nannte man sie die Trinkerin. Aber sie war eine geniale Trinkerin. Jeder Skandal war ihr recht gewesen, wenn er nur groß genug war, um massig Auflage zu generieren. Schreiner hatte die Korruptionsvorwürfe gegen Wilhelm Tuchfeldt überhaupt erst ins Rollen gebracht. Sie war Noras Quelle und gleichzeitig ihre Kronzeugin gewesen. Kronzeugin! Was für ein Wortspiel, bedachte man, bei welchem Blatt Schreiner tätig gewesen war!

»Sag etwas dazu«, riss Benjamin Nora aus ihren Gedanken.

»Keine Panik«, fasste Nora einen Entschluss. Hastig begann sie, die Unterlagen für den anstehenden Termin zu ordnen. »Das wirft uns nicht aus der Bahn. Wir haben genug Material, um die Vorwürfe gegen Tuchfeldt zu untermauern und ihn festzunageln.«

»Nora!«

»Wir wissen von Absprachen mit den Anwälten von Kriminellen. Er hat Beweise verschwinden und Ermittlungsergebnisse fälschen lassen. Er hat Einfluss auf Beamte genommen. Akten wurden manipuliert und Berichte ausgetauscht. Für die Aufklärungsquote des LKA hat Tuchfeldt eine rote Linie überschritten.«

»Nora, hörst du mir eigentlich zu?«, wurde Benjamin energischer.

»Was ist denn?«

Verkniffen schüttelte er den Kopf. »Ich mache da nicht mehr mit.«

»Was soll das heißen, du machst da nicht mehr mit?«

»Komm schon, Nora, du weißt, was das heißt! Das ist mir eine Spur zu heftig. Mir ist nicht wohl bei der Sache. Schon die ganze Zeit über. Ich wollte es dir eigentlich längst sagen, habe mich aber nicht getraut, weil ich dich nicht enttäuschen wollte. Eben habe ich mit Jasmin telefoniert. Meine Frau möchte nicht, dass ich weiter mit dir zusammenarbeite. Sie meint, du wärst zu unkontrolliert – du würdest dich und andere in den Abgrund reißen. Na ja, ist vielleicht ein bisschen theatralisch ausgedrückt, aber ich finde, Jasmin hat nicht ganz unrecht. Ich meine, vielleicht nimmst du deinen Job einfach zu ernst. Komm schon, hier geht es um Menschen! Menschen machen Fehler. Du, ich, Tuchfeldt …«

»Was willst du mir damit wirklich sagen?«

Ihr gleichaltriger Kollege wischte sich übers Gesicht, blähte die Wangen auf und schaute demonstrativ zum Fenster hinaus. Sie wartete und sah ihn an. Wie auch andere konnte er ihrem intensiven Blick auf Dauer nicht standhalten. Einige nannten ihn den »Blick des Todes«. Neben »Wölfin« war das auch so ein Schwachsinn, den man sich über Nora erzählte.

»Du bist eine fantastische Ermittlerin, aber deine Methoden machen nicht nur mir Angst. Ich kann das schlecht beschreiben, ich kenne dich jetzt erst zwei Monate. Wenn ich mit dir zusammen bin, fühlt es sich an, als würde uns eine böse Aura begleiten.«

»Okay, zeig sie mir! Ist hier irgendwo eine böse Aura?«

»Ach, Nora, du machst es einem auch nicht einfach. Tuchfeldt ist in Pension. Dem kann keiner mehr was. Nehmen wir an, alle Punkte auf deiner Schandtatenliste würden sich bestätigen.« Er deutete mit ausgestrecktem Arm über beide Schreibtische hinweg auf die aufgeschlagene Akte. »Nehmen wir an, du würdest wieder mal voll ins Schwarze treffen. Was glaubst du denn, wirst du im Endeffekt damit erreichen?«

»Wilhelm Tuchfeldt wird strafrechtlich und disziplinar-rechtlich belangt. So wie es in einem funktionierenden System sein sollte.«

»Ein Scheiß wird passieren, verlass dich drauf! Tritt mal ans Fenster deines Elfenbeinturms. Unser Rechtssystem funktioniert nicht immer einwandfrei. Lies dir bloß mal den heutigen Lagebericht durch. Man hat bei Schreiner Kokain gefunden. Die alte Hexe hat seit knapp einem Jahr keine Headline mehr für die *Krone* abgeliefert, die war abgeschrieben bei ihrer Redaktion, so sieht es aus. Gerede über Tuchfeldts Methoden beim LKA gab es schon früher. Gerede, mehr nicht! Jetzt hat sie einen Aufhänger gesucht, um sich wieder ins Rampenlicht zu bringen. Also recycelt sie alte Geschichten. Publicity um jeden Preis nenne ich so was. Die Alte kann niemand mehr zur

Rechenschaft ziehen. Wir sind jetzt die Deppen, die das ausbügeln sollen.«

»Du findest es also in Ordnung, was er gemacht hat.«

»Ist doch völlig egal, was ich wie finde! Unser ehemaliger Polizeipräsident ist unangreifbar, kapier das endlich.«

Nora schwieg, bis Benjamin sich etwas beruhigt hatte, und stellte dann eine Frage.

»Wer leitet die Ermittlungen bezüglich Schreiner?«

Benjamin schnaubte, weil er das Thema anscheinend aussparen wollte. »KK ist draußen am Tatort.«

»KK.«

Konrad König. Der Mann, der nicht mit sich verhandeln ließ. KK war innerhalb des LKA eine Institution. Jeder kannte und achtete ihn. Markenzeichen: Betonkopf und Glatze.

»Gut, ich rufe ihn an«, sagte Nora. »Er kann mir sicherlich Näheres zum Tatgeschehen sagen.«

»Siehst du, genau das meine ich! Du tust es immer wieder.«

»Was tue ich immer wieder?«

»Du kannst dich einfach nicht damit abfinden, dass Schreiner tot ist.«

»Wo liegt das Problem, wenn ich KK anrufe?«

Ihr Partner winkte ab. »Der erzählt dir sowieso nichts, solange die Todesumstände nicht abschließend geklärt sind. Bis jetzt spricht alles für einen Unfalltod. Das kannst du so hinnehmen oder dir deine eigenen Theorien bilden. Ist mir schnuppe.«

»Ich denke darüber nach, während ich mich auf die Anhörung von Tuchfeldt vorbereite.«

»Du bist so unglaublich stur! Ich …«

Bevor Benjamin die Diskussion auf ein neues Level bringen konnte, klopfte es. Dezernatsleiter Dieter Quast komplettierte die Bürogemeinschaft.

»Da bist du endlich, Nora. Hat Benjamin dich schon auf den neusten Stand gebracht?«

»Hat er.«

»Tut mir leid, Tuchfeldt war sowieso eine Nummer zu groß.«

»Was meinst du damit?«

Quast warf Benjamin einen kritischen Blick zu, woraufhin sich der Kommissar hinter dem Monitor abduckte. Anscheinend hatte Benjamin ihr noch nicht alles gesagt.

»Hör zu, Nora«, fing Quast umständlich an. »Ich hatte vorhin ein Telefonat mit dem Senat. Nach Margot Schreiners Unfall ...«

»Ich dachte, die Todesumstände seien noch nicht geklärt.«

»Nach ihrem Unfall«, beharrte Quast, »warten wir erst mal ab, wie sich die Dinge entwickeln. So lange liegt die Sache mit Tuchfeldt auf Eis. Also klapp die Akte zu und entspann dich ein bisschen. Du bekommst eine neue Aufgabe.«

»Aber ich will keine neue Aufgabe.«

»Dann mach Urlaub.«

Sonst strahlte Quast immer etwas Gemütliches aus, aber diesmal zuckte er gefrustet mit seinen hängenden Schultern und drehte sich um.

»Sandner hat mir versichert, ich könne heute mit Tuchfeldt sprechen«, hielt Nora ihn auf. »Tuchfeldt selbst hat auf den Termin bestanden.«

Krampfhaft verhakten sich Quasts Finger in den Türrahmen. Er atmete schwer aus und drehte sich nicht einmal mehr um. »Dann hat Sandner sich eben umentschieden.«

KAPITEL 8

Noch vor dem Mittag standen Konrad König und Manja Steinke in Margot Schreiners Wohnung. Überall erinnerten Kleidungsstücke und Wandbilder an sie. So als wäre sie noch lebendig und würde irgendwann am heutigen Tag heimkehren. Nachdem die Todesnachricht der beiden Polizisten bis zum Verstand von Schreiners Ehemann durchgedrungen war, überwog bei ihm statt Trauer die pure Verzweiflung. Vor Rage warf er den Toaster durch die Küche und ein Blumentopf ging zu Bruch.

»Nein, diese Scheiße will ich einfach nicht glauben!«, fluchte Thoralf Schreiner und ließ seinen Frust zusätzlich mit einem Tritt an einem augenscheinlich frisch für seine Frau eingetroffenen Paket eines Parfümherstellers aus.

Verständnisvoll wartete König, bis sich die Entgleisung legte. Manja dagegen schien das Schauspiel des Ehemanns eher zu faszinieren, nahm man das rhythmische Kreisen ihres Kaugummis als Indikator. Sie beide brachten nicht besonders viel Sympathie für einen ausgewiesenen Polizistenhasser auf. Mehr aus Liebhaberei betrieb Thoralf Schreiner einen Internetblog, auf dem er teils haarsträubende Falschmeldungen über polizeiliche Einsätze publizierte.

»Sind Sie jetzt fertig?«, fragte Manja deshalb auch provokant.

»Ja, verdammt, ich bin nur …« Endlich ließ Schreiner sich auf einen Stuhl fallen, wo er vollends in Tränen ausbrach.

»Mein Beileid«, beschränkte König sich auf die nötigsten zwei Worte. »Wir tun natürlich alles, um die Sache aufzuklären.«

»Was gibt es denn da aufzuklären?«, brauste Schreiner auf. »Das war eiskalter Mord!«

»Echt?«, fragte Manja. »Dann müssen wir das Messer wohl übersehen haben.«

»Manja«, wies König sie zurecht, um sich dann zu Schreiner an den Tisch zu setzen. »Ich verstehe, wie sehr Sie der Verlust schmerzt. Es tut mir leid, mehr als die Zusage, meine polizeilichen Aufgaben in der Sache ernst zu nehmen, kann ich Ihnen nicht anbieten. Wir werden uns redlich bemühen, alle Fakten auf den Tisch zu bringen. Daher ist es wichtig, dass Sie wilde Spekulationen von vornherein unterlassen und sich stattdessen auf meine Fragen konzentrieren. Kriegen Sie das hin?«

Schreiner nickte. »Könn… Könnte ich etwas zu trinken bekommen?«

Mit einem Kopfnicken zur Spüle gab König Manja ein stummes Zeichen. Zwar verdrehte sie die Augen, füllte aber danach anstandslos ein Glas mit Leitungswasser.

»Bitte schön«, sagte sie und stellte das Glas polternd ab. »Falls Sie noch Wünsche haben, ich bin da hinten und stehe einfach nur rum.«

Mit verschränkten Armen lehnte sie sich in eine Ecke neben dem Kühlschrank.

»Die Beantwortung der Frage, ob Margot Schreiner Feinde hatte, können wir uns sicherlich ersparen«, sagte König. »Also versuchen Sie, sich an die vergangenen Tage zu erinnern. Hat sie Andeutungen gemacht, dass es beruflich Probleme gab? Kennen Sie Personen, mit denen sie mehr Umgang hatte als üblich? Ist in letzter Zeit irgendein Name häufig gefallen? Wissen Sie von irgendwelchen heiklen Recherchen?«

»Wo soll ich da anfangen?« Schreiner trank hastig und bekleckerte sein Hemd dabei. »Zuletzt drehte sich alles um Ihren Ex-Präsidenten Wilhelm Tuchfeldt. Ich glaube, mit ihm hat sie telefoniert, aber er hat sie an seinen Anwalt verwiesen, der verständlicherweise nicht besonders mitteilsam war. Vermutlich kann Ihnen die Redaktion mehr Auskunft geben, weil sie ja ihr Tagespensum irgendwie abrechnen musste. Auf Margots Rechner dort gibt es bestimmt auch ein Back-up. Denke, das war bei der *Krone* Vorschrift. Ihre Chefs waren ziemlich penibel, wenn es um Datensicherheit ging. Vermutlich hat Margot sich aber über solche Anweisungen hinweggesetzt, deshalb kann ich Ihnen nicht garantieren, dass Sie in der Redaktion Beweismaterial finden. Ich weiß eigentlich nichts. Ihre beruflichen Angelegenheiten wollte sie immer aus dem Alltag lassen. Privat machte sie ein großes Geheimnis aus allem, was ihre Arbeit anging. Sie wollte mich damit nicht belasten, dabei haben mich die Machenschaften eines so hochdekorierten Polizeibeamten natürlich brennend interessiert, wie Sie sich vorstellen können.«

Persönlich konnte König sich über Tuchfeldt nicht beklagen. Dem Mann hatte er seinen Aufstieg beim Dezernat 11 zu verdanken. Karriere machten allerdings nicht immer die Kollegen, die auch die beste Arbeit leisteten. Somit hatte es dauernd Gerede über Tuchfeldts Person gegeben. Er sei der Politik zu hörig und würde gegenüber Menschen mit zweierlei Maß messen. Das betraf sowohl das LKA-Personal als auch Verbrecher. Öffentlich in scharfe Kritik geraten war er mit der kontroversen Aussage: »Notfalls hätte auch jeder eine dritte und vierte Chance verdient!«, nachdem ein Intensivstraftäter eine zweite Bewährungsstrafe erhalten hatte und erneut rückfällig geworden war. Der Mann hatte eine Tankstelle überfallen und die Angestellte dabei so schwer körperlich misshandelt, dass sie noch immer ständig in Angst lebte und sich mit Einbruch der Dämmerung nicht mehr aus dem Haus traute. Jeder Polizist erinnerte sich an Tuchfeldts Rede bei seinem Amtsantritt, wo er von einer harten Linie gegen die Kriminalität gesprochen hatte. Da hatte sich der Fall des Tankstellenräubers für viele Beamte wie ein Schlag ins Gesicht angefühlt. Neuerdings ging es wieder um Amtsdelikte, mit denen man den Pensionär nachträglich belastete. Angeblich waren Sonderermittler vom Dezernat 34 an ihm dran. Sicherlich war der Mann schon immer rigoros gewesen, wenn es darum ging, Mitarbeiter abzusägen, aber König glaubte nicht, dass Tuchfeldt jemanden wegen schlechter Presse umgebracht hätte. Nein, die Leichenschau in der Leipziger Straße hatte keinerlei Hinweise auf Fremdverschulden ergeben. Er war nur hier, weil die Befragung von Hinterbliebenen dazugehörte. Aktuell lag der Fokus seiner Abteilung auf dem vor Monaten verschwundenen Pädophilen. Durch den hatte das LKA 11 den Arsch richtig voll mit Arbeit, weil der Fund des abgetrennten Körperteils ein Kapitalverbrechen nahelegte. Alles, was die Mordkommission dazu bisher hatte, waren ein auf Eis gelegter Unterschenkel und eine asservierte Fußfessel.

»Sie sprach mal von einem Tobi«, lockerte sich Schreiners Zunge. »Ich glaube, das war einer Ihrer ehemaligen Informanten. Mit dem gab es wohl Streit.«

»Tobi und weiter?«

Schreiner zuckte mit den Schultern. »Nehme an, er heißt Tobias, mehr weiß ich nicht. Sie hatte sich furchtbar über ihn aufgeregt, weil seine Informationen gefakt waren.«

»Mit gefakten Informationen kennen Sie sich ja aus«, konnte Manja sich nicht zurückhalten.

»Um was ging es da genau?«, überspielte König ihren Kommentar.

»Tut mir leid, das weiß ich wirklich nicht.«

»Sie wissen wahrlich nicht viel«, mischte Manja sich erneut ein.

»Scheiße, ich kontrolliere doch meine Frau nicht auf Schritt und Tritt!«, fuhr Schreiner sie an. »Außerdem habe ich selbst einen Job.«

»Welchen Job meinen Sie? Den in Ihrer Pommesbude oder den vor Ihrem Computer, wenn Sie sich auf unsere Kosten einen runterholen?«

»Lecken Sie mich!«

»Danke, ich lasse lieber lecken.«

»Manja, vielleicht willst du mal frische Luft schnappen gehen!«

Sie verschwand auf der Stelle. Nachdem sich der Ehemann beruhigt hatte, entschuldigte König sich für die Äußerungen seiner Kollegin.

»Warum haben Sie Ihre Frau gestern Abend eigentlich nicht als vermisst gemeldet?«

»Bitte?«

»Vorhin bei der Begrüßung sagten Sie, deshalb sei sie also letzte Nacht nicht nach Hause gekommen.«

Schreiner räusperte sich und massierte sich den Hals. »Wie gesagt, ich habe meine Frau nicht kontrolliert. Sie war erwachsen und konnte machen, was sie wollte. Nach vierundzwanzig Stunden hätte ich Ihre Leute vielleicht verständigt.«

Eine Vierundzwanzig-Stunden-Wartefrist bis zur Erstattung einer Vermisstenanzeige war natürlich Quatsch. König erwähnte es nicht, denn der Ehemann war als amateurhafter Polizeireporter informiert genug, um das zu wissen. Die Sache mit der fehlenden Vermisstenanzeige warf jedoch einen Schatten auf die Beziehung der Eheleute. Vermutlich hatte Margot Schreiner einen Liebhaber gehabt oder hatte sonst wie ihre Freiheit eingefordert. König ersparte sich die Nachfrage, ob man im Blut der Toten Alkohol oder Betäubungsmittel feststellen würde. Erstens änderte das am Ergebnis nichts und zweitens hatte er vorher im Korridor den Korb mit leeren Weinflaschen registriert. Thoralf Schreiner zeigte weder Anzeichen eines Alkoholikers noch stank er nach Schnaps.

»Weil Sie mich nach Namen gefragt haben«, redete Schreiner plötzlich von sich aus und wedelte hektisch mit dem Zeigefinger. »Ja, wieso habe ich nicht gleich daran gedacht?«

»Ihnen ist ein Name eingefallen?«

»Nein, ich musste nur gerade an die Drohanrufe denken.«

KAPITEL 9

Entgegen der Anweisung ihres Vorgesetzten und der Warnung Benjamins klingelte Nora an der Villa in Berlin-Lichtenberg. Tuchfeldts Frau öffnete ihr die Haustür. Sie trug auffällig goldenen Ohrschmuck, eine opulente Kette und auch ihre Kleidung wirkte trotz der Tageszeit vornehm und luxuriös.

»Kriminalhauptkommissarin Rothmann«, stellte Nora sich vor und zeigte ihren Dienstausweis. »LKA.«

»Ich weiß, wer Sie sind«, kam es bissig zurück. »Was wollen Sie hier?«

»Mit Ihrem Mann reden.«

»Der Termin wurde abgesagt, guten Tag!«

Als Nora schon ihren Fuß in die sich schließende Tür stellen wollte, vernahm sie Wilhelm Tuchfeldts Stimme aus dem Vorsaal.

»Ist schon gut, Liebes!« Der sichtlich aufgedunsene Pensionär trat hinter seine Gattin und gab ihr einen Kuss zwischen Hals und Schulter. »Ich werde mich kurz mit Frau Rothmann unterhalten.«

»Aber das Mittagessen ist längst fertig«, widersprach seine Frau. Sie wollte ihm unauffällig ein Pfefferminzbonbon zustecken, doch Nora bemerkte es.

»Ich habe heute keinen großen Hunger«, sagte er müde. »Sag der Köchin, es liege nicht an ihr, und fang bitte schon ohne mich an. Wenn ich hier fertig bin, setze ich mich zu dir.«

»Meinetwegen, du wirst schon wissen, was du tust. Ich hoffe, du beeilst dich.«

Sichtlich enttäuscht verschwand seine Frau in einem der Zimmer. Bei der folgenden Begrüßung wirkte Tuchfeldt wie geistesabwesend. Er schien durch Nora hindurchzublicken. Sein Handschlag fiel kraftlos aus. Dazu wehte aus seinem Mund ein Hauch von Alkohol. Das erklärte das Bonbon. Er wickelte es nicht aus, sondern umschloss es in der Faust und lotste Nora in sein Arbeitszimmer.

»Hier sind wir ungestört.«

Beim Betrachten der Einrichtung staunte sie, was für einen Palast man mit dem Ruhegehalt eines Polizeipräsidenten unterhalten konnte. Auch der Fuhrpark draußen ließ Bedenken aufkommen, ob der Hausbesitzer sein Vermögen ausschließlich durch ehrliche Arbeit erlangt hatte. Einen Porsche 911 Carrera konnte man noch als Liebhaberstück durchgehen lassen, aber zwei von der Sorte waren einer zu viel.

»Ich habe Sie schon erwartet«, sagte er und beugte sich im Stehen über seinen Laptop.

»Wieso erwarten Sie mich, wo doch der Termin gestrichen wurde?«, entgegnete Nora und blieb vorerst ebenfalls stehen.

»Weil ich Sie kenne, Frau Rothmann, Sie geben sich nie einfach so geschlagen. Für diese Einstellung bewundere ich Sie, das können Sie mir glauben. Nicht viele Polizisten besitzen derart viel Enthusiasmus. Wobei ich mir manchmal denke, dass bei Ihnen schon eine Art Zwangsstörung vorliegen könnte, wenn ich das so drastisch ausdrücken darf.«

»Ich nenne es Eiderfüllung.«

»Ein Eid kann eine große Last sein.« Nach seiner unmissverständlichen Ansage deutete er gefällig zu dem Sessel auf der gegenüberliegenden Seite des Schreibtisches. »Bitte sehr, setzen Sie sich! Es stört Sie hoffentlich nicht, wenn mein Anwalt an dem Gespräch teilnimmt.«

Bevor sie einen Einwand erheben konnte, drehte er den Laptop herum. Auf dem Bildschirm war per Videokonferenz ein Mann in Anzug und Schlips zugeschaltet. Dunkles Haar, hartes Kinn, straffes Lächeln. Mittvierziger. Nicht zu vergessen die geschmeidige Stimme, als Tuchfeldt den Ton anstellte.

»Guten Tag, Frau Rothmann, immer wieder eine Freude, Sie zu sehen!«, begrüßte Martin Bechstein sie. Wie nicht anders von ihm gewohnt, kam auch heute jedes Wort wie geschliffen über seine Lippen.

»Herr Bechstein«, hielt Nora ihrerseits die Begrüßung knapp. Mehr als einmal hatte sie bei Disziplinarverfahren die Anwaltskanzlei Starhemberg zum Gegner gehabt. Meistens betonte Bechstein dabei, wie selbstlos er seinen Mandanten half. »Sind Sie mal wieder im Auftrag der Armen und Schwachen unterwegs?«

»Jedem, der bei mir anklopft, wird Hilfe zuteil. Ausnahmslos jedem! Also falls Sie jemals in der Klemme sitzen sollten, wenden Sie sich vertrauensvoll an mich.«

Ob das Angebot ernst gemeint war, darüber dachte Nora gar nicht erst nach. Bald schon waren seine Worte verklungen wie das Echo aus den Laptoplautsprechern.

»Herr Bechstein fungiert als unser beider Zeuge«, erklärte Tuchfeldt, während er das eingewickelte Pfefferminzbonbon in den Müllbehälter warf und sich aus einer Flasche eine bronzefarbene Flüssigkeit in ein Whiskyglas einschenkte. »Schließlich sind Sie allein und ohne den Segen Ihrer Dienststelle gekommen. Somit tragen Sie das deutlich höhere Risiko von uns beiden. Ich habe meinen Anwalt hinzuzitiert, damit es nicht zu brenzlig für Sie wird. Denn mögliche dienstliche Konsequenzen können Sie vermutlich nicht abhalten, mir an die Gurgel zu gehen. Wollen Sie auch einen Schluck von diesem vorzüglichen Sherry Oak?« Auffordernd hob er die Flasche. »Oder Sie vielleicht, Herr Bechstein?«

Während die beiden Männer über den Scherz schmunzelten, schüttelte Nora den Kopf. Da es sich um keine offizielle Anhörung handelte, unterließ sie es, ihn zu belehren, dass er nicht trinken durfte. Neben dem Destillerienamen Macallan erkannte Nora auf dem Label auch das Jahr der Abfüllung. Sie hatte zwar wenig Ahnung von Whisky, doch bei dem Alter von fünfundzwanzig Jahren handelte es sich vermutlich um einen kostspieligen Tropfen.

»Warum wurde der Termin abgesagt?«, wollte sie wissen.

»Wo steckt denn Ihr neuer Kollege?«, überging Tuchfeldt ihre Frage auf nahezu arrogante Weise. »Benjamin Jasser, wenn ich mich recht an seinen Namen erinnere.«

»Er hält mein Vorgehen für zu riskant.«

»Ein kluger junger Mann! Bestimmt wird er es karrieremäßig weit bringen. Ihnen war Karriere dagegen nie wichtig, Sie scheuen das Risiko nicht. Vielleicht kennen Sie die Bedeutung des Wortes nicht einmal. Sie machen sich gern unbeliebt. Stehen immer auf der falschen Seite.«

»Können wir dann?«

»Und Small Talk ist Ihnen ebenso ein Gräuel.«

»Warum wurde der Termin abgesagt?«

Tuchfeldt ließ sich schwer in seinen Sessel fallen. Er knöpfte den obersten Knopf seines Hemds auf und nippte am Alkohol. »Da müssen Sie Ihre Vorgesetzten fragen. Wie Sie sehen, bin ich jederzeit bereit, mit Ihnen zu sprechen.«

»Gut, dann sprechen wir.« Sie schlug ihre Unterlagen auf und zückte einen Kugelschreiber, um sich Notizen zum Gespräch zu machen. »Beim Dezernat 34 läuft aktuell ein Verfahren gegen Sie wegen Bestechlichkeit und Strafvereitelung im Amt. Ich bin die Ermittlungsführerin. In mindestens zwei Strafverfahren sollen

Sie persönlich Kontakt zu den Anwälten der Beschuldigten gehabt haben. In einem Fall handelt es sich um ein Verfahren wegen Drogenhandels nicht geringer Mengen Kokain, in einem weiteren Fall geht es um Wettbetrug im Pferderennsport. Beide Verfahren wurden im LKA 4, der Abteilung für Organisierte Kriminalität, bearbeitet. Obwohl Sie als Leiter des LKA nicht unmittelbar an der Aufklärung beteiligt waren, kam es Ihrerseits jeweils zu eigenmächtigen Absprachen mit den Anwälten. Absprachen ohne Einverständnis der Staatsanwaltschaft widersprechen jeglichen gängigen Rechtsnormen. Konkret haben Sie angeboten, auf Ermittlungsergebnisse Einfluss zu nehmen, indem Sie belastendes Material – ich zitiere – ›nicht aktenkundig machen würden‹. Als Gegenleistung sollten die Beschuldigten Namen nennen, um so eine höhere Aufklärungsquote zu ermöglichen und tiefere Einblicke in die Strukturen zu vermitteln. Zwei Ansinnen, die aus polizeilicher Sicht durchaus respektabel sind, allein die Wahl der Mittel ist hier abzulehnen. Ihr Handeln führte zwar zu einer höheren Anzahl an Strafverfahren, jedoch gleichfalls zu äußerst milden Urteilen. Später erhielten Sie für Ihre Dienste aus unbekannter Quelle Beträge in mindestens fünfstelliger Höhe. Belege deuten darauf hin, dass Sie von den Anwälten in genannten Verfahren bezahlt wurden. In meinen Unterlagen befinden sich außerdem Schriftstücke, die unwiderlegbar Sie verfasst haben und in denen Sie Mitarbeiter des Landeskriminalamtes anweisen, entgegen ihrer Pflicht zur Strafverfolgung zu handeln.«

»Wir würden diese Schriftstücke gern einsehen«, hakte Bechstein ein, aber Nora dachte nicht daran, schon jetzt ihre Trümpfe auszuspielen.

»Herr Tuchfeldt«, ignorierte sie den Anwalt, »bei meinen Ermittlungen stütze ich mich auf die Befragungen von mehr als einem Dutzend Polizisten. Sämtliche Aussagen wurden schriftlich protokolliert und stünden in einem Gerichtsverfahren zur

Verfügung. In mehrfacher Hinsicht wurden Sie schwer belastet. Außerdem hat eine nachträgliche Überprüfung Ihrer Aktivitäten im Datenverarbeitungssystem POLIKS Auffälligkeiten ergeben. Es besteht die Annahme, dass es Ihrerseits zu unautorisierten Zugriffen kam, möglicherweise sogar zu rechtswidriger Veränderung von Datensätzen.«

»Was ist denn das jetzt wieder für eine infame Behauptung?«, fragte Tuchfeldt, aber Nora hielt ihn hin, um seine Reaktion zu beobachten.

»Ich möchte betonen, dass mir diese Informationen erst seit Kurzem vorliegen und noch nicht Teil der Anschuldigungen sind. Gegenwärtig läuft eine Auswertung durch die Direktion Zentraler Service. Bislang warte ich auf das Ergebnis der dortigen Abteilung für Informations- und Kommunikationstechnik. Aber vielleicht möchten Sie sich dazu schon jetzt äußern, um dieses Verfahren nicht unnötig in die Länge zu ziehen. Ihre Mitarbeit würde sich entsprechend positiv auf die Beurteilung des Falls auswirken. Helfen Sie mir! Ich kann mir nämlich nicht erklären, weshalb Sie als oberste Kontrollinstanz des LKA eigenmächtig Daten im POLIKS verändern sollten, außer Sie hätten komplett den Verstand verloren.«

»Wie reden Sie denn mit mir?«

»Frau Rothmann«, meldete sich Bechstein zu Wort. »Unterlassen Sie bitte pauschale Behauptungen und teilen Sie uns Fakten mit.«

»Oder aber, Sie mussten es tun, weil Sie erpresst wurden«, sprach Nora weiterhin mit dem Pensionär, der daraufhin bloß schnaubte. »Wenn Sie erpresst oder bedroht wurden, können Sie das angeben. Selbst wenn sich Ihre Begründung als stimmig herausstellt, entschuldigt das nicht Ihr illegitimes Handeln. Mir ist unbegreiflich, weshalb Sie sich in Ihrer damaligen Position überhaupt für eine abgeschlossene Akte interessieren sollten. Vielleicht können Sie es mir erklären, denn schließlich bin ich deshalb hergekommen. Ich möchte verstehen, warum Sie Ihren guten Ruf aufs Spiel gesetzt haben.«

»Tut mir leid, ich kann Ihnen nicht folgen. Aber ich weiß eins mit Sicherheit: Wenn jemand derartig falsche Dinge behauptet, dann sind es Leute, die mir nachträglich schaden wollen. Kommen Sie schon, nennen Sie mir Namen!«

Nora schüttelte den Kopf. Bei einer inoffiziellen Anhörung würde sie die Namen der Informanten nicht preisgeben. »Warum sollten ehrbare Polizisten das Risiko einer Falschaussage gegen Sie eingehen? Keiner von denen hätte einen Vorteil davon.«

»Sie sprachen eben von einer abgeschlossenen Akte«, mischte sich der Anwalt erneut ein. »Mein Mandant und ich würden gern erfahren, um welchen Fall es sich handelt.«

»Es geht um die prominenten und gleichsam abscheulichen Taten von Andrzej Raschun.«

KAPITEL 10

Während in Tuchfeldts Büro für einen Moment Stille einkehrte, musste Nora an alte Zeitungsberichte und die damaligen Nachrichten denken. Vor neun Jahren hatte es in Berlin eine Reihe von Verbrechen gegeben, bei denen Motive der »Kinder- und Hausmärchen« der Brüder Grimm eine Rolle gespielt hatten. Andrzej Raschun hatte vier Mädchen zwischen sieben und zehn Jahren in den Grunewald geführt und sie bestialisch ermordet. In der Folge hatte man ihm den Namen »Wolf« gegeben, weil er seine Opfer nicht nur in den Wald gebracht, sondern sie wie bei »Rotkäppchen« verkleidet hatte.

»Andrzej Raschun, der Wolf vom Grunewald?«, wiederholte Tuchfeldt empört und lachte dann wie betrunken auf. Passend dazu goss er sich erneut ein. Diesmal schwappte die Flüssigkeit sogar über den Rand des Glases. »Warum sollte ich mich an der Akte eines solchen Soziopathen vergreifen? Das wäre grob fahrlässig und naiv und würde möglicherweise sogar die Neubewertung des Urteils bedeuten. Ich meine, was für ein Interesse könnte ich haben, einem Serienmörder einen solchen Gefallen zu tun?«

Einen Gefallen! Still für sich registrierte Nora die eigenartige Wortwahl. Bisher konnte sie sich nicht erklären, was

Tuchfeldt damit bezweckt haben könnte, falls es sich bewahrheitete und er tatsächlich nachträglich Einfluss auf die Akte Wolf genommen hatte.

»Können Sie davon irgendetwas beweisen?«, fragte Bechstein, aber Tuchfeldt übernahm wieder die Sprecherrolle, als wäre sein Anwalt nicht per Video anwesend.

»Was Sie da vorbringen, Frau Rothmann, ist ausgemachter Schwachsinn! Das sind alles Verleumdungen.«

»Danach sieht es aber nicht aus«, beharrte Nora. »Ich habe das überprüfen lassen. Nach derzeitigem Kenntnisstand wurde die elektronische Akte Wolf vor zwei Jahren angerührt. Zu einem Zeitpunkt, als Sie kurz vor Ihrer Pensionierung standen. Seitdem hatte niemand mehr Zugriff auf den Vorgang.«

»Einen Moment«, unterbrach Bechstein. »Verstehe ich Sie richtig, Frau Rothmann, Sie hatten bisher selbst noch keinen Einblick in die betreffende Akte?«

»Richtig«, bestätigte sie knapp und ohne ein schlechtes Gewissen.

»Also dann …« Bechstein schmunzelte mitleidig. »Worüber reden wir dann hier eigentlich?«

»Wir reden über einen Sachbearbeiter namens Friedrich Brecht.«

»Wie bitte?«, fragte Tuchfeldt, als hätte er den Namen nicht richtig verstanden.

»Friedrich Brecht. Können Sie sich an ihn erinnern?«

»Das sagt mir nichts.«

»Weil es diese Person gar nicht gibt. Und doch taucht in POLIKS im Zusammenhang mit der Akte Wolf ein Sachbearbeiter namens Friedrich Brecht auf. Wir sind jeden einzelnen Bediensteten innerhalb der Berliner Polizei durchgegangen. Es gibt sogar einen Beamten mit diesem Namen. Dieser ist derzeit bei der Direktion Einsatz und Verkehr tätig. Allerdings hat der Mann nie für das LKA gearbeitet. Wir haben ihn befragt, seine Aktivitäten kontrolliert und können zweifelsfrei ausschließen, dass der Kollege jemals auf die genannte Akte Wolf Zugriff hatte. Dennoch gibt es eine Benutzerkennung mit seinem Namen. Eine Auswertung der IKT-Abteilung hat ergeben, dass Ihre damalige Zugriffsberechtigung benutzt wurde, um den Account anzulegen. Daher stelle ich meine Frage neu: Ist Friedrich Brecht Ihr Deckname gewesen?«

Eine Weile stierte Tuchfeldt nur in sein Glas, dann schüttelte er träge den Kopf. »Ausgeschlossen, da muss ein Irrtum vorliegen.«

»Kein Irrtum, Sie haben den Zugang autorisiert. Und mit Ihrer Zugangskennung wurde der Fall Wolf gesperrt. Was sagen Sie dazu?«

Nichts. Ihr Gegenüber klammerte sich an sein Glas, nippte daran und schwieg. Also machte Nora weiter.

»Ich bin keine Mordermittlerin, daher bin ich mit den Details der Akte nicht vertraut. Allerdings bin ich gut darin, Widersprüchlichkeiten aufzudecken. Wenn Sie es darauf anlegen, werde ich bis zum Äußersten gehen. Wie ich vorhin sagte, ist die Information noch zu neu. Ich wollte es dennoch erwähnen, damit Sie begreifen, dass noch deutlich mehr auf Sie zukommen könnte.«

»Andrzej Raschun, der Wolf, wurde vor acht Jahren rechtskräftig verurteilt«, erinnerte Tuchfeldt sie unnötigerweise an den Verfahrensausgang. »Nach meinem Kenntnisstand verbringt er noch die nächsten zwölf Jahre in Moabit. Für seine Taten wird er nie wieder einen Fuß in die Freiheit setzen, denn anschließend wartet auf ihn die Sicherungsverwahrung in der JVA Tegel. Und wir haben ihn gefasst. Nach seiner Festnahme gab es eine medienwirksame Pressekonferenz. Befinden sich in Ihren Unterlagen denn keine Zeitungsartikel mit meinem Bild?«

»Selbstverständlich habe ich auch diese gesammelt.«

»Was werfen Sie mir eigentlich vor?«

»Das sagte ich eingangs: Strafvereitelung und Bestechlichkeit.«

»Dann weiß ich nicht, weshalb wir über Raschun reden. Mit diesem Serienmörder habe ich nichts zu tun. Ich habe nie auch nur ein Wort mit dem Mann gewechselt. Den Inhalt seiner Akte kenne ich nur in Auszügen, aber jeder weiß, dass er seine Taten gestanden hat. Mir ist scheißegal, was mit seiner Akte passiert. Er wird im Knast verrotten. So sieht es aus! Denn alles, was ihm strafrechtlich vorgeworfen wurde, hat er bestätigt. Und glauben Sie mir, weder ich noch einer meiner Polizisten hat ihn dazu gezwungen.«

»Für die Aufklärung von Mordfällen bin ich nicht zuständig, mich interessiert nur saubere und rechtskonforme Polizeiarbeit. Ich bin für die Einhaltung der Spielregeln verantwortlich.«

»Und ich kann Ihnen versichern, dass mein Mandant wie kein anderer ebenfalls dafür steht«, brachte Bechstein sich zurück in die Runde.

»Es ist nicht unüblich, dass abteilungsfremde Kriminalbeamte wie Sie keinen Einblick in solche hochbrisanten Unterlagen bekommen«, unterstrich Tuchfeldt. Er griff in eine Schublade und legte eine eingewickelte Zigarre neben das Whiskyglas. »Also was wissen Sie schon? Der Fall Wolf war streng geheim und zudem ein Kapitalverbrechen. Es ist nicht unüblich, dass Akten vor unberechtigten Zugriffen gesperrt werden. Wenden Sie sich an jemanden, der die entsprechenden Rechte hat, und lassen Sie sich von demjenigen bestätigen, dass während meiner Zeit alles seine Richtigkeit hatte.«

»Sie hören mir nicht zu. Niemand hat mehr Zugriff auf die Akte. Nach jetzigem Stand ist unklar, ob überhaupt noch Daten vorhanden sind. Derzeit sieht es so aus, als hätten wir nur noch eine Geisterdatei. Das wäre vielleicht weniger tragisch, wenn die polizeiliche Papierakte nicht auch vernichtet worden wäre.«

»Ja, bei einem Wasserschaden im Archiv. Das ist kein Geheimnis. Etliche Akten waren davon betroffen. Wollen Sie mir ernsthaft die damalige Überschwemmung in die Schuhe schieben?«

»Auch das habe ich nachträglich überprüft. Der Wasserschaden betraf nicht den Gebäudeteil, in dem die Akte Wolf aufbewahrt wurde. Mir liegt sogar ein Gutachten des Bausachverständigen vor. Um es auf den Punkt zu bringen: Die Akte ist spurlos verschwunden. Und zwar während Ihrer Amtszeit als LKA-Präsident.«

Tuchfeldt leerte sein Glas fast vollständig und stellte es ab, als würde ihn Noras Besuch langweilen. »Na schön, verraten Sie mir auch, warum ich das alles hätte tun sollen?«

KAPITEL 11

Warum hätte Tuchfeldt das alles tun sollen? Auf diese Äußerung hatte Nora gewartet.

»Das ist die einzige Frage, für die mir noch die vollständige Antwort fehlt. Aber keine Sorge, ich werde sie Ihnen spätestens bei Abschluss des Verfahrens geben. Vielleicht taten Sie all das, um Ihren teuren Whisky bezahlen zu können oder Ihre Privatköchin. Was den Fall Raschun anbelangt, ist dieser für mich noch zu neu, deshalb konzentriere ich mich derzeit auf die Drogengeschichte und die Sache mit den Pferdewetten. Dass diese Vorwürfe gegen Sie stimmen, ist so sicher wie das Amen in der Kirche, sonst wäre ich nicht hier aufgetaucht.«

»Sind Sie dann fertig?«, kam es aus dem Laptop.

»Ich habe mir nichts vorzuwerfen«, redete Tuchfeldt und lallte dabei leicht. »Alles, was ich getan habe, diente dem Wohle des Landeskriminalamts. Was Sie dagegen tun, ist Rufmord! Sie stützen sich einzig und allein auf den wirren Artikel einer zweitklassigen Journalistin. Glauben Sie, ich wüsste nicht, wer Ihre Informantin ist? Dieser trunksüchtigen Hexe habe ich das alles zu verdanken!«

Angesichts der Tatsache, dass er bei jedem Satz sein Schnapsglas selbst wie ein beschwipster Dirigent schwang, klang seine Äußerung kurios.

»Warum sollte Margot Schreiner in ihrem Zeitungsartikel wissentlich falsche Anschuldigungen gegen Sie veröffentlichen? Sie stehen doch dem LKA längst nicht mehr an der Spitze vor. Für die Öffentlichkeit sind Sie bedeutungslos geworden.«

»Bedeutungslos«, wiederholte Tuchfeldt abfällig und leerte sein Glas. »Ich bin nicht bedeutungslos, aber Sie, wenn Sie nicht aufpassen.«

»Was wollen Sie damit andeuten?«

»Wissen Sie eigentlich schon, dass Margot Schreiner tot ist?«

Woher Tuchfeldt bereits davon wusste, hätte Nora zu gern erfahren, aber natürlich hatte er selbst als Pensionär Kontakte in die höchsten Kreise. Also überspielte sie ihre Verwunderung. »Darüber bin ich informiert.«

Tuchfeldt beugte sich nach vorn. »Die Wahrheit ist doch … Sie wollen mir ans Bein pissen wegen dem, was damals Ihrer Familie zugestoßen ist.«

»Was hat meine Familie mit Ihren Verfehlungen zu tun?«

Die Frage schwebte unbeantwortet im Raum. Vor zwanzig Jahren war Tuchfeldt Leiter des LKA 1 und damit federführend für die Ermittlungen zum Mord an Noras Familie gewesen. Bis heute war nicht geklärt, wer ihren Vater, ihre Mutter und ihren Bruder an einem Tag im April umgebracht hatte.

»Sie können es nicht ertragen, dass dieser Mordfall nie aufgeklärt wurde, und jetzt machen Sie mich dafür verantwortlich.«

»Herr Tuchfeldt, bitte bleiben Sie beim Thema«, übernahm Bechstein, der sich die letzten Minuten vornehm zurückgehalten hatte, sich aber anscheinend in seinem Büro Notizen machte.

Die Ermahnung seines Anwalts wirkte nur bedingt. Tuchfeldt blieb Nora die Antwort auf ihre Frage schuldig.

»Wissen Sie, ich habe Ihre Karriere sehr genau verfolgt. Sie sind jetzt dreiunddreißig. Vor zwei Jahren sind Sie zur Kriminalhauptkommissarin ernannt worden. Sie und einige andere zählten zur letzten Beförderungsrunde unter meiner Führung. Haben Sie überhaupt eine Ahnung, wem Sie Ihre berufliche Entwicklung zu verdanken haben?«

»Nicht Ihnen, sondern meinem Können«, antwortete Nora verbissen, denn der kometenhafte Aufstieg hatte ihr neben einem nicht unwesentlichen Gehaltsanstieg vor allem noch deutlich mehr Antipathie von Kollegen eingebracht.

»Bitte, Herr Tuchfeldt«, intervenierte Bechstein abermals. »Das tut hier nichts zur Sache.«

»Sie vergessen«, überging der ehemalige LKA-Chef seinen Anwalt erneut, »dass jede Beförderung über meinen Tisch gegangen ist.«

»Nicht Ihnen habe ich das zu verdanken«, beharrte Nora.

»Nun denn!« Tuchfeldt goss sich ein, trank, lachte und wickelte die Zigarre aus. »Cohiba! Diese Sorte hat Fidel Castro immer geraucht. Wussten Sie, dass es auf ihn so viele Attentate wie bei kaum einem anderen Staatspräsidenten gab?«

»Fidel Castro wurde von seinem Volk verehrt, aber das ändert nichts daran, dass er für zahlreiche Menschenrechtsverletzungen verantwortlich war.«

Bechstein räusperte sich. Tuchfeldt zündete sich die Zigarre an.

»Die hier liegt nun seit mehr als fünf Jahren in meinem Schreibtischfach.«

Auf einmal wurde er ernst und seine Hand wanderte zum Laptopbildschirm.

»Was machen Sie da, Herr Tuchfeldt?«, protestierte Bechstein noch, bevor er verstummte, weil sein Mandant den Rechner beherzt zuklappte.

»Was soll das jetzt?«, wunderte Nora sich darüber, dass er seinen Anwalt von der Unterredung aussperrte.

Eine Weile rauchte Tuchfeldt nur und stierte in seine Qualmschwaden.

»Sie sind wirklich eine beeindruckende Persönlichkeit, Frau Rothmann!«

»Schmeicheleien haben keinen Einfluss auf den Ausgang des Verfahrens. Schalten Sie Ihren Anwalt wieder zu.«

»Wegen Ihrer Prinzipien schätze ich Sie wie keine Zweite. Sie haben meinen vollsten Respekt, denn kaum ein anderer Polizist und kaum eine andere Polizistin würden Ihre Aufgabe so vehement erfüllen. Jede Hure hat einen besseren Job als Sie mit Ihrer Aufgabe bei den Amtsdelikten.« Er lachte und der schwere Rauch der Zigarre verteilte sich im Raum. »Sie hätten beim Cybercrime bleiben sollen. Da hätten Sie es ruhiger gehabt, wären vielleicht sogar zu einer geachteten Koryphäe geworden. Stattdessen jagen Sie wie eine Wölfin Polizisten. Es gehört viel Mut dazu, unbeliebt zu sein. Aber was erzähle ich Ihnen das? Was Sie hier machen, wird Ihr Untergang sein. Gehen Sie nach Hause, machen Sie Urlaub, genießen Sie Ihr junges Leben, aber kommen Sie nie wieder hierher.«

Von Urlaub hatte auch Quast gesprochen. Noras Leben bestand allerdings aus der Tätigkeit beim Landeskriminalamt. Dafür bezahlte man sie. Deshalb blieb sie hartnäckig.

»Ich frage Sie noch einmal, wer steckt hinter Friedrich Brecht?«

Statt ihr zu antworten, winkte ihr Gesprächspartner nur ab und stellte plötzlich eine Gegenfrage. »Wer ist Ihr Kontaktmann im Senat?«

Dieser Themenwechsel überraschte Nora. Gleichzeitig wunderte sie sich über den Verlauf der Unterhaltung. Als besonders unangenehm empfand sie sein Verhalten. Seine Augenlider senkten sich in immer schnellerer Abfolge. Vom Alkoholgenuss fiel ihm zudem das Sprechen schwer. Er lallte immer heftiger. Eine Weile beobachtete sie ihn nur, dann hielt sie es für unbedenklich, ihm seine Frage korrekt zu beantworten.

»Philipp Sandner.«

»Philipp Sandner ist ein gefährlicher Mann.« Tuchfeldt krächzte jetzt nur noch leise. »Halten Sie sich von ihm fern …«

Das waren seine letzten Worte, ehe er verkrampfte und Blut spuckte.

KAPITEL 12

Vor einer Stunde war Tuchfeldt vor Noras Augen zusammengesackt. Atemwegskontrolle, stabile Seitenlage, Herzdruckmassage.
Sosehr sie sich auf seinen Brustkorb gestemmt hatte, ihre Erste-
Hilfe-Maßnahmen waren ergebnislos verlaufen. Während Nora
den massigen Körper des Polizeipräsidenten vom Sessel auf
den Boden gezerrt hatte, war die Ehefrau ins Arbeitszimmer
gestürmt und hatte hysterisch losgeschrien.

»Was haben Sie getan?«, hatte sie gekreischt. »Was zum
Teufel haben Sie mit meinem Mann gemacht?«

Erst nach Noras mehrmaliger Aufforderung hatte sie den
Notruf gewählt. Aber Notarzt und Rettungsdienst waren mit
ihren Gerätschaften zu spät eingetroffen. Wilhelm Tuchfeldts
Herz hatte da längst keinen Ton mehr von sich gegeben. Seitdem
erlebte Nora das Geschehen wie im falschen Film. Einem
Statisten gleich stand sie in einer Ecke und verfolgte alles um
sie herum wie im Zeitraffer. Polizisten und Sanitäter schleppten
nicht nur ihre Ausrüstung, sondern vor allem Straßenschmutz
in die Villa. Aber die Sauberkeit der Teppiche interessierte derzeit niemanden. Tuchfeldts Frau hatte während der
Reanimationsmaßnahmen einen Nervenzusammenbruch erlit-
ten. Wenig verwunderlich, selbst Nora stand noch unter dem

Eindruck dessen, wie Tuchfeldts Körper unter den Elektroden des Defibrillators sich aufgebäumt hatte und wieder reglos zusammengesackt war. Gelegentlich sprachen Einsatzkräfte sie an, aber die Worte drangen nur teilweise zu ihr durch. Von einem Tatort war die Rede. Man hatte das LKA 11 verständigt. Natürlich tauchte KK als Leiter der Abteilung persönlich auf!

»Ist alles in Ordnung?«, fragte Konrad König sie gleich beim Hereinkommen.

Was für eine blöde Frage, dachte sie sich im ersten Moment. Doch im Gegensatz zu seiner Kollegin, die beim Eintreffen nur einen zynischen Kommentar abgegeben hatte, erkundigte er sich immerhin nach Noras Befinden. Also nickte sie brav.

»Ich komme klar.«

»Davon bin ich überzeugt.«

Etwas Ähnliches hatte Tuchfeldt vor einer Stunde zu ihr gesagt.

»Ehrlich. Es geht mir gut.«

»Ich werde vorsorglich den psychologischen Dienst kontaktieren.«

»Aber ich werde nicht mit denen reden.«

»Das ist ziemlich übel«, sagte Manja Steinke, die unterdessen das Zimmer inspizierte.

Nora ging davon aus, sie meinte das blutige Erbrochene auf der Schreibtischoberfläche. »Es ist einfach aus ihm herausgeschossen.«

»Für dich, meine Liebe! Für dich sieht es übel aus.«

»Beachte die Äußerungen meiner Kollegin nicht«, sagte König und machte mit dem Zeigefinger neben seiner Schläfe eine Spiralbewegung. »Das macht sie bei jedem.«

»Was braucht ihr von mir?«, fokussierte Nora sich auf das Zwangsläufige, um möglichst schnell von hier fortzukommen.

Königs dünne Augenbrauen, die man nur erkennen konnte, weil ihm das Kopfhaar vollständig fehlte, schoben sich nachdenklich zusammen. »Was denkst du denn, was wir von dir brauchen?«

»Eine Aussage?«

»Eine Aussage wäre ein guter Anfang. Also was machst du in diesem Haus?«

»Ich ermittle gegen Tuchfeldt in einem Strafverfahren.«

»Ist sicherlich keine angenehme Aufgabe, gegen einen so namhaften Beamten vorzugehen.«

Das Geschwafel war überflüssig, denn die Verfahrenseröffnung gegen den ehemaligen LKA-Chef hatte sich innerhalb der Berliner Polizei längst herumgesprochen. Auf ihrem Gebiet der Amtsdelikte war sie Spezialistin, von Leichenschauen und Todesumständen besaß sie dagegen nur rudimentäre Kenntnisse.

»Könnt ihr schon was sagen? War er krank?«

Steinke stieß einen Lacher aus. König zuckte mit den Schultern und schaute wie beiläufig auf den Leichnam. Der Rettungsdienst hatte das Hemd über der Brust aufgeschnitten. Der blasse, weiß behaarte Oberkörper lag deshalb frei.

»Du meinst wegen der Hämatemesis?«,

»Was?«, fragte Nora.

»Das Erbrechen von Blut. Der Fachbegriff ist Hämatemesis. So etwas kann ein Hinweis auf eine Verletzung im Verdauungstrakt sein. Die Diagnose überlasse ich allerdings der Rechtsmedizin.«

»Hämatemesis«, wiederholte Nora, um sich das Wort einzuprägen.

»Also du warst dienstlich hier, richtig?«

»Ich war im Dienst«, bestätigte sie, denn ihre Freizeit hätte sie definitiv nicht dafür geopfert.

»Und ihr zwei habt über …?«

»… über die Anschuldigungen geredet, die in der Zeitung standen.«

»Über die Anschuldigungen in der Zeitung, gut.« König und Steinke tauschten Blicke aus, die Nora stumm für sich deutete. Da sie über Margot Schreiners Artikel sprachen, ergab sich nach dem Tod der Journalistin selbst für sie ein mehr als merkwürdiger Zusammenhang. »Und dann hat Tuchfeldt wie aus dem Nichts einen Anfall bekommen und ist zusammengeklappt, richtig?«

Während Nora sich gedanklich in die Unterhaltung mit dem Ex-Präsidenten zurückversetzte, nickte sie wie ferngesteuert. »Er hat hochprozentigen Alkohol getrunken …« Sie schaute sich im Zimmer um, sah vor ihrem geistigen Auge den Hergang wie in einer Rückblende. Das Trinkglas stand noch an Ort und Stelle, wo er es abgesetzt hatte. Dafür war ihm die Zigarre bei dem Anfall aus den Fingern gerutscht und auf den Boden gefallen. Jemand hatte sie aufgehoben und in den Aschenbecher gedrückt. Auf der Auslegware zeugte nur noch ein winziger Brandfleck davon. »Und er hat dabei geraucht.«

»Wer befand sich zu diesem Zeitpunkt hier im Zimmer.«

»Da war dieser Anwalt … Martin Bechstein …«

»Der Bechstein war auch hier?«

»Da auf dem Laptop, per Videoschalte.«

Mit behandschuhten Fingern klappte Steinke den Computer auf. Natürlich war das Videobild verschwunden. Stattdessen forderte das Betriebssystem eine Passworteingabe.

»Hat dir unser Ex-Chef zufällig das Kennwort verraten?«

»Nein, wir haben nicht über sein Kennwort gesprochen.«

»Und dieser Anwalt hat alles beobachtet?«, fragte König.

Nora schüttelte den Kopf und schilderte die Augenblicke vor Tuchfeldts Zusammenbruch. Als sie erzählte, dass er den Laptop Minuten vor seinem Ableben zugeklappt hatte, sahen sich die beiden Mordermittler erneut skeptisch an.

»Du hast aber auch gar kein Glück«, merkte Steinke hörbar sarkastisch an.

»Sind das deine Notizen?«, fragte König und zeigte zum Schreibblock auf dem Tisch.

Nora bejahte. Ohne zu zögern, verstaute Steinke Block und Kugelschreiber in getrennte Plastiktüten. Als sie nach der Akte griff, schritt Nora ein.

»Die brauche ich.«

»Ich auch.«

»Du bekommst sie wieder«, versicherte König.

Grinsend nahm Steinke die Akte an sich. Ihr schien es Spaß zu machen, Nora wie eine Schwerverbrecherin zu behandeln. Später würde sie garantiert am Kaffeetisch anderen Kollegen berichten, wie sie die Nestbeschmutzerin vom LKA 34 vorgeführt hatte.

»Kann ich dann gehen?«, fragte Nora.

Vorerst schien Königs Fragestunde beendet. Er beugte sich über den Leichnam. Dabei führte er seine Nase dicht über das Gesicht des Toten, als wollte er zu einer verspäteten Mund-zu-Mund-Beatmung ansetzen.

»Riechst du das auch?«, fragte er Steinke.

»Nee, was denn?«, fragte sie, nachdem auch sie an dem Toten geschnuppert hatte.

»Bittermandel.«

»Bittermandel?«, wiederholte Nora erstaunt und sie ahnte, was das bedeutete.

»Bittermandel«, wiederholte König und atmete tief durch, ehe er sich Tuchfeldts Getränkebar zuwandte. »Welchen hat er getrunken?«

Nora zeigte ihm die entsprechende Whiskyflasche. Während sich die beiden Kollegen zusammenstellten und tuschelten, schaute Nora auf ihr Smartphone. Eine Nachricht ihrer Freundin Mareike war soeben eingegangen. Zum ungünstigsten Zeitpunkt. Bestimmt erkundigte sie sich, ob die Joggingrunde morgen noch stand. Bevor Nora den Inhalt auch nur lesen konnte, riss Steinke ihr das Gerät aus den Händen.

»Was soll das?«

»Ist auch beschlagnahmt.«

»Darf sie das?«, wandte Nora sich an König.

»Darf sie.«

Erneut grinste Steinke siegreich. »Wie lautet die PIN?«

»LMAA!«

»Hätte ich auch selbst drauf kommen können.« Im nächsten Moment war das Handy verschwunden und Manja klapperte mit ihren Handfesseln.

»Sehr witzig«, sagte Nora, aber König schüttelte missgelaunt den Kopf.

»Bis wir geklärt haben, was in diesem Raum geschehen ist, bist du festgenommen.«

»Ich soll ihn vergiftet haben?«, entrüstete Nora sich, weil sie nicht glauben konnte, was er da von sich gab.

»Bittermandelgeruch ist ein untrügliches Indiz für eine Cyanidvergiftung. Wie gesagt, die genaue Todesursache wird die Rechtsmedizin feststellen.«

KAPITEL 13

Obwohl die Heizung in der Gewahrsamszelle lief, fror Nora.
Sie fror hauptsächlich vor Scham. Allein beim Betrachten der
Edelstahltoilette fühlte sie sich entwürdigt. Ihre Blase drückte,
aber sie würde sich ums Verrecken nicht auf diese Schüssel
setzen. Dabei fühlte sie sich zu sehr beobachtet, auch wenn es
natürlich keine Kameras in dem Raum gab. Mit angewinkel-
ten Beinen kauerte sie auf dem Fliesenboden. Ihre persönlichen
Gegenstände hatte man ihr abgenommen, einschließlich Gürtel
und Schuhe. Sie wusste nicht einmal, wie spät es war, und ein
Fenster gab es in dem Loch auch nicht. Natürlich hatte KK
ihr angeboten, einen Anwalt zu kontaktieren. Rein aus Trotz
hatte Nora geantwortet, er solle einfach Martin Bechstein anrufen und mit ihm reden. Der Anwalt hatte das Gespräch per
Videokonferenz verfolgt. Er kannte den Verlauf des Treffens,
also konnte er Nora entlasten. Sie hatte sich zwar nichts vorzuwerfen, aber natürlich war sie klug genug, um zu verstehen,
dass sich im Falle einer Anklage das Recht nicht zwangsläufig
auf die richtige Seite stellte. Wenn Staatsanwalt und Haftrichter
zu der Überzeugung kamen, Nora habe etwas mit dem Tod
von Wilhelm Tuchfeldt zu tun, würde ihr Aufenthalt von
dieser Zelle in die Untersuchungshaft übergehen. Als eine

Streifenbesatzung sie in Handschellen in der Keithstraße beim LKA 11 vorgeführt hatte, hatten die dortigen Kollegen nicht schlecht gestaunt. Erstens, weil sie eine Kriminalbeamtin war, und zweitens, weil in den letzten fünf Jahren keine einzige Person in diesen Gewahrsamsräumen eingesessen hatte. König hatte darauf bestanden, dass man sie hierher brachte. Angeblich wollte er ihr die Schmach einer Unterbringung auf einer Wache zwischen Säufern und prügelnden Ehemännern ersparen.

»Besuch für dich, Nora!«, erschallte es auf der anderen Seite des Gitters.

Zu sehr in Gedanken versunken, hatte sie nicht einmal mitbekommen, wie der Kollege, der zu ihrer Bewachung abgestellt worden war, den Zellengang betreten hatte. Bestimmt würde gleich KK samt seinem rothaarigen Terrier aufkreuzen. Aber es kam anders.

»Den guten Abend kann ich mir sicherlich sparen, Frau Rothmann!«

»Sie?«

Unerwarteterweise spähte Philipp Sandner durch die Gitterstäbe. Nach Aufforderung des Senatsdirigenten schloss der Kollege die Tür auf. Bisher kannte sie den Mann nur von einem Foto aus dem Internet. Als hoher Beamter arbeitete er irgendwo im Referat III des Senats für Inneres. Offiziell leitete er die Untersuchung gegen Tuchfeldt. Er hatte auch persönlich grünes Licht gegeben, die Ermittlungen zu verschärfen.

»Lassen Sie uns bitte allein.« Sandner wartete ab, bis der Kollege gegangen war, dann trat er zu Nora in die Zelle. Er zog seine feinen braunen Lederhandschuhe aus und reichte ihr die Hand. »Wie geht es Ihnen?«

»Wie es einem so geht, wenn man im besten Hotelzimmer der ganzen Stadt übernachten darf.«

»Tut mir leid, wie alles gelaufen ist. Ich bin hergekommen, um Sie hier rauszuholen.«

»Das ist ein Scherz, oder?«

Sein kompromissloses Kopfschütteln unterstrich seine eben getätigte Zusage. Nora wusste nicht, ob überhaupt schon jemals ein Anzugträger aus dem Senat je einen Fuß in diese Räumlichkeiten gesetzt hatte. Ganz sicher aber hatte noch nie einer von denen eine Gefangene aus dem Gewahrsam geholt.

»Was wird hier gespielt?«

»Herr König hat mit dem Jourdienst gesprochen«, gab Sandner eine Erklärung. »Der Staatsanwalt ist zu der Einschätzung gekommen, dass man Sie gehen lassen soll. Es wird keine Haftrichtervorführung geben.«

»Reden Sie etwa von dem Herrn König, der mich vorläufig festgenommen hat?«

»Sehen Sie es Ihren Kollegen nach. Ein bis dahin kerngesunder Polizeipräsident ist unter mysteriösen Umständen und in Ihrem Beisein gestorben. Sie wissen, was das für eine Maschinerie ins Laufen bringt.«

»Weiß ich das?«

»Gehen Sie mit Ihren Leuten nicht zu streng ins Gericht. Herr König hat mir zugesichert, alles dafür zu tun, um Sie zu rehabilitieren.«

»Ach ja? Und warum ist er dann nicht hier, um mir den Arsch zu küssen?«

»Sie können gehen, das muss fürs Erste reichen.«

»Woher kommt der plötzliche Sinneswandel? Haben Sie da was gedreht?«

Sandners folgendes Kopfnicken konnte vielfältig interpretiert werden. »Das LKA 11 hat Martin Bechstein vernommen. Er hat Sie vollumfänglich entlastet. Er hat angegeben, dass Tuchfeldt während des gesamten Gesprächs einen merkwürdigen Eindruck gemacht hat. Im Nachhinein beschrieb sein Anwalt sein Verhalten als Anzeichen von ernsten gesundheitlichen Problemen. Herr Bechstein konnte zwar nur

70

eine Ferndiagnose abgeben, schließt aber nicht aus, dass sein Mandant etwas eingenommen hat. Er soll schon die gesamten letzten Tage in sich gekehrt gewesen sein.«

Nora erinnerte sich an den Whisky und Tuchfeldts Zustand.

»Wurde er vergiftet?«

Sandner nickte. »Eindeutig eine Cyanidvergiftung.«

»Das Glas!«, mutmaßte Nora. »Es war in seinem Glas.«

»Es war die Zigarre.«

»Das Gift war in der Zigarre? So wie damals bei dem Anschlag auf Fidel Castro?«

»Die Kripo geht von Selbstmord aus. Anscheinend war der Druck durch die Ermittlungen Ihrer Abteilung doch zu belastend für ihn. Es deckt sich auch mit der Einschätzung seines Anwalts. Das ist alles sehr bedauerlich. So weit hätte es nicht kommen dürfen, aber letztlich ist jeder selbst für sein Handeln verantwortlich. Wenn Wilhelm Tuchfeldt in Ausübung seines Berufs etwas Unrechtmäßiges getan hat, dann war er sich der Konsequenzen bewusst. Geben Sie sich also keine Schuld.«

»Ich gebe mir keine Schuld.«

»Umso besser.«

Sie schaute Sandner forschend an und rief sich ins Gedächtnis, wie Tuchfeldt sie vor ihm gewarnt hatte. Sandner sei ein gefährlicher Mensch.

»Wäre es nicht so tragisch, würde ich das alles ziemlich lächerlich finden. Erst stirbt Margot Schreiner bei einem angeblichen Unfall und jetzt soll Tuchfeldt sich selbst umgebracht haben. Das stinkt doch zum Himmel! Und damit meine ich nicht den Geruch von Bittermandel.«

»Überlassen Sie solche Überlegungen besser anderen. Sie haben genug durchgemacht. Ich ziehe Sie von dem Fall ab. Gehen Sie nach Hause.«

»Warum, verdammt noch mal, will heute jeder, dass ich nach Hause gehe?«

Sandners hartes Gesicht und der leidenschaftslose Blick verrieten nicht, was er dachte. Sie konnte nicht mal abschätzen, wie alt er eigentlich war. Um die fünfzig vermutlich, wenn man das leicht graue Haar und das Faltengemälde um seine Augen als Maßstab nahm.

»Hier.« Er drückte Nora ihr Smartphone, ihre Ausweise und ihr Portemonnaie in die Hand. »Ich mache das für Sie, weil ich Ihren Vater sehr geschätzt habe. Wir waren gut befreundet.«

Im Gegensatz zu ihm war Noras Vater sogar Senatsdirektor gewesen. Demzufolge hatte Armin Rothmann genügend einflussreiche Leute gekannt. Viele Freunde hatte er sich innerhalb des Senats jedoch nicht gemacht, wie es hieß. Bis heute vermutete man hinter seiner Ermordung ein politisches Motiv. Vielleicht wollte man ihn im Senat loswerden. Niemand kannte die Umstände oder den Täter. Ihr Vater war für viele ein Geheimnis gewesen. Ob Sandner tatsächlich zum Freundeskreis gezählt hatte, darüber konnte Nora nur spekulieren. Auf jeden Fall musste Sandner damit deutlich älter als fünfzig sein.

»Ist das so?«, fragte sie beiläufig, als sie an ihm vorbeitrat. »Nicht mal ich hatte Zeit, meinen Vater gut genug kennenzulernen.«

»Eines noch, bevor Sie gehen!«

Nora blickte zurück in die Zelle, wo Sandner verweilte, als wollte er den Platz mit ihr tauschen.

»Was gibt es?«

»Draußen wartet jemand auf Sie.«

KAPITEL 14

DUNKLE WELT

Vergangenheit

Darknet-Server: KHM1812
*Wie ist mein Name: *****
*Passworteingabe: ****************
*Verifizierungscode: *****
Grimm heißt dich willkommen!

>> Upload File
>> Download File

Upload-File-Name: Rotkaeppchen_01.mp4
Upload läuft …
Upload complete!
Löschfrist: 24 Stunden
Zugriffe nach 3 Minuten: 1

Das Bild wackelt ein bisschen. Wie es scheint, wurde das Video mit einem Smartphone aufgenommen. Das Mädchen ist acht Jahre alt. Es weiß nicht, was mit ihm geschieht. Es weiß nur, dass es seit einer Woche allein von der Schule nach Hause kommen darf. Seine Eltern sind stets beschäftigt. Sie wünschen sich ein zweites Kind, obwohl sie für ihr erstes kaum Zeit haben. Das Mädchen ist die ideale Beute für den Wolf. Es ist blond, verträumt und geistig ein bisschen zurückgeblieben. Daher meiden andere das Mädchen. Nur äußerst selten, meistens am Wochenende, steht es im Hof hinter dem Mehrfamilienhaus und schaut den anderen Kindern beim Spielen zu. Wenn es von Fremden angesprochen wird, läuft es davon. Der Wolf weiß alles über die Eltern und das Kind. Er hat die Kleine mit einer Videokamera lange vorher beobachtet. Ähnlich wie bei dieser Aufnahme.

In der nächsten Szene trägt das Kind bereits eine rote Augenbinde. Der Wolf schleicht um seine Beute herum. Die Kamera zeigt ihn nicht, aber man kann seine Gier und seine Erregung spüren. Er ist ein Voyeur, der mit seinem Opfer spielt. Das Mädchen wimmert kraftlos. Es kann nicht mehr weinen. Für den Moment sind alle Tränen versiegt. Später, wenn die Werkzeuge zum Einsatz kommen, wird es sich heiser schreien und seine Tränendrüsen vollständig entleeren. Seit einer Stunde sitzt es gefesselt auf dem Stuhl. Inzwischen haben die Fesseln tief in die Haut geschnitten. Aber diese Schmerzen sind nichts im Vergleich zu dem, was noch kommen wird.

Das Mädchen auf dem Stuhl ist Rotkäppchen. Keine rote Kappe, dafür eine rote Augenbinde. Rotkäppchen sitzt inmitten eines Waldes. Aber anders als es überliefert ist, wird niemand Rotkäppchen retten. Rotkäppchen hat nämlich gelogen. Es ist dem Wolf niemals entkommen …

Die Szene verschwindet und für das Mädchen beginnt der Albtraum.

Danke, dass Sie Teil von Grimm sind.
>> Ausloggen

KAPITEL 15

Als Nora den Vorraum der Dienststelle betrat, fühlte es sich tatsächlich nach Freiheit an. Es war deutlich kühler als in den Gewahrsamsräumen, was vor allem an der Tageszeit lag. Draußen war es inzwischen dunkel. Paradoxerweise fror sie jetzt nicht mehr. Ihr Magen knurrte dafür und ihre Füße taten ihr weh. Sie wollte nur noch in ihr Bett fallen. Aber das würde sich wohl noch etwas verzögern. Sandner war längst vom Gelände verschwunden. Dafür trat ihr ein anderer Mann gegenüber.

»Darf ich Ihnen in Ihre Jacke helfen?«

»Wozu?«

»Rein aus Höflichkeit«, beharrte Janosch Querschläger, ein Teammitglied des Psychosozialen Dienstes der Berliner Polizei.

Tatsächlich wollte Nora die Dienststelle so schnell wie möglich verlassen, weshalb sie sich beim Anziehen der Jacke in einem der Ärmel verheddert hatte. Letztlich schaffte sie es ohne fremde Hilfe.

»Warum sind Sie hergekommen?«

»Man hat mich darüber informiert, was vorgefallen ist.«

»Wer ist mit ›man‹ gemeint und was hat das mit mir zu tun?«

Der große Mann mit den auffällig blonden Haaren und den grazilen Händen, die konträr zu seiner Körpergröße wirkten und eher zu einer Frau gepasst hätten, lächelte. Seine Mimik zeichnete etwas Mitleidiges. Aber Nora wollte kein Mitleid. Sie wollte zu ihrer Katze und sich ein Pfund Schokolade reinschaufeln, um dem Tag wenigstens noch einen Glücksmoment abzuringen.

»Anhand Ihrer Reaktion merke ich, wie sehr Sie der Tod von Wilhelm Tuchfeldt und dazu die Festnahme belasten. Sie wollen das Geschehene verdrängen, das ist ein natürliches Abwehrverhalten des Gehirns. Gleichzeitig sind Sie beunruhigt, wie morgen Ihre Kollegen auf Sie reagieren werden. Sie fragen sich, ob da noch mehr kommt. Das alles sind Belastungsfaktoren, die der Gesundheit unseres Körpers schwer zusetzen.«

Nora schaute auf ihre Uhr, die man ihr ebenfalls zurückgegeben hatte. »Das haben Sie innerhalb von dreißig Sekunden analysiert? Wenn Sie so fix arbeiten, fühlen sich da die Leute nicht von Ihnen verschaukelt?«

»Bitte, ich mache mir ernsthaft Sorgen um Sie. Niemand steckt etwas Derartiges einfach so weg. Es ist kaum vorstellbar für mich, dass man mich danach auch noch in eine Zelle gesperrt hätte.«

Anders als Sandner, der im teuren Mantel in die Katakomben gestiegen war, stand Querschläger vor ihr, als wäre er frisch von der Laufstrecke gekommen. Er trug eine sportliche Wintermütze und bloß eine Fleecejacke, die seinen athletischen Körper betonte.

»Ich kann mich nicht erinnern, dass wir irgendeine Beziehung haben, also machen Sie sich unnötige Sorgen.« Um ihm zu verdeutlichen, dass er unpassend kam, schenkte Nora ihrem Smartphone mehr Aufmerksamkeit. »Verdammte Scheiße!«

»Stimmt etwas nicht?«, erkundigte Querschläger sich, aber sie ignorierte ihn.

Jemand hatte ihre Nachrichten angeklickt und gelesen. Sie tippte auf Manja Steinke. Aber wer es letztlich gewesen war, spielte für sie auch keine Rolle. Längst überflog sie den Inhalt der letzten Mitteilungen.

Mareike [14.13 Uhr]: Hast du noch meinen Wohnungsschlüssel?

Kevin [21.49 Uhr]: Du hast nicht auf meine Nachricht geantwortet. Hab gerade bei dir geklingelt. Du bist anscheinend nicht zu Hause. Ruf mich bitte an.

»Sie sind schon einmal in psychologischer Betreuung gewesen, nicht wahr?«

Erstaunt schaute sie auf und direkt in Querschlägers erwartungsvolles Gesicht. »Woher wissen Sie das?«

»Wollen wir das drinnen in einem ruhigen Raum besprechen? Ich möchte Sie ungern mit der belastenden Situation gehen lassen.«

»Haben Sie eine Visitenkarte?«

»Ja, sicher.« Er öffnete den Reißverschluss seiner Jacke und zückte tatsächlich ein Kärtchen. »Sie können mich …«

»Heben Sie sich die gut für jemand anderen auf.«

Damit ließ sie den Psychologen stehen.

KAPITEL 16

Thoralf Schreiner konnte unmöglich weiterhin untätig herumsitzen. Selbst wenn sich sein Körper ausgelaugt anfühlte. An Schlaf war heute, morgen und übermorgen jedenfalls nicht zu denken. Die leere Betthälfte und die Stille in der Wohnung machten ihn rasend. Zudem hasste er schon jetzt die Einrichtungsgegenstände, die ihn umgaben, weil sie ihn an Margot erinnerten. Den Großteil davon hatte sie gekauft. Einschließlich des angeblichen Gerhard-Richter-Aquarells, das sich später als Fälschung herausgestellt hatte. Kein Wunder, dass Margot es günstig von einem arabischen Kunsthändler erstanden hatte. Der Mann sei vom Fach, hatte sie damals noch beteuert. Thoralfs Warnungen waren stets an ihrem Ego abgeprallt. Sie war schon immer eine selbstständige und selbstbewusste Frau gewesen. Für den Journalismus hatte sie sich mehr als einmal mit zwielichtigen Leuten abgegeben. Es lebe die Auflage! Das war ihr Credo gewesen. Dafür, dass ihr voller Name über einem Artikel genannt wurde, war sie immer höhere Risiken eingegangen. Größenwahn! Das hatte ihr der Beruf gebracht. Sogar in einen Bandenkrieg zwischen bulgarischen Menschenhändlern war sie zeitweilig geraten. Tagelang hatte Thoralf um sie gebangt, befürchtet, sie würde als Leiche auf einem stillgelegten

Bahngleis oder in einem sumpfigen Teich wiederauftauchen. Stattdessen hatte man sie nun in einem Straßenkanal gefunden. Das war so ähnlich und irgendwie auch entwürdigend.

Von Unruhe getrieben klickte Thoralf sich durch seine Mails, um zu sehen, ob ihm schon jemand geantwortet hatte. Dabei dachte er pausenlos über seine Ehe nach. In den letzten Jahren waren er und seine Frau immer öfter getrennte Wege gegangen. Echte Einblicke in ihre Tätigkeit hatte er nie bekommen, in dem Punkt hatte er den Kommissar nicht belogen. Aber soweit Thoralf wusste, hatte sie zuletzt nicht in Richtung Menschenhandel oder andere organisierte Verbrechen recherchiert. Davon hätte er garantiert etwas mitbekommen, auch wenn er sich kaum noch für ihren Alltag interessiert hatte. Ein paar Affären mit jüngeren Männern hatte er zur Kenntnis genommen. Margot hatte sich kaum noch Mühe gegeben, ihre Seitensprünge geheim zu halten. Dennoch hatte Thoralf seine Frau geliebt. Das spürte er, sonst hätte sein Herz nicht so wehgetan. Wegen des Schmerzes würde er ihren Tod nicht so einfach hinnehmen. Nicht, bevor ihm jemand Antworten gab.

Die Zeiger der Uhr standen auf kurz nach Mitternacht. Bis vor einer halben Stunde hatte er Verwandte und Bekannte abtelefoniert, sie sogar angebettelt, sie möchten ihm doch sagen, falls irgendjemand etwas mitbekommen hatte. Außerdem hatte er auf seinem Blog vom Tod seiner Ehefrau berichtet und einen Zeugenaufruf gestartet. Als Betreiber eines Imbisses an der U-Bahn-Station Rosa-Luxemburg-Platz besaß er natürlich nicht das journalistische Talent seiner verstorbenen Gattin, aber für einen Laien lief sein privater Blog Cop-Reporter-Undercover ziemlich erfolgreich. Pro Woche kamen etwa zwanzigtausend Zugriffe zusammen. Genügend Traffic für ein kleines Zusatzeinkommen über Werbeeinblendungen und Affiliate-Links, zu wenig, um davon leben zu können. Aber grundsätzlich betrieb er die Seite, um Missstände bei Behörden aufzudecken. Seine Meinung über die Berliner Polizei war von etlichen negativen Erfahrungen geprägt. Als jugendlicher Atomgegner hatte er nach einer Demo die Nacht in einer Gewahrsamszelle verbringen müssen. Dabei hatte er nicht einmal Steine nach den Uniformierten geworfen. Später hatte er seinen Führerschein wegen eines Verkehrsdelikts abgeben müssen. Ebenfalls ungerechtfertigt, wie er fand. Und diesmal hatten die beiden Kriminalisten ihn im Unklaren darüber gelassen, wie es jetzt weitergehen würde. Also musste Thoralf selbst aktiv werden. Neben dem Blogeintrag nahm er sich vor, Margots persönliche Unterlagen akribisch zu durchforschen. Sie hatte in fast allen ihren Dokumenten Datum und Uhrzeit vermerkt. Im Zusammenhang mit dem Polizeipräsidenten Wilhelm Tuchfeldt fand er in ihren Aufzeichnungen handschriftliche Notizen. Anscheinend bezogen sie sich auf interne polizeiliche Ermittlungen.

- Friedrich Brecht? > Polizeibeamter? > Pseudonym?
- Zugriff auf elektronische Akte verweigert
- Verbleib Papierakte? Nicht von Wasserschaden betroffen
- LKA 34 ermittelt

Der Zettel war ziemlich aktuell und klebte an einem Bericht über die Mordserie im Grunewald vor neun Jahren. So richtig konnte Thoralf damit nichts anfangen, aber er würde der Sache nachgehen. Außerdem fand er den Namen Ludwig von Ambrosch sowie einige Zeitungsartikel, in denen der Mann auftauchte.

»Das ist doch der angebliche Nachfahre der Brüder Grimm.«
Thoralf hatte die Gerüchte um die Familie Ambrosch nur am Rande verfolgt, aber soweit er wusste, hatte sich der

Stammbaum des vermeintlichen Adligen als Schwindel heraus-gestellt. So beschrieben es auch die Zeitungsausschnitte, die er nacheinander durchblätterte. Dabei schaute Thoralf mehrmals zu dem namenlosen Gerhard-Richter-Gemälde, dessen Motiv man am ehesten als Schneegestöber bezeichnen konnte. Mit Fälschungen hatte Margot sich also mittlerweile ausgekannt.

Er legte die Zeitungsblätter beiseite und sichtete danach ausgedruckte Protokolle aus dem Internet. Allerdings war die zugehörige Adresse keine der üblichen Internetadressen, son-dern eine scheinbar zusammenhanglose Aneinanderreihung von Buchstaben und Zahlen. Margot hatte gelegentlich im Darknet recherchiert, allerdings mithilfe eines IT-Spezialisten. Wenn Thoralf doch nur dessen Namen und Kontaktdaten gehabt hätte! Vielleicht hätte sich auch die Kripo dafür interessiert.

»Nein, dieser König ist ein Beamtenarsch. Der ist so träge wie alle anderen auch.«

Und seine Kollegin war eine ungehobelte Nervensäge. Keiner von beiden hatte sich die Mühe gemacht, eine Visitenkarte dazulassen. Dafür fand er in Margots aktuellem Notizbüchlein das Kärtchen einer anderen Polizistin.

»Kriminalhauptkommissarin Nora Rothmann.«

Als er Margots handschriftliche Vermerke eingängiger inspizierte, fand er sogar eine private Handynummer und die Wohnadresse. Wie immer war seine Frau gründlich gewesen. Die Kommissarin arbeitete beim LKA 34.

KAPITEL 17

Nicht nur der Akku ihres Handys war inzwischen komplett leer, auch Noras innere Batterie näherte sich dem tiefroten Bereich. Es war bereits nach Mitternacht, als sie endlich vor ihrer Wohnung stand. Nach solch einem beschissenen Tag war es kein Wunder, dass es sich in ihrem Kopf wie Watte anfühlte. Sie brauchte mehrere Versuche, ehe ihr Schlüssel das Schlüsselloch fand. Sie wollte gerade eintreten, als eine Hand sie von hinten berührte.

»Scheiße, was bist du denn für ein Psycho?«, fuhr sie Kevin an, als sie ihn erkannte.

»Ich habe doch eben Hallo gesagt«, rechtfertigte er sich. »Du hast mich anscheinend überhört. Und zurückgerufen hast du auch nicht, sonst hättest du gewusst, dass ich später noch mal bei dir klingeln wollte.«

»Hast du mal auf die Uhr geschaut?«

»Ich konnte einfach nicht schlafen, weil ich dich vermisst habe. Also bin ich ziellos durch die Nacht gestreift.«

»Klar, und da kommst du zufällig an meinem Haus vorbei. Auch noch in diesem lächerlichen Aufzug.« Sie betrachtete das weiße T-Shirt mit den Zeichentrickfiguren Pinky und Brain aus den Neunzigern. Fehlte eigentlich nur noch, dass er den berühmten Spruch aus der Serie aufsagte: »Was wollen wir denn heute Abend machen?«

Aber nein, Kevin stand wie ein gescholtener Schuljunge da und schaute an sich hinunter. Für einen Siebenundfünfzigjährigen kleidete er sich eine Spur zu pubertär. Die löchrige Jeans und die elfenbeinfarbenen Slipper ließ sie gerade noch durchgehen. Aber das T-Shirt gehörte in die Kategorie Fehlgriff. Sie brauchte einen ganzen Kerl, keinen Möchtegern-Teenager. Ein bisschen bereute sie es, dass sie ihn vorletztes Wochenende in der Cocktailbar abgeschleppt hatte. Um nicht unfair zu sein, musste sie zugeben, dass der Sex mit ihm ziemlich heiß gewesen war. Wenigstens auf der Couch und auf dem Wohnzimmerboden hatte er seine Erfahrung aufblitzen lassen. Seine Klavierspielerfinger konnte sie selbst nach Tagen noch auf ihrer Haut spüren. Sex und sein Sperma waren jedoch alles, was sie hatte haben wollen. Vermutlich hatte er das missverstanden. Oder sie hatte sich nicht deutlich genug ausgedrückt.

»Es ist Wochenende, ich wollte was mit dir unternehmen.« Er schaute auf seine Armbanduhr. »Es ist noch nicht zu spät für zwei erwachsene Singles. Wir könnten in einen Club gehen, etwas trinken. Ich bezahle das Taxi.«

Sie wusste viel zu wenig über ihn. Er machte irgendwas mit Netzwerken, und seinem Mercedes nach zu urteilen, verdiente er dabei nicht schlecht. Aber an seinem Geld hatte sie nicht das geringste Interesse. Erst recht nicht an einer festen Beziehung.

»Hör zu«, sagte sie. »Du kannst eine Stunde bleiben.«

»Komm schon, drei!«

»Eine Stunde, habe ich gesagt, oder du kannst gleich abhauen.«

Sekundenlang schaute er sie mit offenem Mund an, was für einen Mann seines Alters ziemlich dämlich aussah. Hinter ihr im Flur miaute ihre Katze.

»Ich muss die Queen füttern.«

»Hast du ein Bier im Kühlschrank.«

»Sogar zwei.«

Beide schmunzelten, dann steuerten ihre Lippen von Hormonen gelenkt aufeinander zu. Eng umschlungen stolperten sie in die Wohnung. Er fordernd, sie rückwärts. Kevin war so erregt, dass er sie noch im Korridor gegen die geschlossene Eingangstür presste und ihren Hals küsste. Das Kribbeln, das sie bei jeder seiner Berührungen verspürte, vertrieb mehr und mehr die Müdigkeit. Dafür störte das anhaltende Miauen.

»Elizabeth sieht uns zu«, flüsterte Nora ihm ins Ohr.

»Was?«, grunzte Kevin, während er ihr die Jacke von den Schultern riss.

»Meine Katze. Ich muss ihr was zu essen geben, sonst gibt sie keine Ruhe.«

»Ich gebe auch keine Ruhe.«

»Du kannst warten.« Mit dieser Ansage stieß sie ihn von sich, bückte sich zu ihrer weiß-schwarz-braunen Katze und streichelte sie. Dann ging sie in die Küche, wohin Elizabeths Pfoten ihr folgten.

»Ach, Scheiße!«, stöhnte Kevin hörbar abgetörnt. »Du bist komisch, Nora.«

»Und das fällt dir schon beim dritten Treffen auf?«

»Ich meine, wer nennt denn seine Katze Elizabeth?«

»Als ich sie aus dem Tierheim geholt habe, lief da gerade diese Doku über die echte Queen. Ich glaube, anlässlich ihres Todes. Ich fand Elizabeth passend. Mittlerweile rufe ich sie nur noch Queen oder einfach Beth.« Das Katzenfutter landete schmatzend im Napf. Sofort stürzte sich Elizabeth darauf. »Selbst beim Fressen hat sie etwas Königliches an sich, findest du nicht? Vorher hieß sie übrigens Miss Tingle.«

»Du hast ihren Namen geändert?«

»Klar.«

»Man ändert nicht einfach den Namen eines Tieres.«

»Warum nicht?«

Kevin stand im Korridor, seine langen Arme gegen den Türrahmen gestemmt. »Wie würde es dir gefallen, wenn jemand dich umbenennt?«

»Weiß nicht, hab ich nie drüber nachgedacht. Ich bin schließlich keine Katze.« Nora stöpselte ihr Handy an die Steckdose und bildete mit einer Hand Krallen, die sie in seine Richtung streckte. »Wenn dich das anmacht, kannst du mir nachher einen anderen Namen geben. Irgendwas Versautes vielleicht.«

»Ist nicht mein Ding.«

»Dann eben nicht.«

Während ihr Smartphone startete, musterte sie ihn. Angesichts ihrer kleinen Küche wirkte er erschreckend riesig. Das konnte sie zwar nicht über seinen Schwanz behaupten, aber immerhin konnte er damit zielsicher umgehen und ein paar ziemlich leidenschaftliche Dinge anstellen.

Von seinem Körper schaute sie auf ihr Handy, um zu sehen, was sich dort getan hatte. Tatsächlich hatte Kevin noch mehrfach bei ihr angerufen. »Wie heißt du eigentlich mit Nachnamen?«

»Wittekind, das habe ich dir letztes Wochenende schon verraten.«

»Kann sein, ich mache mir nicht so viel aus Namen.« In ihrer Anrufliste tauchte auch Mareike auf. Komisch, sonst rief sie nicht so spät an. Dazu die Nachricht mit dem Wohnungsschlüssel, worüber Nora sich vorher schon gewundert hatte. Samstagvormittags gingen sie meistens gemeinsam auf dem Tempelhofer Feld joggen. Für zehn Uhr waren sie diesmal verabredet. Wenn Mareike etwas Wichtiges von ihr gewollt hätte, dann hätte sie es geschrieben.

Gerade als sie in ihrer Anrufliste eine fremde Nummer entdeckte, trat Kevin hinter sie und riss ihr das Handy aus den Fingern.

»Meine sechzig Minuten laufen«, raunte er, dann packte er sie mit seinen großen Händen.

KAPITEL 18

Hoffentlich zum letzten Mal an diesem Arbeitstag kehrte König vom Kopierautomaten ins Büro zurück. Sämtliche anderen Zimmer waren schon seit Stunden verwaist. Letztmalig hatte sich der Dezernatsleiter gegen dreiundzwanzig Uhr von zu Hause aus telefonisch bei ihm über den Sachstand erkundigt. Niemand war so richtig glücklich über die bisherigen Ergebnisse. Die Verwicklung von Nora Rothmann war da nur die Spitze des Eisbergs. Auch wenn laut Staatsanwaltschaft keine Haftgründe gegen sie vorlagen, würde Nora ab kommendem Montag ernste dienstrechtliche Probleme bekommen. Aber das war nicht mehr Königs Baustelle. Ihm saß der Senat im Nacken, der eine lückenlose Aufklärung der Todesumstände Tuchfeldts forderte. Und zwar schleunigst.

Zu Königs Überraschung tauchte der Name des LKA-Chefs im Internet aktuell lediglich als Randnotiz auf. In den morgigen Wochenendausgaben der Berliner Tageszeitungen würde sein Ableben vermutlich auch keine Titelstory mehr werden. Das mit dem Gift behielt das LKA vorerst für sich, so hatte König sich mit seinen Vorgesetzten abgestimmt. Positiv auch, dass noch keine Redaktion den Tod von Wilhelm Tuchfeldt mit dem von Margot Schreiner in Verbindung gebracht hatte. Allerdings konnte sich das sehr bald ändern. Die *Berliner Krone* würde sich nicht so ohne Weiteres mit dem Verlust einer Journalistin zufriedengeben. Wie erwartet hatte Thoralf Schreiner auf seinem Blog wilde Spekulationen und Zeugenaufrufe über den Unfall im Straßenkanal veröffentlich. CRU – Cop-Reporter-Undercover! Manja hatte die Seite rein aus Neugier aufgerufen und war auf den neusten Artikel gestoßen. Um 22.41 Uhr hatte der Ehemann ihn online gestellt. Wie erwartet hielt er die Kripo für unfähig. Da konnte König fast schon von Glück reden, dass sein Name nicht genannt wurde.

»… können sich auf mich verlassen«, drang Manjas Stimme aus seinem Büro, auf das er zusteuerte. »Ja, ich sehe zu, was sich machen lässt.«

»Wer war das?«, wollte König wissen, als er das Zimmer mit den kopierten Unterlagen betrat.

»Wer das war?«, kam es hörbar gereizt von seiner Kollegin. »Toni, wer sonst?«

»Das klang aber nicht wie dein Verlobter.«

»Sag mal, kontrollierst du mich?«

Weil er ebenfalls gereizt war, dachte er einen Moment daran, sich ihre Anrufliste zeigen zu lassen. Aber unter Kollegen gehörte sich das nicht, auch wenn er grundsätzlich gegenüber jedermann misstrauisch war. Aus gutem Grund, denn im Laufe von vierunddreißig Dienstjahren hatte er genug gescheiterte Polizisten kennengelernt. Einige hatten den Beruf so sehr gehasst, dass man denken konnte, sie würden längst für die Gegenseite arbeiten.

»Ich brauche heute noch ein Team«, kürzte er die Sache ab. »Wir legen gleich früh los.«

Manja streckte die Beine aus und legte demonstrativ ihre Füße samt Schuhen auf den Schreibtisch. »Unsere Leute sind im Wochenende. Das solltest du ihnen nicht versauen.«

»Bis Montag kann das hier nicht warten.« Er wedelte mit den Kopien. »Ich will mir nichts nachsagen lassen. Tuchfeldts Frau sollte es im Laufe des Tages besser gehen. Sie muss vernommen werden und diesen Anwalt will ich mir auch noch einmal vorknöpfen. Bechstein war schon immer ein seltsamer Vogel. Nimm das nicht als Aufforderung, aber mich stört seine überkorrekte Art. Und sein Getue, von wegen, er würde der Menschheit einen Dienst erweisen, geht mir auch gegen den Strich. Ständig lässt er sich mit Sozialhilfeempfängern ablichten, wenn wieder ein Prozess zu seinen Gunsten ausgegangen ist. Auch wenn er so tut, der Mann kennt kein Mitleid. Das ist ein knallharter Jurist, der am Ende nur Kohle sehen will.«

Als hätte sie ihm bloß beiläufig zugehört, griff Manja nach einem Ausdruck neben ihrem Ellenbogen und ließ ihn über den Tisch segeln. »Hab mich ein bisschen über die Dame erkundigt und herumtelefoniert.«

»Was ist das?«, fragte König und überflog die Zeilen. Was er da in seinen Fingern hielt, waren vergangene Verfahren wegen verschiedener Amtsdelikte, bei denen Nora Ermittlungsführerin war.

»Erinnerst du dich an den Staatsanwalt, der wegen Korruptionsvorwürfen im Betrugsfall mit diesem Araberclan seinen Hut nehmen musste?«

König nickte und fand das entsprechende Aktenzeichen auf dem Blatt. »Da ging es wohl um Immobilien.«

»Außerdem wurde sie mal von einem Streifenpolizisten attackiert, nachdem es bei seinem Verwarngeldblock ein paar Ungereimtheiten gegeben hatte«, erzählte Manja weiter. »Und erinnerst du dich an die Sekretärin vom LKA 4, die ein paar Arbeitsmittel mitgehen lassen hatte?«

»Ja, war ziemlich tragisch. Sie hatte wohl einen behinderten Sohn.«

»Das war eine unbedeutende Tippse, aber Nora hat sie behandelt wie eine Schwerverbrecherin, so heißt es jedenfalls.«

König legte das Blatt zurück auf den Tisch. »Wir sollten uns nicht an Gerüchten beteiligen, sondern die Fakten bewerten.«

»Dienstliche Verfehlungen hin oder her. Für mein Empfinden hat Nora einfach Spaß daran, solche Leute fertigzumachen. Ich meine, wir machen alle Fehler. Was ist, wenn sie Tuchfeldt doch umgebracht hat, weil sie auf verlorenem Posten stand und eine Niederlage nicht akzeptieren wollte? Ich meine, wenn sich am Ende alles als haltlos herausgestellt hätte, das wäre doch ihr Karriereende gewesen.«

»Du spekulierst schon wieder. Wenn es so gewesen sein sollte, dann finde es raus. Derzeit gibt es keine Beweise dafür, dass Nora nachgeholfen hat. Das Cyanid befand sich in der Zigarre, die Tuchfeldt eigenhändig ausgewickelt hat, so hat es der Anwalt bestätigt. In der Folie war ein winziger Nadeleinstich. Falls Nora die Zigarre tatsächlich vorher präpariert hat, hätte sie auch sichergehen müssen, dass er sie sich exakt zum Zeitpunkt des Gesprächs oder kurz danach anzündet. Soweit wir wissen, lag sie mehrere Jahre in dem Schubfach. Für mich sieht das nach Selbstmord aus. Mag sein, dass Noras Ermittlungen ihn zu der Handlung getrieben haben, aber das können wir ihr strafrechtlich unmöglich vorwerfen.«

»Wir hätten wenigstens ihr Handy behalten sollen.«

»Das mussten wir ihr zurückgeben, hat der Typ vom Senat entschieden.«

»Seit wann mischt sich eigentlich die Politik in polizeiliche Ermittlungen ein?«

König fand das Vorgehen ebenfalls seltsam. Deshalb zuckte er bloß mit den Schultern. »Hat wohl mit Noras Abteilung zu tun. Ich glaube, im Senat sind einige nervös geworden, seit man die Vorwürfe gegen Tuchfeldt untersucht hat. Was dieser Sandner für eine Rolle spielt, möchte ich auch gern wissen. Ich meine, der Typ taucht hier plötzlich auf und hat den Staatsanwalt an der Strippe! Angeblich handelt er bloß im Auftrag seines Vorgesetzten, so hat er es mir versichert. Ich könne das gern mit dem Senator persönlich besprechen. Scheiße, vielleicht mache ich das noch, aber wie es aussieht, will man dort reinen Tisch machen. Die brauchen keinen bedeutungslosen Kriminalbeamten, der dämliche Fragen stellt, sondern einen, der Antworten liefert. Wie dem auch sei, ich möchte die beiden heutigen Fälle so schnell wie möglich abschließen. Die beschlagnahmten Unterlagen von Nora sind unvollständig, nicht viel mehr als ein paar Auszüge und Stichpunkte. Vermutlich wollte sie bei der inoffiziellen Befragung nicht das Risiko eingehen und die Originalakte mitschleppen. Ich hätte es jedenfalls so gemacht. Also ruf Dieter Quast an. Der soll uns Details zu den Ermittlungen liefern. Vielleicht ergibt sich da was.«

»Hast du mal auf die Uhr geschaut? Es ist halb eins. Soll ich die Abteilung etwa jetzt wecken?«

»Je eher sie es erfahren, umso zeitiger können wir nach dem Frühstück beginnen.«

»Hey, ich habe auch noch ein Privatleben.«

»Nicht, wenn sich ein ehemaliger Polizeipräsident das Leben nimmt.«

»Scheiße!«

»Das kannst du laut sagen.«

»Das meine ich nicht.« Manja dreht ihm ihren Bildschirm zu. »Schau dir den Kommentar unter Thoralf Schreiners Blogpost an.«

KAPITEL 19

Ein Odeur aus Sex und Schlachterei durchzog die Wohnung. Elizabeth hatte die Hälfte des Katzenfutters aus ihrem Magen hochgewürgt und auf dem Korridorboden erbrochen. Ständig benahm sich ihre Katze daneben, sobald Nora Männerbesuch empfing.

»Du solltest mit ihr zum Tierarzt gehen«, meinte Kevin, während Nora ihn aus dem Schlafzimmer und im Slalom um die qualligen Brocken zur Wohnungstür drängte.

»Ja, ja, und jetzt raus!«

»Vorhin sollte ich nicht raus.«

Die eine Stunde, die sie ihm eingeräumt hatte, war längst überzogen.

»Du durftest schon in die Verlängerung gehen, also beschwer dich nicht.« Sie drückte ihm sein T-Shirt, Jackett und die Herrenschuhe gegen die Brust. »Ich muss das Missgeschick der Queen beseitigen und in fünf Stunden wieder fit sein.«

»Entspann dich, es ist Samstag.«

»Bist du ein sprechender Kalender?«

Inzwischen stand er im Treppenhaus. Sie wollte gerade die Tür schließen, als ihr Handy an der Steckdose in der Küche klingelte.

»Wer ruft dich denn um die Uhrzeit noch an?«

»Das geht dich gar nichts an, oder bist du eifersüchtig?«

Wie benommen schüttelte er den Kopf. »Wann sehe ich dich wieder?«

»Am besten gar nicht.«

Damit knallte sie ihm die Tür vor der Nase zu. Der Klingelton erstarb und für einen Moment kehrte absolute Stille in der Wohnung ein. Seit einiger Zeit rief nachts irgendein Spinner mit unterdrückter Nummer bei ihr an. Deshalb hatte sie ihr Smartphone die letzten Tage immer stumm geschaltet. Wegen Kevins Überraschungsbesuch hatte sie es diesmal jedoch vergessen. Für Sekunden ließ Nora sich gegen das Türblatt fallen und schloss die Augen. Sie empfand weder Lust, nach dem Anrufer zu sehen, noch Skrupel, Kevin einfach so vor die Tür zu setzen. Beim Kennenlernen in der Blackdoor-Bar vor zwei Wochen hatte sie ihre Bedingungen klar kommuniziert. Zumindest nach ihrem Empfinden. Mehr als ein, zwei Mal Sex würden mit ihr nicht laufen, hatte sie ihm gesagt. Kein Kaffeekränzchen, keine Restaurantbesuche, keine Netflix-Abende. Das sei kein Problem, hatte Kevin ihr damals versichert. Jetzt schien es für ihn doch eins zu sein. Wahrscheinlich hatte er wie alle triebgesteuerten Männer zu dem Zeitpunkt sein Gehirn längst in Stand-by-Modus versetzt gehabt.

»Ach, fuck!«

Immer das Gleiche mit den Kerlen. Warum konnte sie nicht einfach mal an einen von den Typen gelangen, die sagten: »Lass das Höschen runter, Baby, und danach verpiss dich!« Nein, ihre Liebhaber entpuppten sich nach dem Geschlechtsverkehr als Klammeraffen. Dabei hielt sich Nora mit ihrer Kurzhaarfrisur und ihren Ost-West-Brüsten nicht mal für eine Schönheit. Beim Attraktivitätslevel rangierte sie eher im unteren Durchschnitt, irgendwo zwischen den Kategorien

Englischlehrerin und Standesbeamtin. Außerdem behaupteten einige Leute, sie habe irgendeinen Komplex. Manche sprachen sogar vom Asperger-Syndrom. Ihr ehemaliger Psychotherapeut hatte gewisse Andeutungen in diese Richtung gemacht. Deshalb und weil sie sich in seiner Nähe unwohl gefühlt hatte, hatte sie die Sitzungen frühzeitig abgebrochen. Es war schließlich ihr Leben, das konnte sie so wohlwollend oder beschissen führen, wie sie wollte.

»Miau«, antwortete Elizabeth.

»Das hast du gut gemacht, du kleines Biest!« Nora suchte eine Handvoll Taschentücher, bückte sich, um das Erbrochene wegzuwischen, und streichelte mit der freien Hand das schnurrende Tier. »Okay, das Bett gehört wieder uns.«

Bevor sie unter die Dusche sprang, musste sie noch ihr kleines schmutziges Notizbüchlein zur Hand nehmen. Außer ihr wusste nur noch Mareike davon. Von ihr stammte auch die Bezeichnung. Auf seinen Seiten hielt Nora Namen und Datum ihrer Sexpartner fest.

Sie ging in die Küche, griff hinter ein Tablett an der Wand und zog das Buch hervor. Im Laufe der letzten Jahre hatte sie eine Menge Männernamen gesammelt. Von keinem war sie schwanger geworden. Allmählich kristallisierte sich heraus, dass das Problem bei ihr lag. Ihr Frauenarzt bescheinigte ihr allerdings bei jeder Untersuchung, organisch sei bei ihr alles in Ordnung. Sie könne jederzeit Kinder kriegen. Nichts wünschte sich Nora sehnlicher als ein Kind. Ein Kind hätte ihrer Welt Sinn gegeben, denn nicht erst seit den heutigen Ereignissen spürte sie, dass ihr Beruf ihr längst keine richtige Befriedigung mehr brachte. Es war der alltägliche Kampf gegen Windmühlen, der sie auszehrte. Natürlich würde sie bis zur Pensionierung vollen Einsatz zeigen, aber gleichzeitig wusste sie, dass man als Polizeibeamtin mehr verlieren als gewinnen konnte.

»Und tschüss!«, sagte Nora, als sie auf einer Zeile mit Kugelschreiber den Namen Kevin und das heutige Datum vermerkte.

Mit seinen siebenundfünfzig Jahren war Kevin nicht mal ihr ältester Liebhaber gewesen. Sie stieg beileibe nicht mit jedem x-beliebigen Mann in die Kiste. Bei ihrer Auswahl achtete sie auf ein gewisses Niveau. Kevin hatte einen passablen Eindruck hinterlassen. Er war gebildet, höflich und von beeindruckender Statur. Außerdem konnte er Klavier spielen. Angeblich. Sie hätte gern eine Kostprobe gehört. Wie alle anderen Männer zuvor, strich sie ihn jedoch gedanklich bereits aus ihrem Leben. Selbst wenn er zufällig der Vater ihres Kindes werden würde, hätte er keinerlei Verpflichtungen. Sie brauchte nur einen Erzeuger. Vorsorglich schrieb sie noch hinter seinen Vornamen Wittekind, nur für den Fall, dass demnächst ein weiterer Kevin die Liste ergänzen würde. In zwei oder drei Wochen würde sie einen Schwangerschaftstest machen. Hoffentlich ging es diesmal gut.

Als sie das Büchlein gerade weglegen wollte, schrillte es hinter ihr. Nora schwang herum, stürzte zum Handy. Zu ihrem Erstaunen leuchtete auf dem Display keine unterdrückte Nummer wie zuletzt. Mareike rief an. Es war fast drei Uhr. Nora konnte sich beileibe nicht vorstellen, was das zu bedeuten hatten.

»Was ist denn los?«, fragte Nora ins Telefon, erhielt jedoch keine Antwort. »Mareike?«

Kurzzeitig nahm sie das Handy vom Ohr. Die Verbindung stand ununterbrochen. Es redete nur niemand.

»Mareike, ich bin hundemüde, also was soll das?«

Für einen Moment glaubte Nora, ein Kichern zu vernehmen, aber plötzlich wurde aufgelegt. Fast zeitgleich traf eine Nachricht ein.

Mareike [2.58 Uhr]: Was haben die Geißlein und Rotkäppchen gemeinsam?

Unwillkürlich musste Nora an die Begebenheit im Teufelsseemoor denken. An den angeblichen Wolfsangriff auf ein Reh und das aufgeschlitzte Lamm. Der Forstamtsmitarbeiter hatte später vergeblich versucht, den Melder zurückzurufen. Das alles war mysteriös, aber Nora hatte bisher nicht die Zeit gefunden, die Sache weiterzuverfolgen. Lediglich die rote Mütze und der alte Kompass lagen jetzt in einer Tüte auf ihrem Küchentisch. Komisch, Nora hätte schwören können, dass ihr Patenkind so eine Kappe von seiner Großmutter geschenkt bekommen hatte. Um herauszufinden, was es mit der Nachricht auf sich hatte, wählte sie die Nummer ihrer Freundin. Aber Mareikes Mobiltelefon war nicht mehr empfangsbereit.

»Seltsam.«

Unschlüssig, was sie von der Nachricht halten sollte, fingerte sie den Kompass aus der Folie. Mit der anderen Hand startete sie einen neuen Anwahlversuch. Dabei stellte sie sich so ungeschickt an, dass der Kompass aus der Tüte und über die Tischkante rutschte.

»Scheiße!«

Es polterte einmal auf dem Fliesenboden, dann zerbrach das Instrument in zwei Teile. Der Unterbau, in dem es vorher immerzu geklappert hatte, brach ab. Jetzt erkannte Nora auch die Ursache. Aus dem Kompass rollte eine goldene Münze.

KAPITEL 20

Eine halbe Stunde fror Nora sich an der Laufstrecke bereits den Hintern ab. Weitere dreißig Minuten später stand sie in Sportsachen und Joggingschuhen vor Mareikes Wohnung und klingelte, denn ihre Freundin war nicht aufgetaucht und schon den ganzen Morgen nicht an ihr Handy gegangen.

»Mach auf, das ist nicht mehr lustig«, redete sie vor sich hin.

Keine Laute von innen, und die Wohnungstür bewegte sich auch keinen Millimeter. Dabei parkte Mareikes Fiat vor dem Block. Unweit davon hatte Nora auch den Wagen von Mario registriert. Sonst schwänzte Mareike die gemeinsame Joggingrunde nicht. Allerhöchstens, wenn sich eine Grippe ankündigte. In einem solchen Fall meldete sie sich rechtzeitig bei Nora ab. Stattdessen hatte sie gestern nur sonderbare Texte geschickt. Zu guter Letzt der seltsame Satz mit Rotkäppchen und den Geißlein. Hatte Nora die Nachricht in der Nacht noch als Unfug abgetan, so machte sie sich allmählich ernsthafte Gedanken über Mareikes Zustand. Hinzu kamen das aufgehängte Lamm im Wald, dann die rote Mütze und schließlich der zerbrochene Kompass.

Hast du meinen Wohnungsschlüssel noch?, lautete eine von Mareikes gestrigen Nachrichten. Nora trug den besagten Schlüssel bei sich – zusammen mit der Goldmünze, die vor Stunden über ihren Küchenboden gerollt war.

Während sie wartete und nachdachte, nahm sie die Münze ohne einen bestimmten Grund aus ihrer Hosentasche und betrachtete sie von beiden Seiten. Sie war von beträchtlichem Gewicht. Eventuell bestand sie aus echtem Gold, aber warum sollte jemand einen solchen Wertgegenstand absichtlich im Körper eines toten Tiers hinterlassen? Auf der Vorderseite stand ein großes G und darunter KHM26/1812. Auf der Rückseite prangte ein Wolfskopf. Besonders merkwürdig fand Nora den Satz auf dem Münzrand: »Alle Märchen haben ihren wahren Ursprung«.

Wie ein Märchen fühlten sich die letzten zwei Tage wahrlich nicht an. Nach den gestrigen Ereignissen hoffte sie immer noch, alles sei nur ein schlechter Traum gewesen. Dazu passte, dass Mareike und ihre Familie wie vom Erdboden verschluckt schienen. Ob Nora einfach die Wohnung betreten sollte? Einen richtigen Grund gab es dafür nicht. Es blieb nur ein Bauchgefühl. Kurz entschlossen tauschte sie Münze gegen Schlüssel. Es konnte nicht schaden, einen Blick ins Innere zu riskieren. Vielleicht gab es Hinweise, dass Mareike und Mario ausnahmsweise mit den öffentlichen Verkehrsmitteln verreist waren. Zwar hätte sie auch dann Bescheid gegeben, aber immerhin hätte es die Frage nach dem Wohnungsschlüssel erklärt.

»Mareike?«, rief Nora in den Flur, nachdem sie aufgeschlossen hatte. »Mario? Mara?«

Gespenstische Stille. Im Korridor lagen die Schuhe etwas durcheinander. Überhaupt sah es nicht so aus, als seien die Wohnungsinhaber in einen Kurzurlaub aufgebrochen. Andernfalls hätten Mareike und Mario die Zimmertüren geschlossen. Außerdem hätte Mareike das Haus niemals ohne ihre Handtasche verlassen. Diese stand auf einer Kommode. Einen Moment zögerte Nora noch, weil sie ihre Feststellung erst einordnen musste, dann stieg ihr ein metallischer Geruch in die Nase. Unwillkürlich tauchte vor Nora das Bild des Schlachtbereichs einer Metzgerei auf. Aber diese Vorstellung kam nicht annähernd dem Szenario gleich, das sich ihren Augen in der Küche bot.

»Was …?«

Weitere Worte brachte sie nicht heraus. Ihre Kehle schnürte sich abrupt zu. Ihr Blut sackte ab und ihre Knie drohten nachzugeben. Um nicht ins Bodenlose zu fallen, krallte sie sich mit beiden Händen am Türrahmen fest. Vor ihren Augen begann es zu flackern. Eine gefühlte Ewigkeit setzte ihr Verstand aus. Erst nach und nach materialisierte sich vor ihr der Ort des Verbrechens. Bis an die Deckenlampe war der Raum mit Blut besprenkelt. Blut, das offensichtlich von den drei Menschen stammte, die wie bei einem Gebetskreis auf Stühlen saßen. Vermutlich waren es die Menschen, die Nora kannte, die aber wie bei einer barbarischen Hinrichtung mit gruseligen Leinensäcken über den Köpfen regelrecht abgeschlachtet worden waren. Selbst der Stoff war blutdurchtränkt. Die Säcke waren so sehr durchnässt, dass man die aufgemalten Smiley-Gesichter kaum noch erkannte. Mario sah am schlimmsten aus, wenn man eine solche Einstufung überhaupt vornehmen konnte. Vom Hals abwärts steckten lauter Küchenmesser in seinem Körper. Bis zur Wade zählte Nora zehn Griffe. Dort, wo sie seine Augen unter dem Sack vermutete, waren Gabeln hineingestochen worden. Und Mareike! Ihre an den Stuhl gefesselten Glieder waren unnatürlich verformt. Die Kleidung, die sie trug, war weitestgehend zerrissen. An den frei liegenden Körperpartien hingen an etlichen Stellen nur noch Hautfetzen. Zusätzlich ragten überall spitze Knochen heraus. Man hatte ihren Leib regelrecht zertrümmert. Als hätte jemand sie die ganze Nacht mit einem harten

Gegenstand malträtiert. Zum Beispiel mit dem blutverschmierten Fleischklopfer, der zu Füßen der Toten lag. Angewidert und noch immer von der Brutalität im Raum geschockt, näherte Nora sich Mareike. Vorsichtig hob sie den Leinensack am Bund ein Stück an, um einen Blick darunter zu wagen.

»Scheiße, nein!«

Ein Wimpernschlag reichte, dann ließ Nora den Stoff entsetzt los. Mareikes Mund war mit Panzertape versiegelt und ihr Gesicht komplett zermatscht. Getrocknetes Sekret und Hautlappen hafteten innen am Leinentuch. Vermutlich durch die Wucht der Schläge. Niemand konnte die Frau in diesem Zustand identifizieren. Niemand. Aber Nora wusste, dass da ihre Freundin vor ihr saß.

»Mara!«

Nora stürzte zu ihrem Patenkind. Anders als ihre Eltern war Mara mit Kabelbindern an einen Rollstuhl gefesselt. Ihre Bekleidung war ebenfalls voller Blut, allerdings konnte Nora bei flüchtiger Untersuchung keine offenen Wunden feststellen. Auch gab es keine spitzen oder scharfen Gegenstände, die in dem kleinen Körper steckten. Trotzdem saß Mara reglos da. Nora musste ihren Ekel überwinden. Sie biss sich auf die Lippe, dann riss sie den Leinensack herunter. Maras Kopf bewegte sich von der Berührung nur ein bisschen, ehe er wieder leblos nach vorn fiel. Ihr gesamter Mund war blutig, als hätte ein Stümper von einem Zahnarzt sein Werk vollbracht. Nora traute sich nicht, dem Mädchen in die Mundhöhle zu schauen. Stattdessen versuchte sie, irgendwo am Hals einen Puls zu fühlen. Vergeblich. Noras Finger zitterten. Mara war so tot wie ihre Mutter und ihr Vater.

Mit Tränen in den Augen schaffte Nora es, nach ihrem Handy zu greifen. Als sie gerade den Notruf wählen wollte, klingelte das Gerät. Vom Display schaute Nora hinüber zu ihrer toten Freundin auf dem Stuhl. Mareike rief an.

Kapitel 21

Nach weniger als vier Stunden Schlaf, die König obendrein in seinem Bürostuhl verbracht hatte, trafen nach und nach die angeforderten Kollegen der Abteilung ein. Bis sie vollzählig waren, überbrückte er die Zeit mit drei Tassen Kaffee. Außer der schwarzen Flüssigkeit befand sich nichts in seinem Magen. Seine Frau hatte sich beim morgendlichen Telefonat erkundigt, ob sie ein paar Schnitten und Obst vorbeibringen solle. Er hatte geantwortet, dass er heute vermutlich nicht zum Essen kommen werde. Tatsächlich stapelte sich auf seinem Schreibtisch die Arbeit vom gestrigen Tag. Neben etlichen zusammenhanglosen Informationen und losen Klebezetteln lagen ihm die Berichte vom Streifendienst und das Protokoll vom Kriminaldauerdienst vor. Auf erste Ergebnisse der Kriminaltechniker würde er heute vergeblich warten. Ebenso auf eine Rückmeldung aus der Rechtsmedizin. Frühestens Montag würde er mehr wissen. Bis dahin wollte er nicht untätig herumsitzen. Sobald er das Team instruiert hatte, würde er Aufgaben verteilen. Das Interesse der örtlichen Zeitungen blieb zum Glück bisher überschaubar, dafür kochten in den sozialen Medien die Gerüchte zu den Todesumständen von Wilhelm Tuchfeldt hoch. Da hätte garantiert jemand nachgeholfen, hieß es gleich in mehreren

Beiträgen. Zu Königs Missfallen erhielt der Blogartikel von Thoralf Schreiner jede Menge Aufmerksamkeit. Ein suspekter Kommentar reihte sich an den anderen. König hatte irgendwann aufgehört, auf der Seite nach unten zu scrollen. Seitenweise Ausdrucke von der Internetseite lagen jetzt neben seiner Tastatur. Er spürte keine Lust, auch nur einen weiteren Blick auf diesen ausgegorenen Blödsinn zu werfen.

Innerhalb einer geschlossenen Gruppe eines Messengerdienstes, in der sich lauter Verschwörungstheoretiker tummelten, thematisierte man den Tod von Margot Schreiner heftig. Die Chateinträge waren dem Staatsschutz beim täglichen Monitoring aufgefallen. Auch aus dem Chat lagen König Auszüge vor. Natürlich nahmen die Gruppenmitglieder Bezug auf den Artikel von Schreiners Ehemann. Von Morddrohungen gegen die Journalistin war die Rede.

»Was für ein Schwachsinn!«, bewertete König die Gerüchte.

Tatsächlich hatte Thoralf Schreiner bei seiner Befragung von anonymen Anrufen auf dem Festnetz geredet. Es habe nie jemand gesprochen, wenn er den Hörer abgenommen und sich gemeldet hatte. Warum Schreiner zuerst von Drohanrufen gesprochen hatte, konnte der Ehemann nicht erklären. Meistens sei es nachts passiert, hatte er angegeben, da habe das Telefonläuten sie aus dem Bett geholt. Auch auf dem Handy seiner Frau habe es seltsame Anrufe gegeben, weshalb sie es stumm geschaltet hatte. Angeblich hatte die Journalistin sich davon nicht einschüchtern lassen. In der Chatgruppe wusste man immerhin, dass die Journalistin gutes Geld für belastende Informationen gegen Tuchfeldt geboten hatte. Was von diesen Äußerungen stimmte, würde Königs Team überprüfen. Dafür musste man die Gruppenmitglieder aber erst identifizieren. Selbst dann blieb es unwahrscheinlich, dass sich jemand als Zeuge zur Verfügung stellte. All das war zeitaufwendig und von ungewissem Ausgang. Ungewiss war bisher auch, wer den

Blogbeitrag von Thoralf Schreiner um 0.44 Uhr unter dem Namen »Wolf« kommentiert hatte.

> Ihre Frau soll gekokst haben und wäre unglücklich gestürzt. So steht es im polizeilichen Bericht. Aber das ist nicht die Wahrheit. Fragen Sie in der Royal Lounge.

Natürlich hatte Thoralf Schreiner um 0.50 Uhr direkt darauf geantwortet.

> Woher stammen diese Informationen? Bitte melden Sie sich bei mir!

Manja hatte die Einträge entdeckt und gefragt, ob sie Schreiner anrufen solle. König hatte bejaht, bisher aber noch keine Rückmeldung von ihr bekommen. Deshalb griff er jetzt selbst zum Telefonhörer und wählte die Nummer vom Konferenzraum, wo Manja alles für die Besprechung vorbereitete.

»Hast du schon rausbekommen, wer auf den Artikel geantwortet hat?«, fragte er, als sie am anderen Ende abhob.

»Nein, aber Schreiner hat mir zugesichert, er werde sich melden, sobald er mehr weiß.«

»Thoralf Schreiner ist nicht der Typ, der mit der Polizei kooperiert.«

»Na und, ist das mein Problem? Einer von den IT-Freaks vom LKA 7 wollte sich mit dem Ehemann in Verbindung setzen. Geht um die Auswertung der IP-Adresse und so.«

»Wir sollten Andrea darauf ansetzen, sie hat Ahnung von solchen Recherchen. Und wir sollten unbedingt einen Sprachprofiler hinzuziehen.«

»Wozu, um den Text des Verfassers zu analysieren? Komm schon, Konrad, das sind nur drei Sätze. Das reicht niemals für eine stichhaltige Auswertung.«

»Vier. Es sind vier Sätze. Und ich denke, wir sollten unbedingt einen Sprachprofiler kontaktieren.«

Damit legte er den Hörer auf. Fast im selben Moment klingelte sein Bürotelefon. Anscheinend war für Manja die Diskussion noch nicht beendet.

»König«, meldete er sich, ehe er merkte, dass es sich nicht um Manja, sondern um die Vermittlung handelte.

»Hier ist ein Herr Ronny Schaffner in der Leitung. Er möchte mit dem Leiter der Mordkommission sprechen.«

König brauchte eine Sekunde, ehe er den Namen zuordnen konnte. Ronny Schaffner tauchte im Zusammenhang mit dem vermissten Fußfessel-Probanden auf, der vor drei Monaten spurlos aus seiner Wohnung verschwunden war und nur seinen linken Unterschenkel mit der Fußfessel zurückgelassen hatte. Schaffner war der Betreiber von Ronny's Bar und der Eigentümer des Hauses.

»Durchstellen«, sagte König, obwohl er diesen Fall angesichts der gestrigen Ereignisse gedanklich hintanstellte.

»Hallo?«, kam es zögerlich.

»Hier ist König vom LKA 11.«

»Ähm, hallo, ich bin Ronny Schaffner, von Ronny's Bar! Ich weiß nicht so recht …«

Ronny's Bar! Alleine schon der Deppenapostroph schmerzte, wenn König sich die Leuchtreklame über dem Eingang der Eckkneipe ins Gedächtnis rief.

»Was kann ich für Sie tun?«, fiel König ihm ins Wort, um auf den Punkt zu kommen.

»Also vielleicht wissen Sie, wer ich bin. Es geht noch mal um den Mord an dem Typ mit der Fußfessel. Tom Tremmel, so hieß der. Mein Ex-Mieter. Also ich …«

»Ich weiß, wer Sie sind, ich bearbeite schließlich den Fall. Allerdings frage ich mich, woher Sie die Erkenntnis nehmen, dass es sich um einen Mord handelt.«

»Etwa nicht? Ich dachte …«

»Sie dachten, wenn die Polizei ein abgetrenntes Bein findet und die Zeitungen darüber berichten, muss ein Kapitalverbrechen vorliegen.« Zugegeben, das war naheliegend, aber solange König nicht wusste, was mit dem restlichen Körper geschehen war, hielt er sich mit der Bezeichnung Mord zurück. »Warum rufen Sie an?«

»Ich war eine Weile verreist und … natürlich habe ich von dem Mord, ähm, von der Geschichte mit Tom gehört. Hat ja eigentlich jeder. Ist in meiner Kneipe immer noch das Gesprächsthema Nummer eins.«

König schaute auf die Uhr. Die Besprechung, die er angesetzt hatte, sollte gleich losgehen. Er hasste Unpünktlichkeit bei seinen Mitarbeitern, da musste er Vorbild sein. »Was wollen Sie von mir?«

»Wie gesagt, ich war verreist und konnte erst jetzt die Videoaufzeichnung sichten.«

Schlagartig war Königs Interesse geweckt. »Von was für einer Videoaufzeichnung sprechen Sie?«

»Na ja, man weiß ja nie, was für Mieter man kriegt, richtig? Und als ich von Toms Vorgeschichte erfahren habe, dachte ich mir, ich fühl dem lieber mal auf den Zahn. Also habe ich eine winzige Kamera im Treppenhaus installiert.«

König bekam eine klare Vorstellung von dem, was Schaffner ihm da gerade erzählte. Gleichzeitig rief er sich den Tatort und das Haus in Erinnerung. Keiner seiner Leute hatte eine Kamera entdeckt. Möglich, dass man sie übersehen hatte. »Sie überwachen Ihre Mieter?«

»Nicht direkt«, stammelte Schaffner. »Also ja, den Tremmel schon, also dem seine Wohnungstür behalte ich im Blick. Kann ja nicht schaden, oder? Ich wollte einfach wissen, was für Leute bei ihm ein und aus gehen. Sie wissen schon, der darf sich ja nicht mit Kindern und so treffen.«

»Sie haben eine Videoaufzeichnung, die sämtliche Personen dokumentiert hat, die bei ihm geklingelt haben, verstehe ich das richtig?«

»So ist es!« Jetzt klang Schaffner stolz. »Die würde ich der Polizei selbstverständlich überlassen. Gegen ein Entgelt von … sagen wir … drei… viertausend Euro. Das machen sie doch, also die Polizei, wenn jemand Hinweise liefert, die zur Ergreifung von …«

»Ich habe es kapiert!« König rieb sich die brennenden Augen. »Nur wurde im Fall von Tremmel bisher keine Belohnung in Aussicht gestellt. Hören Sie, ich habe momentan andere Fälle, die ich vorrangig bearbeiten muss. Also kommen Sie mir nicht mit solchem Hollywood-Quatsch! Wenn Sie Zeuge einer Straftat sind, haben Sie die Pflicht …«

»Tut mir leid, ich brauch das Geld, sonst läuft das nicht. Wissen Sie, was so eine Kneipe an Unterhalt kostet? Bei der aktuellen Inflation bleiben mir sogar die treusten Kunden weg.«

»Sie waren nicht verreist«, kombinierte König. »Sie sind bloß eine Weile untergetaucht, nicht wahr? Weil Sie jemandem Geld schulden. Sie können froh sein, dass Nachbarn Tage vorher gesehen haben, wie Sie mit einer Reisetasche in ein Taxi gestiegen sind, sonst hätten wir Sie längst ins Visier genommen. Andererseits könnte ich mich in Ihnen auch geirrt haben. Ja, jetzt, wo Sie mir so dumm kommen. Möglicherweise hatten Sie ja einen Grund, Tremmel zu beseitigen.«

Schaffner brummte etwas Unverständliches, rückte aber nicht richtig mit der Sprache heraus. »Ich brauche das Geld dringend, also melden Sie sich bei mir, wenn Sie es sich anders überlegt haben.«

KAPITEL 22

Obwohl es ihr widerstrebte, tippte Nora das grüne Hörersymbol auf dem Display an. Wie ferngesteuert führte sie danach ihr Smartphone zum Ohr. Aus Gewohnheit heraus wollte sie ihren Namen nennen, aber ihre Lippen blieben wie versiegelt. Sie lauschte einfach, wer sich auf der anderen Seite der Verbindung meldete.

»Ich hoffe, meine Überraschung gefällt dir, Nora«, drang die unheimliche Männerstimme bis tief in ihr Innerstes. Die Bedrohlichkeit wurde dadurch verstärkt, dass er sie beim Namen nannte. »Du hast dir enorm viel Zeit gelassen, dabei haben Mareike und ihre Lieben so sehr um Hilfe gefleht. Ich weiß nicht mehr, wie oft sie deinen Namen aufgesagt hat. Deine Freundin hat um ihr Leben und das ihrer Familie gebettelt. Aber das war mir egal, ich wollte nur ihre größte Sünde aus ihrem eigenen Mund hören. Wir alle sündigen, nicht wahr? Ich töte Menschen und du lässt sie in ihrem Elend allein. Vielleicht hätte es etwas geändert, wenn du rechtzeitig auf Mareikes Nachrichten reagiert hättest. Wer weiß?«

Die gestrigen Texte hatte garantiert nicht Mareike abgeschickt. Er war es gewesen, der Fremde. Jetzt versuchte er, Nora ein schlechtes Gewissen einzureden, ihr die Schuld für den Tod der Familie zu geben. Dazu bedrohte er sie noch persönlich. Kurz nahm sie das Handy runter und betrachtete es ungläubig, dann ließ sie die widerwärtige Küche hinter sich und schaute im Korridor nach links und rechts. Auf einmal fühlte sie sich nicht mehr allein in der Wohnung.

»Du fragst dich jetzt bestimmt, wo ich bin«, hörte sie den Fremden reden, als sie ihr Telefon wieder ans Ohr hielt. »Lass dir gesagt sein, ich weiß es einfach. Ich kenne und beobachte dich.«

Geräuschlos und nur mit dem Handy bewaffnet bewegte Noras sich von Raum zu Raum. Abgesehen davon, dass sie sich im Dienstfrei befand, hatte man ihr die Pistole bei der Festnahme abgenommen. Sie hätte das erstbeste Messer greifen können, aber von dem Küchenbesteck auf dem Tisch wollte sie kein einziges Teil anrühren. Zu verstörend war die Vorstellung, dass der Unbekannte es vor ihr berührt hatte. Während sie jedes Zimmer überprüfte, achtete sie darauf, ob sich irgendwo eine versteckte Kamera befand, mit der man sie gerade beobachtete.

»Was wollen Sie von mir?«, redete sie nun zum ersten Mal.

»Hast du meine Rätsel gelöst?«, ging er nicht auf ihre Frage ein.

Bis auf eines hatte Nora in allen Zimmern nachgesehen. Jetzt stand sie vor der verschlossenen Badezimmertür und traute sich kaum, zu atmen. Falls ihr Gesprächspartner dahinter wartete, hätte sie ihn eigentlich sprechen hören müssen. Beherzt drückte sie die Klinke hinunter und stieß die Tür auf. Niemand da. Der Unbekannte war irgendwo, nur nicht in dieser Wohnung. Es fühlte sich an, als wäre er ganz dicht in ihrer Nähe. Vielleicht befand er sich im Haus in einer der anderen

Etagen. Vielleicht hatte er vom Straßenrand aus beobachtet, wie Nora das Haus betreten hatte.

»Warum haben Sie das getan?«, fragte sie und merkte, wie brüchig ihre Stimme klang.

»Du solltest mir die Fragen überlassen, sonst werde ich richtig böse.«

Noch bösartiger wollte er werden? Wie ferngesteuert blickte Nora wieder in die Küche, in der drei Menschen bestialisch umgebracht worden waren. Wie konnte jemand, der zu so etwas fähig war, noch grausamer, noch niederträchtiger werden?

»Ihre Rätsel sind mir egal«, sagte Nora so energisch, wie es ging. »Ich werde jetzt meine Kollegen verständigen und dann werde ich Sie jagen.«

Ihre Drohung belustigte ihn bloß.

»Verständige ruhig deine Kollegen, ich bitte sogar darum. Das wird ein Heidenspaß! Aber weder du noch sonst jemand wird mich finden und zur Strecke bringen, denn du bist nur ein kleines Mädchen und ich bin der böse Wolf.«

Noras Hand wanderte zu ihrer Hosentasche, in der sie die Münze mit dem Wolfskopfemblem fühlte. »Sie waren das im Wald.«

»Langsam kommen wir der Sache näher! Ein Wolf pirscht sich unbemerkt an seine Beute heran. Er kreist sie ein und schlägt ihr seine Fangzähne im richtigen Moment in den Nacken. Lass dir gesagt sein, dass ich dich wirklich genaustens studiert habe, Nora. Ich bin immer in deiner Nähe. Ich sehe und beobachte dich. Ja, man könnte fast sagen, ich kontrolliere dich längst. Macht dir das Angst?«

»Sie haben keine Kontrolle über mich oder meine Gefühle.«

»Ich wusste, für welches Gebiet du als Jagdpächterin zuständig bist und wann du Bereitschaft hast. Ich weiß einfach alles. Du solltest dir die Frage stellen: Was weißt du?«

Er sprach tatsächlich in Rätseln. Zusätzlich überforderte der Anblick der Toten sie, denn sie war keine Mordermittlerin. Tuchfeldt beim Sterben zuzusehen, war bereits belastend gewesen, davor hatte sie ihre letzte Leiche während eines Praktikums im Studium gesehen. Das lag mehr als dreizehn Jahre zurück. Wahrscheinlich hatte er recht mit dem, was er eben behauptete. Sie war weder ausgebildet noch darauf vorbereitet, einen Killer von seiner Sorte zu jagen. Aber vielleicht unterschätzte er sie auch in diesem Punkt.

»Ich werde jetzt auflegen.«

»Einen Augenblick noch«, schaffte er es, sie in der Leitung zu halten. »Die Antwort auf das Rätsel ist ganz leicht: Die Geißlein und Rotkäppchen werden vom Wolf gefressen.«

Er meinte den kryptischen Text, der von Mareikes Mobiltelefon gesendet worden war und über den Nora sich gewundert hatte.

»Das ist nicht wahr.« Kurzzeitig zwang sie sich, das tote Mädchen in der Küche anzuschauen. Dann schloss sie die Augen, um sich zu konzentrieren. Sie durfte keinerlei Schwäche gegenüber dem Mörder signalisieren. »Im Märchen entkommen die Zicklein und auch Rotkäppchen dem Wolf.«

»Siehst du, Nora, du weißt nichts. Denn Rotkäppchen hat gelogen.«

Nora schlug ihre Augen auf. Es stimmte, was er sagte, der Wolf hatte gewonnen, denn Mara und ihre Eltern waren tot. Aber das änderte nichts daran, dass Nora an eine gerechte Strafe für den Wolf dachte.

»Sie können sich nicht ewig verstecken.«

»Aber das habe ich doch auch gar nicht vor! Bis wir uns begegnen, habe ich ein weiteres Rätsel für dich: Wenn du einen Schlüssel zur Wohnung deiner Freundin hast ... könnte es dann sein, dass deine Freundin auch einen zu deiner Wohnung besessen hat?«

Nora schwang herum und schaute zum Schlüsselbrett neben der Eingangstür. Hastig kontrollierte sie jeden einzelnen Haken. Daran befanden sich alle möglichen Schlüssel, aber nicht der zu ihrer Wohnung. Blieb noch Mareikes Handtasche. Aber Nora ahnte bereits, dass sie ihn auch dort nicht finden würde.

KAPITEL 23

Nach dem Telefonat mit dem Kneipenbetreiber brachte König sein Team im Konferenzraum auf den aktuellen Stand. Mittels Beamer warf er Fotos der beiden Tatorte an die Wand. Dabei erzählte er chronologisch von den gestrigen Ereignissen: angefangen vom Leichenfund in der Leipziger Straße, über den Tod von Tuchfeldt, bis hin zur Festnahme von Nora Rothmann und deren spätere Entlassung aus dem Gewahrsam. Ebenso sparte er den mysteriösen Kommentar auf Cop-Reporter-Undercover nicht aus.

»Ist so weit jeder im Bild?«, fragte er abschließend.

Das Kopfnicken der vier Kollegen konnte er schwer einschätzen, aber er wusste, dass er sich letztlich auf seine Leute verlassen konnte.

Außer Manja saßen noch Kriminaloberkommissarin Andrea Michalski – hauptsächlich im Innendienst für Internetrecherchen und Kontaktaufnahme zu anderen Behörden und Dienststellen zuständig – sowie die Kriminalkommissare Falk Ernst und Habil Sönmez am Tisch. Ein jeder von ihnen bewertete still für sich Königs Ausführungen und die Handzettel, die vor ihnen lagen.

»Das ist eine ziemliche Zwickmühle, wenn man bedenkt, dass eine Kollegin vom LKA 34 involviert ist«, kommentierte Habil die Ausgangslage irgendwann.

»Du hast es ja eben gehört«, nahm Manja die Steilvorlage auf. »KK hält Nora nicht für eine Täterin.«

»Danke für deine Richtigstellung!«, antwortete König und deutete mit ausgestrecktem Arm auf sie. »Am besten übernimmst du gleich und klärst uns über Noras Ermittlungen gegen Tuchfeldt auf. Ein bisschen Background zu ihrer Person wäre gut. Kriegst du das hin, ohne deine persönliche Abneigung gegen die Kollegin zum Ausdruck zu bringen?«

»Ich kann es versuchen! Wie ihr alle wisst, bestand gegen Wilhelm Tuchfeldt der Verdacht der Korruption und Strafvereitelung im Amt. Die Abteilung 34 hat die Ermittlungen aufgenommen. Federführend war, wie so oft bei heiklen Vorgängen, Kriminalhauptkommissarin Rothmann. Über ihre *Erfolge* ...« Manja malte in der Luft Gänsefüßchen. »... brauche ich euch nicht viel zu erzählen. Neben einem Staatsanwalt, der völlig ausgetickt ist und Nora tätlich angegriffen hat, weil er sie für seine Entlassung verantwortlich gemacht hat, sticht meiner Meinung nach ein Ermittlungsverfahren besonders heraus.« Manja hatte Kopien des Falles vorbereitet und verteilte diese. »Gegen eine Sekretärin beim LKA wurde wegen Diebstahls von Arbeitsmitteln und Geld aus der Kaffeekasse ein Strafverfahren eingeleitet. Auch dies führte zu einer Entlassung.«

»Ist ja ein ziemlich krasses Vergehen!«, kam es spöttisch von Falk und er feixte dabei sogar.

»Hast du einen qualifizierten Beitrag dazu?«, fragte König weniger amüsiert.

Falk räusperte sich. »Nein, entschuldige, kann weitergehen.«

»Das Ende ist auch nicht besonders lustig«, fuhr Manja fort. »Die Frau hat sich später umgebracht.«

»Seht ihr da etwa Parallelen zu Tuchfeldts Fall?«, fragte Habil.

»Ganz abwegig ist …«, fing Manja an, aber König fiel ihr ins Wort, um Spekulationen abzuwürgen.

»Dafür gibt es keine Anhaltspunkte. Also mach mit den Fakten weiter, Manja!«

»Wie du meinst«, sagte sie und seufzte. »Jedenfalls gibt es etliche Polizeibeamte, die einen richtiggehenden Hass auf sie haben. Der eine oder andere würde ihr vielleicht sogar etwas anhängen wollen.«

»Das verstehe ich nicht«, sagte Habil. »Was heißt anhängen? Denke, die Sache mit Tuchfeldt war Selbstmord?«

»Was wir hier bereden, sind zum Teil vorerst nur Gedankenspiele, um die Ermittlungen nicht festzufahren«, sagte König. »Fakt ist, es gab diverse kritische Äußerungen gegen Nora Rothmann. Wir wollen den Fall Tuchfeldt vollumfänglich aufklären. Hätten wir einen Abschiedsbrief vorliegen, wäre die Sache ziemlich klar. In seinem Arbeitszimmer befindet sich ein Tresor, den wir erst durch einen Fachmann öffnen lassen müssen, da nicht einmal Tuchfeldts Gattin die PIN kennt. Mit etwas Glück bringt uns der Tresorinhalt weiter. Bis dahin gibt es jede Menge für uns zu tun, sonst hätte ich euch an eurem freien Wochenende nicht antanzen lassen. Wir müssen sensibel mit dem Thema umgehen. Ich will, dass ihr eure Wortwahl gründlich überdenkt und nur das wiedergebt, was wirklich zweifelsfrei feststeht. Seit gestern sitzt uns der Senat im Nacken. Man fordert eine schlüssige Erklärung für den Tod des früheren LKA-Chefs. Also lasst uns ein paar Überlegungen anstellen, die uns wirklich weiterbringen.«

»Wer Nora kennt, weiß, wie unkooperativ sie sein kann«, machte Manja weiter gegen Rothmann Stimmung, was König allmählich gegen den Strich ging.

Offenbar empfand es Andrea ebenso. »Diese Einstellung wirkt auf mich zu negativ. Ich kenne Nora nicht besonders gut, aber soweit ich weiß, musste sie oft unangenehme Verfahren gegen Polizeibeamte führen. Polizisten, die ihre Kinder oder Ehefrauen verprügelt haben oder nachweislich bestechlich waren.«

Gequält nickte Manja. »Das ist richtig. Aber für meinen Geschmack hat die Frau ein ernsthaftes Problem. Bezüglich Noras Vergangenheit deshalb noch ein paar Stichpunkte: Ihre Familie wurde umgebracht. Sie hat das nie an die große Glocke gehängt und sich auch nicht selbst als Opfer dargestellt, aber wegen dieser Sache war sie als Jugendliche in psychologischer Behandlung. Ich meine, wer wäre das nicht, wenn jemand die eigene Verwandtschaft vorsätzlich tötet? Ihre Mutter zu Hause im Waschraum, ihren Vater und ihren Bruder im Wald bei der Jagd. Alle drei mit Munition aus einem Jagdgewehr. Der Fall ist bis heute nicht aufgeklärt.« Manja sah Falk und Habil eindringlich an. »Den jüngeren Kollegen von uns sagt der Name Armin Rothmann vielleicht nichts.«

»War der nicht Politiker?«, warf Habil ein.

»Noras Vater, Armin Rothmann, hätte fast den Aufstieg zum Senator geschafft, was aber dann innerparteilich verhindert wurde. Er war in Berlin bekannt für sein soziales Engagement gegen Obdachlosigkeit und Armut sowie die Bekämpfung von Wohnungsnotstand. Er hat viele Jahre in der entsprechenden Senatsverwaltung für Soziales gearbeitet, bis er ins Innere wechselte. Dort haben er und Wilhelm Tuchfeldt sich kennengelernt. Sie waren später gut befreundet, soweit wir wissen.«

»Sie waren Freunde?«, vergewisserte Falk sich kopfschüttelnd. »Das wird ja immer verrückter.«

Diesmal maßregelte König ihn nicht, sondern nahm seine Wortmeldung zum Anlass für die Aufgabenverteilung. »Eigentlich sollte Manja das machen, aber ich brauche sie für andere Dinge. Also wirst du dich mit Noras Dezernatsleiter Dieter Quast in Verbindung setzen und offiziell Akteneinsicht beantragen. Gestern haben wir zwar Noras Unterlagen beschlagnahmt, aber die sind nicht viel wert. Außerdem dürfen wir ihre Aufzeichnungen ohne Freigabe nicht als Beweismittel heranziehen. Wie dem auch sei, da stehen ein paar Dinge drin, die ich gern mit dem LKA 34 besprochen hätte. Also erkundige dich bei Quast, über welchen Umfang sich die Anschuldigungen erstrecken. Ich will keine unangenehmen Überraschungen erleben. Sollte Quast mauern, kümmere ich mich um ihn. Außerdem wirst du dich mit den Kollegen unterhalten, die zuletzt mit ihr zu tun hatten. Angeblich soll Tuchfeldt auf Ermittlungen Einfluss genommen haben. Da sollen wohl auch Berichte verschwunden sein. Mach dich kundig, ob an den Vorwürfen was dran ist und um welche Fälle es da genau ging.«

Falk nickte und notierte sich alles.

»Und du, Habil«, sprach König den anderen Kommissar an und reichte ihm den Ausdruck von Schreiners Internetblog. »Du wirst dich in der Royal Lounge umhören, ob Margot Schreiner dort zu Gast war.«

»Verstehe«, sagte Habil. »Ich bin so gut wie unterwegs.«

»Was mache ich?«, fragte Andrea.

»Du hältst mir den Rücken frei und schaust mal im System nach, ob es Akten gab, auf die Tuchfeldt persönlich Zugriff hatte. Kann mir zwar nicht vorstellen, dass nach so langer Zeit noch was nachweisbar wäre, aber du kriegst das schon hin. Nebenbei möchte ich, dass du mir Informationen über einen Ronny Schaffner besorgst.«

»Schaffner? Ist das nicht der …?«

König nickte, woraufhin Manja ihn schief von der Seite anschaute. Vermutlich fragte sie sich, was der Kneipenbesitzer mit den aktuellen Fällen zu tun hatte.

»Er hat mich vorhin angerufen«, klärte König seine Leute auf. »Es ergeben sich vielleicht neue Ermittlungsansätze zum Fall Fußfessel. Im Zusammenhang mit Tom Tremmel haben wir ihn zwar schon einmal überprüft, aber ich will mehr über ihn wissen. Vielleicht ist Schaffner nicht nur sein früherer Vermieter.«

Weitere Fragen unterblieben, als eines der Telefone im Raum klingelte. Manja ging ran, hörte zu und verzog sichtlich irritiert das Gesicht. Augenblicke darauf nahm sie den Hörer vom Ohr und schirmte ihn mit der flachen Hand ab. »Die Einsatzzentrale will dich dringend sprechen.«

»Sag denen, ich rufe zurück.«

»Es geht um ein Tötungsdelikt – und es geht um Nora.«

»Nora Rothmann?«

Manja nickte und ihr darauffolgendes Mienenspiel machte König stutzig. In ihrem Blick spiegelte sich einerseits Bestürzung und andererseits eine diebische Freude wider. So als wollte sie ausdrücken, dass sie ihn ja vor der Kollegin gewarnt hatte. Weil sie von einem Tötungsdelikt sprach, erhob König sich und ging auf sie zu.

»Wie es scheint, hat sie jetzt noch einen oben draufgesetzt«, sagte Manja, bevor sie den Hörer an ihn weiterreichte. »Der Kollege sprach von einem Massaker.«

KAPITEL 24

Wie vermutet, hatte Thoralf Schreiner die ganze Nacht kein Auge zubekommen. Bestürzung und jede Menge Adrenalin hielten ihn auch noch über den Vormittag hinweg wach. Außer Schmerztabletten und schwarzem Tee hatte er nichts zu sich genommen. Die Kanne war inzwischen ausgetrunken und sein Magen und Kopf fühlten sich leer an. Wie er es schaffte, unbeschadet mit dem Wagen durch den morgendlichen Großstadtverkehr zu manövrieren, konnte er sich selbst nicht erklären. Zeitweise fiel es ihm schwer, die Spur zu halten. Ein paar Mal hupten andere Autofahrer ihn an. Verfahren hatte er sich auch, obwohl er schon seit seinem ersten Atemzug in Berlin lebte. Jetzt hielt er vor dem unansehnlichen Wohnblock auf der Kriemhildstraße an. Unweit von hier befand sich der Zentralfriedhof Friedrichsfelde. Notgedrungen würde auch Thoralf bald vor einem Grab stehen.

Er atmete tief ein, um den Anfall von Trauer unter Kontrolle zu bekommen. Dann ging er die Namen auf dem Klingelbrett durch. Hier wohnte also diese Kommissarin. Seine Frau hatte die Adresse dankenswerterweise in ihren Aufzeichnungen notiert. Wie es schien, hatten Margot und die Kriminalbeamtin zuletzt in engem Kontakt gestanden. Es gab mehrere Gesprächsprotokolle. Akribisch mit Stichpunkten versehen. Margot war bei ihren Recherchen äußerst gewissenhaft gewesen. Es gab auch eine Handynummer, auf der Thoralf ein Mal vergeblich angerufen hatte. Ein zweites Mal hatte er es nicht probiert. Lieber suchte er die direkte Konfrontation. Im persönlichen Gespräch konnte man meist mehr herausholen, sei es auch nur durch Beobachtung von Mimik und Gestik des Gesprächspartners.

Bevor er überhaupt dazukam, den Klingelknopf zu berühren, ging die Haustür auf und eine Bewohnerin trat ins Freie. Thoralf überlegte nicht lange, sondern ließ sie passieren und huschte danach ins Treppenhaus. Er klingelte direkt an der Wohnungstür der Polizistin. Während er wartete, schien ihn der Türspion wie eine Kameralinse zu beobachten.

Schließlich ging die Tür auf. Es war jedoch nicht die Wohnungsinhaberin, die ihn begrüßte, sondern ein Mann im schwarzen Rollkragenpullover, der seinen athletischen Körper betonte.

»Ja, bitte?«, fragte der Mann mit einem skeptischen Blick.

»Entschuldigen Sie, mein Name ist Thoralf Schreiner«, eröffnete Thoralf das Gespräch und hielt eine Visitenkarte seiner verstorbenen Ehefrau hoch. »Frau Rothmann und meine Frau kennen sich. Leider kam meine Frau gestern unter tragischen Umständen ums Leben.«

»Oh, das tut mir leid.«

»Ja, schon gut, mir sind ein paar Dinge nicht ganz begreiflich. Deshalb möchte ich gern kurz mit Frau Rothmann sprechen. Wäre das möglich? Es dauert wirklich nicht lange.«

Der Mann betrachtete das Kärtchen, verzog dabei die Lippen spitz und schaute anschließend hinter sich in den Flur. Thoralf kam sicherlich ungelegen, denn für einen Moment schien es, als wollte der Mann ihn abwimmeln.

»Sie wollen zu Nora?«, vergewisserte er sich dann aber noch einmal, woraufhin Thoralf nickte. »Worum geht es denn genau?«

»Ich möchte Sie nicht beunruhigen, ich will nur etwas zu den Todesumständen herausfinden. Und Frau Rothmann ist ja Polizistin. Eventuell …«

»Verstehe, ich weiß nur nicht, ob Nora …«

»Bitte, ich weiß, ich hätte nicht einfach herkommen dürfen, aber ich kann mich schwer mit der Situation abfinden. Sie kam nicht mehr nach Hause, Margot … Sie muss auf der Straße überfallen worden sein. Ach, was erzähle ich denn da? Lassen Sie mich einfach mit Ihrer Freundin reden.«

Unschlüssig blinzelte der andere Mann. Bestimmt dachte er, Thoralf sei nicht ganz richtig im Kopf. Was er da von sich gab, klang auch alles ziemlich merkwürdig.

»Nora steht unter der Dusche. Aber Sie können gern reinkommen und warten.«

Überrumpelt von diesem Angebot, hob Thoralf abwehrend die Hände. »Das muss nicht sein, ich warte lieber hier draußen.«

»Doch, kommen Sie schon!« Der Mann zog die Tür jetzt weit auf und winkte ihn hinein. »Ich mache Ihnen in der Zeit einen Espresso. Sie trinken doch Kaffee, oder?«

Wie automatisch setzte Thoralf einen Fuß über die Schwelle. Als er eingetreten war, schloss sich hinter ihm die Tür.

»Schön haben Sie es hier«, sagte er, dabei hätte er nicht einmal benennen können, was ihm an der dunklen Tapete oder der spartanischen Einrichtung gefiel. Alles wirkte wie eine Hippiewohnung, die irgendwann bezugsfertig sein sollte. Passend dazu lag ein Hammer auf einem Schuhschrank.

»Ich heiße übrigens Kevin.«

»Kevin«, wiederholte Thoralf und er stierte eine Weile nur auf die Hand, die Kevin ihm entgegenstreckte.

Hinter Thoralf miaute es. Als er sich umdrehte, stand da eine ziemlich wohlgenährte Katze, die argwöhnisch die Ohren anlegte.

»Die ist aber hübsch«, sagte Thoralf, obwohl er keinerlei Bezug zu dieser Art von Haustieren fand.

»Sie heißt Minka.«

»Minka«, plapperte Thoralf auch diesen Namen nach.

Bevor er sich wie ein Papagei anhörte, bückte er sich, um seine Schuhe auszuziehen.

»Die können Sie ruhig anlassen«, sagte Kevin. »Es muss nachher sowieso noch gewischt werden.«

Thoralf bedankte sich und lauschte. Die Wohnung schien nicht besonders groß zu sein, also hätte er eigentlich Duschgeräusche hören müssen.

»Ruhig haben Sie es hier.«

»Das liegt am Friedhof.« Kevin lächelte, um sich sogleich gegen die Stirn zu schlagen. »Ach, verdammt, das wollte ich nicht sagen.«

Thoralf winkte ab. »Nein, das ist schon in Ord… Warum haben Sie denn plötzlich Handschuhe angezogen?«

Statt zu antworten, grinste Kevin bloß. Dann schnellte seine rechte Hand zum Schuhschrank, auf dem der Hammer lag.

KAPITEL 25

Als König und sein Team am Tatort eintrafen, herrschte auf der Straße bereits ein regelrechter Massenauflauf. Rettungsdienst, Feuerwehr, Streifenwagen. Zwischen die Bewohner und Schaulustigen hatten sich zudem mehrere Kamerateams gemischt. Bei all den Smartphones, die in die Höhe gereckt wurden und jede Sekunde des Einsatzes filmten, war es schwer zu entwirren, wer tatsächlich zum offiziellen Kreis der Reporter gehörte. Sogar der Verkäufer vom nahen Imbiss hatte seine Arbeit unterbrochen und stand jetzt mit ketchupverschmierter Schürze vor dem Haus in der Grunewaldstraße unweit des Einkaufszentrums Das Schloss.

Während König die Treppenstufen zur Wohnung hinaufeilte, schnippte er mit den Fingern Falk zu, der ihm und Manja als Dritter folgte. »Mach dich kundig, ob es eine undichte Stelle gibt. Wir haben erst vor einer halben Stunde von dem Verbrechen erfahren und hier herrscht ein Aufgebot, als wäre mitten in Berlin eine Bombe hochgegangen.«

»Ich werde versuchen, etwas herauszubekommen«, bestätigte Falk und machte kehrt.

»Gottverfluchte Scheiße!«, hörte König über ihm im Treppenhaus einen Beamten von der Schutzpolizei schimpfen.

»Für kein Geld der Welt betrete ich dieses Horrorkabinett erneut! Lieber kündige ich. Soll sich KK um diese Scheiße kümmern.«

»Bin schon da«, verkündete König, als sich der Kollege einen Wimpernschlag später mit der Hand vor dem Mund an ihm vorbeizwängte.

»Dafür werden wir eindeutig zu schlecht bezahlt«, presste der Streifenpolizist zwischen den Fingern hindurch.

»Der hat es aber eilig«, konnte Manja sich nicht zu bemerken verkneifen.

Sonst stets vorlaut, verschlug es nur Sekunden später selbst ihr die Sprache. Manja und König hatten schon viele abartig entstellte Leichen gesehen, aber dieses Szenario übertraf alles Vorherige an Abscheulichkeit um Längen. Statt eines weiteren Kommentars presste Manja sich wie der Kollege zuvor die Hand auf den Mund. Hier drin konnte selbst ein gestandener Kripobeamter seinen Mageninhalt kaum bei sich behalten. König musste ein paar Mal würgen, als er in die blutzermatschten Gesichter der gefesselten Toten schaute. Auf dem Tisch lagen neben Küchenutensilien drei besudelte Leinensäcke. Beim Briefing auf der Herfahrt hatte man ihm mitgeteilt, dass der Notarzt die Säcke von den Köpfen der Eltern gezogen hatte, um noch irgendwie Vitalfunktionen feststellen zu können. Vergeblich war das EKG-Gerät zum Einsatz gekommen. Jede medizinische Hilfe war vergebens gewesen.

»Können wir dann auch gehen?«, fragte ein Polizeikommissar von der zuständigen Wache, der bis dahin mit einer Kollegin mutig in der Wohnung ausgeharrt und die Zimmer bewacht hatte.

»Litt das Mädchen an einer Behinderung?«, hielt König die beiden auf und zeigte auf den verwaisten Kinderrollstuhl, unter dem zerschnittene Kabelbinder lagen und an dessen Gestell sowie auf der Sitzfläche Blut haftete.

»Keine Ahnung«, gab der Streifenbeamte Auskunft. »Wir wissen nur, dass die Kollegin, die den Notruf getätigt hat, den Wohnungsschlüssel von außen stecken gelassen hat.«

»Woher hatte Nora Rothmann denn einen Schlüssel für die Wohnung?«

»Sie und die Ermordeten waren wohl eng befreundet.«

»Okay, ihr könnt verschwinden«, entschied König. »Und ich will einen blitzsauberen Bericht von euch.«

»Wen rufst du an?«, fragte Manja, weil er sofort darauf nach seinem Handy griff.

»Ich rufe Nora an.« Nach dem gestrigen Tag hatte er sich vorsorglich ihre private Nummer abgespeichert. »Und du bringst in der Zeit in Erfahrung, ob der Rollstuhl dem Mädchen gehört hat.«

Ohne ein Widerwort verließ Manja die Wohnung. Jeder, der hier nicht bleiben musste, konnte sich glücklich schätzen. Im Moment wünschte König sich an jeden anderen Ort.

Das Rufzeichen ertönte mehrmals, dann hob Nora ab.

»Kannst du mir verraten, wo zum Teufel du steckst?«, schrie König in sein Telefon.

»Ich habe nichts getan!«

»Darüber reden wir, wenn du wieder hier bist. Und ich rate dir, schleunigst hier aufzukreuzen.«

»Ich kann nicht. Ich muss etwas überprüfen.«

König vernahm Fahrgeräusche und einmal sogar den Signalton für Blinde an einer Ampel. Anscheinend fuhr sie in ihrem Wagen durch die Stadt.

»Ich warne dich, Nora! Du hast gerade ein mächtiges Problem, für das du dir eine gute Erklärung einfallen lassen solltest.«

»Aber ich war das nicht.«

»Du hast also die Kleine nicht im Stich gelassen?«

»Mara?«

»Ja, Mara, verdammt!«

»Was meinst du damit, ich hätte sie im Stich gelassen?«

»Ich rede von unterlassener Hilfeleistung!«

Am anderen Ende schwieg Nora einen Augenblick. Vermutlich begriff sie erst mit Verzögerung. »Soll das heißen, Mara hat überlebt?«

»Ob sie überlebt, dazu kann keiner derzeit etwas mit Gewissheit sagen. Aber Fakt ist, das EKG des Notarztes hat bei Eintreffen minimalste Herzaktivität gezeigt. Die haben ihr mithilfe eines Laryngoskops einen Beatmungsschlauch eingeführt.«

»Gott, es tut mir schrecklich leid, ich habe keinen Puls gefühlt. Ich habe doch meine Finger an ihren Hals gepresst. Da war nichts, ich schwöre es! Ich …«

»Beruhige dich, ich will dir ja glauben, aber …«

»Nein, hör mir zu, Konrad, es hat mit dem Wolf zu tun!«

König schaute sich im Zimmer um, ob er einen Hinweis fand, der ihm begreiflich machte, wovon sie da redete. »Von wem redest du da?«

»Ich rede von Andrzej Raschun. Er war das. Er hat mich angerufen. Er hat …«

»Nora beruhige dich!«, rief König sie lautstark zur Besinnung. »Andrzej Raschun sitzt im Gefängnis. Ich schlage vor, du tanzt hier an und …«

»Nein, ich irre mich nicht. Der Wolf mordet wieder.«

»Nora …!«

Unterhaltung beendet. Sie hatte eiskalt aufgelegt. Während König vergeblich versuchte, sie erneut zu erreichen, kehrte Manja zurück.

»Laut Anwohnern war das Mädchen geistig leicht beeinträchtigt, weshalb es wohl auch später als üblich eingeschult wurde. Von einer körperlichen Behinderung weiß jedoch niemand etwas. Mara kann ganz normal gehen.«

»Demnach gehört der Rollstuhl nicht der Tochter der Familie. Gibt es noch Geschwister?«

Manja hob die Schultern, weil sie auch nur Vermutungen anstellen konnte. »Ich kann dir nur sagen, dass ich heute lieber frei gehabt hätte, als diesen Tatort zu betreten. Ich hasse dich dafür.«

»Du wolltest damals zur Mordkommission, ich habe dir die Stelle besorgt. Also beschwere dich jetzt nicht bei mir. Lass uns das professionell durchziehen, ja?«

»Glaubst du immer noch, Nora ist völlig unschuldig?«

KAPITEL 26

Natürlich war es riskant, zu diesem Zeitpunkt ihre eigene Wohnung allein zu überprüfen. Aber nach der grausamen Hinrichtung ihrer Freundin und deren Mannes konnten weder Tod noch Teufel Nora aufhalten. Sie empfand nur noch das tiefe Gefühl von Leere. Ihre Umwelt nahm sie auf ein Minimum begrenzt wahr. Dafür spürte sie die Wut, die ihre Beine antrieb, umso heftiger. Besser, es kam ihr jetzt niemand in die Quere. Völlig unbewaffnet wollte sie trotzdem einem Einbrecher nicht entgegentreten. Im Waffenschrank ihrer Wohnung lagerten ihr Jagdgewehr und ein Revolver. Selbst mit Spezialgeräten konnte niemand den Schrank innerhalb kurzer Zeit öffnen. Allerdings würde ein Fremder ihr kaum die Gelegenheit geben, eine der beiden Waffen zu benutzen. Zudem hätte sie das Gewehr oder die Pistole erst laden müssen. Mangels Dienstpistole brauchte sie etwas anderes zur Verteidigung.

Statt direkt in die zweite Etage zu rennen, schloss sie im Erdgeschoss die Tür zum Keller auf. Sie hastete die Treppe hinunter zu ihrer Parzelle und öffnete dort die Werkzeugkiste.

»Mist!«

Sie fand ihren Klauenhammer nicht. Dafür entdeckte sie ein Nageleisen, das sie sich irgendwann für den Abbau ihrer alten Küche besorgt hatte.

»Bete dafür, dass du nicht mehr da bist«, sprach sie sich Mut zu, als sie das schwere Eisen in ihre Handfläche klatschen ließ.

Sicherheitshalber steckte sie sich aus der Werkzeugkiste noch den größten Schraubendreher in den Hosenbund. So bewaffnet schlich sie hinauf zu ihrer Wohnung. Sie kam noch nicht einmal dazu, vor die Wohnungstür zu treten.

»Keine Bewegung!«, brüllte sie, als sie eine Person davor sah.

»Scheiße!«, fuhr der Mann herum. »Was ist denn los, Nora?«

»Du?«

Sie ließ das zum Schlag erhobene Nageleisen sinken. Vor ihr stand ihr Kollege Benjamin, der wie ein ertappter Krimineller die Hände halb hochriss.

»Was machst du hier?«, fauchte sie ihn an.

»Was ich hier mache?«

»Rede ich undeutlich? Was hast du hier zu suchen?«

Er nahm die Arme langsam runter und zupfte sich seine Lederhandschuhe von den Fingern. Nora beobachtete jede seiner Bewegungen und spähte an ihm vorbei zum Türschloss, ob ein Schlüssel steckte.

»Na, hör mal«, antwortete Benjamin. »Ich habe mir Sorgen um dich gemacht.«

»Wieso?«

»Tuchfeldts Selbstmord hat sich herumgesprochen. Ich habe erfahren, was dir gestern alles widerfahren ist. Man hat dich sogar in eine Gewahrsamszelle gesteckt. Meine Güte! Wie schlimm kann es eigentlich noch für dich werden?«

Nach dem Horrortrip zuvor erschien ihr das gestern Erlebte rückblickend wie der Aufenthalt in einem Vergnügungspark.

»Wenn du dich nach mir erkundigen willst, warum rufst du mich dann nicht einfach an?«

»Ich wollte persönlich bei dir vorbeischauen, weil ich weiß, wie kurz angebunden du am Telefon bist.« Er zeigte auf das Nageleisen. »Was hast du damit vor?«

»Halt das mal.« Sie reichte es ihm und zog ihren Schlüsselbund aus der Jackentasche. »Wie lange stehst du schon hier?«

»Keine Ahnung, höchstens vier Minuten. Was ist denn nur los?«

Sie trat dicht an die Tür, lehnte das Ohr dagegen und lauschte. Dann steckte sie den Schlüssel ins Schloss.

»Ist dir jemand begegnet?«, fragte sie.

»Nein, niemand. Die Haustür stand einen Spalt offen.«

»Denk gut nach! Wenn die Haustür nicht ins Schloss gefallen war, hat vielleicht jemand ganz kurz vor dir das Haus verlassen. Also?«

»Kann sein, dass ich einen Mann gesehen habe. Ich …«

Sie vergaß, die Wohnung aufzuschließen, und fuhr ihn energisch an.

»Einen Mann?«

»Sagte ich doch!«

»Wie sah er aus?«

»Der hatte ein Allerweltsgesicht. Dunkle Haare, etwa mein Alter, gut gekleidet. Europäer, würde ich sagen. Ehrlich, ich habe da nicht drauf geachtet. Ich kann mich nur an die Farbe seines Wagens erinnern. Schwarz! Der Wagen war schwarz. Eine Limousine. Eventuell ein Audi.«

Mit diesen Angaben konnte Nora wenig anfangen, aber es war besser als nichts. Der Riegel schnappte zurück. Nora gab der Tür einen Stoß und schlug damit das nächste Kapitel ihrer persönlichen Horrorstory auf.

»Oh, Scheiße!«, entfuhr es Benjamin, der ebenfalls den blutüberströmten Leichnam auf dem Laminatboden sah.

Statt sich um den Toten zu kümmern, stieg Nora über ihn hinweg. Sie tapste in die Blutlache um den Kopf. Die Suche nach ihrer Katze erschien ihr jedoch wichtiger als saubere Schuhsohlen.

»Beth!«, rief sie. »Beth, wo steckst du?«

Unter dem Couchtisch erspähte sie schließlich das dreifarbige Fell. Sofort zog sie die Katze darunter hervor.

»Beth, geht es dir gut?« Nora streichelte sie und kontrollierte ihren Körper auf Wunden. Zu ihrer Erleichterung konnte sie an Elizabeth keinerlei Verletzungen finden.

»Nora, könntest du mal die Katze vergessen?«, vernahm sie Benjamins hysterische Stimme. Offenbar war er mit der Situation weit mehr überfordert als sie. »Hier liegt ein toter Mann in deiner Wohnung! Und das ganze Blut! Was hat das zu bedeuten? Scheiße, wir … wir müssen das melden.«

»KK wird bald hier auftauchen.«

»Was? Woher weiß KK …?«

»Das ist für heute nicht der einzige Tote.«

Sie hatte den Mann, den sie anhand der grauen Haare und der Hautflecken an den Händen auf etwa sechzig schätzte, nie zuvor gesehen. Jemand hatte ihm den Schädel eingeschlagen. Um das festzustellen, brauchte man kein Gerichtsmediziner zu sein. Die Blutlache war noch ganz frisch.

»Nora, was ist hier los?«

»Jemand tötet Menschen. Hier bei mir … und in der Wohnung meiner Freundin Mareike. Ich bin vielleicht die Nächste … Kapierst du nun, warum ich dich gefragt habe, ob dir jemand begegnet ist?«

Eine Weile stand Benjamin nur reglos am Fußende des Leichnams, bis er sich fing. »Wer ist das?«

»Ich habe keine Ahnung.«

Halb benommen suchte Nora ihre Wohnung ab. In der Abstellkammer prüfte sie gründlich den Waffenschrank. Das Schloss war unbeschädigt und es fehlte nichts daraus. Bis auf den Toten im Flur stellte sie keine Veränderung fest. Sie und Benjamin waren die einzigen lebenden Personen innerhalb der Räumlichkeiten. Zurück im Korridor ging ihr Blick zum Schuhschrank. Dort lag der Klauenhammer, den sie vorher vergeblich in ihrer Werkzeugkiste im Keller gesucht hatte. Nicht nur der Hammerkopf war blutverschmiert, sondern auch der blaue Stiel. Zweifellos handelte es sich um die Tatwaffe. Der Killer, der Mareike und Mario umgebracht hatte, war nunmehr auch in Noras Privatsphäre eingedrungen. Und er hatte nicht nur das Schlagwerkzeug zurückgelassen, sondern auch eine metallene Schatulle.

KAPITEL 27

König wusste nicht, was Nora getan oder nicht getan hatte. Er konnte sich jedoch beileibe nicht vorstellen, dass die Kollegin zu einem solchen Gewaltverbrechen fähig war. Natürlich war ihm bekannt, dass sie in ihrer Freizeit zur Jagd ging und schon allein deswegen nicht zimperlich sein konnte. Aber Wild zu erschießen, kam nicht annähernd dem Szenario gleich, das sich König in dieser Küche bot. Zwei Menschen an Stühle zu fesseln, um sie anschließend wie Tiere abzuschlachten, sah nicht nach einer Affekthandlung aus. Allein die Kabelbinder und die Leinensäcke mit den Smileys deuteten auf eine geplante Tat hin. Außerdem war da noch die Sache mit dem Kind und dem Rollstuhl. Wer tat einem kleinen Mädchen so etwas an? Er brauchte Antworten.

»Eine Streifenbesatzung soll umgehend zu Noras Wohnung fahren«, wies er an.

»Das gebe ich sofort durch«, bestätigte Manja. »Da ist noch eine Sache, die ich eben von einem der Sanitäter erfahren habe. In Maras Mundhöhle und um ihre Lippen befand sich fremdes Blut.«

»Woher wissen die, dass es sich um fremdes Blut handelt?«

»Bis auf die Dehydrierung war das Kind völlig unverletzt. Also stammt es höchstwahrscheinlich von jemand anderem. Was ich versuche, dir damit beizubringen ...«

König hielt die Luft an, weil er eine Ahnung bekam, was sie gleich aussprechen würde. Am liebsten wollte er sie zum Schweigen auffordern. Aber er musste es hören. Er musste sich all die Abartigkeiten gründlich anhören.

»Wir müssen davon ausgehen, dass der Täter dem Kind Blut zu trinken gegeben hat.«

»Mein Gott, etwa das Blut seiner Eltern?«

Wieder zuckte Manja mit den Achseln und sprach leise weiter. »Ich wünschte, es würde sich nicht bestätigen.«

»Bitte sag mir, dass es von einem Tier ist! Ja, vielleicht hat es der Täter mitgebracht. Schweineblut oder ein anderes Nutztier, ich meine, da sollte man leicht rankommen können, oder? Vielleicht hat er sie damit auch bloß im Gesicht eingeschmiert. Was weiß ich, was für eine Sauerei er mit dem Kind angestellt hat. Tu mir einen Gefallen und finde jemanden, der mir eine weniger perverse Erklärung geben kann.«

»Natürlich könnte das Blut auch von ihren inneren Organen stammen, aber das bezweifelt der Arzt. Im Krankenhaus werden sie eine Gastroskopie durchführen und Speiseröhre und Magen untersuchen. Man wird Proben nehmen und untersuchen. Dann wissen wir mehr.«

König dachte an das kurze Telefonat mit Nora und daran, dass sie von einem Wolf gesprochen hatte. Genauer gesagt hatte sie angedeutet, Andrzej Raschun sei für das Massaker verantwortlich. Aber das konnte unmöglich sein, wenn Raschun hinter Gittern saß.

»Mag sein, dass ich langsam paranoid werde, aber erkundige dich, ob Andrzej Raschun noch im Gefängnis sitzt und ob er gelockerten Vollzug genießt.«

»Du redest vom Wolf vom Grunewald? Was hat denn ...?«

»Tu es einfach, okay?«

Manja kaute eine Weile stumm auf ihrem Kaugummi. »Okay, aber ich kann mir nicht vorstellen, dass der jemals wieder ungesiebte Luft schnuppern darf.«

»Bei unserer Justiz bin ich mir da nicht so sicher. Und ruf Andrea an, sie soll seine Akte raussuchen. Da es sich um Morde an Kindern handelt, müssten die Fälle ja bei uns im LKA 11 liegen.«

»Die hat seit Jahren niemand mehr angerührt.«

»Aus gutem Grund, denn die Ermittlungen sind abgeschlossen. Ich selbst war damals in der Ermittlungsgruppe dabei. Vor meiner Zeit als Leiter der Mordkommission.«

»Komm schon, was ist los?«, ließ Manja jetzt nicht locker. »Du weißt doch irgendwas.«

»Ich weiß gar nichts.« Das war nicht gelogen. König hatte keinen blassen Schimmer, womit er es hier zu tun hatte. Er glaubte allerdings nicht, dass Raschun in irgendeiner Weise schuld am Tod des Ehepaars war. Dennoch wollte er sich nicht vorwerfen lassen, nicht jedem Hinweis nachgegangen zu sein. Selbst wenn der Hinweis von einer durchgeknallten Polizistin stammte. Und dass Nora gerade dabei war, völlig die Kontrolle über sich zu verlieren, daran hegte er keinen Zweifel mehr. Andernfalls hätte sie diesen Tatort nie verlassen. Dabei verübelte er ihr eine Kurzschlussreaktion nicht einmal. Er selbst wäre genauso durchgedreht, wenn er die Familie gekannt und so vorgefunden hätte.

»Hat Nora vorhin irgendwas erwähnt?«, sprach Manja ihn auf das Telefonat mit ihr an.

»Wie gut kennst du dich mit Märchen aus?«, stellte er eine Gegenfrage, denn Raschuns Taten gingen ihm plötzlich nicht mehr aus dem Kopf.

Gemeinsam schauten Manja und er eine Weile stumm zu den beiden Leichen und dem leeren Rollstuhl. Anscheinend kombinierte sie richtig. »Du willst mir nicht erzählen, dass es sich hierbei um eine abartige Version von Rotkäppchen handelt. So wie damals bei Raschun.«

König erwartete keine stichhaltige Antwort auf seine Frage. Er zog sich Latexhandschuhe an und prüfte den Sitz seiner Schuhüberzieher. Dann betrat er die Küche.

»Vergiss nicht, was ich dir aufgetragen habe«, sagte er, als er sich zum Rollstuhl beugte.

»Ich schicke eine Streife los«, sagte Manja und ging erneut davon.

Unterdessen inspizierte er den Kinderrollstuhl. Teilweise blühte an den Metallstäben bereits der Rost. Außerdem war das Leder stark nachgedunkelt. Schweiß und menschlicher Talg hatten sich darin festgesetzt. An den Rädern fehlte eine Handvoll Speichen. Er wackelte an dem Stuhl. Die Gelenke und Bolzen quietschten minimal, schienen ansonsten aber gut geölt.

Er schaute zur Decke, wo die Lampe brannte, dann zum verdunkelten Fenster. Die Kriminaltechniker, die nach ihm den Raum betreten würden, brauchten mehr Licht. Aber selbst ohne zusätzliche Beleuchtung erkannte er den Vornamen, den jemand mit schwarzem Permanentmarker auf braunes Pflasterband geschrieben und an eines der Griffrohre geklebt hatte: Tim.

KAPITEL 28

Vergangenheit

Die Frau, die Noras Büro vor einer Minute betreten hatte, hieß Carola Walther. Sie war vierundvierzig Jahre und als Zivilangestellte im LKA beschäftigt.

»Sie wissen, warum Sie heute vorgeladen sind?«

»Wie bitte?«, fragte Walther, obwohl Noras Frage unüberhörbar gewesen war, denn sie sprach laut und deutlich.

Entsprechend wiederholte Nora sich nicht, sondern wartete stumm. Mit zittrigen Fingern zog Walther ihre Vorladung hervor und reichte sie über den Schreibtisch.

»Ja, ähm, entschuldigen Sie, ich bin nicht ganz bei der Sache. Das alles ist mir hochpeinlich. Es geht um meine Verfehlungen als Sekretärin.«

»Behalten Sie das Blatt.« Nora ergriff das Papier erst gar nicht, sondern tippte am Computer den Vernehmungsbeginn in ihr Protokoll. »Ihnen wird vorgeworfen, in mindestens neunzehn Fällen aus der Poststelle, in der Sie als Bürokraft arbeiten, diverse Arbeitsmittel entwendet zu haben. Darunter Druckerpapier, Toner, Briefumschläge, eine Heftmaschine und einen Reißwolf. Die exakte Auflistung wird Ihnen als

Beschuldigte zur Einsicht vorgelegt und dem Protokoll angefügt.« Als Nora ihr die Liste gab, schluckte Walther heftig.

»Das kann doch nicht stimmen … Ich meine, *so* viel!«

Es stimmte bis auf die letzte Büroklammer, deshalb machte
Nora mit ihren Ausführungen weiter.

»Der durch Sie verursachte Schaden beläuft sich in diesem
Fall auf fünfhundertsiebzig Euro. Außerdem haben sie über
mehrere Wochen unrechtmäßig Geld im Gesamtwert von ein-
hundertunddrei Euro aus der Kaffeekasse Ihrer Abteilung entnommen. Ihre Taten stellen vorsätzliche Diebstahlshandlungen
dar und sind entsprechend strafbar. Da Sie Beschuldigte in
einem Strafverfahren sind, müssen Sie sich zum Tatvorwurf
nicht äußern.«

Im Zimmer wurde es still. Walther presste ihre Handtasche
gegen die Brust. Ununterbrochen biss sie sich auf die Unterlippe.
Nora wartete, dass sie etwas sagte, was Walther dann auch tat.

»Was … was heißt das jetzt für mich?«

»Man hat mich als Ermittlungsführerin eingesetzt, um Ihren
Fall zu bearbeiten. Ich bin für die strafrechtlichen Ermittlungen
zuständig, über das Strafmaß entscheidet die Staatsanwaltschaft.
Da Sie keine Beamtin sind, wird es keine disziplinarrechtlichen
Schritte gegen Sie geben.«

»Was meinen Sie mit Strafmaß? Muss ich eine Geldstrafe
zahlen?«

»Möchten Sie sich zum Tatvorwurf äußern, ja oder nein?«

»Ich habe Sie etwas gefragt«, erhob Walther jetzt ihre
Stimme.

»Je nach Einlassung kann die Staatsanwaltschaft eine
Geldstrafe festlegen«, antwortete Nora und ihre Fingerkuppen
berührten die Tasten, damit sie die Vernehmung fortführen
konnte. »Also?«

»Ich verliere meinen Job, nicht wahr?«

Nora nahm die Hände von der Tastatur. »So wie ich das sehe, wird es darauf hinauslaufen, tut mir leid. Um ehrlich zu sein, spielt es letztlich kaum eine Rolle, was Sie zu Protokoll geben. Die Beweislast ist zu erdrückend. Es gibt eine Zeugenaussage und man hat Beweismittel in Ihrer Tasche gefunden.« Um es ihr zu verdeutlichen, zeigte Nora auf die Handtasche, die Walther langsam unter die Tischkante sinken ließ. »Das alles ist Ihnen bekannt.«

»Bitte«, flehte sie, und die ersten Tränen kamen. »Das können Sie mir nicht antun! Ich verspreche, es nie wieder zu tun. Ich war verzweifelt, ich ...«

»Sie können sich jederzeit anwaltlichen Beistand nehmen. Um es klar auszudrücken, rate ich Ihnen sogar dringend dazu.«

»Ich kann mir keinen Anwalt leisten.«

»Sie können über das Amtsgericht einen Beratungsschein beantragen, dann wird ein Teil der Anwaltskosten übernommen.«

»Wie lange dauert die Beantragung?«

Diese Frage konnte Nora nicht beantworten, aber sie vermutete, dass die Frau keine Unterstützung erhalten würde, denn immerhin hatte sie noch ein festes Arbeitsverhältnis mit geregeltem Einkommen.

»Da müssen Sie sich beim Amtsgericht erkundigen.«

Mit dem Handrücken wischte Walther sich die Augen aus. Ihr lief die Nase und sie jammerte. Nora wusste nicht, wie sie mit einem solchen Gefühlsausbruch umgehen sollte. Sie reichte der Frau jedoch ein Papiertaschentuch. Mehr konnte sie für Walther nicht tun. Seit Nora vierzehn war, hatte sie selten jemand fest in den Arm genommen. Ihr Verstand sagte ihr, dass die Frau ein paar aufmunternde Worte brauchte, aber Noras Gedanken gelangten nicht bis in ihr Sprachzentrum, sondern wurden durch irgendetwas blockiert.

»Ich würde jetzt gern mit der Vernehmung weitermachen«, blieb sie bei der Sache, weil sie das am besten konnte.

»Ich habe es für meine Familie getan«, schrie Walther sie an. »Verstehen Sie das?«

Nein, das konnte Nora nicht verstehen. Wie auch? Sie hatte ihre Familie vor neun Jahren verloren.

»Nicht ich habe einen Fehler begangen, Frau Walther, also machen Sie mich nicht verantwortlich. Ich verrichte hier nur meinen Job.«

»Haben Sie Kinder?«

Bisher hatte Nora keinen Kinderwunsch gehegt. Sie stand am Anfang ihrer Karriere, also ging der Beruf vor. Außerdem fehlte ihr dazu ein Mann. Aber die Vorstellung eines eigenen Kinds klang reizvoll, wenn sie so darüber nachdachte. Irgendwann würde sie sich mit dem Thema beschäftigen. Das gehörte schließlich irgendwie zum Frausein dazu.

»Spielt es eine Rolle, ob ich Kinder habe?«

»Wie alt sind Sie?«, kam es jetzt spöttisch von Walther. »Fünfundzwanzig?«

Nora war dreiundzwanzig. Das tat aber nichts zur Sache, also verschwieg sie ihr Alter.

»Ach, ist auch egal«, sagte Walther mit hängendem Kopf. »Was wissen Sie schon? Sie wissen nicht, wie es ist, wenn der Partner einen mit Schulden sitzenlässt.«

Genau aus diesem und einigen anderen Gründen weigerte Nora sich, eine feste Partnerschaft einzugehen. Somit konnte man nicht enttäuscht werden. Monogamie war ohnehin veraltet. Aber das konnte natürlich jeder für sich bewerten.

»Ich muss Sie noch einmal fragen, Frau Walther: Möchten Sie sich zum Tatvorwurf äußern?«

Kapitel 29

Augenscheinlich bestand die Schatulle komplett aus Metall. An den Ecken erkannte Nora mehrere rostige Stellen. Das Behältnis sah aus wie die Miniaturausgabe einer Schatzkiste. Ähnlich wie ein Regisseur sie in einem Film verwendet hätte. Zudem ging etwas Unheiliges von der Kiste aus. Anfangs sträubte Nora sich dagegen, das Kästchen mit den Fingern zu berühren, weil sie sich einbildete, eine Schlange würde sich darin befinden. Als Kind hatte sie beim Spielen einmal versehentlich eine Kreuzotter angefasst. Seitdem fürchtete sie sich vor diesen Schuppenkriechtieren, obwohl sie sonst auch bei Dunkelheit furchtlos auf die Jagd ging. Natürlich war der Gedanke an eine Schlange ziemlich abwegig, denn abgesehen von der Frage nach dem Zweck hätte es ein ziemlich kleines Exemplar sein müssen, um dort hineinzupassen.

»Wir müssen endlich Unterstützung holen«, drängelte Benjamin, obwohl sie ihm eben versichert hatte, dass König bald hier auftauchen werde.

Während ihr Kollege neben dem Toten kniete und nicht so richtig zu wissen schien, was er tun sollte, fixierte Nora mit ihrem Blick ununterbrochen den fremden Gegenstand auf ihrem Schuhschrank. Statt beherzt danach zu greifen, zog sie aus ihrer Jackentasche ihre dünnen Lederhandschuhe. Die waren zwar nicht steril, aber immerhin reduzierten sie weitestgehend die Kontamination mit fremdem Spurenmaterial.

»Sieh nach, ob du einen Ausweis bei ihm findest«, wies sie Benjamin an.

»Soll ich ihn etwa durchsuchen?«

»Wir sind dazu befugt, nehme ich an.«

»Er wurde in deiner Wohnung ermordet, also darfst du hier gar nichts verändern.«

Sie streifte sich die Handschuhe über und zeigte auf das Gesäß des Toten. »Greif endlich in seine verdammte Hosentasche und zieh sein Portemonnaie heraus.«

Benjamin fluchte und verzog angewidert das Gesicht. Er war genauso wenig ein Leichensachbearbeiter wie Nora. Aber wie sie war er Polizist, also konnte sie erwarten, dass er sich zusammenriss und strategisch vorging. Derweil erfasste sie die Schatulle mit beiden Händen und schob mit den Daumen vorsichtig den Deckel nach oben. Mit leichtem Widerstand ließ sie sich öffnen. Zuerst spähte sie nur durch einen Spalt, dann klappte sie den Deckel vollständig auf. Im Inneren fand sie einen zusammengefalteten Zettel.

»Ich hab seinen Führerschein gefunden«, kam es von Benjamin.

»Wer ist es?«, fragte Nora, abgelenkt von ihrer eigenen Entdeckung.

»Thoralf Schreiner.«

»Zeig her!«

Sie rührte den Inhalt der Schatulle nicht an, sondern betrachtete stattdessen das Passbild, das Benjamin ihr hinhielt.

»Das ist doch der Ehemann der toten Journalistin.«

Nora nickte. Kaum vorstellbar, dass der Mörder sein Opfer gewaltsam hergeschleppt hatte. Demnach musste Thoralf Schreiner ihre Anschrift von sich aus aufgesucht haben.

Wahrscheinlich hatte er Noras Daten aus den Unterlagen seiner verstorbenen Frau entnommen. Er wollte Nora zur Rede stellen, ob sie ihm etwas zu den Todesumständen sagen konnte, oder wissen, woran Margot gearbeitet hatte. Irgendwas in der Richtung musste ihn zu ihrer Adresse getrieben haben. Durch einen unglücklichen Zufall war er seinem Mörder begegnet. Nur so konnte Nora sich Schreiners Leichnam in ihrer Wohnung erklären.

»Es war kein Unfall«, sagte sie.

»Redest du jetzt vom Tod von Margot Schreiner?«

Auch Benjamin kannte die belastenden Informationen der Journalistin, die sie dem LKA 34 gesteckt hatte. Sie hatte den Fall Tuchfeldt erst ins Rollen gebracht.

»Jemand will verhindern, dass wir die Sache weiterverfolgen. Man will uns einschüchtern.«

»*Du* verfolgst die Sache! Du allein!« Benjamin schnellte von seiner knienden Position in den Stand und hielt ihr auffordernd die Brieftasche samt den restlichen Ausweisen hin. Ihm war anzumerken, dass er die Sachen schnellstmöglich aus der Hand geben wollte. »Wilhelm Tuchfeldt ist auch mausetot. Es sterben einfach zu viele Leute. Ich wusste, warum ich da nicht mehr mitmachen wollte.«

»Es ist unser Job, kriminelle Angelegenheiten zu erforschen.«

»Und was kommt dabei raus?« Er zeigte zu seinen Füßen. »Ich habe dich gewarnt! Aber nein, du musstest Tuchfeldts Villa betreten. Das hier ist garantiert nicht unser Job! Nein, so was garantiert nicht.«

»Also wirst du mir nicht helfen?«

Wie ahnungslos riss er die Arme hoch. »Bei was denn helfen?«

Sie drehte ihm den Rücken zu und konzentrierte sich wieder auf den Schatulleninhalt. Vorsichtig nahm sie das zusammengefaltete Papier heraus. Ein stark vergilbtes A4-Blatt. Es dauerte einen Moment, ehe sie begriff, was darauf gedruckt war.

»Es ist ein Lohnzettel.«

»Von was redest du denn jetzt schon wieder?«

»Die Eisenbox gehört nicht mir«, klärte sie ihn auf. »Der Täter hat sie mitgebracht. Er hat sie absichtlich neben dem Tatwerkzeug platziert. Dieser Zettel ist auf einen Hans Molder ausgestellt. Laut Datum vor mehr als zwanzig Jahren. Er hat bei der Firma …«

Statt weiterzusprechen, ging ihr Blick zur Küche, wo der zerbrochene Kompass lag. Das Instrument stammte von der Firma Nordfeld.

»Er hat bei der Nordfeld GmbH gearbeitet.«

»Die alte Kompassfabrik am Tempelhofer Damm?«, stellte Benjamin die rein rhetorische Frage. »Die kannte ich schon als Kind. Die ist aber seit Ewigkeiten pleite. Da steht nur noch die Ruine. Was hat das alles zu bedeuten?«

Nora schaute nach, ob sich in der Schatulle noch etwas befand, aber ihre Fingerspitzen kratzten vergeblich über den metallischen Boden.

»Ich weiß nicht, was das zu bedeuten hat, aber ich muss es herausfinden. Und du wirst mir helfen.«

»Ich werde jetzt KK anrufen …« Er holte sein Smartphone hervor, aber Nora legte ihre Hand darüber.

»Nein, das übernehme ich selbst.« Sie breitete den Lohnzettel auf dem Schuhschrank neben dem Hammer aus. »Hier! Mach ein Foto davon und finde heraus, wer dieser Hans Molder ist. Laut diesem Wisch ist der Mann älter als wir beide. Ich kenne ihn nicht, aber irgendetwas hat er mit den Morden zu tun.«

KAPITEL 30

»Wo versteckst du dich?«, drang es aus Noras Handy.

»Wie geht es Mara?«, erkundigte sie sich zuerst nach ihrem Patenkind, statt auf Königs Frage einzugehen.

Am anderen Ende der Leitung wurde schwer ein- und ausgeatmet. Sie konnte nachvollziehen, wie hoch der Stresspegel des Kollegen aktuell stand. Aber er blieb sachlich.

»Ihr Zustand ist unverändert kritisch. Die Ärzte kümmern sich um sie. Wenn du dir Sorgen um das Mädchen machst, dann stell dich gefälligst.«

»Bestimmt bewachen unsere Leute das Krankenhaus für den Fall, dass ich dort auftauche. Sehe ich das richtig?«

»Bist du in deiner Wohnung?«, ging er nicht darauf ein und er wartete auch keine Antwort ihrerseits ab. »Ich wette, du bist dort. Wir können das Gespräch ganz leicht abkürzen, wenn du mir versicherst, dass du dortbleibst, bis wir dich abholen.«

Nora durchschritt den Flur, ging ins Wohnzimmer und blickte durch den Gardinenspalt auf die Straße. Garantiert waren längst Polizisten auf dem Weg hierher. Vermutlich hatte König die Streifenbeamten angewiesen, das Sondersignal rechtzeitig auszuschalten, damit Nora nicht gewarnt wurde. Bis jetzt konnte sie jedoch nirgendwo einen Funkstreifenwagen ausmachen.

»Mareike«, fing Nora an und unterdrückte ein Schluchzen. Sie schniefte jedoch, weil ihr die Nase lief. »Meine Freundin, sie war Fitness-Influencerin. Sie hatte mehr als vierzigtausend Follower.«

»Das wissen wir.«

»Ihr müsst ihren Instagram-Account checken und alle Daten der letzten Wochen sichern. In ihrer Wohnung müssen irgendwo die Zugangsdaten liegen. Mareike konnte sich keine Passwörter merken. Sie muss sie aufgeschrieben haben. Schaut im Schubfach in dem kleinen Tisch im Schlafzimmer nach. Ich glaube, dort liegen sie unter den Reisepässen.«

»Langsam, langsam! Du sagst mir nicht, wie wir unsere Arbeit erledigen müssen, kapiert?«

Vor Noras geistigem Auge tauchte das Gesicht von Mareike auf. Ihre Freundin bewegte stumm die Lippen, als wollte sie noch einen letzten Hinweis geben. Dann verblasste die Erscheinung. Angesichts der unübersichtlichen und erschreckenden Ereignisse konnte Nora nur Vermutungen anstellen. Sie rief sich die Worte des unbekannten Anrufers in Erinnerung.

»Ihr Mörder muss sie und ihre Familie ausgespäht haben. Vielleicht hat er einen Kommentar unter eines ihrer Bilder gepostet oder auch bloß ein Herzchen hinterlassen. Vielleicht hat er sie angeschrieben. Das war eine geplante Tat. Alles war geplant …«

»Zum letzten Mal, Nora«, wurde König ungehalten. »Du bleibst, wo du bist, dann reden wir in Ruhe. Du steigerst dich da in etwas hinein. Wir sind die Profis.«

»Margot Schreiner, die Reporterin«, ließ Nora sich nicht von ihren Überlegungen abbringen. Vielleicht konnte sie das Chaos in ihrem Kopf ordnen, wenn sie aussprach, was sie dachte. »Es war kein Unfall, wie es im Lagebericht vermutet wird.«

»Was hat denn Margot Schreiner damit zu tun? Nora, du …«

»Profis, ja? Vielleicht solltet ihr von der Mordkommission langsam euren Job machen und herausfinden, wer durch Berlin zieht und Menschen abschlachtet. Genau das ist nämlich in Mareikes Wohnung geschehen: eine beschissene Schlachtung!«

Nora schniefte und wischte sich die Nase mit dem Jackenärmel ab. Benjamin, der das Telefonat die ganze Zeit stumm verfolgte, riss von der Halterung ein Küchentuch ab und hielt es ihr hin. Sie wehrte ab. Sie brauchte keine Hilfe von einem ängstlichen Mann. Außerdem würde sie vor ihm garantiert nicht anfangen zu weinen. Sie musste sich jetzt voll und ganz auf das Tatgeschehen und die nächsten Schritte konzentrieren. Sie konnte es, analytisch untersuchen und effektiv handeln. Deshalb hatte man sie nach ihrem Fachhochschulstudium in die neu gegründete Abteilung für Cybercrime gesteckt und deshalb hatte Quast sie kurze Zeit später in sein Team geholt. Analytisch denken und effektiv handeln, sagte sie im Geist ihr Mantra auf. Tränen brachten sie dagegen nicht weiter.

»Haltet mich meinetwegen für verrückt«, redete sie entschlossen mit König. »Aber ich weiß, dass ich recht habe, denn Margots Mann wurde auch umgebracht.«

»Thoralf Schreiner? Quatsch, mit dem habe ich gestern noch in seiner eigenen Wohnung gesprochen. Also jetzt ist es endgültig …«

»Seit gestern ist viel passiert. Du bist nicht mehr auf dem neusten Stand, denn seine Leiche liegt jetzt in meiner Wohnung.«

»Was sagst du da?« König brauchte einen Moment, ehe er seine Worte wiederfand. Aber danach nahm er sie endlich ernst. »Was hast du getan, Nora?«

»Nicht ich war das, verdammt! Hör mir endlich zu!«

»Nora, beruhige dich!«, ermahnte Benjamin sie.

»Wer ist da bei dir?«, wollte König wissen, der die Stimme aus dem Hintergrund offenbar vernommen hatte.

»Jemand hat ihm den Schädel eingeschlagen«, ließ Nora sich nicht ablenken. »Das muss kurz vor meinem Eintreffen geschehen sein. Die Blutspuren sind frisch, der Leichnam ist noch warm.« Sie wollte aus der Küche gehen, aber Benjamin hielt sie auf, indem er sich vor sie hinstellte und versuchte, sie festzuhalten. Schon allein, weil sie körperliche Nähe ohne ihre ausdrückliche Zustimmung nicht ausstehen konnte, drückte sie seine Arme heftig von sich. »Lass mich los!«

»Nora, niemand von uns will dir schaden«, intervenierte Benjamin.

»Ach ja, kannst du das beweisen?«

»Ich will auf der Stelle wissen«, hörte sie König sprechen, »wer da die ganze Zeit dazwischenredet?«

»Benjamin Jasser ist bei mir.«

»Kriminalkommissar Jasser? Was macht der in deiner Wohnung?«

»Er ist mein Partner und mein Zeuge.«

»Okay, gib ihn mir, na los!«

Zögerlich nahm Nora das Handy vom Ohr, reichte es jedoch nicht weiter. König wollte mit Benjamin reden, damit er sie zur Vernunft brachte, darauf lief es hinaus. Aber nicht Nora war hier die Verrückte, sondern der Killer. Statt ihrem Kollegen das Gerät auszuhändigen, telefonierte sie weiter.

»Mach deinen Job. Mehr habe ich jetzt nicht zu sagen.«

»Nora, nein …!«

Abermals beendete sie das Gespräch mit dem Kriminalhauptkommissar. Anschließend schaltete sie ihr Mobiltelefon aus, schnappte sich einen Rucksack und verstaute es darin. Sie ging auch zum Waffenschrank, um ihren Revolver zu holen, mit dem sie sonst nur verletztem Wild den

Gnadenschuss setzte. Mit einer Waffe fühlte sie sich in der momentanen Situation sicherer. An ihre Dienstpistole kam sie derzeit nicht ran. Nachdem Benjamin den gelbbraunen Lohnzettel fotografiert hatte, steckte sie diesen vorsichtig in eine Klarsichthülle und nahm ihn samt der Eisenschatulle mit.

»Was machst du da?«, fragte Benjamin, der es diesmal nicht wagte, sie anzufassen.

»Denkst du an das Foto?«

»Ja, ich …«

»Gut, ich muss herausfinden, warum es jemand auf mich abgesehen hat.«

»Auf dich?«

Die seltsame Goldmünze befand sich bereits in ihrer Hosentasche. Fehlte noch der kaputte Kompass. Sie nahm ihn vom Küchenschrank und drehte sich abrupt herum. »Hör zu, meine Freundin und ihr Mann sind tot. In meinem Korridor liegt ein Fremder mit eingeschlagenem Schädel. Außerdem ist da die Sache mit Tuchfeldt. Reicht dir das als Erklärung?«

»Ja, ich meine … Nora, bitte, du musst mit den Leuten vom LKA 11 kooperieren, sonst machst du alles nur noch schlimmer.«

»Besorg mir die Informationen über Hans Molder. Mehr verlange ich nicht von dir.« Sie nahm ihren Laptop und schob ihn wütend zu den anderen Sachen im Rucksack. Die Kripo hatte sie tags zuvor schon einmal ungerechtfertigt festgenommen, einen weiteren Tag würde sie nicht in einer Gewahrsamszelle verbringen. »Und sag KK, ich melde mich bei ihm, sobald ich mehr weiß. Versprochen!«

KAPITEL 31

»Du hättest Nora aufhalten müssen«, schimpfte König, nachdem er mit Blaulicht durch halb Berlin gerast war und in der Wohnung der Kriminalhauptkommissarin nur noch ihren Kollegen und die Leiche vorfand.

»Was hätte ich denn tun sollen?«, fragte Benjamin, der ihm die Tür aufhielt. »Sie mit Gewalt festnehmen?«

»Ich denke, das wäre besser für dich gewesen«, belehrte ihn Manja, die ebenfalls Noras Wohnung betrat und kopfschüttelnd den Toten betrachtete.

»Jetzt, mein Freund«, übernahm König wieder und zielte mit dem Zeigefinger direkt auf Benjamins Nasenspitze. »Jetzt hast du ein ernsthaftes Problem. Ich schwöre dir, wenn mich der LKA-Präsident in der nächsten Stunde anruft, werde ich ihm haarklein berichten, was hier gelaufen ist. Und deinen Namen werde ich ihm sogar buchstabieren.«

»Nora ist keine Irre.«

»Nein, aber vielleicht ist sie wahnsinnig.«

»Und sie überschätzt sich«, ergänzte Manja.

»Sie hat mir versprochen, dass sie euch anruft, sobald sie etwas herausgefunden hat«, entgegnete Benjamin.

»Sicher doch …«

150

Manja lachte auf, obwohl nach den Morden niemand Grund zum Lachen hatte. König konnte seinerseits nur verächtlich schnauben, weil er so viel Naivität nicht ertragen konnte.

»Sie hat ihn doch nicht umgebracht!« Bei seinen lausigen Rechtfertigungen überschlug sich Benjamins Stimme fast. Wild gestikulierend zeigte er mit beiden Händen auf Thoralf Schreiner, als würde der Beweis unbestreitbar vor ihnen liegen. »Ich wollte sie besuchen und habe draußen geklingelt. Aber es war niemand da. Sie ist erst Minuten nach mir angekommen und hat in meinem Beisein die Tür aufgeschlossen. Er war schon tot, als wir die Wohnung betreten haben. Das müsst ihr mir glauben.«

»Was wir glauben müssen, überlässt du gefälligst uns«, raunzte König ihn an, woraufhin der junge Kommissar zusammenzuckte. »Wir sind nämlich die Truppe, die dafür geradestehen muss, wenn bei den Ermittlungen was schiefläuft. Oder willst du mir erzählen, du hättest Erfahrung mit solchen Delikten?«

Der Kommissar schluckte. »Nein, ich wollte nur ...«

»Was stehst du dann noch hier im Flur herum und verunreinigst mir meinen Tatort?«

»Lass ihn«, schlichtete Manja diesmal. »Du siehst doch, dass er mit der Situation völlig überfordert ist.«

»Ja, und? Fragt mich jemand, wie es mir geht?«

»Kann ... kann ich gehen?«

Wieder fixierte König Benjamin, der seinen Rücken gegen die Wand presste, als hätte er etwas zu verbergen. König kniff die Augen halb zusammen und versuchte, aus der Mimik des Kollegen etwas herauszulesen. Wahrscheinlich realisierte er endlich, dass sie hier nicht zum Spaß aufgekreuzt waren. Oder er wusste noch etwas, was er verheimlichte.

»Hat Nora irgendwas von hier mitgenommen?«

»Ihren Laptop, den hat sie in ihren Rucksack gepackt.«

»Sonst noch was?«

Benjamins Blick ging an Königs Schulter vorbei zum Schuhschrank, wo das Tatwerkzeug lag. Dann schüttelte er langsam den Kopf.

»Nicht, dass ich es bemerkt hätte. Ehrlich, ich habe versucht, sie aufzuhalten.«

König erwiderte nicht sofort etwas darauf, sondern nickte bloß eine Weile anhaltend. »Okay, ich glaube dir. In spätestens einer Stunde habe ich deinen Bericht.«

Benjamin versicherte, dass er zur Dienststelle fahren und sich dort sofort an den Rechner setzen werde. König schaute ihm hinterher, bis er tatsächlich aus der Wohnung verschwunden war.

»Was ist das dort?«, fragte er, nachdem er die kniende Manja beobachtet hatte und glaubte, unter dem leblosen Körper die Ecke eines Schnellhefters zu erkennen.

»Das möchte ich auch gern wissen«, antwortete sie.

Ihre Taschenlampe lag eingeschaltet auf dem Boden und strahlte den Leichnam an. Mit beiden Händen hob Manja den Oberkörper ein Stück an. König beugte sich zu ihr und zog den Schnellhefter gegen einigen Widerstand vollständig aus der Jacke des Toten hervor.

»Das sieht nach journalistischen Unterlagen aus«, sagte er, als er Druckerkopien, Zeitungsartikel und Fotos durchblätterte. »Hierbei geht es um Tuchfeldt und den Wolf vom Grunewald. Deshalb hat Nora also am Telefon von ihm gesprochen. Wie es aussieht, bringt sie da ein paar Dinge durcheinander.« Er wedelte mit dem Hefter. »Wie dem auch sei, wir werden nicht drumherumkommen, all das zu überprüfen.«

»Andrzej Raschun sitzt weiterhin in Moabit, das habe ich mir von der JVA bestätigen lassen.« Ohne um seine Erlaubnis zu fragen, nahm Manja ihm den Hefter aus den Händen. »Lass mich mal sehen. Ja, du könntest recht haben, Nora reimt sich da was zusammen. Ihre Freundin wohnte schließlich in der Grunewaldstraße. Wenn man will, sieht man da einen Zusammenhang zu Raschun. Das hier sind alles alte Aufzeichnungen.«

»Ich wette, die gehörten seiner Ehefrau.«

»Ich werde mir das gleich genauer anschauen und mit Andrea telefonieren. Vielleicht weiß sie schon mehr.«

Damit ging sie aus der Wohnung und König blieb mit dem Toten allein.

KAPITEL 32

Für Manja Steinke war es gar nicht so einfach, ein ruhiges Plätzchen zum Telefonieren zu finden. Auf der Kriemhildstraße herrschte inzwischen ein ähnlicher Andrang an Schaulustigen wie am Vormittag auf der Grunewaldstraße. Ein paar Reporter mussten sich an das Auto von König und ihr gehängt haben, als sie mit Blaulicht vom vorherigen Tatort losgebraust waren. Vor dem Wohnblock redete eine Handvoll Medienvertreter auf die beiden Streifenbeamten ein, die eisern den Hauseingang bewachten. Beim Vorbeigehen schnappte Manja nur die Nachfrage eines Journalisten auf, ob es sich um die Adresse einer Kriminalbeamtin handelte. Mit zusammengepressten Lippen und einem kaum merklichen Kopfschütteln gab sie den angesprochenen Streifenpolizisten zu verstehen, die Leute bloß nicht an sie zu verweisen. König hatte die Pressestelle bereits in Kenntnis gesetzt. Sollten die sich um solche Auskünfte kümmern. Manja eilte mit ihrem Handy am Ohr an den Kollegen und Gaffern vorbei. Zuerst wollte sie sich in den Wagen einschließen, aber dort hätte sie sich beobachtet gefühlt. Also ging sie hinter das Haus und fand ein stilles Plätzchen. Sie musste dringend ein diskretes Telefonat führen.

»Geh endlich ran, verdammt!«, fluchte sie, weil sie jetzt schon zum dritten Mal vergeblich die Nummer des Senatsmitarbeiters wählte, den sie in Notfällen kontaktieren sollte.

Beim dritten Anwahlversuch wurde sie schließlich erlöst.

»Na endlich«, so Manjas unverblümte Begrüßung.

»Sie sollen mich nicht anrufen«, sperrte sich ihr Ansprechpartner Philipp Sandner.

»Doch, genau das soll ich tun, wenn es Probleme gibt. Und ich würde behaupten, die Kacke ist so ziemlich am Dampfen.«

»Ich habe bereits erfahren, was passiert ist.«

Im Gegensatz zu ihrer Aufregung redete Sandner völlig gelassen. Erstaunlich, dass wenigstens einer in dem ganzen Chaos die Nerven behielt.

»Ach ja, was haben Sie denn genau erfahren? Dass nach Margot Schreiner jetzt auch ihr Mann tot aufgefunden wurde? Das Loch in seinem Kopf sieht echt übel aus.«

»Ich weiß Bescheid darüber, aber da muss kein Zusammenhang zum Tod von Margot Schreiner bestehen. Es bleibt dabei, bei ihr gehen wir von einem Unfall aus.«

»Wow, Ihren Ruhepuls möchte ich haben! KK wird sich damit jedenfalls nicht zufriedengeben. Der ist das Misstrauen in Person, das wissen Sie so gut wie ich. Allein dafür, dass ich in seiner Nähe dieses Telefonat mit Ihnen führen muss, rutscht mir das Herz in die Hose. Und jetzt ist auch noch die Rothmann unkontrollierbar geworden. Das Ganze läuft aus dem Ruder, ich mache da nicht mehr mit. Ich sollte die Augen und Ohren offenhalten und Sie auf dem Laufenden halten, das habe ich getan, ab jetzt müssen Sie ohne mich auskommen. Das ist mir eine Spur zu heiß.«

»Machen Sie weiter wie besprochen. Es läuft alles nach Plan.«

»Nach Plan, nennen Sie das? Scheiße, Ihren Humor möchte ich nicht geschenkt haben.« Sie wedelte mit dem Schnellhefter,

155

den sie und König eben bei dem Toten entdeckt hatten. »Ich halte hier Unterlagen in meinen Händen, in denen es um Unstimmigkeiten bei den Ermittlungen gegen den Wolf vom Grunewald geht. Anscheinend war Tuchfeldt doch nicht so sauber, wie Sie mir haben weismachen wollen.«

Für einen Augenblick kam das Telefonat ins Stocken. Sandner schien überrascht. »Der Wolf vom Grunewald, sagten Sie? Wie umfangreich ist das Material?«

»Ein ganzer Hefter voll. Anscheinend hat sich Margot Schreiner bei Ihren Recherchen auf Insiderinformationen aus dem Darknet gestützt. Auf die Schnelle verstehe ich die Zusammenhänge nicht. Hier steht etwas von einem Sachbearbeiter namens Friedrich Brecht. Schreiner zieht da eine Parallele zu den Märchenmorden von Raschun. Und es befinden sich einige Zeitungsartikel über diesen adligen Betrüger darunter. Dieser Ludwig von Ambrosch, der jahrelang behauptet hat, er wäre ein Nachfahre der Brüder Grimm. Vielleicht hat das eine mit dem anderen nichts zu tun. Ich weiß es nicht und verstehe davon auch nichts. Thoralf Schreiner kann ich schlecht dazu befragen. Vielleicht können Sie mich aufklären, was der Scheiß soll.«

»Am besten lassen Sie die Unterlagen verschwinden.«

»Ich soll was machen?«

»Sie haben mich richtig verstanden. Lassen Sie sich etwas einfallen.«

Manja wanderte halb kopflos auf der Stelle herum, spuckte ihren Kaugummi ins Gras und griff sich in die Haare. Was er da von ihr verlangte, bereitete ihr eine Heidenangst. Sie hatte auch so schon ein schlechtes Gewissen, hinter Königs Rücken mit dem Senat zu sprechen. »Mein Kollege weiß von den Unterlagen.«

»Sie meinen König? Gut, um den kümmere ich mich. Sonst noch etwas?«

»Ja …« Es war weniger Courage als vielmehr Wut, die sie zu ihrer abschließenden Äußerung verleitete, ehe sie die rote Taste am Gerät drückte: »Sie sind ein Wichser!«

»Mit wem hast du da telefoniert?«

Fast wäre Manja das Smartphone aus den Fingern gerutscht, als König sie unvermittelt von hinten ansprach.

»Spionierst du mir neuerdings nach?«

»Warum so aggressiv? Ein Streifenkollege hat dich um das Haus schleichen sehen und jetzt habe ich dich hier gefunden.« In seinem Gesicht zogen die gewohnt skeptischen Falten auf. »Also, mit wem hast du gesprochen?«

»Mit meinem Bruder. Sonst noch Fragen?«

Er nickte, sah dabei aber nicht überzeugt aus. »Warum sprichst du nicht mit Andrea, wie du es dir vorgenommen hast? Warum ist deine Familie jetzt wichtiger? Kann die etwas zur Mordaufklärung beitragen?«

»Weißt du, ich bin gerade nicht zum Scherzen aufgelegt.«

»Fein, dann hätten wir das geklärt. Wir versiegeln erst mal die Wohnung und postieren eine Streife vor dem Haus, falls Nora hier auftaucht.«

»Und die Leiche?«

»Kann warten. Wir machen bei der Familie Busch weiter. Mich interessiert nämlich brennend, wer dieser Tim ist, dem der Rollstuhl gehört.«

KAPITEL 33

Nach anderthalb Stunden fühlte es sich für Nora noch immer falsch an, Benjamin mit der Leiche allein in ihrer Wohnung zurückgelassen zu haben. Andererseits, was hätte sie ausrichten können, wenn sie ebenfalls dortgeblieben wäre? Für die Mordkommission war der Fall klar: Nora hatte etwas mit den Verbrechen der vergangenen zwei Tage zu tun. Bei flüchtiger Betrachtung konnte das gut stimmen, aber sie hatte niemanden umgebracht. Beteuerungen gegenüber König und seiner Kollegin konnte sie sich sparen. Erklären konnte sie sich gleichfalls nicht. Sie verstand selbst nicht, warum ihr das alles passierte, und sie konnte nicht einmal sagen, wer der unbekannte Anrufer gewesen war, der sie bedrohte. Nur eines stand für sie fest, keinesfalls würde sie die Rolle des bereitwilligen Opfers einnehmen. Sie musste herausfinden, warum jemand es auf sie abgesehen hatte und ihr mit dem Tod drohte.

Anfangs ohne ein richtiges Ziel lenkte sie ihren alten Ford Ranger schließlich zum Molkenmarkt. Dort angekommen, rangierte sie den Wagen in eine freie Parklücke auf der Jüdenstraße, unmittelbar vor dem Alten Stadthaus. Sobald die gesamte Berliner Polizei nach ihr suchte, war ihr schwarzer Pick-up mit den roten Alufelgen ein leichtes Ziel. Zur Stunde glaubte sie nicht, dass das LKA 11 bereits Großfahndung nach ihr ausgelöst hatte. Trotzdem konnte es nicht schaden, die Augen offen zu halten. Als sie sich umsah, konnte sie jedoch nur harmlose Passanten erkennen, die den niederschlagsfreien Tag für Einkäufe oder einen Stadtbummel zwischen den zahlreichen historischen Gebäuden am Molkenmarkt nutzten. Unweit von hier befand sich die Senatsverwaltung des Inneren, aber sie nahm nicht an, dass Philipp Sandner heute für sie in seinem Büro anzutreffen war. Selbst wenn er Antworten kannte, würde der Wachschutz des Gebäudes sie nicht einfach zu ihm durchlassen.

Nora konnte ihn jedoch anrufen. Mit diesem Gedanken betrachtete sie ihr ausgeschaltetes Handy, das in der Mittelkonsole steckte. Möglicherweise ließ König das Gerät bereits orten. Später wollte sie es trotzdem aktivieren, um Sandner zu erreichen. Vorher musste sie etwas im Internet recherchieren. Hier am ältesten Platz Berlins gab es einen öffentlichen WLAN-Hotspot. Sie stellte den Fahrersitz ein Stück zurück, nahm ihren Laptop auf den Schoß und klappte ihn auf. Während der Browser startete, legte sie die Goldmünze neben das Touchpad. Nora hatte einen Durchmesser von achtundvierzig Millimeter gemessen, dazu eine Stärke von drei Millimeter. Markant war das altdeutsche G auf der Vorderseite. Mit diesen Parametern probierte sie es anfänglich in der Suchmaschine. Kein passender Treffer. Als nächstes Merkmal gab sie den Wolfskopf ein, aber dazu lieferte das Internet ebenfalls keine Auskunft.

»Das gibt es doch nicht«, redete Nora vor sich hin, weil selbst Google eine solche Münze nicht kannte.

Beim Scrollen durch die Bildersuche wurden ihr zwar diverse alternative Münzen angezeigt, aber nicht die, die sich in ihrem Besitz befand. Nicht einmal eine Ähnlichkeit gab es im Internet. Blieben noch der Spruch am Münzrand und die Zeichenfolge KHM26/1812. Sie wechselte zur normalen

Textsuche und sofort wurde ihr als erster Treffer bei Wikipedia das Märchen »Rotkäppchen« angezeigt.

»KHM26«, murmelte Nora.

Das stand also für die sechsundzwanzigste Geschichte in den »Kinder- und Hausmärchen« der Brüder Grimm. Die Zahl 1812 war das Erscheinungsjahr der Erstausgabe. Für Nora gab es nunmehr keinen Zweifel, dass der Killer eine abartige Version des Märchens nachspielte. Der Spruch am Münzrand »Alle Märchen haben ihren wahren Ursprung« erbrachte dagegen kein zufriedenstellendes Suchergebnis, unterstrich aber das Märchenmotiv für die Verbrechen.

»Welche Rolle spielst du?«, redete sie mit der Münze und drehte sie in ihren Fingern.

Da die Bildsuche zuvor erfolglos gewesen war, schaltete sie am Rechner die Kamera ein und rief eine App auf. Sie hielt beide Seiten der Münze vor die Linse und machte zwei gestochen scharfe Fotos. Mit diesen Bildern versuchte sie es erneut bei Google, aber wieder war die Suchmaschine keine Hilfe.

»Also bist du wohl ein Einzelstück«, fasste Nora es für sich zusammen, denn das war die einzig logische Schlussfolgerung.

Das machte die Münze umso wertvoller. Und es machte die Sache noch suspekter. Derjenige, der sie ihr im Wald im Lammkadaver hinterlassen hatte, schien keinen Wert darin zu sehen, sonst hätte er sie niemals hergegeben. Vielleicht war es gar kein echtes Gold. Wie auch immer, die Echtheit konnte man leicht durch einen Fachmann überprüfen lassen. Nora blickte sich nach den Geschäften auf dem Molkenmarkt um. Kein Juwelier in Sichtweite. Unzufrieden mit dem Ergebnis schob sie die Münze wieder in ihre Hosentasche und klappte den Laptop zu.

Sie nahm ihr Smartphone und wog es in der Hand. Wie lange würde es wohl dauern, bis man es auf den Meter genau geortet hatte?

»Garantiert fünfzehn Minuten.« Beim Einschalten des Geräts kam sie zu einer anderen Überzeugung. »Nein, wohl eher fünfundvierzig.«

Zuerst wollte sie Sandner anrufen, blieb dann aber an der Nummer eines Kollegen hängen. Jonathan Schmidt. Er arbeitete auch in ihrer Abteilung und hatte in einem ersten Anlauf Vorermittlungen gegen Tuchfeldt geführt. Das war vor über einem Jahr gewesen. Noch bevor Margot Schreiner aktiv geworden war. Schon da hatte es Verdachtsmomente gegeben.

»Hallo, Jonathan«, sprach Nora eine halbe Minute später in ihr Telefon, nachdem sie seine Nummer angetippt hatte. »Ich bin es, Nora.«

»Nora!« Der etwas ältere Kriminalhauptkommissar, der nicht als der Fleißigste im Dezernat galt, doch immerhin als zuverlässig, war hörbar überrascht über ihren Anruf. »Ich habe das mit Tuchfeldt gehört.«

»Jeder hat davon gehört.«

Er lachte ernst. »Und was sie mit dir gemacht haben, diese Drecksäcke! KK ist ein Arsch. Tut mir leid, das mit der Zelle. Du nimmst dir hoffentlich einen Anwalt und verklagst sie.«

»Reden wir nicht über mich. Seit gestern ist viel passiert. Es ist sogar noch viel schlimmer geworden. Deshalb rufe ich an, wegen Tuchfeldt …«

»Bitte, Nora, tu das nicht!«

»Was soll ich nicht tun?«

»Mich über Tuchfeldt ausquetschen. Da gab es nichts, was dir bei deiner Arbeit weitergeholfen hätte, okay? Meine Ermittlungen waren sauber und sind ins Leere gelaufen. Ich habe mich damit abgefunden und du solltest es auch.«

Über seinen offensiven Vorstoß wunderte sie sich.

»Vielleicht redest du dir das auch nur ein. Denn nach meiner Einschätzung hatte Tuchfeldt etwas zu verbergen. Dafür gibt

161

es Belege. Und weil ich an ihm dran war, ist jetzt jemand hinter mir her und hat meine Freundin und ihren Mann umgebracht.«

»Scheiße, dann ist es also wahr! Das mit dem Doppelmord und dem kleinen Mädchen … Sie bringen es auf allen Kanälen. Mein Handy steht momentan nicht mehr still, weil sämtliche Kollegen in Berlin sich fragen, was los ist. Dabei ist dein Name gefallen. Ich wollte es nicht glauben. Natürlich kann ich mir vorstellen, was du gerade durchmachst.«

»Dann hilf mir.«

»Ich kann nicht.« Das Sprechen fiel ihm hörbar schwer. »Ich muss auflegen. Sorry!«

»Warte!«

Er seufzte und redete dann stockend von selbst weiter. »Erinnerst du dich an meine Nase damals?«

Nora erinnerte sich gut an Jonathans Krankschreibung und an den Tag, als er mit Schiene im Gesicht die Dienststelle betreten hatte.

»Sie war zweifach gebrochen.«

»Das war kein Unfall in meiner Garage, wie ich behauptet habe.«

KAPITEL 34

Auf dem Betonboden des Parkhauses quietschten die Reifen, sobald Fjodor Heinlein seinen Porsche um die Kurve lenkte. Kurz vor der Parklücke gab er noch einmal Gas. Erst im letzten Moment trat er die Bremse. Er liebte die Geschwindigkeit und er liebte es, sich nahe am Abgrund zu bewegen. Seine neue Freundin versuchte, aus ihm einen anderen Menschen zu machen, aber sobald er sich unbeobachtet fühlte, verfiel er in sein altes Wesen zurück. Dann erwachte der Bär in ihm. Fjodor war ein Mann, mit dem man es lieber nicht auf ein Kräftemessen ankommen ließ. Nicht umsonst nannte man ihn Grizzly. Als ehemaliger Schwergewichtschampion im Freefight wusste er, wie man seine Hände richtig einsetzte. Meistens reichte es, wenn er sich vor jemandem aufbaute und sich an seiner hässlichen Narbe kratzte. Ein kleiner Asiate hatte ihm bei einem Kampf die halbe Wange mit den Fingernägeln aufgerissen. Fjodor hatte ihm dafür den Brustkorb zertrümmert und ihn schlussendlich besiegt.

Wohin er kam, nahmen ihn die Leute als imposante Erscheinung wahr. Gleichzeitig war er ein Mann, der ständig mit Schulden zu kämpfen hatte. Einen Knastaufenthalt hatte er ebenfalls bereits hinter sich, aber ins Gefängnis wollte er nie wieder zurück. Stattdessen arbeitete er jeden Tag an einem besseren Leben. Für sich und seine Tochter Julietta, die sich vorübergehend bei einer Pflegefamilie befand. Aber irgendwann würde er sie da rausholen. Er musste nur das Jugendamt davon überzeugen, dass er sich geändert hatte. Leider ereilten ihn ständig Rückschläge und meistens ging es dabei um Geld.

Wegen Geld befand er sich nach dem Mittag auch in diesem Parkhaus, in dem es keine Kameraüberwachung gab. Mehrere Minuten harrte er in der dunkelsten Ecke des Parkdecks aus. Erst als hinter ihm Scheinwerfer vorbeiglitten, stieg er aus. Sein Sportwagen war nur geliehen. Fjodor konnte sich nicht einmal einen gebrauchten Porsche leisten. Aber er konnte so tun, als würde er im Geld schwimmen. Bei Treffen mit Freunden und bei Clubbesuchen gab er sich spendabel. Da rutschten ihm die Euroscheine schnell durch die Finger. Geld beeindruckte Geschäftspartner und Frauen. Von beiden hatte er genug. Jedoch zu welchem Preis? Das Grübeln verging, als eine Autotür knallte.

Während Fjodor sich in seinen Sneakers lautlos bewegte, hallten die Absatzschuhe des anderen Mannes zwischen den Betonwänden. Im Abstand von etwa vier Metern standen sie sich kurz darauf gegenüber.

»Warum haben Sie die Reporterin umgebracht?«, so die vorwurfsvolle Begrüßung. »Sie sollten Schreiner doch nur einschüchtern.«

»Ich habe sie zwar angefasst, wie es besprochen war, aber ich habe ihr kein Haar gekrümmt«, erwiderte Fjodor. »Ich habe mich mit ihr unterhalten, ihr dabei heimlich das Kokain in den Drink gegeben und den Rest in ihrer Handtasche gebunkert. So lautete mein Auftrag, den ich ausgeführt habe. Also bezahlen Sie mich wie vereinbart.«

»Und warum wurde die Frau dann am gestrigen Morgen tot in einem Schacht mitten auf der Straße unweit der Royal Lounge gefunden?«

Fjodor zuckte mit seinen kräftigen Schultern. »Vielleicht wollte sie auf dem Heimweg eine Abkürzung nehmen. Ist mir egal, ich will nur mein Geld.«

»Erzählen Sie mir keine Lügen.« Sogar wenn der Mann mit dem schicken Mantel und den glänzenden Schuhen zornig war, redete er stets ohne einen Hauch von Aggression. Ständig klang er, als würde er eine Gutenachtgeschichte erzählen. Der hatte Nerven wie Drahtseile und verfiel auch bei Problemen nie in Hektik. »Ich habe Sie aus dem Bau geholt, damit Sie für mich Schwierigkeiten sauber und ohne Aufsehen aus dem Weg räumen.«

»Zweifeln Sie etwa an meiner Inti… Int… Ach, verdammt, Sie wissen schon!«

»Integrität? Ja, ich gebe zu, langsam kommen mir Bedenken, was unsere weitere Zusammenarbeit anbelangt.«

Fjodor hatte gut Lust, den aalglatten Herren an seinem piekfeinen Schlips zu packen und ihn mit dem Schädel voran gegen einen der Betonpfeiler zu rammen. Stattdessen machte er nur einen Schritt nach vorn und hielt die Hand auf.

»Ich will mein Geld.«

Der Mann, der für den Senat arbeitete, griff in seine Mantelinnentasche und zog einen zusammengefalteten schwarzen Umschlag heraus. »Wenn ich herausfinde, dass Sie einen Fehler begangen haben, wandern Sie zurück ins Gefängnis.«

Der Umschlag flog durch die Luft und Fjodor fing ihn einhändig.

»Mann, da bin ich aber froh, dass ich ein reines Gewissen habe.« Er warf einen flüchtigen Blick in den Umschlag, um sich von der Anzahl der Scheine zu überzeugen. Zum Dank tippte er sich mit dem Bündel die Stirn. »Und die Kommissarin? Soll ich sie weiter beschatten und unter Druck setzen?«

»Nora Rothmann? Nein, halten Sie sich vorübergehend von ihr fern.«

»Für ein paar Extrascheine könnte ich …«

»Tun Sie einfach gar nichts.«

»Wie Sie meinen.« Fjodor hatte nie hinterfragt, ob und in welcher Abteilung des Senats der Mann eigentlich arbeitete. Aber der Typ steckte bis über beide Ohren in illegalen Machenschaften. »Hab vom Tod von diesem Polizeipräsidenten gehört. An dem war doch die Kommissarin dran, richtig?«

»Der Mann hieß Wilhelm Tuchfeldt. Die Anschuldigungen gegen ihn waren falsch. Frau Rothmann sollte für die Senatsverwaltung einen Untersuchungsbericht fertigen. Pro forma, versteht sich. Außer mir hätte den Bericht niemand zu lesen bekommen.«

»Komische Methoden, aber davon verstehe ich natürlich nichts.«

»Müssen Sie auch nicht. Sollte so eine Art Stresstest werden. Rothmanns Aufgabe ist nun belanglos geworden, deshalb können Sie sich ab sofort von ihr fernhalten.«

Fjodor hielt sich nicht für den Klügsten, aber er hatte sich über Rothmann informiert, bevor er sie nachts ständig mit unterdrückter Nummer angerufen hatte. Es war ein erster Schritt, um sie mürbe zu machen. Falls sein Gegenüber es verlangte, würde Fjodor ihr als Nächstes die Reifen zerstechen und den Lack ihres Pick-ups zerkratzen. Falls das nicht reichte, würde er ihr auflauern …

»Und sie macht Ihnen auch wirklich keine Schwierigkeiten?«

»Frau Rothmann ist unter Kontrolle.«

»Unter Kontrolle!« Fjodor musste über den Ausdruck schmunzeln. »Nach allem, was ich über sie herausgefunden habe, ist sie … kompliziert und nicht leicht kleinzukriegen.«

»Aus diesem Grund überwache ich ihr Handy. Wenn ich Sie brauche, melde ich mich bei Ihnen.«

Fjodors Gegenüber klopfte sich an die Manteltasche. Dann griff er hinein und zog sein Handy heraus. Es vibrierte.

»Als hätte sie uns gehört«, sagte er und wackelte mit dem Gerät. »Sie ruft gerade an.«

Ein letztes Mal hob Fjodor den Umschlag, dann verabschiedete er sich. »Meine Nummer haben Sie ja.«

Obwohl ihn brennend interessierte, was die Kommissarin mit dem Senatsmenschen zu bereden hatte, ging er davon. Er hatte alles, was er wollte. Während der andere das Gespräch annahm, schlenderte Fjodor zurück zu seinem geliehenen Wagen. Im Gehen zählte er die Scheine. Mit dem Geld in seinen Händen konnte er den Porsche mindestens eine Woche länger behalten. Plötzlich polterte es hinter ihm. Der Senatsmitarbeiter telefonierte nicht mehr. Dabei hatte es nicht geklungen, als wäre die Unterhaltung bereits nach nicht einmal zehn Sekunden schon beendet gewesen. In der Tiefgarage ging es nun vollkommen still zu und der andere war wie vom Erdboden verschwunden. Keine Schritte, keine Autotür, kein Motorengeräusch, kein Gespräch. Fjodor konnte sich selbst atmen hören.

»Hallo, sind Sie noch da?«, rief er.

Niemand antwortete. Er wollte schon weitergehen, aber dann entschied er, sich doch zu vergewissern, dass sein Auftraggeber sich nicht urplötzlich in Luft aufgelöst hatte.

»Was soll das werden?«, fragte Fjodor, während er sich auf das Fahrzeug zubewegte, mit dem der andere gekommen war. »Spielen wir jetzt Verstecken?«

Abrupt blieb er stehen, denn vor ihm auf dem Boden lag das Smartphone, mit dem der Mann eben noch telefoniert hatte. Daher war also das Gepolter gekommen. Fjodor hob das Gerät auf. Beim Bücken schaute er zur Seite und dann sah er halb hinter einer Säule die zuckenden Beine des Handyeigentümers. Seine geputzten Schuhe glänzen selbst im dämmrigen Licht. Als Fjodor noch ein paar Schritte machte, sah er auch den restlichen Körper. Aus leblosen Augen stierte der Mann seitlich zu Boden. Blut lief ihm aus Mund und Kehle und bildete um seinen Kopf eine Pfütze.

Mitten in die Lache hinein setzte jemand seine schwere Schuhsohle.

»Was zum Teufel bist du denn für ein Arsch?«, fragte Fjodor noch, bevor nicht nur die dunkel gekleidete Person in sein Sichtfeld trat, sondern auch eine riesige Messerklinge aufblitzte.

KAPITEL 35

Acht Sekunden. Exakt so lange hatte das Telefonat gedauert, ehe es abrupt abgebrochen war. Ganze sechs Mal musste Nora neu wählen, bevor erneut abgehoben wurde. Aber die Stimme ihre Gesprächspartner hatte sich geändert.

»Sie sind nicht Philipp Sandner«, sagte sie, nachdem sie das Brummen am anderen Ende vernommen hatte.

»Nein, verdammt, ich bin nicht Philipp Sandner.« Der Mann wirkte aufgeregt, nahezu hysterisch. »Sind Sie Nora Rothmann? Wenn Sie es sind, haben Sie hoffentlich eine gute Erklärung für mich parat.«

Nora schloss die Augen und verglich die Männerstimme mit der, die ihr in Mareikes Wohnung einen Schock versetzt hatte. Es handelte sich offenbar um zwei verschiedene Personen.

»Wer sind Sie?«

»Das tut nichts zur Sache.«

»Warum gehen Sie an dieses Handy?«

»Weil ich es vom Boden aufgekratzt habe. Es lag direkt neben Sandners Leiche.«

Er klang nicht wie ein Spinner, sondern mehr nach jemandem, der sich gleich in die Hose pinkeln würde. Sie nahm an, dass Sandner sein Handy niemandem überließ, der keine starken Nerven besaß. Also konnte das mit der Leiche stimmen. Trotzdem blieb Nora skeptisch.

»Vor Minuten habe ich noch mit ihm gesprochen.«

»Ja, das war vor Minuten, jetzt ist er tot. Wenn Sie wollen, fahren Sie ins Parkhaus am Grenzhaus, Deck B, da finden Sie ihn.«

»Haben Sie ihn umgebracht?«, stellte sie die logische Frage.

»Ich? Sind Sie bescheuert? Würde ich dann mit Ihnen telefonieren?«

Was er da von sich gab, klang beunruhigend. »Ich weiß nicht, warum Sie mit mir telefonieren.«

»Scheiße, ich bin eben um mein Leben gerannt, habe mich in meinem Wagen eingeschlossen und jetzt bin ich aus diesem beschissenen Parkhaus raus. Scheiße, ich habe die verfickte Schranke einfach durchbrochen. Da war dieser Killer mit dem Messer, so groß wie ein Säbel, verstehen Sie? Lady, ich schwöre Ihnen, ich bin sonst nicht zimperlich, aber der hat mir einen Schauer eingejagt, gegen den ist Freddy Krueger eine Witzfigur.«

Den Hintergrundgeräuschen nach zu urteilen, hörte es sich tatsächlich an, als würde er in einem Fahrzeug unterwegs sein. Nora versuchte, die Dinge einzuordnen, von denen er da erzählte.

»Sie haben sich mit Sandner in einem Parkhaus getroffen und dann hat ihn jemand umgebracht?«

»Verdammt korrekt! Und jetzt will ich von Ihnen wissen, wer es da auf ihn abgesehen hatte.«

»Ich weiß es nicht, aber ich glaube, er ist auch hinter mir her.«

»Wow, dann kann ich mich ja jetzt beruhigen!« Er bemerkte wohl, wie beherrscht Nora trotz des Desasters am Gespräch teilnahm. »Sagen Sie mal, macht Ihnen das nichts aus? Sie klingen, als wäre Ihnen das alles scheißegal. Was ist, wenn ich der

Nächste bin? Oder meinen Sie etwa, ich denke mir das alles aus?«

»Nein.«

»Nein was?«

»Nein, es ist mir nicht scheißegal, und nein, ich halte Sie nicht für einen Lügner. Trotzdem frage ich mich, woher Sie meinen Namen kennen?«

Diesmal plapperte er nicht wild los, sondern ließ eine Pause. »Sandner hat mir von Ihnen erzählt.«

»Verstehe.«

Offenbar telefonierte sie mit einem von Sandners Handlangern – jemandem, der notfalls für ihn die Drecksarbeit erledigte. Mit dieser Einschätzung lag sie goldrichtig, denn sogleich gab er mehr von sich und den Umständen preis, als er wahrscheinlich beabsichtigt hatte.

»Sie verstehen gar nichts! Sie hatten nur eine Aufgabe, Sie sollten einen Bericht über den Polizeipräsidenten verfassen. Nichts Weltbewegendes, einfach was zur Beruhigung einiger hochwichtiger Leute in der Politik und in ihrem Verein. Sandner sprach von einem Stresstest, was auch immer er damit meinte. Jedenfalls klang es anfangs nicht danach, als würde dabei jemand zu Schaden kommen oder sogar sterben. Und jetzt haben wir beide einen Killer an den Fersen. Einen Typ mit einem Messer und einer Maske.«

»Einer Maske?«

»Ja, der sah aus wie ein beschissener Wolf. Komplett schwarz und über den Augenhöhlen waren zwei senkrechte feuerrote Striche. Die zogen sich sogar über die Wangen. Und weiße Reißzähne waren aufgemalt. Scheiße, das sah echt gruselig aus. Wie gesagt, der hat Sandner eiskalt abgestochen.«

Er sprach von einem Wolf! Falls ihr Telefonpartner nicht da mit drinsteckte und sich eine überzeugende Lügengeschichte ausgedacht hatte, gab es tatsächlich einen Wolf, der Jagd auf

Nora machte. Aber Nora war schließlich selbst Jägerin und im Märchen erlegte stets der Jäger den Wolf.

»Das wollten Sie mir also erzählen.« Sie blieb gefasst, obwohl sie das eben Gehörte erst verarbeiten musste. »Deshalb haben Sie meinen Anruf angenommen.«

»Nein, ich dachte, Sie wüssten, wer der Psycho ist. Mir ist es lieber, ich kenne meine Gegner, verstehen Sie? Aber entweder wollen Sie nicht mit der Sprache rausrücken oder Sie wissen noch weniger als ich. Wie dem auch sei, nehmen Sie meinen Anruf als Warnung.«

»Danke, das werde ich.«

»Nein, ich meine damit, Sie sollten schleunigst untertauchen und vorher Ihre SIM-Karte und Ihr Handy vernichten. Man hat Ihnen wahrscheinlich eine Überwachungssoftware aufgespielt. Wer weiß, wer Sie alles damit orten kann …«

Kurz nahm Nora ihr Gerät vom Ohr. Wenn es stimmte, was er sagte, hatte der Wolf dadurch exakt gewusst, wann sie sich in Mareikes Wohnung aufgehalten hatte.

»Verraten Sie mir Ihren Namen?«, versuchte sie es erneut.

»Vergessen Sie mich und diese Nummer. Die ist ab sofort so tot wie Sandner.«

Kapitel 36

»Was Nora damit zu tun hat?«, wiederholte Benjamin Jasser die Frage seiner Ehefrau, mit der er telefonierte. »Tja, einige unserer Leute denken, sie hätte jemanden umgebracht. Kein Wunder, in ihrer Wohnung liegt eine Leiche …«

»Du warst bei ihr zu Hause?«, unterbrach Jasmin ihn.

»Was? Nein, ich sagte nur, dass jemand … Schatz, ich versuche dir lediglich zu erklären, warum ich später als geplant zurück bin. Ich muss schnell noch einen Bericht schreiben. Es dauert nicht ewig, aber zur Entlastung meiner Kollegin ist meine Aussage enorm wichtig. Okay?«

Für Jasmin war das nicht okay. Zumindest klang sie bei der Verabschiedung mächtig angefressen. Nicht weniger verdrossen krachte er das Handy anschließend auf seinen Schreibtisch. Bestimmt würde sie sich wieder bei ihrer Mutter ausheulen. So von wegen, sein Job sei ihm wichtiger als die Familie. Dabei riss er sich auf Arbeit den Arsch auf, damit er endlich die überfällige Beförderung erhielt. Bei seinem Chef hatte er keinen besonders guten Stand, warum auch immer. Dieter Quast war heute ebenfalls im Büro. Schon seit zwei Stunden telefonierte er mit allen möglichen Leuten wegen Nora. Er hatte Benjamin nicht einmal gefragt, was er am Wochenende auf der Dienststelle zu suchen hatte, sondern ihn nur mit einem gleichgültigen Knurren begrüßt. Wahrscheinlich hatte KK seinen Vorgesetzten bereits telefonisch ins Bild gesetzt. Trotzdem hätte Quast sich wenigstens erkundigen können, wie es Benjamin ging.

»Alles läuft schief«, fluchte er, weil er sich auf Arbeit überflüssig und von seiner Frau missverstanden fühlte.

Wir brauchen das bisschen Mehr an Gehalt nicht, um glücklich zu sein, tönte Jasmins Stimme noch Minuten später in seinem Kopf. Ja, sie konnte gut reden! Sie konnte sich bequem auf das Vermögen ihrer Mutter verlassen. Der gehörte nämlich das Gehöft am Stadtrand, in dem Jasmin und Benjamin mit ihrer zehnjährigen Tochter lebten. Jasmins Mutter war eine schwerreiche, aber nicht weniger schwerkranke Witwe. Alleine wenn sie mit ihrem Sauerstoffgerät die knarzende Holztreppe hinauf- und hinabstieg, lief es Benjamin eiskalt den Rücken hinunter. Als würde ein altersschwacher Darth Vader durch das Haus geistern. Die Frau konnte ihren Schwiegersohn nicht leiden, aber für ihre Enkelin war sie eine Göttin. Benjamins Tochter Sina durfte jederzeit zu ihrer Großmutter kommen und um etwas bitten. Die starke Zuneigung zu ihrer Enkelin wäre ja auch völlig angemessen gewesen, wenn die Alte Benjamin nicht gleichzeitig für einen Versager gehalten hätte.

Um seine Familie und sein Umfeld vom Gegenteil zu überzeugen, klemmte er sich einmal mehr hinter seinen Rechner und hämmerte in die Tasten. Vielleicht konnte er doch noch etwas zur Klärung der Mordfälle beitragen, dann konnte er später immer damit angeben, er sei dabei gewesen. Er musste ja nicht gleich an vorderster Front kämpfen, aber die Chancen standen gut, dass er bei einer Belobigung auch etwas abbekam. Nora hatte meistens den richtigen Riecher, deshalb kam er ihrer Aufforderung nach und öffnete auf seinem Handy den Ordner mit den Fotos.

»Hans … Molder.« Routinemäßig tippte er den Namen zuerst ins polizeiliche Auskunftssystem. »Krass, wer hätte das gedacht?«

Die Datenbank zeigte tatsächlich einen Treffer an. Um sicherzugehen, verglich er das Geburtsdatum der Person auf dem Bildschirm mit dem auf dem Lohnzettel. Es stimmte überein. Auf dem Lohnzettel stand sogar eine Adresse, aber die Auskunft wies Molder als ohne festen Wohnsitz aus.

»Anscheinend ein Obdachloser.« Benjamin rieb sich das Kinn und las sich aufmerksam den Fall durch.

Offenbar hatte eine Sozialstation Molder als vermisst gemeldet, so stand es da. Nachdem er sich erst täglich bei den Vereinsmitarbeitern gemeldet hatte und irgendwann nicht mehr aufgetaucht war, hatte man sich Sorgen gemacht. Leider lag die Sache dreiundzwanzig Jahre zurück, entsprechend dürftig fielen die verbliebenen Informationen aus. Seltsam, dass die Daten im System noch nicht alle gelöscht waren. Der Lohnzettel, den Benjamin sich nebenbei ausdruckte, war sogar noch älteren Datums. Die Kompassfirma, in der er gearbeitet hatte, war vor fünfundzwanzig Jahren wegen billiger ausländischer Konkurrenzprodukte dichtgemacht worden. Laut den Einträgen im Computer hatte die Polizei das Verschwinden des Mannes zwei Monate lang mehr oder weniger energisch und dann nicht mehr verfolgt. Ende offen. Vielleicht erklärte das, warum es überhaupt noch einen Vorgang im System gab.

»Mal sehen, was ich noch so herausfinde«, sagte Benjamin, denn seine Neugier war geweckt.

Seine Neugier war es auch, die ihn kurz darauf im Internet auf einen alten Artikel stoßen ließ.

»›Was geschah mit dem Eisenhans?‹«, las er die Überschrift laut für sich und dachte an die Metallschatulle in Noras Wohnung. »Eisenhans …«

Bevor er sich dem Text eingehend widmen konnte, klingelte jedoch König bei ihm durch. Bestimmt wollte er sich erkundigen, wie weit Benjamin mit seinem Bericht war.

»Ich schreibe noch«, nahm Benjamin die Antwort vorweg.

»Interessiert mich nicht«, antwortete König. »Hast du mit Nora telefoniert?«

»Jetzt? Nein, wieso?«

»Vor gut einer Stunde war ihr Gerät im Bereich des Molkenmarktes eingebucht. Danach hat es sich in Richtung Köpenick bewegt. Seit über dreißig Minuten ist das Gerät ausgeschaltet. Hast du eine Ahnung, wohin sie will?«

»Ich sagte eben, ich habe nicht mit ihr telefoniert. Also woher soll ich wissen, wohin sie fährt?«

»Ach, ich habe da so meine Vermutung.«

»Dann liegst du mit deiner Vermutung falsch.«

König schniefte geräuschvoll, wie er es immer tat, wenn er schlechte Laune hatte. »Du würdest mir doch umgehend Bescheid geben, wenn sie dich kontaktiert, nicht wahr?«

»Leck mich!«

Damit beendete Benjamin das Gespräch und sogleich versuchte er, Nora anzurufen. Wie KK eben gesagt hatte, war ihr Gerät nicht erreichbar. Also konzentrierte er sich wieder auf seine Arbeit. Nachdenklich betrachtete er den Text auf dem Monitor. Er konnte nicht einschätzen, ob er auf der richtigen Spur war, aber er musste ihr irgendwie von dem Artikel erzählen. Kurz entschlossen öffnete er sein Mailfach.

KAPITEL 37

»Verdammt, Nora, ich hätte es mir denken können, dass du hier auftauchst.«

Mit einer Begrüßung dieser Art hatte sie felsenfest gerechnet, als sie den Entschluss gefasst hatte, Jonathan Schmidt zu Hause zu besuchen.

»Am Telefon hast du mich abgewürgt, also musste ich herkommen.«

»Dein Timing war schon immer mies. Ich habe noch nicht einmal die Einkäufe ausgepackt.«

Tatsächlich trug er noch Straßenschuhe, Lederhandschuhe und Schal, als er ihr die Tür öffnete. Um seine Aussage zu bekräftigen, deutete er hinter sich. Nora hatte kein Interesse daran, seine Einkaufstüten zu inspizieren. Und seine Wohnung wollte sie auch nicht betreten, obwohl sie wusste, dass er sich kürzlich von seiner Freundin getrennt hatte. Oder sie sich von ihm? Sie dachte nicht weiter darüber nach. Stattdessen betrachtete sie sein Gesicht. Wenn man genau hinsah, konnte man auf dem Nasenbein eine Unebenheit erkennen, die früher nicht da gewesen war.

»Wer hat dir damals die Nase gebrochen?«

»Was willst du denn eigentlich von mir?« Sichtlich genervt von ihrem Besuch riss er die Handschuhe von seinen Fingern und warf sie hinter sich hin.

»Also?«

»Das war irgendein Schläger! Groß wie ein Bär und mit mindestens so einem dicken Schädel. Der hatte eine Narbe auf der Wange. Seinen Namen hat er nicht genannt, falls du mich das als Nächstes fragen willst. Er hat mir ohne Vorwarnung eine Kneifzange ins Gesicht gedroschen und anschließend gedroht, mir beim nächsten Mal die Eier mit dem Werkzeug abzureißen. Reicht dir das?«

»Was wollte er von dir?«

»Was wollte er wohl? Dass ich aufhöre, überall herumzuschnüffeln.«

»Ging es dabei um Tuchfeldt?«

»Ja, Scheiße, davon kannst du ausgehen.«

Nora hatte Jonathans Aufzeichnungen fünf Monate später übernommen, nachdem Quast ihn von dem Fall abgezogen hatte. Viel an Material war das wahrlich nicht gewesen. Darüber hatte sie sich damals schon gewundert, es jedoch auf seine privaten Probleme geschoben. Jonathan hatte ihren Vorgesetzten darum gebeten, die Sache abgeben zu dürfen. Als Grund hatte er Konflikte in seiner Beziehung angegeben. Es hatte wohl schon längere Zeit Unstimmigkeiten mit seiner Partnerin gegeben, weshalb er sich nicht richtig konzentrieren konnte. Außerdem sei die Sache so gut wie ausermittelt gewesen. Tuchfeldt sei sauber, so hatte Jonathan versichert und ihr Dezernatsleiter hatte sich mit dem bisherigen Ergebnis abgefunden. Den Rest sollte Nora machen. Eigentlich nur eine Formalie, hatte Quast wohl angenommen. Von Anfang an waren ihr jedoch fehlende Details in den Berichten ihres Vorgängers aufgefallen. Jetzt wusste sie, es hatte an seiner Einstellung gelegen.

»Margot Schreiner hat mit dir über Andrzej Raschun gesprochen. Sie hat behauptet, Tuchfeldt habe sich lange nach Abschluss des Gerichtsprozesses für die Akte interessiert.«

»Kann sein, dass wir darüber gesprochen haben. Schreiner war am Telefon kaum zu stoppen, meistens hat sie nur belangloses Zeug geredet.«

»Nein, so kannte ich sie nicht. Sie war stets fokussiert, wenn es um ein brisantes Thema ging.«

»Die war eine Säuferin vor dem Herrn! Ich habe ihr gesagt, sie soll mir stichhaltige Beweise liefern, dann würde ich etwas ausrichten können. Da kam aber nichts von ihr.«

»Doch, sie hat geliefert«, widersprach Nora. »Hättest du dir die verdammte Akte angesehen, wärst du in der Zugriffshistorie auf den Namen Friedrich Brecht gestoßen. Stattdessen musste sich eine Polizeifremde diese Information über Umwege besorgen.«

»Da sprichst du einen wahren Punkt an! Wer weiß, wen sie dafür beim LKA bestochen hat. Auf solche Informanten pfeife ich.«

»Schreiner hat dir den Namen präsentiert und darauf hingewiesen, dass mit der Akte etwas nicht stimmt. Daraufhin hast du ihr gegenüber behauptet, du würdest dich in der JVA mit Raschun unterhalten, hättest sogar schon einen Termin. Aber das war gelogen, ich habe mich bei der Verwaltung erkundigt. Es gab nie einen Termin. Margot Schreiner hat dich danach noch oft kontaktiert, aber du hast sie nie zurückgerufen. Du hast die Ermittlungen absichtlich gegen die Wand gefahren. Du hast glasklare Fakten zu Tuchfeldts Rechtsbrüchen ignoriert. Es gab keine gründlichen Nachforschungen deinerseits, sonst wärst du auf Ungereimtheiten gestoßen und hättest das protokollieren müssen.«

»Das waren doch alles nur Gerüchte. Wenn ich das in einem Bericht schreibe, hält mich jeder Staatsanwalt für unzurechnungsfähig.«

»Nein, es gab Beweise und Indizien, die niemand hätte ignorieren dürfen.«

»Nora, ich …« Er fuhr sich über die Stirn und zeigte dann auf seine Nase. »Ich wusste nicht, was richtig und was falsch war. Ich hatte einfach Schiss, kannst du das verstehen?«

Etwas Ähnliches hatte Benjamin behauptet. Weil er den Schwanz eingezogen hatte, war sie gestern allein zur Villa von Tuchfeldt gefahren. Dabei hätte sie im Nachhinein einen Zeugen dringend gebrauchen können. Sie konnte von Glück reden, dass Tuchfeldts Anwalt die Abläufe während der seltsamen Befragung detailliert und wahrheitsgemäß geschildert hatte. Wahrheit forderte sie auch von ihrem Kollegen ein.

»Du bist Kriminalbeamter, du hast einen Eid geschworen.«

»Hör mir bloß auf mit dem Gequatsche vom Diensteid! Denkst du, ich will mich so tief in die Scheiße reiten wie du?«

»Was meinst du damit?«

»Überleg doch mal, warum dir das alles gerade passiert.«

Für eine Weile starrten sie sich nur an. Auch wenn er es vielleicht nicht so ausdrücken wollte, klang es wie ein Schuldvorwurf. Dabei hielt sie sich nur an Recht und Ordnung.

»Ich werde dich bei Quast melden.«

Er lachte auf und seine eben gezeigte Anspannung wich. »Meinetwegen, versuch es ruhig, aber damit kommst du nicht durch.«

»Wieso nicht? Steckt Quast da mit drin?«

»Unser Chef? Der weiß doch nie, was wirklich läuft. Der will keinen Ärger mit anderen Abteilungen und die paar Jahre bis zur Pensionierung einfach ungestört absitzen. Ist ja nicht jeder so Harakiri unterwegs wie du.«

Über das Wort Harakiri stolperte Nora gedanklich.

»Was soll das heißen?«

»Das weißt du ganz genau.«

Demonstrativ nahm sie ihr deaktiviertes Smartphone zur Hand. »Wie dem auch sei, ich werde mir trotzdem anhören, was Quast dazu zu sagen hat ...«

»Warte!« Er setzte einen Fuß über die Schwelle und legte seine Hand fest auf ihre. »Also gut, ich habe Mist gebaut. Aber bitte, Nora, ich hatte einfach Angst. Warum willst du mich dafür verurteilen?«

Sie versuchte, sich in ihn hineinzuversetzen. Es gelang ihr nicht besonders gut, weil sie sich dabei vorstellte, wie sie an seiner Stelle gehandelt hätte. Sie hätte nach den Regeln gespielt. Das ahnte wohl auch Jonathan, denn er winkte gleich darauf ab.

»Wahrscheinlich verstehst du es nicht«, sagte er und ließ ihre Hand los. »Du gibst keine Ruhe, bevor du bekommst, was du willst. Also gut, dann gebe ich dir noch eine letzte Information mit auf den Weg. Die hast du aber nicht von mir ... Was du damit anfängst, ist deine Sache, nur rede nie wieder mit mir über Tuchfeldt. Am besten sprechen wir von heute an kein Wort mehr miteinander. Und damit das auch passiert, werde ich am Montag meine Versetzung beantragen. Ich will dich nicht länger ertragen müssen. Du bist so ... Ach, vergiss es einfach.«

Nora atmete ihre Neugier weg. Er mochte seine Gründe haben, die sie nichts angingen.

»Was willst du mir noch sagen?«

»Alles hat angefangen, als ich zum ersten Mal von der Wolf-Akte gehört habe. Plötzlich tauchte da dieser Sandner auf – wie aus dem Nichts! Er fragte, ob es mit der Akte ein Problem gebe. Er hat mich beruhigt und mir gleichzeitig unterschwellig zu verstehen gegeben, dass ich mich besser um wichtigere Dinge kümmern sollte.«

»Wichtigere Dinge? Was sollte wichtiger sein als das?«

»Sandner meinte, einige einflussreiche Leute im Senat seien mit mir zufrieden und ich solle mich demnächst auf größere Aufgaben einstellen. Also habe ich keine Fragen gestellt. Verstehst du, ich hatte kein gutes Gefühl dabei, als plötzlich jemand von der Senatsverwaltung sich in die Ermittlungen einmischte. Wenn du Antworten suchst, dann besorg dir irgendwie die Aufzeichnungen der Märchenmorde von damals.«

KAPITEL 38

DUNKLE WELT

Vergangenheit

Darknet-Server: KHM1812

>> Upload File
>> Download File

Download-File-Name: Rotkaeppchen_02.mp4
Download läuft …
Download complete!
Löschfrist: 24 Stunden

Zugriffe nach 883 Minuten: 5

Das zweite Mädchen heißt Dana. Dana ist zehn Jahre alt, als sie sich im Grunewald verläuft. Anders als vor ihr Franziska, ist Dana kein wehrloses Opfer, das die Tortur gefesselt auf einem Stuhl über sich ergehen lassen muss. Dana wird nackt und lediglich mit einer roten Augenbinde in den Wald geführt.

Der Wolf packt sie im Nacken und dirigiert sie vor sich her. Über Gras, Moos, spitze Tannennadeln und Stöckchen. Wie durch die Augen des Raubtiers sieht die Kamera die ganze Zeit dabei zu. Irgendwann stoppen sie. Dana hört Vögel und das Rascheln von Blättern im Wind. Und sie hört den Wolf hinter sich atmen.

Er flüstert ihr etwas ins Ohr. Sie fängt sofort an zu zählen, aber er unterbricht sie. Einen Augenblick später zählt sie weiter, aber diesmal viel langsamer. Sie merkt, wie er sich entfernt. Seine Schritte werden immer leiser, bis sie nicht mehr zu hören sind. Aber die Augen des Wolfs sehen alles.

»Dreißig!«

Dana hat zu Ende gezählt, doch sie zögert, wartet verängstigt, was als Nächstes passiert. Erst dann krallt sie ihre Finger unter die Augenbinde und zieht sie mit einem Ruck nach unten. Wie ein rotes Tuch hängt der Stoff von da an um ihren Hals. Imposante Bäume umringen sie. Der Wald muss auf das Kind bedrohlich und endlos wirken. Es dämmert bereits. Der Wolf hat ihr gesagt, sie soll nicht vom Weg abkommen, so wie Eltern ihre Kinder manchmal ermahnen.

»Mama!«, schluchzt Dana. »Papa!«

Sie soll schnell nach Hause laufen, hat der Wolf gesagt. Genau das will sie tun, auch wenn sie die Richtung nicht kennt. Der Wald sieht nach allen Seiten gleich aus. Zweimal dreht sie sich im Kreis, um sich zu vergewissern, dass der Wolf verschwunden ist. Erst dann rennt sie los. Minutenlang läuft sie quer durch das Dickicht. Der Untergrund zerschneidet ihre Fußsohlen. Sie merkt, wie ihr kleines Herz heftig in ihrer Brust schlägt. Bei jedem Luftholen brennt es im Hals und im Oberkörper. Sie ist frei. Das denkt sie zumindest. Dabei bemerkt sie weder ihren Verfolger, der im Laufen bereits die Sehne des Bogens spannt, noch die Helmkamera, die die letzten Minuten ihres Lebens aufzeichnet. Die Kamera sieht alles.

Den ersten Pfeil, der an ihrem linken Oberschenkel vorbeischrammt und im Unterholz einschlägt, spürt sie vor lauter Endorphinen gar nicht. Monate später wird ein Waldarbeiter den Pfeil zufällig entdecken und ihn mit nach Hause nehmen. Das Beweismittel wird nie den Weg in die kriminalpolizeiliche Untersuchungsstelle finden. Dafür werden die Rechtsmediziner die Wunde vom Streifschuss auf Danas Haut protokollieren. Eine Wunde von nahezu zwanzig weiteren.

Der zweite Pfeil erwischt Danas rechte Wade. Von hinten bohrt sich die Metallspitze durch ihr Bein und bringt sie zu Fall. Diesen Schmerz verspürt sie wie nie einen Schmerz zuvor. Wie ein verwundetes Reh kriecht sie über den Erdboden. Halt suchend greift sie nach jedem Grasbüschel. Aber dort findet sie weder Halt noch Hoffnung. Und der Schmerz, der sich wie ein Feuer in ihrem Unterschenkel ausbreitet, ist nichts gegen das, was noch kommen wird. Denn der Bogen ist nur ein Werkzeug von vier weiteren, die der Wolf bereitgelegt hat.

Danke, dass Sie Teil von Grimm sind.
>> Ausloggen

KAPITEL 39

Nach dem Besuch bei Jonathan fühlte Nora sich noch unwissender als vorher. Was meinte er mit der Wolf-Akte genau? Hatte wirklich Andrzej Raschun, der Wolf vom Grunewald, der Mädchen entführt und sie hingerichtet hatte, etwas mit allem zu tun? Sie konnte nicht sicher sein, dass der Mann noch im Gefängnis saß, und Jonathan hatte seine Andeutung nicht weiter ausgeführt, sondern ihr zur Verabschiedung viel Erfolg bei ihrer »Mission« gewünscht und ihr die Tür vor der Nase zugeschlagen.

Auf der Suche nach Erkenntnis, einem Zufluchtsort und einer Verschnaufpause hatte sie im ersten Moment zu ihrem Teilzeitliebhaber Kevin fahren wollen. Halb auf dem Weg zu ihm wechselte sie jedoch die Richtung. Kurze Zeit später steuerte sie direkt auf die Toreinfahrt mit den beiden Mauersäulen zu, auf denen steinerne Gargoyles saßen. Zuletzt hatte sie das herrschaftliche Anwesen vor etwa fünfzehn Jahren betreten. Seitdem hatte sich der Efeu wie ein wucherndes Geschwür über die Mauern und die Hauswände ausgebreitet. Das betrübliche Grün hatte sich nahezu verdoppelt, ähnlich wie auf den städtischen Friedhöfen. Das Tor stand einladend offen, also fuhr sie hindurch. Sie kam auf gut Glück hierher, aber der ehemalige

Kinderarzt schien noch hier zu wohnen. Sein Nachname stand am Klingelschild. Inzwischen war der Mann über siebzig. Ob seine Frau wohl noch lebte, fragte Nora sich, als sie klingelte.

Während sie wartete, bis die Tür aufging, klopfte ihr Herz heftiger als bei der Entdeckung des Leichnams in ihrer Wohnung. Vor dem Haus zu stehen, in dem sie nach dem Tod ihrer Eltern vier Jahre gelebt hatte, wühlte sie auf. Und es wurde noch schlimmer, als der Mann vor ihr stand, der zusammen mit seiner Frau damals die vierzehnjährige Nora bei sich aufgenommen hatte.

»Nora!«, stammelte Dr. Samuel Kronstädt. »Was machst du hier?«

»Danke, gut, es freut mich auch, Sie wiederzusehen.«

Drei Sekunden lang wartete Nora ab, ob Basko, der braunweiße Kleine Münsterländer, seinem Herrchen gefolgt war, aber anscheinend gab es in dem Haus keinen Hund mehr. Basko war mit dem Doktor immer auf die Jagd gegangen. Allerdings hätte er zwei Hundeleben haben müssen, wenn es ihn noch hätte geben sollen.

»Wo ist Ihre Frau Klara?«

»Auf dem Friedhof Adlershof. Schon seit sieben Jahren. Ich hatte dich zur Beisetzung eingeladen. Leider bist du nicht gekommen.«

Jetzt erinnerte Nora sich an die Karte. Sie hatte ihm nicht einmal eine Absage erteilt. Klara Kronstädt war eine galante und kluge Frau gewesen, die keine eigenen Kinder bekommen konnte. Vielleicht hatte sie sich gerade deshalb so überaus warmherzig um Nora gekümmert.

»Ich hatte zu der Zeit viel zu tun«, redete sie sich heraus.

»Ja, das verstehe ich.« Aus seinem Munde klang es noch immer ehrlich. Dr. Kronstädt hatte Nora nie angelogen, soweit sie wusste. Er war ein gerechter und aufrichtiger Mensch. Nach wie vor wirkten seine Augen jung und neugierig, doch er kam ihr kleiner und deutlich kraftloser als früher vor. Auch der Gehstock in seiner rechten Hand wirkte auf Nora gewöhnungsbedürftig.

»Kann ich mich bei Ihnen kurz ausruhen?«, fragte Nora.

»Selbstverständlich, wie gedankenlos von mir!« Er ließ sie eintreten und wollte ihr die Jacke abnehmen, aber sie hängte sie selber an einen Haken. »Ich mache dir gleich einen Tee. Trinkst du immer noch gern Hagebutte wie früher?«

»Heute nehme ich lieber einen Kaffee, wenn es keine Umstände macht.«

Obwohl sie sich lange Zeit nicht gesehen hatten, fiel er ihr nicht um den Hals, was sie beruhigte. Überhaupt gab es keine Berührung zwischen ihnen. Selbst ein Handschlag unterblieb. Noch immer schaffte Nora es nicht, den Mann, der wie ein Ersatzvater gewesen war, zu duzen. Trotzdem fühlte es sich für sie gut an, wieder hier zu sein, an dem Ort, der ihr nach dem Verlust der Eltern Halt und Orientierung gegeben hatte. Vielleicht fand sie in diesem Haus wie damals Ruhe und Geborgenheit. Kronstädt beharrte zum Glück nicht darauf, dass sie ihn mit »du« ansprach. Auch das fühlte sich gut an.

Während der alte Mann auf seinem Stock in den Küchenbereich humpelte, sah Nora sich im Vorsaal um. Das Haus wirkte immer noch so opulent und feudal wie früher, allerdings auch deutlich düsterer. Es schien, als hätten Klara und Basko jegliche Lebensfreude mit in den Tod genommen.

»Mich hat gestern Abend ein gewisser Janosch Querschläger vom Psychosozialen Dienst angerufen«, rief Kronstädt aus der Küche. »Er meinte, du würdest in Schwierigkeiten stecken, und er habe gehört, ich hätte mich früher um dich gekümmert.«

»Und was wollte der von Ihnen?«

»Er wollte wissen, ob du nach deiner Therapie bei Dr. Mannes noch weitere Psychotherapeuten aufgesucht hast. Ich war verwundert über seinen Anruf und habe ihn natürlich gefragt, woher er meine Nummer hatte. Dein Kollege meinte, mein Name sei in den polizeilichen Unterlagen vermerkt.«

Das klang seltsam, denn solche Einträge befanden sich allerhöchstens in einer Arztakte. Und zu einer solchen hatte selbst der Leiter des Psychosozialen Dienstes keinen Zugang. Aber natürlich hatte Querschläger seine Kontakte und konnte dementsprechend andere Möglichkeiten finden, um an Daten und Informationen zu gelangen.

Sie folgte dem alten Mann in die Küche, wo er mit zittriger Hand eine Tasse unter den Kaffeevollautomaten schob. »Und was haben Sie ihm gesagt?«

»Ich habe ihm die Wahrheit gesagt, dass ich dich seit Jahren nicht mehr gesprochen habe.« Er lächelte sie unter seinen buschigen schlohweißen Augenbrauen an wie ein gutmütiger Großvater. »Steckst du denn in Schwierigkeiten?«

Das Mahlwerk des Automaten ratterte los. Auf einem Wandregal entdeckte sie ein Bild von sich als Jugendliche. Da war sie vierzehn oder fünfzehn gewesen. Es gab auch Bilder von seiner Ehefrau und seinem Jagdhund, aber Fotos von Noras Eltern suchte sie vergeblich. Dabei waren Dr. Kronstädt und ihr Vater eng befreundet gewesen.

»Nora, ist alles in Ordnung?«, fragte er, weil sie nicht antwortete.

Unwillkürlich musste sie an Mareike, Mario und Mara denken. Die Bilder der heutigen Verbrechen erinnerten sie an die Hinrichtung ihrer eigenen Familie. Auf einmal konnte sie die Tränen nicht mehr halten. Sie kamen, ohne dass sie es merkte. Erst als er sie darauf ansprach, wischte sie sich hastig mit dem Handrücken übers Gesicht. Das nasse Glänzen auf ihrer Haut machte ihr erst richtig bewusst, dass sie weinte.

»Mein Kind«, sagte Dr. Kronstädt, lehnte den Stock an den Schrank und breitete die Arme aus.

Willenlos ließ Nora sich in seine Arme fallen. Sie schluchzte heftig und ihre Erinnerung spielte nach Ewigkeiten wieder einmal diese verrückte Titelmelodie aus dem Zeichentrickfilm »Perfect Blue«. Die traurigen Gefühle übermannten sie so sehr, dass sie am ganzen Leib zitterte. Der Arzt hielt sie sanft fest und streichelte ihren Rücken entlang ihrer Wirbelsäule.

»Es ist alles gut, Nora. Hier kann dir nichts passieren.«

»Haben Sie zufällig ein altes Handy, das Sie nicht mehr brauchen?«, stammelte sie nach einigen Augenblicken, um sich und den Anflug von Trauer in den Griff zu bekommen.

Er schien nicht verwundert, sondern antwortete belustigt. »Da finden wir bestimmt noch einen alten Knochen.«

Sie merkte, wie auch ihre Hand auf seinem Rücken auf und ab glitt. Sie tat es aus Dankbarkeit, weil er keine blöden Fragen stellte, sondern sie so annahm, wie sie war.

Als sie sich beruhigt hatte, löste sie sich von ihm. Er hielt ihr bereits ein Taschentuch hin. Sie trocknete sich das Gesicht ab. Dr. Kronstädt holte Milch aus dem Kühlschrank und reichte ihr dann die Tasse. Sie bemerkte das schwache Zittern seiner Hände. Wenn er sie früher als Kind untersucht hatte, hatte er immer vollkommen ruhige und warme Hände gehabt.

Statt die Tasse zum Mund zu führen, inhalierte sie nur das Aroma und schaute ihm tief in die Augen.

»Stimmt etwas mit dem Kaffee nicht?«

Sie schüttelte den Kopf und wurde ernst. »Ich glaube, ich weiß, wer meine Familie umgebracht hat.«

»Was sagst du da? Das ist Jahrzehnte her, wieso auf einmal …?«

Sie griff in ihre Hosentasche und hielt ihm die Goldmünze vor. Wie paralysiert starrte er das Edelmetall an. Als sie ihm den Wolfskopf zudrehte, schien er erschrocken.

»Es war der Wolf.«

190

KAPITEL 40

Benjamins Bericht war umfangreicher geworden, als ursprünglich angenommen. Damit konnte er Nora hoffentlich entlasten, denn die Mordkommission würde die flüchtige Kollegin jetzt mehr als zuvor ins Visier nehmen. Königs mahnende Worte gingen Benjamin nicht mehr aus dem Sinn, selbst als er auf dem Gehöft seiner Schwiegermutter eintraf. Seit Stunden machte er sich Vorwürfe, weil er Nora nicht energischer aufgehalten hatte. Aber Nora wäre nicht sie selbst gewesen, wenn sie nicht ihren eigenen Kopf durchgesetzt hätte. Vermutlich hätte sie sich mit den Fäusten gewehrt, falls er versucht hätte, sie entschlossener oder sogar gewaltsam bis zum Eintreffen der Kollegen in ihrer Wohnung festzuhalten. Jetzt war er der Dumme, das hatte König ihm unmissverständlich klargemacht.

»Vergessen wir die Arbeit, für heute ist Feierabend«, redete er sich Mut zu und stieg aus seinem Wagen.

Im Stall gackerten die Hühner. Eine der drei Hauskatzen sprang auf die Motorhaube und legte sich flach, um sich am aufgeheizten Blech das Fell zu wärmen. Im Zwinger bellte der Schäferhund. Obwohl Benjamin nicht viel gearbeitet hatte, spürte er die Müdigkeit in seinen Beinen so sehr, dass er sie nur noch im Sessel sitzend ausstrecken wollte. Der Tote in

Noras Wohnung beschäftigte ihn ebenfalls und belastete seine Psyche. Er konnte nicht glauben, wie abgeklärt seine Kollegin den Leichenfund wahrgenommen hatte. Aber natürlich wusste er durch die Zusammenarbeit im gemeinsamen Büro, wie wenig einfühlsam Nora war. Das verlieh ihr einerseits Schutz, andererseits machte es sie irgendwie angreifbar. Er fand es erstaunlich, wie wenig Empathie ein Mensch besitzen konnte. Dabei meinte Nora es nicht einmal böse. Gott hatte ihr einfach zu wenig Einfühlungsvermögen in die Wiege gelegt. Oder hatte sie echtes Mitgefühl bloß verlernt? Benjamin hatte sie nie darauf angesprochen, aber er vermutete, dass es mit dem tragischen Verlust ihrer Eltern und ihres Bruders zusammenhing. Eine Art Verdrängungseffekt, das hörte man ja laufend im Zusammenhang mit posttraumatischer Belastungsstörung. Benjamins Vater war mit dreiundsechzig gestorben, aber anders als Noras Familie hatte niemand ihn umgebracht. Er war nach einem Herzinfarkt friedlich eingeschlafen. Selbst dieser Tod hatte Benjamin eine ganze Weile beschäftigt.

»Ist dir unsere Tochter über den Weg gelaufen?«, fragte Jasmin, als er die Küche betrat. Er hatte zwar nicht gleich mit einer Umarmung gerechnet, aber doch mit einer herzlicheren Begrüßung.

»Bestimmt ist sie in ihrem Zimmer.«

»Nein, ist sie nicht. Sie wollte mir beim Abendessen helfen. Ich habe schon nach draußen gerufen.«

»Vielleicht liegt sie im Heu und hört Spotify? Du weißt ja, die neuen Kopfhörer sind absolut schalldicht.«

»Vorhin ist meine Mutter in den Stall gegangen und Sina sollte den Müll rausbringen und nachsehen, ob sie ihr bei irgendetwas helfen konnte. Du weißt ja, wie meine Mutter ist, wenn irgendwo etwas herumsteht, was ihr missfällt. Bevor sie sich dann beschwert, räumt sie die schweren Geräte, Eimer oder Säcke lieber selbst beiseite. Letztens hat sie Holz gehackt, weil es ihr im Haus zu kalt war. Und das bei ihren ganzen Erkrankungen.«

Benjamin schaute zum Fenster hinaus in den Hof, wo sich immer noch die Katze auf seinem Auto rekelte. »Keine Angst, ich wette, deine Mutter überlebt uns alle. Egal wie viel Zentner Holz sie in ihrem Leben noch spaltet.«

»Sehr witzig!« Es kam nicht spaßig rüber. Jasmin schaute zur Wanduhr. »Das war vor einer halben Stunde. Ich habe Rouladen gekauft und die müssen noch gefüllt und gewickelt werden.«

»Dann gehe ich mal nachsehen, wo die beiden stecken.«

Er gab ihr einen Kuss auf die Wange. Jasmin zuckte mit dem Gesicht weg. Anscheinend ärgerte sie sich mehr über ihn, weil er den ganzen Tag weggeblieben war. Vielleicht unterstellte sie ihm sogar eine Affäre. Er war zu geschafft, um das Thema anzuschneiden. Er stellte seine Tasche neben dem Tisch ab und verließ wortlos das Zimmer.

»Sina! Hannelore!«, rief er sicherheitshalber ins Treppenhaus.

Keine Antwort und auch kein Röcheln von Mutter Vader. Demzufolge mussten die beiden im Stall sein. Die frische Winterluft tat ihrer Lunge gut, hatte Hannelore zuletzt behauptet. Benjamin hatte keine Ahnung, was für sie gut oder wie es tatsächlich um ihren Gesundheitszustand bestellt war. Er fuhr sie allerhöchstens zu Arztterminen, wenn es sich nicht vermeiden ließ. Manchmal hatte er sogar den Eindruck, sie spielte ihnen mit dem Sauerstoffgerät und den vielen Tabletten nur etwas vor, um Aufmerksamkeit zu heischen. Aber wahrscheinlich irrte er und ihre Organe bestanden in Wahrheit nur noch aus schwarzer Materie.

»Wo seid ihr denn?«, rief er, während er sich den Mantel als Schutz vor der Kälte zuhielt und über das Grundstück eilte. »Jasmin wartet …«

Beim Betreten des Stalls blieb ihm der restliche Satz im Hals stecken. Schlagartig nahm die Kälte an Intensität zu, kroch direkt unter seine Kleidung und überzog seine Haut. Aber die Kälte kam nicht von den Außentemperaturen, sondern von dem Anblick, der sich ihm offenbarte. Zwischen den Hühnern stand ein Mensch mit einer Wolfsmaske und hielt Sina ein Messer an die Kehle.

»Bitte, lassen Sie meine Tochter gehen!«

»Und deine Schwiegermutter ist dir wohl egal?«, fragte der Wolf.

Hannelore hing mit den Armen nach oben überstreckt an einem Haken, den ihr verstorbener Ehemann vor Jahrzehnten in einen Balken geschlagen hatte. Sie war gefesselt und über ihren Kopf war ein Leinensack mit einer Smileyfratze gezogen. Sie gab nur gedämpfte Laute von sich. Vermutlich war ihr Mund mit einem Gewebeband zugeklebt, genau wie der von Sina.

»Lassen Sie bitte meine Tochter gehen«, wiederholte Benjamin behutsam und zeigte seine offenen Hände zum Zeichen, dass er nicht vorhatte, den Fremden auf irgendeine Weise anzugreifen.

»Du willst also, dass ich deine Tochter gehen lasse?«, fragte der Wolf und strich Sina über den Kopf. Statt eines Leinensacks trug sie eine rote Binde über den Augen. »Ich hatte gehofft, Rotkäppchen hätte einen Kuchen mitgebracht, aber so ist das mit den Märchen, sie werden ständig falsch erzählt.«

»Bitte, ich gebe Ihnen alles, was Sie wollen!«

»Da bin ich mir sicher.« Der Wolf nickte zum Hackklotz, der links neben dem Holzhaufen stand. Darauf lagen Handschellen, wie Benjamin sie als Polizist selbst besaß. »Deshalb möchte ich, dass du dir deine Arme auf dem Rücken fesselst.«

Benjamin riss seinen Blick vom Hackklotz und den Handfesseln los.

»Nein, bitte, ich …«

»Hör endlich mit dem Bitten auf, sonst werde ich Rotkäppchen den Bauch aufschlitzen und dir ihr Blut zu trinken geben.« Die Messerklinge entfernte sich von ihrem Hals und glitt tiefer bis zum Hosenbund. Sina fing an zu schluchzen und jetzt kamen auch Benjamin die Tränen. Er hatte Thoralf Schreiner gesehen, erschlagen mit einem Hammer. Was würde der Fremde wohl mit einem Messer anrichten?

»Okay, Sie wollen mich«, sagte Benjamin und ging langsam auf den Holzstapel zu. »Ich weiß auch, warum. Weil ich Sie vor Noras Haus gesehen habe. Sie sind in einen schwarzen Audi eingestiegen. Sie denken, ich habe Sie erkannt. Ich kann Ihnen versichern, ich habe Ihr Gesicht nicht gesehen.«

Der Wolf antwortete nicht, sondern beobachtete durch die Schlitze der Maske wie ein Voyeur, wie Benjamin die Handschellen anhob.

»Sie wollen mich, habe ich recht?«, wiederholte Benjamin und sein Blick fiel auf die Axt, die knapp einem Meter hinter dem Hackklotz lag. »Ich werde Ihnen keine Probleme bereiten. Nur lassen Sie die beiden gehen.«

Während Benjamin redete und die Handschellen anhob, überlegte er sich einen Ausweg. Vielleicht hatte der Fremde das Spaltwerkzeug übersehen, weil es durch den Holzgriff, mit dem Stapel verschmolz. Benjamin schätzte die Chance ab, wie lange er brauchte, nach dem Beil zu greifen, die Distanz zu dem Fremden zu überbrücken und ihm den Schädel zu spalten. Wahrscheinlich zu lange …

»Warum zögerst du?«, fragte der Wolf und er klang gehässig, als ahnte er, was Benjamin dachte.

Die Handschellen in seiner Hand wurden zentnerschwer. Die Angst presste seine Lungenflügel zusammen. Er hörte auf zu atmen. Gleichzeitig setzte der Überlebensinstinkt ein. Adrenalin flutete seinen Körper. Die nächsten Sekunden bekam Benjamin nur noch in der Rückblende mit. Er machte einen

Satz nach vorn, ergriff den Axtstiel und wirbelte herum. Der Wolf war schneller gewesen. Noch bevor Benjamin mit dem Beil auch nur ausholen konnte, spürte er die Metallklinge zwischen seinen Rippen.

»Und jetzt werde ich mit dir und deiner Familie ganz viel Spaß haben«, hörte Benjamin den Wolf flüstern, bevor es schwarz um ihn wurde.

KAPITEL 41

Der Doktor überließ Nora ihr ehemaliges Zimmer für die
Nacht. Darin hatte sich viel verändert. Die Tapete, die Fenster,
das Bett, die Deckenlampe. Nach Noras Auszug hatten die
Eheleute den Raum renoviert. Für wen auch immer. Nach ihr
war kein anderes Kind eingezogen. Das Paar war kinderlos
geblieben.

Trotz der Veränderungen am Mobiliar war jeder Winkel
mit Erinnerungen gefüllt. Die Erinnerungen waren es auch,
die Nora schlecht Schlaf finden ließen. Noch um zwei Uhr
quälte sie sich in ihrem Bett und fand keine Ruhe. Sie und
der Doktor hatten über die Münze gesprochen. Sie hatte ihm
erzählt, woher sie stammte. Auch hatte sie vom Teufelsseemoor,
vom Lammkadaver, von den Morden an Mareike und ihrem
Ehemann berichtet. Und von der kleinen Mara, die Nora
vor lauter Entsetzen fälschlicherweise für tot gehalten hatte.
Samuel Kronstädt hatte ihre Schilderungen mit einem starken
Kräuterschnaps verdauen müssen. Manche Dinge änderten sich
zum Glück nie. Er trank immer noch diesen typischen Berliner
Likör. Zielwasser, so der Name. Dabei war der Arzt kein Säufer.
Er nannte es seine Medizin, die das Leben manchmal leichter
machte. Auf die Dosis komme es an, behauptete er dabei wie

früher. Und er hatte Nora ermahnt, sich nicht in irgendwelche wilden Spekulationen über den Tod ihrer Eltern zu verstricken. Das Verbrechen sei zu lange her und durch die Aufklärung der Tat könne sie nichts ungeschehen machen, sich aber selbst schaden. Sie solle ihren Kripokollegen vertrauen und die Ermittlungen abwarten. Aber genau das war Noras Problem, sie konnte sich schwer auf andere Menschen einlassen. Schließlich hatte sie schon einmal auf die Polizei vertraut und war bitterlich enttäuscht worden. Seitdem verstaubte die Mordakte ihrer Familie ungeklärt im Archiv.

»Eine Münze mit einem Wolfskopf bedeutet gar nichts«, murmelte sie die Worte ihres Gastgebers, der das Schlafzimmer im Erdgeschoss belegte, während sie oben im Bett lag und das Edelmetall in ihren Finger drehte.

Im Mondlicht, das durchs Fenster ins Zimmer schien, betrachtete sie das Goldstück. Der Wolfskopf wirkte, je nachdem wie der Schatten fiel, mal hinterhältig wie ein Raubtier, mal treuherzig wie ein Hund. Bei Vollmond kamen die richtig schlimmen Wölfe aus dem Schatten hervor, das wusste jedes Kind. Aber bis zum Vollmond waren es noch ein paar Nächte. Doch es gab jetzt in der Stadt einen Wolf, der nicht nur bei Dunkelheit, sondern auch am Tag aktiv war.

»G wie Grimm«, murmelte sie und dachte an die rote Mütze, die sie samt dem Kompass im Wald gefunden hatte. »Rotkäppchen und der Wolf.«

Jonathan hatte von der Wolf-Akte gesprochen. Mit seinem kryptischen Hinweis konnte sie nichts anfangen, aber es war immerhin ein Anfang. Von Rotkäppchen und dem Wolf handelte ein Märchen der Brüder Grimm. Die sechsundzwanzigste Geschichte aus dem ersten Band. Am Telefon hatte der Mörder Andeutungen gemacht. Von den Geißlein und von Rotkäppchen hatte er gesprochen. Und in Maras roter Kappe war ein kaputter Kompass mit einer versteckten Münze eingewickelt gewesen.

»Mara, es tut mir leid!«

Nora katapultierte ihren Oberkörper in aufrechte Haltung und stieg aus dem Bett. Sie wusste, wie spät es war, aber im Krankenhaus arbeitete das Personal rund um die Uhr. Sie nahm das geborgte Handy des Arztes und wählte die Nummer der Charité, in deren Notaufnahme man Mara eingeliefert hatte.

»Hier ist Rothmann«, meldete sie sich mit ihrem richtigen Namen bei der Vermittlung, obwohl sie zuerst überlegt hatte, falsche Angaben zu machen. Aber die Unwahrheit widerstrebte Nora seit jeher. Also fing sie jetzt nicht damit an. »Ich wollte mich nach meinem Patenkind erkundigen, Mara Busch.«

Eine sofortige Auskunft bekam Nora nicht. Wie erwartet wurde sie verbunden, allerdings mit der Intensivstation, was wohl bedeutete, dass die Ärzte immer noch um das Leben der Kleinen kämpften.

»Wer sind Sie denn?«, fragte eine Krankenschwester.

»Das sagte ich bereits, Rothmann. Nora Rothmann. Ich bin Maras Patentante.«

»Okay, Frau Rothmann, ähm …«

»Stimmt etwas nicht?«

»Tut mir leid, ich darf Ihnen am Telefon leider keine Auskünfte geben.«

»Können oder wollen Sie nicht?«

»Falls Sie eine Angehörige sind, können Sie …«

»Hören Sie mir nicht zu?« Anders als sonst, wurde Nora diesmal ungehalten. »Ich bin Maras Patentante. Glauben Sie, ich rufe zum Spaß um kurz nach zwei Uhr bei Ihnen an? Ich möchte doch nur wissen, wie es ihr geht.«

»Ich verstehe Ihr Anliegen, aber …«

Die Schwester brauchte nicht weitersprechen. Nora wusste, dass man das Personal instruiert hatte. »Okay, sagen Sie mir wenigstens, ob das Mädchen bewacht wird.«

»Ich darf …«

»Verdammt, es geht nicht um mich! Ich werde garantiert nicht in die Nähe des Klinikgeländes kommen. Mir geht es um die Sicherheit von Mara. Also wer beschützt sie?«

»Ich kann Ihnen versichern, dass kein Fremder zu ihr gelangt.«

Das bedeutete wohl, dass sie noch lebte, auch wenn ihr Zustand möglicherweise kritisch war. Da das Gespräch zu nichts führen würde, legte Nora auf. Sie hatte mit unterdrückter Nummer angerufen. Aufgewühlt vom Telefonat startete sie ihren Laptop. Zur Stunde würde sie nicht in den Schlaf kommen, also konnte sie die Wachphase nutzen.

»Benjamin!«, sagte sie, als sie eine E-Mail von ihm in ihrem Postfach fand.

Es ging um Hans Molder, den man früher angeblich Eisenhans genannt hatte und der irgendwann vermisst gemeldet worden war. Benjamin war auf Gerüchte gestoßen, nach denen der Obdachlose einem Verbrechen zum Opfer gefallen sein sollte. Er wollte die Sache weiterverfolgen und sich dann melden.

»Das werden wir sehen«, redete sie mit ihrem imaginären Kollegen.

Seine Nachricht bot nichts Konkretes und zudem war sie abgelenkt. Denn es war eine zweite Mail angekommen, die Nora deutlich mehr verwirrte.

Du willst wissen, was es mit der Goldmünze auf sich hat?
Frag den Wolf vom Grunewald.

Der Absender der Mail nannte sich »Snow-White«.

KAPITEL 42

Vergangenheit

Seit einem halben Jahr hatten Nora und ihre Familie Nachbarn. Knapp zweihundert Meter Luftlinie entfernt von ihnen wohnten sie im Wald nahe der Kuhgrabenbrücke. Seit Nora denken konnte, war die Villa aus rotem Backstein leer gestanden, weil sie angeblich unverkäuflich war. Vielleicht hatte ihr Vater auch von unerschwinglich gesprochen, genau wusste sie es nicht mehr. Jedenfalls hatte nun doch eine Familie das Anwesen gekauft. Seitdem konnte Nora nicht mehr einfach so in dem verwilderten Garten der Villa herumtollen. Ihre Mutter hatte ihr schon vorher verboten, dorthin zu gehen. Weil die Ruine zu gefährlich sei. Neuerdings achtete ihre Mutter doppelt so streng darauf, wohin Nora spielen ging. Seit dem Einzug der fremden Familie hatte sich alles verändert. Es gab wohl jetzt Ärger wegen des Wegerechts. Noras Vater schimpfte deswegen beim Abendessen immerzu auf die Notare und die Stadtverwaltung. Selbst er als Politiker stieß da an seine Grenzen.

Mit ihren acht Jahren verstand Nora nicht viel von dem, was er erzählte. Weder von Politik noch von den Grundstücksgrenzen. Sie verstand auch nicht, warum sich ihre

Eltern nicht einfach mit den Nachbarn vertragen konnten. Vor allem seitdem Nora sich mit deren Tochter angefreundet hatte. Sie hieß Fiona und war ziemlich taff. Sie benutzte auch Ausdrücke, die in Noras Familie strengstens verboten waren. Einmal war Nora versehentlich das Wort Penner rausgerutscht, da hatte ihr Vater ihr eine gescheuert. Armin Rothmann duldete keine solchen Schimpfworte. Ständig predigte er Respekt gegenüber anderen Menschen. Das kam wahrscheinlich daher, weil er sich beruflich und privat für die Obdachlosen und Sozialfälle einsetzte. Nora konnte sich nicht erklären, warum er das überhaupt tun musste. Solche Leute konnten doch einfach arbeiten gehen und Geld verdienen. Dann brauchten sie nicht auf der Straße zu leben. Fiona hatte gemeint, das seien alles Schmarotzer. Die meisten könnten schon arbeiten, hätten aber keine Lust. Die wollten bloß ihre Freiheit. Berlin stand schließlich für Freiheit. Seit der Wiedervereinigung wie keine andere europäische Stadt.

Freiheit suchte auch Nora, wann immer es nach der Schule ging. Während ihr Vater bis spätabends für den Senat schuftete oder in seiner Freizeit bei der Jagd entspannte, spielte Nora im Wald. In den vergangenen Monaten war sie immer heimlich zu Fiona gegangen. Auch heute trafen sie sich.

»Was machen eigentlich deine Eltern beruflich?«, wollte Nora wissen.

»Ach, das ist ziemlich unspektakulär«, sagte Fiona und winkte ab. »Mein Vater hat eine kleine Handwerkerfirma. Meine Mutter macht irgendwas mit Finanzberatung. Das Haus konnten sie sich aber nur durch eine Erbschaft leisten. Also falls jemand behauptet, wir wären stinkreich, ist das gelogen.«

Reich waren Noras Eltern auch nicht gerade, aber sie hatten genügend Geld, um gut zu wohnen, gut zu essen und gut zu reisen. Auch was Bekleidung und Schuhe anging, gab es in der

Klasse etliche Mitschüler, die sie wegen ihrer Markenklamotten beneideten.

»Wer braucht schon Eltern?«, fragte Fiona und lachte. »Und Geschwister braucht auch niemand.«

Sie hatte weder eine Schwester noch einen Bruder wie Nora. Im Gegensatz zu Nora, deren Wangen beim Herumstreunen und Spielen immer ein wenig gerötet waren und ihr ein frisches, gesundes Aussehen verliehen, wirkte ihre Spielkameradin stets blass und kränklich. Ihre Haut war so hell wie ein gebleichtes Betttuch und ihre Fingerkuppen wirkten sogar jetzt im Hochsommer fast bläulich wie bei einer Erfrorenen. Hinzu kamen die strohblonden Haare. Sie war das komplette Gegenteil von Nora. Wohl deshalb schlug sie an diesem Tag ein Spiel vor, das Nora auf ewig an ihre neue Freundin erinnern würde.

»Hey, kennst du ein paar gute Märchen?«

»Ich kenne alle!«, tönte Nora stolz, denn tatsächlich gab es bei ihr zu Hause zwei Bände der Brüder Grimm, aus denen ihre Mutter ihr seit dem Kindergarten oft vorlas.

»Cool, wir könnten ein Märchen nachspielen.«

»Welches denn?«

Hand in Hand hopsten sie durch den Wald. Sie waren wie zwei ungleiche Schwestern. Deshalb sagten sie im selben Moment: »Schneeweißchen und Rosenrot!«

Beide kicherten. Dann hielten sie an und Fiona fuhr ihr über den Kopf. Ihre Finger zerzausten Noras dunkle Haare.

»Zu schade, dass sie nicht rot sind.«

»Aber mein Nachname ist Rothmann. Da kommt die Farbe Rot drin vor.«

»Perfekt! Also bist du ab jetzt meine Schwester Rosenrot.«

»Eben hast du gesagt, du bist froh, keine Geschwister zu haben.«

»Keine, die man sich nicht aussuchen kann!« Fiona lachte so hell, dass es zwischen den Bäumen hallte. Dann rannte sie los. »Dich würde ich sofort zur Schwester nehmen.«

Nora folgte ihr, um sie zu fangen. Am Wegesrand angekommen, ließen sie sich außer Puste ins Gras fallen.

»Was spielt man eigentlich als Schneeweißchen und Rosenrot?«, fragte Nora.

»Keine Ahnung, ich dachte, du kennst alle Märchen.«

»Ich …«

»Nora!«, erschallte es so laut, dass Nora erschrocken aufsprang.

Ihre Mutter stand plötzlich mit ihrem Fahrrad auf dem Plattenweg.

»Mama!«

»Nora, ich hatte dich gewarnt! Du sollst keinen Umgang mit diesen … *Menschen* haben!«

»Aber Fiona ist meine Freundin.« Nora wollte sie in den Arm nehmen, zum Zeichen, dass sie zusammengehörten. »Sie ist …«

Da war Fiona bereits ausgerissen.

KAPITEL 43

Am Sonntagmorgen versammelte König sein Team in seinem Büro.

»Massiver Blutverlust«, las Manja Auszüge aus ihren Notizen vor, nachdem sie erste Ergebnisse aus der Rechtsmedizin erhalten hatte. »Vorausgegangen ist höchstwahrscheinlich ein hypovolämischer Schock, der zum Tod von Mareike und Mario Busch geführt hat. Die beiden Erwachsenen wurden vermutlich über mehr als eine Stunde gefoltert. Ihr habt die Bilder vom Tatort gesehen. Vor allem dem Mann hat der Killer mehr als zwei Dutzend Besteckteile in den Körper getrieben. Gabeln, Spieße, Scheren, Messer. All das steckte in seinen Gliedmaßen. Immer so, dass sein Opfer möglichst lange bei Bewusstsein und damit am Leben geblieben ist. Der Mann ist vor der Frau gestorben. Aber von Glück konnte sie wohl kaum sprechen. Er hat ihr die abgeschnittene Zunge ihres Partners in den Mund gestopft.«

»Das reicht, keine weiteren Details«, unterbrach König, denn auch so würde niemand in diesem Raum diese Verbrechen je aus seinem Kopf verbannen können.

»Wer macht so etwas?«, fragte Habil.

»Jemand, der einen Scheißminderwertigkeitskomplex hat«, raunzte König, obwohl er wusste, dass sich eine solche naive Einschätzung für den Leiter der Mordkommission nicht gehörte. Deshalb korrigierte er sich sofort. »Vergesst, was ich eben gesagt habe. Egal, was wir über diesen Menschen zu wissen glauben, ich will, dass alle hoch konzentriert und möglichst vorurteilsfrei bleiben. Wir sollten ihn unter keinen Umständen unterschätzen. Vielleicht ist er hochintelligent, arbeitet in einem angesehenen Beruf. Vielleicht hat er einen guten Zugang zu Kindern und genießt das Vertrauen von Eltern. Vielleicht handelt es sich um einen Arbeitslosen, der mit seiner Zeit nichts anderes anzufangen weiß. Wir können vorerst nichts von vornherein ausschließen. Also konzentrieren wir uns als Nächstes auf ein stimmiges Täterbild.«

»Ist schon in Arbeit«, sagte Andrea.

»Ich will wissen, was er dem Kind angetan hat und ob es beabsichtigt war, dass es am Leben geblieben ist.«

»Der Zustand von Mara ist unverändert kritisch«, merkte Manja an. »Dehydrierung und Sauerstoffmangel im Blut haben ihrem kleinen Körper erheblich zugesetzt. Die Oberärztin ist sich noch nicht sicher, ob das zu bleibenden Schäden geführt hat.«

König nickte. Er hatte in der Nacht mehrfach im Klinikum angerufen und sich nach dem Mädchen erkundigt. Dabei hatte er erfahren, dass Nora sich bei einer der Schwestern gemeldet hatte. Natürlich würde Nora nicht so dumm sein und dem wachhabenden Streifendienst auf der Station direkt in die Arme laufen.

»Ich will wissen, wie es jemand schafft, erst ein Ehepaar abzuschlachten und dann dem Ehemann einer Journalistin in der Wohnung einer Polizeibeamtin den Schädel zu zertrümmern.« König breitete die Arme aus und sah jeden der Reihe nach an. »Also, was haben wir bisher?«

»Das hier könnte eine Spur sein«, sagte Andrea und legte mehrere Fotoausdrucke von Instagram vor. Bis nach Mitternacht hatte sie sich mit der Internetauswertung und den polizeilichen Informationen beschäftigt. »Es ist bis jetzt nur ein vager Verdacht, aber anscheinend hatte Nora recht. Jemand mit dem Benutzernamen ›Wahrer_Wolf‹ hat mindestens fünfzehn Bilder von Mareike Busch gelikt.«

»Wolf ist ein geläufiger Nachname«, sagte König.

»Natürlich kann der Name zufällig gewählt sein, aber der Nachname taucht jetzt schon zum zweiten Mal in kurzer Zeit auf. Zuletzt auf dem Blog von Margot Schreiners Ehemann. Wir lassen überprüfen, ob es sich um ein und denselben Nutzer handelt. Was Instagram angeht, hat derjenige jedenfalls kein einziges Foto kommentiert. Dadurch können wir textlich keine Rückschlüsse ziehen, mit was für einer Person wir es zu tun haben. Aber so, wie sich der Mord an dem Ehepaar Busch darstellt, muss der Täter die Familie gut gekannt haben. Wenn der Täter nicht aus dem näheren Umfeld kommt, muss er sie lange Zeit beobachtet haben.«

»Wir nehmen uns jeden vor, mit dem die Familie zuletzt Kontakt hatte«, entschied König und er bemerkte die Gesichter seiner Kollegen, die wenig Begeisterung für diese Mammutaufgabe zeigten. »Verwandte, Arbeitskollegen, Nachbarn, Paketboten … Es ist mir scheißegal, wie lang die Liste wird. Ich will eine lückenlose Aufstellung. Und es ist mir auch scheißegal, ob wir die Hausbewohner gestern schon befragt haben. Wir gehen jeden noch einmal durch. Der Killer hat sich nicht in die Wohnung gebeamt. Und den Rollstuhl wird er auch nicht unter den Arm geklemmt und unbemerkt durch ganz Berlin geschleppt haben. Er brauchte also ein Transportmittel.«

»Wir wissen übrigens jetzt, wem der Rollstuhl gehört«, griff Manja das Thema auf. »Einem Tim Walther. Er ist neunzehn und lebt in einem Behindertenwohnheim in der Andreasstraße.«

207

»Wohnt er dort die ganze Zeit?«

»Zumindest ist er an der Adresse gemeldet. Der Rollstuhl dürfte ihm aber in der Zwischenzeit zu klein sein. Immerhin ist er jetzt erwachsen.«

»Verwandtschaft der Familie?«

Manja wackelte vielsagend mit dem Kopf. »Oh, wenn ich euch den Namen seiner Mutter verrate, werdet ihr staunen!«

Noch mehr Überraschungen konnte König nicht gebrauchen, aber er war gespannt. »Also los, sag schon!«

»Tim Walther ist der Sohn von Carola Walther. Der Sekretärin, die damals beim LKA 4 gearbeitet und ihren Job wegen Nora verloren hat.«

KAPITEL 44

Zwei oder drei Stunden hatte Nora nach dem Anruf im Krankenhaus noch geschlafen. Die genaue Dauer konnte sie nicht bestimmen. Sie konnte sich nur an den erschütternden Traum erinnern, in dem sie ähnlich wie in dem Märchen von den Sterntalern Goldmünzen vom Himmel auffing. Allerdings hatte sie in ihrem Traum weder ein Kleid angehabt noch eines erhalten, sondern war nackt durch die Nacht gestreift. Sie hatte versucht, die Münzen mit den bloßen Händen zu greifen. Auf jedem Goldstück hatte der Wolf gegrinst. Die Münzen waren ihr zwischen den Fingern durchgeglitten und die Kanten hatten ihr die Haut zerschnitten. Bildlich gesprochen hatte kurz vor Ende des Traums Blut an ihren Händen geklebt.

»Willst du denn nicht zum Frühstück bleiben?«, sprach Dr. Samuel Kronstädt sie unvermittelt an.

Er stand plötzlich im Türrahmen zur Küche, als Nora auf Zehenspitzen den Flur durchquerte. Im ganzen Haus roch es nach frischem Kaffee und nach aufgebackenen Brötchen. Kronstädt trug ein feines weißes Hemd und darüber eine Haushaltsschürze. Auffordernd hob er ein Marmeladenglas. Obwohl er dabei lächelte, wirkten seine Augen betrübt. Nora war gerade im Begriff, sich heimlich aus dem Haus zu schleichen. Das hatte er vermutlich nicht erwartet.

»Ich muss gehen.«

Er nickte, als wäre das für ihn in Ordnung. »Wenn du das musst.«

»Ich muss herausfinden, was es mit der Goldmünze auf sich hat.«

»Du wirst nicht aufhören, nach dem Mörder deiner Familie zu suchen, stimmt's? Aber eine solche Suche kann einen Menschen nur noch unglücklicher machen.«

»Mich nicht. Ich bin anders.«

Er legte den Kopf schief, schloss die Augen einen Moment und schmunzelte. »Ja, dich kann nichts erschüttern, Nora. Du bist ein besonderer Mensch. Das wusste ich schon damals, als meine Frau und ich dich bei uns aufgenommen haben. Melde dich bei mir, wenn du etwas brauchst. Meine Tür steht dir immer offen.«

»Danke für alles.«

Für einen Moment sah es so aus, als glitzerten Tränen in seinen Augen. Nora wandte sich um, damit sie nicht mit dem Arzt zusammen anfing zu weinen. Schneller als gedacht, verging der Gefühlsausbruch. Sie musste schleunigst aus dem Haus. Es waren zu viele berührende Erlebnisse mit dem Grundstück verbunden. Sie hatte mehr Erinnerungen an den Arzt und seine verstorbene Frau Klara als an ihre eigene Familie. Das fühlte sich falsch für sie an. Deshalb eilte sie zur Haustür und ging ohne weitere Verabschiedung.

Im Auto sitzend, versuchte sie mehrfach, Benjamin zu erreichen. Nicht erst seit seiner E-Mail war er ihr einziger Ansprechpartner. Ihn würde sie auf die Wolf-Akten ansetzen. Er hatte anscheinend etwas über Hans Molder herausgefunden. Damit sendete er ein Signal, dass er ihr trotz seiner anfänglichen Bedenken ernsthaft helfen wollte. Über sich selbst war Nora ebenso überrascht, denn normalerweise vertraute sie nur sich selbst. Aber welche Wahl hatte sie derzeit schon? Allein konnte sie gar nichts ausrichten.

»Was ist nur los mit deinem Handy?«, redete sie mit Benjamin, weil sie ihn telefonisch noch immer nicht erreichte.

Gut möglich, dass er nach den tödlichen Ereignissen von gestern am heutigen Sonntag in der Dienststelle war, um dort noch ein paar schriftliche Dinge zu erledigen, aber auf dem Büroapparat hatte sie es ebenfalls erfolglos probiert. Weil sie ihn unbedingt sprechen musste, fuhr sie zu dem Bauerngehöft am Stadtrand.

Benjamins Wagen stand mitten auf dem Hof. Den frostigen Scheiben nach zu urteilen, hatte er ihn seit gestern nicht mehr bewegt. Nora parkte daneben. Sie stieg aus und schaute sich um. Spätestens nach dem Zuwerfen der Fahrertür und dem Bellen des Hundes hätte jemand ihre Ankunft mitbekommen müssen. Aber die Haustür ging auch Sekunden später nicht auf. Stimmen waren ebenfalls nicht zu hören. Dafür pickten mehr als zwei Handvoll Hühner das Grünzeug aus den Fugen zwischen den brüchigen Betonplatten und abgewetzten Pflastersteinen. Im Stall quiekten die Schweine so heftig, als hätte man vergessen, sie zu füttern. Die Umgebungsgeräusche blendete Nora für den Moment aus. Ihr Blick blieb am Federkleid einiger Hühner hängen. Sie sah weißes Gefieder, besprenkelt mit Blut.

»Benjamin«, flüsterte sie, dann zog sie wie automatisch ihren geladenen Jagdrevolver.

Auf einmal fühlte sie sich beobachtet. Sie stand im Zentrum des Hofes und gab damit eine ideale Zielscheibe ab. Sofort ging sie zwischen den Autos in Deckung und ließ ihren Blick durch die Scheiben der Fahrzeuge gleiten. Dann bemerkte sie die Blutspuren auf dem Boden. Eine ging in den Stall und eine ins Haus. Gerade als sie mit der freien Hand nach ihrem Telefon griff, um ihre Kollegen zu verständigen, nahm sie am

Stalleingang eine Bewegung wahr. Zuerst war da nicht mehr als ein Schemen, dann erkannte sie eine Person. Es war weder Benjamin noch seine Frau oder Tochter. Es war ein Mann. Nora richtete sich auf, hämmerte beide Arme auf die Motorhaube ihres Wagens und zielte mit dem Revolverlauf auf den Fremden.

»Keine Bewegung!«

Die Person machte genau das Gegenteil. Nora schoss dreimal.

KAPITEL 45

»Das ist nicht dein Ernst!« König redete so eindringlich mit Manja, dass Kriminalkommissar Falk Ernst zusammenzuckte, weil er dachte, er sei gemeint.

Manja nickte ein zweites Mal. »Leider doch. Dieser Tim, dem der Rollstuhl gehörte, ist Carola Walthers Sohn. Ich wollte es zuerst auch nicht glauben, als ich es erfahren habe.«

Nach einer Pause, in der alle das eben Gehörte erst mal verdauen mussten, schnippte König mit den Fingern und zeigte dann auf Manja und sich. »Wir beide werden uns umgehend mit diesem Tim unterhalten. Fragen wir ihn, wie sein Rollstuhl in die Wohnung einer Familie kommt, zu der keine verwandtschaftliche oder freundschaftliche Verbindung besteht. Hat sonst noch jemand Neuigkeiten?«

Hochanständig hob Habil die Hand, obwohl eine solche Meldung in der Runde nicht nötig war. »Wie du mir aufgetragen hast, habe ich in der Royal Lounge herumgefragt. Margot Schreiner war vorgestern etwa von 22.30 Uhr bis kurz nach ein Uhr dort. Sie ist dem dortigen Personal gut bekannt und hat wohl meistens nur so viele Gläser Alkohol getrunken, dass sie noch geradeaus laufen konnte. Man beschrieb sie als gesellig, entsprechend hat sie auch an dem letzten Tag mit mehreren

213

Leuten geschwatzt. Einer davon war ein großer, kräftiger Mann, der dem Barkeeper aufgefallen ist. So einer vom Typ Marke Edelrocker.«

Alle Übrigen schauten sich an. König stellte schließlich die Frage.

»Was ist denn ein Edelrocker?«

»Ein Rocker mit schicken Lederklamotten. Also keiner mit abgewetzter Weste, löchrigem T-Shirt und zerzaustem Bart. Er war gepflegt, so wurde er beschrieben. Auffällig war eine Narbe auf der Wange. Außerdem trug er Glatze, so wie du. Mit dem hätte sie sich angeregt unterhalten. Es sei wohl auch zu intimem Kontakt gekommen. Man hat gemeinsam getrunken und gelacht, sich gegenseitig befummelt und wahrscheinlich sogar geküsst. Genau wusste es der Barkeeper nicht. Er denkt aber, schon. Der Mann war dann irgendwann verschwunden. Schreiner hat wohl noch ihr Glas geleert und Nachrichten auf dem Smartphone gecheckt.«

»Gibt es in dem Lokal Kameras?«

Habil verneinte. Andrea hatte eine Ergänzung.

»Es gab in der Nacht von Donnerstag auf Freitag einen anonymen Notruf. Es ging um Drogen. Die Beschreibung der Täterin passt ziemlich exakt auf Margot Schreiner. Die Rede war von einer älteren blonden Frau mit einem braunen Fellmantel, leuchtend gelben Leggins und schwarzen Absatzschuhen. Laut dem männlichen Anrufer hätte die Frau die Royal Lounge eben verlassen. Das war um 01.14 Uhr. Angeblich hat sie dort gedealt.«

»Warum erfahre ich das erst jetzt?«

»Weil ich beim Sichten der Einträge der Einsatzzentrale erst jetzt darauf gestoßen bin«, rechtfertigte Andrea sich. »Viel ist sowieso nicht dabei herausgekommen, entsprechend dürftig ist der Vermerk.«

»Okay, trotzdem gute Arbeit.« König zeigte Verständnis. Er wusste, wie viele Notrufe täglich bei der Berliner Polizei eingingen. »Was ist dann passiert?«

»Es wurde eine Streife losgeschickt, die aber keine weibliche Person mehr festgestellt hat, auf die diese Beschreibung passte. In der Bar wurde natürlich nicht nachgefragt, denn es hieß ja, sie habe das Lokal verlassen.«

»Schutzpolizei …« König winkte ab. »Ich mache den Kollegen keinen Vorwurf. Gut möglich, dass ihr da bloß jemand eins auswischen wollte.«

»Und weil die Frau durch die Polizei nicht kontrolliert wurde, hat der anonyme Anrufer vielleicht selbst Hand angelegt«, brachte Falk eine neue Theorie ins Spiel. »Also war es höchstwahrscheinlich doch kein Unfall.«

Nach dem Mord an Thoralf Schreiner konnte König dem nicht widersprechen. Weil er an die enorme Arbeit dachte, die noch auf das Team zukam, brummte er bloß mürrisch.

»Hast du mit dem Chef vom Dezernat 34 gesprochen, Falk?«

»Hab ich. Quast war nicht besonders erfreut, dass er gestern auf der Dienststelle erscheinen musste. Vor allem macht er unserer Abteilung Vorwürfe, weil wir angeblich Frau Rothmann in die Enge getrieben hätten. Von einer beispiellosen Hetzkampagne hat er gesprochen. Er meinte, seine Mitarbeiterin hätte das nicht verdient, und er will sich über das Vorgehen des LKA 11 beschweren. Außerdem will er die Tuchfeldt-Akte wiederhaben.«

»Soll er sich ruhig beschweren. Die Akte bekommt er, sobald er uns alles schickt, was im Zusammenhang mit Tuchfeldt steht. Vor allem will ich endlich wissen, wer dieser Friedrich Brecht ist, der auf Noras Notizzettel steht.«

»Bisher hat uns die 34 nichts geschickt«, sagte Andrea, die den Eingang elektronischer Vorgänge stets penibel überwachte.

»Wie steht es mit der Akte Wolf?«, wandte König sich an Manja, der er den Auftrag gegeben hatte, denn diese tauchte ebenfalls in Rothmanns Notizen auf.

Unschuldig zuckte Manja mit den Schultern. »Da komme ich nicht ran. Könnte sein, dass Quasts Truppe wegen Tuchfeldt Einsicht beantragt hat. Ich habe ihm eine E-Mail geschrieben. Anscheinend hat er mich missverstanden oder er will einfach nicht mit uns kooperieren.«

»Wie gesagt, Quast mauert, so mein Eindruck«, bestätigte Falk sie in ihrer Annahme.

»Ach, Scheiße!« König griff zum Kugelschreiber, machte sich eine Notiz und unterstrich diese zweimal dick. »Ich werde ihn gleich anrufen. Haben wir in den Unterlagen, die sich bei Thoralf Schreiner befanden, irgendwelche nützlichen Hinweise gefunden?«

»Keine Ahnung«, sagte Manja. »Die habe ich dir zurückgegeben.«

»Hast du nicht.«

»Doch sicher.«

Suchend schaute König sich auf seinem Schreibtisch um. Da lagen unzählige Mappen, Blätter und Akten kreuz und quer. Trotz seines Vorgesetztenstatus' war er nicht der ordentlichste Beamte. Doch wenn er etwas brauchte, fand er es immer. Die angesprochenen Unterlagen, bei denen es sich garantiert um Margot Schreiners Recherchen handelte, befanden sich definitiv nicht in seinem Besitz.

»Dann irrst du …«

Er hielt mitten im Satz inne, als er aus dem Augenwinkel den Eingang einer neuen E-Mail registrierte. Die anderen bemerkten, wie er sofort zur Computermaus griff, gebannt den Text der Nachricht überflog und den Anhang anklickte. Habil traute sich Sekunden danach, ihn darauf anzusprechen.

»Was ist los, Konrad?«

»Eine Mail von Nora.«

»Was schreibt Sie?«, fragte Manja und beugte sich über den Tisch, um auf den Monitor sehen zu können.

König drehte den Bildschirm, damit alle einen Blick auf das Foto werfen konnten. »Sie hat mir zwei Bilder von einer Goldmünze geschickt.«

»Ein G und ein Wolfskopf«, sprach Falk aus, was alle sehen konnten.

»Ich soll Andrzej Raschun auf die Morde der vergangenen Tage ansprechen und ihm die Münze zeigen.«

»Wieso?«

König wusste es selbst nicht so recht. Noras Zeilen fielen knapp aus, wie ihre Nachrichten meistens. »Sie will anscheinend wissen, was es mit der Münze auf sich hat.«

»Andrzej Raschun sitzt in der JVA«, erinnerte Manja ihn. »Also was soll das jetzt schon wieder? Sie will nur von ihren eigenen Verfehlungen ablenken. Hast du etwa vor, ihn tatsächlich zu befragen?«

König antwortete nicht, sondern dachte nach. Er hatte eine solche Münze schon einmal gesehen. Da war er sich ganz sicher. Darauf war auch ein altdeutsches G zu sehen gewesen. Allerdings hatte sich auf der Rückseite kein Wolfskopf befunden, sondern ein Jägerhut.

KAPITEL 46

Der Fremde war vom Gehöft geflüchtet. In welche Richtung genau, wusste Nora nicht. Es war alles so verdammt schnell gegangen. Zwei von ihren Kugeln hatten sich in das Holztor vom Stall gebohrt. Der dritte Schuss musste irgendwo im Heu stecken. Erst nach einigem Abwarten war Nora aus ihrer Deckung getreten und der Blutspur gefolgt. Mit der Waffe im Anschlag hatte sie sich dem Nutzgebäude genähert und schließlich hatte sie hineingesehen. Durch ein altes Fenster auf der Rückseite war die Person entkommen. Mehrere Glasscheiben waren dabei zersprungen. Einer der beiden Fensterflügel war halb abgerissen. Die Scharniere waren verrostet, das Holz morsch, das konnte sie anhand der übrigen Fenster erkennen.

Erst als Nora sich sicher war, dass nicht noch irgendwo jemand lauerte, schaute sie sich um. Nein, sie war nicht allein, wie sie eben gedacht hatte. Nach den Schüssen waren ihr einige Hühner gefolgt. In zwei Buchten grunzten die Schweine. Und dann gab es da noch den Holzpfosten, der eigentlich das Dach stützte, an dem jedoch eine tote Frau hing. Sie war definitiv tot, das wusste Nora, obwohl ihr Kopf wie bei Mareike und Mario durch einen bemalten Leinensack verhüllt war. Der gealterten Haut, den Kompressionswickeln an den Beinen und der

218

altmodischen Schürze nach zu urteilen handelte es sich nicht um Benjamins Ehefrau. Aus den Gesprächen mit ihrem Kollegen wusste Nora, dass das Grundstück Benjamins Schwiegermutter gehörte. Sie hieß Hannelore. Im Büro hatte er mehrfach über sie geschimpft.

»Scheiße, nicht schon wieder!«, stieß Nora hervor, während sie den Revolver wegsteckte und mit den Fingerspitzen den Hals der Toten auf Lebenszeichen kontrollierte.

Diesmal wollte sie sichergehen. Doch sie kam zu spät. Der Leichnam hing mit den Armen nach oben an einem massiven verrosteten Haken. Bei der Schwiegermutter hatte sich der Killer offenbar weniger Zeit gelassen als bei Noras Freundin und deren Ehemann. Samt der Kleidung hatte er den Oberkörper von oben nach unten aufgeschnitten. Wie ein Schwein beim Schlachten. Oder das Lamm im Wald … Nora unterdrückte ihre Empfindungen beim Anblick der Gedärme, die aus dem Rumpf hingen und an denen sich trotz der Kälte erste Insekten labten.

Eine Leiche hatte sie schon entdeckt. Auf dem Gehöft hatten aber vier Personen gelebt. Die Blutlachen und Spritzer auf dem Stallboden machten es Nora schwer, nicht irgendwo hineinzutreten. Mit Grauen ahnte sie, dass es mehr als ein Opfer auf dem Grundstück gab.

»Benjamin!«, rief Nora laut seinen Namen, in der Hoffnung, er werde ihr von irgendwoher antworten.

Nichts dergleichen geschah. Sie wollte schon zum Haus stürmen, als sie zwischen den Geräuschen der beiden Schweine doch noch einen menschlichen Laut herauszuhören glaubte. Tatsächlich! Es war ein kaum merkliches Schluchzen. Sofort griff Nora wieder an ihr Holster, obwohl der Killer längst nicht mehr hier war. Ganz vorsichtig näherte sie sich den Schweinebuchten. Als sie über eine der Türen spähte, sah sie zwischen Stroh und Fäkalien ein zusammengekauertes Mädchen.

»Sina«, sprach Nora sie behutsam an, denn sie kannte den Vornamen von Benjamins Tochter.

Unter der roten Augenbinde fing diese an, heftiger zu weinen. Sie hockte mit zusammengebundenen Handgelenken da und hielt ein Foto in den zitternden Fingern.

»Sina, hab keine Angst«, flüsterte Nora und öffnete langsam die Tür. »Ich bin eine Kollegin deines Vaters. Hörst du? Ich bin Polizistin.«

»Nora Rothmann«, stammelte das Mädchen seltsamerweise ihren Namen.

»Ja, das bin ich. Wo sind deine Eltern?«

»Nora Rothmann«, wiederholte Sina wie unter Hypnose. Erst als Nora ihr die rote Binde vom Gesicht nahm, sagte sie noch etwas anderes. »Ich soll Ihnen das hier geben.«

Nora brauchte nicht zu fragen, was sie meinte. Völlig eingeschüchtert, traute das Mädchen sich kaum, die Arme zu strecken, um ihr das Foto zu überreichen. Nicht zu hastig zupfte Nora es ihr aus den Händen. Sina wimmerte wieder.

»Bist du verletzt?«

Nora bekam keine Antwort. Immerhin lebte das Kind, wie auch Mara lebte. Sie musste einen Arzt verständigen. Doch vorher kam sie nicht umhin, das Foto zu betrachten. Es stammte eindeutig vom Friedhof in der Großgörschenstraße. Der Alte St.-Matthäus-Kirchhof Berlin. So gut wie jeder Berliner kannte den Ort. Nora kannte auch die exakte Stelle, die das Bild zeigte. Es handelte sich um die Grabstätte der Brüder Grimm.

»Was willst du mir damit sagen?«, flüsterte sie, um das Mädchen nicht zu erschrecken.

Bevor sie sich darüber Gedanken machen konnte, unterbrach Sina sie.

»Wo sind Mama und Papa?«

Eine Antwort konnte Nora ihr nicht geben. Sie wollte das Kind umarmen, aber etwas in ihrem Innersten sträubte sich dagegen. Es war nicht ihr Kind, nicht einmal ihr Patenkind. Zum Glück gewann ihr Verstand die Oberhand über ihr Empfinden. Zuerst streichelte sie Sina mit dem Handrücken die Wange, dann legte sie ganz langsam einen Arm um ihre Schultern.

»Ich bin da und beschütze dich.« Dieses Versprechen bereute sie sogleich, denn sie war noch längst nicht fertig mit ihrer Erkundung. »Ich werde jetzt kurz telefonieren und nach deinen Eltern schauen. Steh vorsichtig auf und setz dich draußen ins Heu. Dort bleibst du einfach sitzen, bis ich dich hole. Wirst du das tun?«

Sina nickte. Wohl aus Hunger hatte das Schwein, dem die Box gehörte, dauernd gegen sie gestoßen. Nora steckte das Foto in ihre Hosentasche, half dem Kind heraus und setzte es behutsam ins Heu. Dabei positionierte sie Sina so, dass diese den Leichnam ihrer Großmutter nicht betrachten musste.

»Ich bin gleich zurück, versprochen.«

Auch dieses Versprechen hätte sie besser nicht gegeben. Denn als Nora kurz darauf das Haus betrat, verfiel sie minutenlang in einen qualvollen Schwebezustand. Erst der Klingelton von Benjamins Telefon riss sie in die Realität zurück. Die Töne kamen aus seiner Arbeitstasche, die am Boden neben dem blutbesudelten Küchentisch stand. Dem Tisch, der das Zentrum des Schreckens bildete.

Kapitel 47

Das sozialtherapeutische Wohnheim befand sich in einem Gebäude aus der Zeit vor der Wende. Seit den Neunzigern hatte man die Fassade samt den Fenstern nicht erneuert. Dafür entsprach die Einrichtung, soweit König das einschätzen konnte, dem neusten Stand. Helle Möbel, geschmackvolle Tapeten, saubere Bodenbeläge. Die Gänge und Räume waren behindertengerecht ausgestattet und es gab einen modernen Fahrstuhl.

»Zu wem woll'n se denn?«, fragte eine grauhaarige Frau, die mitten im Flur auf einem Stuhl saß.

König und Manja schauten sich verwundert an. Mit einer Wachschutzmitarbeiterin hatten sie nicht gerechnet. Schon gar nicht in einer giftgrünen Uniform, wie man sie eher nach Russland verortet hätte.

»LKA Berlin«, stellte König sich vor. »Wir wollen mit Tim Walther sprechen.«

»Hat Tim wieder was ausjefressen? Macht immer nur Ärjer, der Bengel.«

»In welchem Zimmer finden wir ihn?«, fragte Manja ungeduldig, traf aber auf Widerstand.

Die Frau schnalzte mit der Zunge und streckte die Beine aus, als wäre sie eine lebende Schranke. »Ham se nen Ausweis?«

König warf einen Blick auf die seltsamen Abzeichen, die sie auf der Jacke über der Brust trug, und erkannte mindestens zwei Aufkleber, die sich am Rand lösten. »Sie sind doch gar nicht berechtigt, uns das zu fragen, oder?«

»Klar bin ick det!«

»Halt, halt, halt!«, ertönte es weiter hinten im Gang und ein Mann kam eiligen Schrittes dazu. Dieser sah schon eher wie ein Wohnheimangestellter aus. »Ich bin Pfleger Hanno! Um was geht es denn?«

»LKA Berlin«, wiederholte König. »König mein Name. Wir möchten zu Tim Walther. Wir ermitteln in einem Kriminalfall. Worum es geht, würden wir gern mit Tim Walther persönlich besprechen.«

»Liselotte, mach Platz!«, wies der Pfleger die Frau an, mit einer Handbewegung, als wollte er eine lästige Katze verscheuchen. »Ich bringe Sie zu ihm, aber wenn Sie eine Aussage von ihm brauchen, glaube ich kaum, dass Sie viel Erfolg haben werden.«

»Warum nicht?«, fragte Manja neugierig. »Falls er immer noch auf einen Rollstuhl angewiesen ist, kann er sich doch bestimmt trotzdem mit uns unterhalten.«

»Sein Rollstuhl ist nicht das Problem.«

Als sie kaum eine Minute später das Zimmer von Walther betraten, merkten sie sofort, was nicht stimmte.

»Das sind zwei Polizisten«, erklärte Hanno dem jungen Mann im Rollstuhl wie einem kleinen Kind. Er redete langsam und betonte jedes Wort. »Sie möchten dich etwas fragen.«

»Herr Walther«, sprach König den Neunzehnjährigen respektvoll an. »Ich kannte Ihre Mutter.«

»Mama Polizistin! Peng, peng!« Walther schüttelte wie irre den Kopf und ließ dabei seine Zunge seitlich heraushängen. »Brrr! Brrr!«

»Scheiße«, konnte Manja sich nicht zurückhalten und verzog angewidert das Gesicht. »Hat er das schon immer gemacht?«

»Soweit ich weiß, war er früher ganz normal«, erklärte Hanno. »Das hat wohl erst nach dem Tod seiner Mutter angefangen.«

König wusste, was mit seiner Mutter passiert war. Jeder beim LKA wusste das. »Deshalb sind wir hergekommen, weil wir nicht mehr mit Carola Walther reden können. Wir dachten, ihr Sohn könnte uns weiterhelfen.«

»Brrr! Brrr!« Walther tippte am Rollstuhl auf die Elektronik und fuhr einen halben Meter vor und zurück. »Mama sagt immer, ich kann Rennfahrer werden. Da muss man nur sitzen.«

»Können Sie sich an Ihren alten Rollstuhl erinnern?«, versuchte König es. Er ging neben Walther in die Knie und zeigte ihm das Foto auf dem Smartphone. Aber der hörte nicht auf, hin und her zu fahren. »Das ist Ihr Kinderrollstuhl! Der mit dem braunen Leder. Ihre Mutter hat ein Pflaster mit Ihrem Vornamen angebracht. Sehen Sie es? Da steht Tim drauf.«

»Tim war ein böser Junge, deshalb ist Mama fortgegangen. Brrr! Brrr!« Wieder ließ er die Zunge heraushängen, dann zeigte er auf das ausgeschaltete Fernsehgerät. »Ich will Rennfahrer oder Anwalt werden! Die sitzen auch die ganze Zeit. Weiß ich von einem Film.«

»Er meint da so eine Netflix-Serie mit einem ziemlich cleveren Juristen, der im Rollstuhl sitzt«, erklärte Hanno, der Walther nun am Rücken streichelte, um ihn zu beruhigen. »Seit wir Netflix haben, sitzt er stundenlang vor der Glotze.«

Weiteres Nachbohren ersparte sich König. Von Tim Walther würde er nichts erfahren, was zur Aufklärung der Verbrechen diente.

»Wie lange betreuen Sie ihn schon?«, wollte Manja von dem etwa dreißigjährigen Pfleger wissen, der die ganze Zeit einen kompetenten und engagierten Eindruck machte.

»Lassen Sie mich überlegen, ich arbeite seit fast zehn Jahren hier. Tim ist vor knapp zwei Jahren eingezogen, grob geschätzt. Er war davor in verschiedenen Einrichtungen. Mit zwölf hat man ihn in ein gewöhnliches Kinderheim gesteckt, aber die waren mit ihm überfordert. Wegen seiner körperlichen Behinderung, Sie wissen schon. Und weil er sich geweigert hat, richtig zu sprechen, hatten die anderen Kinder Angst vor ihm.«

»Ist er von frühster Kindheit an querschnittsgelähmt?«, vergewisserte König sich.

»Ja, so hieß es. Angeblich ist er von einer Schaukel gefallen.«

»Von einer Schaukel gefallen?«

»Ja, ich wollte es auch nicht glauben. Ich meine, jedes Kind fällt mal von der Schaukel, aber Tim ist so unglücklich aufgekommen …« Er zuckte mit den Schultern, weil es dafür wohl einfach keine Erklärung gab. »Seine Mutter soll sich ziemliche Vorwürfe gemacht haben, weil sie ihn einen Moment unbeaufsichtigt gelassen hat.«

»Hat mal jemand über seinen Vater geredet?«, fragte König, denn dazu gab es nirgendwo Auskünfte.

Hanno schüttelte den Kopf. »Tut mir leid. Angeblich hat er die Familie verlassen, als Tim noch ein Baby war.«

»Ja, das habe ich auch gehört. Hat zuletzt jemand Tim besucht? Verwandte, Bekannte, Freunde …«

»Nicht dass ich wüsste, aber ich bin auch nicht rund um die Uhr im Haus.«

»Schon klar.« König zückte seine Visitenkarte und zeigte das Foto mit dem Rollstuhl auch dem Pfleger. »Wenn Ihnen noch etwas einfällt, rufen Sie mich an. Uns würde sehr interessieren, wer den Rollstuhl zuletzt besaß.«

»Mache ich!«, versicherte Hanno und las sich das Kärtchen aufmerksam durch. »Vielleicht kann seine Schwester Ihnen helfen.«

König blickte erstaunt zu Manja, dann wieder zum Pfleger. »Er hat eine Schwester?«

»Pardon, eine Stiefschwester!«

KAPITEL 48

Vergangenheit

Tim verspürte Hunger. Seine Mutter hatte ihn in sein Zimmer geschickt, wo er sich eine Kindersendung anschauen sollte. Sie hatte ihre Ruhe gebraucht, wie so oft in letzter Zeit. Das war vor drei Stunden gewesen. Ständig schaute er auf seinen Wecker neben dem Bettchen. Er konnte die Uhrzeit genau ablesen. Das Plastikgehäuse des Weckers war kaputt, weil er ihm einmal aus den Fingern gerutscht und zu Boden geknallt war. Doch abgesehen von der kaputten Ecke funktionierte er einwandfrei. Natürlich musste im Fach eine Batterie sein. Höchstens noch drei Minuten hielt er es vor dem Fernseher aus. Inzwischen knurrte sein Magen so heftig, dass er sogar die Stimmen von Finn und seinem Hund Jake in der »Adventure Time«-Serie übertönte.

Seit Tims Mutter ihre Arbeit verloren hatte, musste er sich immer öfter selbst beschäftigen. Sie war dauernd müde und geschafft von Kopfschmerzen. Wenn sie nicht schlief, weinte sie viel. Auch trank sie viel mehr Wein als früher. Heimlich schleppte sie Taschen voller Tetrapacks nach Hause. Tim wünschte sich manchmal ein Ü-Ei, aber dafür reichte das Geld nicht. Er vermisste die Zeit, als sie mit ihm gespielt hatte. Trotz seiner Behinderung und des Rollstuhls. Nach ihrer Arbeit hatte sie sich immer um ihn gekümmert. Jetzt vergaß sie oft sogar das Frühstück oder das Abendessen. Auch seine Wäsche hielt sie nicht mehr so sauber wie früher. Sein Zimmer stinke nach Urin, hatte Großvater gesagt, als er zuletzt zu Besuch gewesen war. Inzwischen kamen Oma und Opa kaum noch vorbei. Zwischen ihnen und Tims Mutter hatte es Streit gegeben. Angeblich wollten sie ihr kein Geld mehr leihen, was Mutter tierisch aufgeregt hatte. Es ging wohl um fünfzig Euro. Oma hatte gemeint, Tims Mutter sei krank. Tim hatte die Erwachsenen belauscht, als Mama geschrien hatte, sie sollten sich gefälligst um ihre eigenen Angelegenheiten kümmern. Wegen des Gestanks in der Bettwäsche hatte Tim versucht, die Waschmaschine selbst zu bedienen, dabei hatte er zwei ihrer weißen Blusen versaut.

»Du bist ein böser Junge!«, hatte sie ihn angeblafft und die klitschnassen Kleidungsstücke nach ihm geworfen. »Ständig machst du mir Ärger!«

Auch Werner und seine Tochter Charlotte kamen nicht mehr vorbei. Da Tim seinen richtigen Vater nie kennengelernt hatte, war Werner zu einer Art Ersatzvater geworden. Entsprechend war Charlotte so etwas wie Tims Schwester. Auch wenn Charlotte sich anfangs vor seinem Rollstuhl ein bisschen gefürchtet hatte. Werner hatte dann zu ihr gesagt, Tim sei ein ganz normaler Junge.

Der Abspann von »Adventure Time« lief. Tim rollte zur Tür, legte die Hand auf die Türklinke. Bevor er in sein Zimmer gefahren war, hatte er mitbekommen, wie seine Mutter mit Werner telefoniert hatte. Sie hatte in ihr Handy geschimpft und ihn einen Schlappschwanz genannt. Es klang, als wollte Werner sie nicht mehr sehen, wenn sie sich keine ärztliche Hilfe suchte. Darüber hatte Mutter sich lautstark aufgeregt. Er und seine Tochter sollten zum Teufel gehen, hatte sie gebrüllt.

»Geh doch zum Teufel!«

Diesen Satz hatte sich auch Tim zuletzt anhören müssen. Seine Mutter sagte das zu jedem: dem Berater beim Arbeitsamt, ihrem Anwalt, der Krankenkassenmitarbeiterin, ihrer Vermieterin. Einfach zu allen.

Aber Tim liebte seine Mutter. Er suchte ihre Nähe, deshalb öffnete er die Tür, obwohl sie ihn noch nicht zu sich gerufen hatte.

»Mama?«, rief er in den Korridor.

Keine Antwort. Aber sie hatte die Wohnung nicht verlassen, sonst hätte er das Plauzen der Tür gehört.

»Mama!«

Er setzte den Rollstuhl in Bewegung. Wie bei einem Hindernisparcours umrundeten die Räder die herumliegenden leeren Flaschen und Getränkepackungen. Auf dem Laminat quietschten die Reifen ein bisschen. Der Ton vom Fernseher, der aus seinem Zimmer drang, beschallte die Wohnung.

»Mama, wo bist du?«

Ohne dass er es sich richtig erklären konnte, fühlte er sich plötzlich einsam. Während er durch den Flur rollte, liefen ihm Tränen über die Wangen. Die Tür zum Wohnzimmer, wo Mutter sich gewöhnlich auf der Couch ausruhte, stand einen Spalt offen. Mit der Fußspitze stieß Tim die Tür vorsichtig auf. Die Scharniere knarrten. Brrr! Dieses Geräusch würde Tim von da an nie wieder vergessen. Genauso wenig wie den Anblick seiner Mutter. Sie lag nicht wie sonst auf der Couch oder dem Teppich. Sie hing mit einem Strick um den Hals am Fensterknauf.

Kapitel 49

Sandner hatte einmal gesagt, Nora solle ihn anrufen, wenn es Schwierigkeiten gab. Nicht erst seit sie das Gehöft verlassen hatte, steckte sie in unbeschreiblichen Schwierigkeiten. Als sie gestern jedoch Sandners Nummer gewählt hatte, war nur ein Fremder ans Telefon gegangen und hatte behauptet, der Senatsmitarbeiter sei von einem Wolf ermordet worden. Ob das stimmte, dafür hatte sie keine Belege, es stand jedoch fest, dass es den Kontakt zu Sandner nicht mehr gab. Blieb als Ausweg nur noch Dieter Quast, den sie anrufen konnte, was sie auch tat. Quast hatte Sandner ebenfalls gekannt.

»Verdammt, Nora«, polterte ihr Dezernatsleiter los, als sie ihn auf seinem Büroapparat erreichte. »Sag mir, dass das mit Benjamin und seiner Familie nicht stimmt.«

»Es stimmt. Es stimmt alles.«

Da war kein Lebenszeichen mehr bei ihrem Kollegen oder seiner Frau gewesen. In dem Haus hatte jemand ein Blutbad angerichtet. Fast noch schlimmer als bei Mareike. Niemand hätte das überleben können, was der Mörder Sinas Eltern angetan hatte. Beinahe hätte auch Nora in der Küche die Besinnung verloren. Zum Glück hatte KK angerufen, auf Benjamins Handy. Es hatte in seiner Arbeitstasche geklingelt, woraufhin

Nora das Telefon wie ferngesteuert daraus hervorgezogen hatte. In knappen Worten hatte sie König die Fakten mitgeteilt. Die Einsatzkräfte würden drei tote Erwachsene und ein traumatisiertes Mädchen vorfinden, hatte sie ihm gesagt. Sie selbst werde dann nicht mehr da sein, hatte sie angefügt. Damit hatte sie das Gespräch beendet, das Handy auf den Tisch gelegt und war davongefahren.

»Nora, wo bist du jetzt?«, hörte sie jetzt Quast an ihrem Ohr reden.

Sie schaute zum Beifahrersitz, wo das blutverschmierte Foto lag, das Sina ihr gegeben hatte. »Das kann ich nicht verraten.«

»Du kannst nicht oder du willst nicht?«

»Bitte vertrauen Sie mir, ich bin keine Mörderin.«

»Das weiß ich doch, Nora«, senkte Quast seine Stimme. »Aber du musst dich stellen …«

»Noch nicht. Ich muss erst etwas überprüfen. Helfen Sie mir!«

»Wie denn, wenn du davonläufst?«

»Erkundigen Sie sich, was mit Philipp Sandner passiert ist.«

»Ich soll in der Senatsverwaltung anrufen? Aber weshalb? Was hat Sandner mit …«

»Er ist nicht mehr erreichbar. Ich glaube, er ist tot. Es muss jemand anderen im Innensenat geben, der Antworten kennt. Jemand, der Sandner beauftragt hat. Das ganze Verfahren gegen Tuchfeldt war nur ein Ablenkungsmanöver.«

»Nora, beruhige dich!«

»Nein, hören Sie mir zu! Es wäre nie zu einer Verurteilung von Tuchfeldt gekommen. Ich sollte zwar Ermittlungen gegen ihn führen und einen Abschlussbericht verfassen, aber dieser Bericht wäre nie bekannt gemacht worden. Verstehen Sie? Mein Informant sprach von einer Art Stresstest.«

»Was denn für ein Informant?«

»Hören Sie mir zu? Es waren nur Alibi-Ermittlungen. Es ging lediglich darum, dass der Senat einen Überblick erhält, was man dem ehemaligen Polizeipräsidenten nachweisen könnte. Wahrscheinlich wollte da jemand was vertuschen, damit Tuchfeldt seine saubere Weste behielt.«

»Quatsch, das hätte ich doch mitbekommen!«

»Warum hat sich der Innensenat dann in polizeiliche Ermittlungen eingemischt? Die Sache war von Anfang an faul. Die haben Jonathan Schmidt zum Schweigen gebracht und mit mir haben sie das Gleiche vor. Die wollen mich fertigmachen. Sandner war garantiert auch nur eine Marionette. Man hat ihn auf mich angesetzt, weil er meinen Vater kannte. Bei ihm standen also die Chancen gut, dass er mein Vertrauen gewann. Und jetzt soll Philipp Sandner in einem Parkhaus am Grenzhaus umgebracht worden sein. Da muss es Spuren geben, nehme ich an. Und sein Wagen ...«

»Sandner«, murmelte Quast. »Ich kannte den Mann kaum ...«

»Bernauer Straße, haben Sie mich verstanden?«

»Ja, nein, ich verstehe gar nichts ...«

»Schauen Sie im System nach, ob es Akten zu einem Hans Molder gibt. Es muss etwas zu ihm geben. Haben Sie den Namen verstanden?«

»Hans Molder, hab ich mir notiert. Aber was hat der damit zu tun?«

»Benjamin hat vor seinem Tod nach ihm recherchiert. Hans Molder wurde auch Eisenhans genannt. Es gibt da ein Märchen mit einem Eisenhans.«

»Ein Märchen?«

»Es dreht sich alles um Märchen, glauben Sie mir. Um Rotkäppchen und den Wolf ...«

»Hallo, Frau Rothmann!«, meldete sich plötzlich eine andere Männerstimme über das Telefon.

»Wer ist da bei Ihnen im Zimmer?«, fragte Nora verwundert, denn offenbar hatte Quast seinen Apparat auf laut gestellt.

»Hier spricht Janosch Querschläger.«

Nora zögerte kurz, denn mit dem Mitarbeiter des Psychosozialen Dienstes hatte sie nicht gerechnet. Schlagartig erinnerte sie sich an die Worte von Dr. Kronstädt, der ihr erzählt hatte, dass Querschläger sich auch bei ihm nach ihr erkundigt hatte. »Was machen Sie am Sonntag im Büro meines Chefs?«

»Ich bin eben erst hergekommen, weil ich mich mit Herrn Quast über Sie unterhalten wollte. Es ist Zufall, dass wir jetzt miteinander reden, glauben Sie mir. Wie ich Ihnen gestern sagte, mache ich mir Sorgen um Ihre Verfassung. Wir wollen wirklich nur das Beste für Sie.«

»Ich habe ihn angerufen und herbestellt«, redete Quast dazwischen. »Ich schlage vor, du kommst dazu, dann sprechen wir in Ruhe über alles. Ich garantiere dir, dass du bei uns beiden absolut sicher bist. Wir werden dich schützen.«

»Kümmern Sie sich um Sandner und Molder, mehr verlange ich nicht von Ihnen.«

Damit drückte sie das Gespräch weg. Gleichzeitig bereute sie es, ihren Dezernatsleiter angerufen zu haben. Einmal mehr fühlte sie sich von jemandem hintergangen. Seit dem Tod ihrer Eltern hatte sie sich vorgenommen, anderen Menschen nicht mehr leichtfertig zu vertrauen. Jeder konnte ein potenzieller Lügner oder sogar Mörder sein. Das war ihr in den letzten Tagen bewusst geworden. Es bestärkte sie zudem in dem Vorhaben, ihre Nachforschungen allein voranzutreiben. Mit dem Revolver unter ihrer Jacke und dem Foto stieg sie aus dem Wagen. Sie schaute sich um, ob ihr jemand folgte, dann betrat sie den Alten St.-Matthäus-Kirchhof. Sie lief den Hauptweg von Norden nach Süden, vorbei an der Friedhofskapelle, direkt zu der Stelle, die ihr das Foto zeigte.

Nach wenigen Gehminuten stand sie vor den berühmten schwarzen Grabsteinen der Familie Grimm. Hier ruhten Jacob und Wilhelm Grimm, die beiden Brüder, die für ihre Sammlung der Kinder- und Hausmärchen berühmt geworden waren.

»Was willst du mir zeigen?«, redete sie mit dem Bild.

Es war kein Unterschied zwischen den echten Grabsteinen und denen auf dem Foto zu sehen. Doch irgendeine Bedeutung musste das Foto haben, sonst hätte der Mörder es nicht Benjamins Tochter in die Hand gedrückt, mit dem Auftrag, es Nora Rothmann zu überreichen.

»Jacob Grimm«, flüsterte sie vor sich hin. »Wilhelm Grimm.«

Links daneben standen zwei weitere schwarze Grabsteine sowie ein weißer mit den Namen anderer Mitglieder der weltbekannten Familie, die das Foto nicht zeigte. Plötzlich fiel Nora doch etwas auf dem Bild auf.

»Es ist ein dritter Grabstein zu sehen!«

KAPITEL 50

Was für ein idyllischer alter Dreiseitenhof! Das war Königs erster Gedanke, als er den Tatort erreichte. Doch der äußere Schein trog. Das hier war kein trautes Heim mehr, er befand sich mitten auf einem Friedhof. Oder noch schlimmer: auf einem Schlachtfeld. Die erste Leiche hing wie bei einer mittelalterlichen Hinrichtung im Stall, zwei weitere tote Menschen befanden sich in der Küche. Die Grundstückseigentümerin hieß Hannelore Krafts, sie war wohl schwer krank gewesen. Ihr Mörder hatte sie mit den Armen an einen Balken gehängt und den Körper ausgeweidet. Nach Königs Einschätzung hatte ihr Martyrium nicht allzu lange gedauert – im Gegensatz zu dem der Eltern von Sina. Benjamin und Jasmin Jassers Leichen lagen auf dem Küchenboden. Ihre Arme waren auf den Rücken zusammengebunden. Wie bei den Buschs hatte man ihnen Leinensäcke mit Smileys über die Gesichter gezogen. Allein die toten Körper sahen erschreckend aus, hinzu kam das Wissen, dass es sich um einen Kollegen handelte. Selbst Königs hartgesottener Magen drehte sich beim Anblick der Zerstückelungen um.

»Dieses Bild werde ich mein restliches Leben nicht mehr aus meinem Kopf bekommen«, sagte er zu Manja, die ihm in die Blutstube gefolgt war.

»Wenn dieser Fall beendet ist, brauchen wir alle eine Auszeit.«

Die Streifenpolizisten, die den Tatort als Erste betreten hatten, wollten keinen Schritt mehr in das Haus setzen. Eine Obermeisterin hatte sogar geweint. Selbst die Sanitäter und der Notarzt waren anfangs nicht ansprechbar gewesen, weil sie die Bilder kaum verarbeiten konnten. Noch immer versuchte König zu begreifen, mit was für einer Tat sie es hierbei zu tun hatten. Gewöhnlich unterdrückte er Gefühle bei der Arbeit, aber heute war er Manja unendlich dankbar, dass er das hier nicht allein durchstehen musste. An eine Auszeit für die Mordkommission verschwendete er keinen Gedanken.

»Sie sind über den Boden gekrochen«, analysierte König die Blutspuren. »Sie waren gefesselt und haben versucht, vor ihrem Mörder wegzukriechen.«

»Sie hatten keine Chance«, erwiderte Manja.

»Nein, die hatten sie nicht.«

Schränke, Backofen, Dunstabzugshaube, Hängelampe, Wände, Fensterscheiben, Blumenvasen, an jedem Möbelstück und Gegenstand haftete Blut, das während des Massakers durch den Raum gespritzt und an den glatten Oberflächen teilweise hinuntergelaufen war. Als Tatwaffe war eine Axt zum Einsatz gekommen. Die Schneide war in Hände, Arme, Füße, Beine, Schultern, Unterleib eingedrungen. Der Täter hatte wie im Blutrausch auf seine Opfer eingehackt. Er hatte so hart zugeschlagen, dass etliche Fliesen auf dem Boden gesprungen waren. Als i-Tüpfelchen der Grausamkeit steckte die Axt noch in Benjamins Schädel.

»Wir können nur dafür beten, dass das Mädchen die Ermordung seiner Eltern nicht miterleben musste.«

»Sie ist erheblich traumatisiert«, gab Manja die Einschätzung des Notarztes wieder. »Sina kommt zur Untersuchung ins Krankenhaus, aber äußerlich scheint sie unverletzt. Man wird sie danach in psychologische Betreuung geben. Es gibt noch Verwandte. Sollen wir die verständigen?«

Geistesabwesend schüttelte König den Kopf. Darum würde er sich später selbst kümmern. Jetzt brauchte er volle Konzentration auf den Tatort. »Ich verstehe das nicht. Warum lässt der Täter die Kinder leben?«

»Wäre es dir lieber, sie wären auch tot?«

»Ich will ihn nur verstehen, mehr nicht.« König hob die Plastiktüte in seiner Hand an und betrachtete das darin befindliche rote Tuch. Man hatte es um Sinas Hals gefunden. Angeblich waren ihre Augen damit verbunden gewesen. Viel war aus ihr nicht herauszubekommen. Die meiste Zeit hatte sie nur panisch den Namen Nora Rothmann gestammelt. Unter Schnappatmung hatte sie auch von einem Wolf geredet, bis der Notarzt ihr eine Beruhigungsspritze gesetzt hatte. »Wenn das hier eine Art Rotkäppchen-Horrorstory ist, wie Nora behauptet, warum lässt er die Mädchen dann lebend zurück? Ich meine, im Märchen stirbt Rotkäppchen.«

»Tut sie nicht. Am Ende lebt sie.«

»Aber das hier ist nicht die Geschichte, wie die Brüder Grimm sie überliefert haben. Es ist eine viel grausamere Version. Also, warum tötet er die Erwachsenen und lässt die Kinder leben?«

»Ich begreife nicht einmal, warum er das Märchen überhaupt nachspielt.«

König erinnerte sich an Noras E-Mail mit dem Foto der Münze. »Wir sollten schleunigst mit dem Wolf reden.«

»Geht es wieder um Andrzej Raschun?«, fragte Manja unnötigerweise. »Der hat doch hiermit überhaupt nichts zu tun. Warum bist du so vernarrt nach ihm?«

»Ich möchte ihm einfach gegenübersitzen. Ihn umgeben von Gefängnismauern sehen. Und ich will es aus seinem Mund hören, dass er hiermit nichts zu tun hat.« König wandte den Blick von den Leichen ab und schaute sich in der Küche um. Bedacht darauf, keine Spuren zu zerstören, umrundete er den Tisch. »Die Tasche wurde bewegt«, kam er anhand der Blutspuren zu einer ersten Einschätzung. »Sie wurde vom Boden auf den Tisch gestellt. Sie gehört garantiert Benjamin. Genau wie das Handy dort. Wahrscheinlich hat er sie nach der Arbeit hier am Tischbein abgestellt. Sie ist offen. Sieh nach, ob du etwas darin findest, das uns weiterhilft.«

Mit behandschuhten Fingern griff Manja hinein und legte einen Schnellhefter auf die Tischplatte neben Benjamins Smartphone. Danach blätterte sie ein paar Dokumente durch und schob sie zurück in die Tasche. »Nein, da ist nichts von Interesse.«

»Zeig mal her«, blieb König skeptisch, denn ein kopiertes Blatt hatte längst seine Aufmerksamkeit gefunden. Er durchsuchte den Inhalt selbst und hielt kurz darauf einen ausgedruckten Lohnzettel und einen Internetartikel über eine Firma in den Händen. »Kompasswerk Nordfeld GmbH. Ausgestellt für einen Hans Molder. Sagt dir der Name etwas?«

»Nein, auf die Schnelle nicht.« Manja zupfte ihm das Papier aus den Fingern und deutete auf eine Signatur am obersten Rand. »Komisch, das wurde am Dienstrechner ausgedruckt. Gestern, nachdem Benjamin Noras Wohnung verlassen hat. Warum hat er sich für diesen Molder interessiert?«

»Hier gibt es noch mehr Informationen über den Mann. Anscheinend handelt es sich um einen Obdachlosen, der vor etlichen Jahren spurlos verschwunden ist. Sie nannten ihn Eisenhans ...«

»Denkst du, die Unterlagen haben was mit den aktuellen Fällen zu tun?«

»Finden wir es heraus. Ich will wissen, wer dieser Hans Molder ist.«

KAPITEL 51

Im Bild war Nora das dritte Grab aufgefallen. Dieses befand sich leicht verschwommen etliche Meter im Hintergrund. Der Aufnahmewinkel war hervorragend gewählt worden. Mit ausgestrecktem Arm hielt sie das Foto nach vorn und verglich die darauf befindliche Szene mit der Realität. Beides stimmte überein. Sie ging an den Grabstellen der Brüder Grimm vorbei und steuerte direkt auf den entdeckten Grabstein zu.

»Ludwig von Ambrosch«, las Nora den Namen des Verstorbenen auf der Grabtafel laut für sich. »Geboren 5. März 1934, gestorben 19. November 2001.«

Von Ambrosch war ein adliger Nachname, der innerhalb Berlins einen gewissen Bekanntheitsgrad genoss. Der Name war auch eng mit der Familie der Brüder Grimm verknüpft, denn Ludwig von Ambrosch hatte zu Lebzeiten darauf beharrt, er sei ein Nachfahre der Grimms. In zahlreichen Rechtsstreits hatten sich die echten Nachfahren der Märchenerzähler gegen diese Behauptung gewehrt. Später hatte Ambroschs Sohn versucht, das Abstammungsverhältnis mit einem vorgeblichen Gutachten eines Ahnenforschers zu bestätigen. Allerdings hatte sich das Gutachten als Fälschung herausgestellt. Seitdem war der Name von Ambrosch in der Öffentlichkeit verbrannt und

bestenfalls noch in Verschwörungstheoretikerkreisen angesehen. Aber wozu das Foto? Was hatten der Grabstein oder der
Adlige mit den Morden zu tun? Warum sollte sie ausgerechnet
hierherkommen?

»Um eine ideale Zielscheibe abzugeben.«

Plötzlich fühlte sie sich beobachtet, weshalb sie unauffällig
nach links und rechts spähte. Etliche andere Friedhofsbesucher
flanierten auf den Wegen, aber diese Gesellschaft hatte sie bisher völlig ausgeblendet gehabt. Selbst eben, als sich jemand
neben sie gestellt hatte. Die Grabstätte der Grimms war ein viel
beachteter touristischer Anlaufpunkt. Doch jetzt fühlte es sich
für sie an, als ruhten die Blicke einer unbekannten Person direkt
auf ihrem Rücken. Sie ließ den linken Arm, in dessen Hand sie
das Foto hielt, langsam sinken. Mit der freien Hand zog sie den
Reißverschluss ihrer Jacke noch ein Stück weiter auf. Ohne in
Hektik zu verfallen, schob sie das Foto ein. Gleichzeitig tastete
sie nach dem Revolver, der in ihrem Hosenbund steckte.

Schritte. Schuhsohlen knirschten auf dem Kiesweg. Jemand
näherte sich ihr. Jeden Augenblick würde der Fremde sie erreicht
haben. Doch Noras sechster Sinn arbeitete in diesem Moment
perfekt. Mit gezogener Waffe wirbelte sie herum. Ehe der Mann
mit der Glatze sie auch nur anfassen konnte, streckte sie ihm
den Revolverlauf entgegen.

»Stehen bleiben!«, brüllte sie.

»Nicht schießen!«, bettelte der Unbekannte.

Der Mann trug eine Lederjacke, Jeans, an deren Beinenden
man die weißen Socken sah, und schwarze Lederschuhe mit
zentimeterhohen Sohlen. Es war eindeutig die Person, die sie
am Stall auf Benjamins Grundstück flüchtig gesehen hatte. Der
Mann, auf den sie dreimal geschossen hatte. Sie konnte sich an
ihn erinnern, an seine Narbe auf der Wange. Diesmal würden
ihre Patrone ihn garantiert nicht verfehlen.

»Einen Schritt weiter und ich drücke ab«, mahnte sie ihn.

Die umstehenden Besucher schrien und rannten fort, als sie Nora mit ausgestreckten Armen und dem Revolver in den Händen sahen. Aber darauf nahm sie keine Rücksicht. Es ging um ihre eigene Haut, die sie schützen musste.

»Hinknien!«

Statt den Befehl zu befolgen, streckte der Mann nur die Hände.

»Lady, ich werde mich garantiert nicht vor Ihnen in den Dreck fallen lassen.«

»Sie haben Benjamin, seine Frau und seine Schwiegermutter umgebracht.«

»Die Familie auf dem Bauerhof? Das war ich nicht. Der Typ, dieser Benjamin, wenn er so hieß, hat mich angerufen und gesagt, ich sollte mich mit ihm treffen, weil er angeblich die Adresse kannte, wo sich meine Tochter aufhält. Er wisse von Philipp Sandner und der Sache im Parkhaus.«

Bei diesen Worten blieb Nora skeptisch. Doch weil er Sandner erwähnte und sie nun die Stimme vom Telefonat erkannte, hörte sie ihm zu.

»Ich habe die tote Frau gesehen. Da habe ich Panik bekommen und wollte nur abhauen. Aber dann habe ich das Wimmern der Kleinen bei dem Schwein gehört. Ich habe sie entdeckt und das Foto in ihrer Hand gesehen. Sie wollte es mir nicht geben. Dann sind Sie plötzlich dort aufgetaucht. Ich habe Ihr Auto gehört, wusste nicht, was ich machen sollte. Dumm, wie ich war, habe ich den Ausgang gewählt. Und dann haben Sie auf mich geschossen.«

»Sie sind nicht stehen geblieben.«

»Scheiße, Sie hatten eine Waffe! Da bin ich geflüchtet. Was hätten Sie an meiner Stelle getan? Als ich dann wieder in meinem Wagen saß, wollte ich zuerst davonfahren, aber dann bin ich Ihnen gefolgt.«

»Der Porsche?«

Er nickte. Auf der Fahrt zum Friedhof war in Noras Rückspiegel mehrfach ein silberfarbener Porsche aufgetaucht. Doch angesichts eines so auffälligen Fahrzeugs hatte sie nicht weiter an eine Gefahr geglaubt, zumal der Wagen irgendwann verschwunden war.

»Wie heißen Sie?«

Er zögerte, nickte schließlich. »Fjodor Heinlein. Vielleicht haben Sie meinen Namen schon mal in der Klatschpresse gelesen. Ich war mal Schwergewichtschampion im Freefight.«

Hatte sie gewiss nicht. Typen von seiner Statur und mit ähnlichen Narben im Gesicht gab es zuhauf. Etliche arbeiteten im Rotlichtviertel als Rausschmeißer und Ordnungshüter. Sie war allerdings gewarnt und würde sich ihm nicht nähern, um ihm Handschellen anzulegen. So wie es aussah, riefen ohnehin etliche Zuschauer gerade die Polizei. Verständlich, ihre Waffe sorgte für jede Menge Aufsehen und vor allem für Panik.

»Nette Geschichte, die Sie mir da erzählt haben«, sagte sie und fasste den Revolver, dessen Griff von ihrer Anspannung immer rutschiger wurde, wieder fester. »Trotzdem glaube ich Ihnen kein Wort.«

»Glauben Sie mir, wenn ich Ihnen sage, dass ich derjenige war, der Sie zuletzt nachts mit unterdrückter Nummer angerufen hat?«

Er meinte die Anrufe, wegen denen sie ihr Mobiltelefon nach Feierabend oft auf lautlos gestellt hatte. Nora verengte die Augen, wartete darauf, dass er ihr eine Erklärung gab.

»Sandner hat mich beauftragt. Ich sollte Sie einschüchtern. Sie ein bisschen unter Druck setzen, damit Sie unkonzentriert wurden und Fehler machten. Es ging wohl um die Sache mit dem Polizeipräsidenten.«

»Was wissen Sie von den Ermittlungen gegen Tuchfeldt?«

»Eigentlich nichts. Ich war nur der Mann für die unliebsamen Aufgaben.«

»Haben Sie meinem Kollegen Jonathan Schmidt die Nase gebrochen?«

Er wackelte unentschlossen mit dem Kopf. »Wenn Sie ihn das nächste Mal sehen, richten Sie ihm aus, dass es mir leidtut.«

»Und die Journalistin, Margot Schreiner?«

Er fuhr sich über seine Glatze, hielt dann die Handflächen aber wieder sichtbar erhoben. »Egal, was Sie gehört haben, ich habe die Frau nicht angerührt. Jedenfalls nicht gewaltsam, verstehen Sie? Wir haben uns in einer Bar angeregt unterhalten, haben geflirtet. Vielleicht haben wir uns gegenseitig ein bisschen gestreichelt. Dann habe ich der Alten Drogen zugesteckt und von einer Telefonzelle aus die Bullen verständigt. Die sollten das Koks bei ihr finden und sie festnehmen, aber Ihre Kollegen haben wohl versagt. Jedenfalls war das mein Auftrag. Mehr ist da nicht gelaufen. Ich bin nicht stolz auf das, was ich getan habe, aber ich muss auch leben. Ich bin doch selbst ein Opfer.«

»Ihre Geschichte hätte mich beinahe zu Tränen gerührt, aber von uns beiden sind Sie derjenige, der einen Porsche fährt. Merken Sie selbst, wie lächerlich Sie sich machen?«

»Die Karre gehört aber nicht mir, verdammt!«

Einen Tick zu hastig griff er in seine Jackentasche. Sie justierte den Lauf direkt auf seinen Kopf. Jeder andere Polizist hätte auf seine Brust gezielt, aber aus dieser Entfernung war sie eine überragende Schützin.

»Wenn Sie die Hand aus Ihrer Tasche ziehen, können Sie sich von Ihrem Gesicht verabschieden.«

»Es ist doch nur mein Handy. Ich muss Ihnen etwas zeigen.«

»Was müssen Sie mir zeigen?«

»Ein Bild von meiner Tochter.«

KAPITEL 52

»Es geht um einen Hans Molder«, redete König draußen auf dem Hof in sein Telefon. »Ich brauche alles, was wir über ihn finden können.«

»Eigentlich bin ich mit anderen Aufträgen bis oben hin zu«, sagte Andrea, die für solche Fälle auf der Dienststelle vor dem Rechner saß. »Aber wenn es dringend ist, schaue ich gleich nach.«

»Es ist ultradringend.«

»Einen Moment … Okay, was haben wir denn da alles? Es gibt einen Vermisstenfall zu ihm. So wie es aussieht, hat Benjamin Jasser sich die elektronische Akte gezogen.«

»Ja, das ist mir bereits bekannt. In seiner Arbeitstasche haben wir die ausgedruckten Unterlagen gefunden.«

»Dieter Quast vom LKA 34 hat auch auf die Daten zugegriffen.«

»Quast?« König dachte nach, was das bedeuten sollte. »Wann war das?«

»Heute.«

»Dann hat er entweder mit Benjamin oder mit Nora geredet. Wahrscheinlich hat Nora ihn darum gebeten, denn ein Lohnzettel von Hans Molder stammt aus ihrer Wohnung.

Benjamin muss ihn auf ihrem Schuhschrank, direkt neben dem Tathammer, abfotografiert und später am Dienstrechner ausgedruckt haben. Findest du noch mehr zu diesem Molder?«

»Ich sehe drei Registrierungen von längst verjährten Verfahren. Zwei Kneipenschlägereien und eine Erpressung. Aber dazu gibt es keine Akten mehr. Die Daten wurden alle fristgerecht gelöscht. Auf die Schnelle kann ich dir nicht mehr geben.«

»Ruf mich wieder an, wenn du noch mehr findest.« Da am Tatort noch genügend Arbeit wartete, wollte er das Gespräch nicht in die Länge ziehen, aber Andrea hielt ihn in der Leitung.

»Eben kam das Ergebnis aus der KTU zu Margot Schreiners Handtasche rein. Man hat einen Fingerabdruck gefunden. Laut AFIS stammt er von einem Fjodor Heinlein. Der Kerl ist kein unbeschriebenes Blatt. Ein Schläger, der wohl irgendeine Kampfsportart betreibt. Ein Knastaufenthalt steht auch in seinem Lebenslauf. Die Beschreibung des Mannes, der sich mit ihr in der Royal Lounge unterhalten hat, würde glatt auf ihn passen.«

Das klang wichtig, aber es war im Moment eben nicht vorrangig für König. »Gut, darüber reden wir nachher. Momentan …«

»Warte, ich bin noch nicht fertig! Falk ist die Einsätze der letzten Tage durchgegangen und auf einen interessanten Eintrag gestoßen. Heinleins Tochter lebt bei Pflegeeltern. Die leibliche Mutter des Kindes ist drogenabhängig. Ihr und dem Kindsvater wurde vom Gericht das Sorgerecht entzogen. Anscheinend hat Heinlein gestern versucht, seine Tochter gewaltsam aus der Pflegefamilie zu holen. Gab einen ziemlichen Ärger, der auch die Nachbarschaft auf den Plan gerufen hat. Mehrere Anwohner haben die Polizei verständigt. Aber als die Streife Minuten später eintraf, war er weg.«

»Warum hat er das getan?«

»Angeblich sei seine Tochter bei der Familie in Gefahr. Er wolle sie nur beschützen. Das hier sind die Angaben der Pflegeeltern. Mehr steht im Einsatzbericht nicht drin. Bei dem Streit hat er auch etwas von einer Wolfsmaske gefaselt.«

»Eine Wolfsmaske, sagst du?« Königs Neugier war geweckt. »Wissen wir, wo Heinlein jetzt steckt?«

»Negativ, aber Falk und Habil versuchen, etwas über ihn und seinen Aufenthalt herauszufinden.«

»Ich will diesen Mistkerl auf der Dienststelle sehen. Und für seine Tochter will ich Polizeischutz. Ich brauche kein weiteres verstörtes Kind.«

»Hältst du das wirklich für notwendig? Ich meine, Heinlein ist ein Proll, der ein paar Schläge zu viel gegen den Kopf bekommen hat ...«

»Sonst noch etwas?«

»Mareike Busch«, brachte Andrea nach einem Durchatmen den Namen ins Spiel. »Offenbar hatte sie eine Affäre mit einem Arbeitskollegen. Interessiert dich das?«

»Hat der Arbeitskollege unter ihren Bildern bei Instagram Likes oder Kommentare hinterlassen?«

»Hat er, aber nicht unter dem Benutzernamen Wahrer_Wolf.«

»Schade, das wäre wohl zu einfach gewesen. Besser, wir fühlen ihm trotzdem auf den Zahn.«

»Habe ich mir gedacht. Dann ist mir noch etwas bei der Überprüfung der Eheleute aufgefallen. Mareikes Ehemann hat anscheinend von der Affäre gewusst oder zumindest etwas geahnt. Wir haben bei Mario Buschs persönlichen Sachen Rechnungsbelege über einen GPS-Tracker gefunden. Sein Smartphone ist zwar noch in der Auswertung, aber den Tracker haben wir mit einem Magneten befestigt am Tank von Mareikes Wagen entdeckt.«

»Klingt nicht gerade nach einer harmonischen Ehe.«

»Dafür ist Mario Busch ansonsten sauber. Ein paar Strafzettel wegen Geschwindigkeitsüberschreitungen, mehr nicht. In seinem Beruf als Mechaniker galt er als zuverlässiger Mitarbeiter und stets loyal gegenüber der Firma. Laut seinen Kontoauszügen hat er monatlich an ein Fairtrade-Projekt zur Bekämpfung von Kinderarbeit gespendet. Was Mareike Busch angeht, gab es vor einigen Jahren mal einen Verdacht wegen Fahrerflucht. Ein Zeuge hat ihr Auto beschrieben, sich aber beim Kennzeichen geirrt. Man hat sie erst Monate später zu dem Unfall befragen und ihr schlussendlich den Tatvorwurf der Unfallflucht nicht zweifelsfrei nachweisen können. Das Verfahren gegen Mareike Busch wurde eingestellt. Bei dem Unfall wurde das Becken einer neunundvierzigjährigen Fußgängerin so schwer zertrümmert, dass sie zeitlebens mit körperlichen Einschränkungen leben muss. Die Frau wurde arbeitsunfähig und bezieht seither eine mickrige EU-Rente. Also ich denke, das könnte ein Aufhänger für jemanden sein.«

»Du meinst ein Motiv für einen Mord?«

»Zumindest haben wir bisher keine bessere Theorie.«

In diesem Punkt gab König seiner Kollegin recht. »Behalten wir das im Hinterkopf. Mach mit Molder und Heinlein weiter. Manja und ich sind hier noch beschäftigt.«

Er wollte seine Gedanken bereits wieder auf die Verbrechen auf dem Hof richten, als Manja ihn vor dem Haus abfing.

»Nora ist aufgetaucht.«

König schaute sich um, als sollte das ein Suchspiel werden. »Wo?«

»An der Grabanlage der Brüder Grimm.«

»Auf dem Alten St.-Matthäus-Kirchhof?«

»Dort bedroht sie gerade einen Glatzkopf mit einer Waffe.«

KAPITEL 53

Aufgrund der Entfernung konnte Nora keine Details auf dem Smartphonedisplay erkennen. Aber sie wollte dem Glatzkopf die Chance für eine plausible Erklärung geben.

»Gut, ich kenne Ihre Tochter nicht, aber nehmen wir an, das ist ein Foto von ihr. Was wollen Sie mir damit sagen?«

»Warten Sie, ich lese Ihnen den Text darunter vor.« Er hielt sich das Handy jetzt vors Gesicht. »Wenn dir Juliettas Leben wichtig ist, komm zu mir.«

»Und weiter?«

»Verstehen Sie nicht, dass ich meine Tochter beschützen will? Das Foto von ihr hat mir Ihr Kollege von seinem Handy geschickt.«

»Benjamin?«

»Benjamin Jasser. Deshalb habe ich ihn auf dem Bauernhof aufgesucht, deshalb haben Sie mich dort gesehen. Die waren schon tot, als ich dort angekommen bin. Alle, bis auf das Mädchen. Ich habe niemanden umgebracht!«

»Warum sind Sie abgehauen, wenn Sie nichts getan haben?«

Er deutete auf den Revolver, mit dem sie weiterhin auf ihn zielte. »Sie haben auf mich geschossen. Also könnten Sie bitte ...? Meine Güte, hier sind ne Menge Leute!«

Nora dachte nicht daran, die Waffe sinken zu lassen. Natürlich bekam sie die Aufregung um sie beide herum mit. Bald würde es hier von Polizisten nur so wimmeln.

»Beschreiben Sie mir die Maske noch einmal.«

»Wie ich am Telefon schon sagte, sie war kohlrabenschwarz. Am Maul waren Eckzähne zu erkennen. Aber am auffälligsten waren die signalroten Striche senkrecht über den Augenlöchern.«

Wieder tauchte ein konkretes Bild vor ihrem geistigen Auge auf. Eine dunkle Maske mit feuerroten Linien, die bis über die Wangen gingen. Gedanklich reiste sie zurück in ihre eigene Vergangenheit, zurück zu ihrer Familie. Eine solche Maske hatte sie einmal im Zimmer ihres Bruders Jens gesehen. Aber das wollte sie nicht wahrhaben, deshalb schüttelte sie vehement den Kopf. »Sie lügen!«

»Warum sollte ich?«

»Diese Maske, die Sie beschreiben, gibt es nicht mehr.«

»Wenn Sie mir nicht glauben, dann fahren Sie zum Parkhaus in der Bernauer Straße, in der Nähe vom Grenzhaus. Wenn nicht jemand alle Spuren beseitigt hat, finden Sie vielleicht noch Hinweise auf Sandners Leiche.«

Nora überlegte. Mittlerweile wäre eine Leiche in einem öffentlichen Parkhaus längst aufgefallen. Aber ohne Zugriff auf einen Polizeirechner wusste sie nichts über einen möglichen Fund und einen Einsatz.

»Verdammt, ich will doch nur meine Tochter beschützen!«, redete Heinlein mitten in ihre Überlegungen hinein.

»Warum sind Sie hergekommen?«

»Weil ich dachte, Sie könnten mir helfen. Aber anscheinend wissen Sie noch weniger als ich.«

In der Ferne vernahm sie Sirenen. Streifenwagen rückten gleich von mehreren Seiten an. Vielleicht hatte sie Benjamins Mörder direkt vor ihrem Revolverlauf. Vielleicht stimmte es aber auch, was Heinlein erzählte, und seine Tochter war in Gefahr. Sie nahm eine Hand von der Waffe und zog die Goldmünze aus ihrer Hosentasche.

»Schon mal gesehen?«

Er kniff die Augen zusammen und schüttelte den Kopf.

»Kennen Sie einen Hans Molder?«, versuchte sie es weiter.

Heinlein verneinte abermals. »Nie gehört. Was soll die Fragestunde?«

»Molder ist ein Obdachloser, der früher oft im Westhafen gelebt hat, bis er verschwunden ist.«

»Im Westhafen kenne ich ein paar Leute. Was hat der Mann mit Sandner oder Ihnen zu tun?«

»Wen kennen Sie im Westhafen?«

»Obdachlose.«

Die Zeit drängte. Wenn sie noch länger hier zwischen den Grabmälern verweilte, würde sie keine Chance mehr haben, es herauszufinden. Nach reiflicher Überlegung steckte sie den Revolver weg.

»Wir fahren getrennt.«

KAPITEL 54

Über ihren Auftrag waren die beiden Streifenpolizisten Emre Güljan und Karlo Unger wenig begeistert. Anweisung war jedoch Anweisung, also fuhren sie ins Samariterviertel, wo das Ehepaar Jakobus wohnte.

»Der König vom LKA 11 geht mir dermaßen auf den Sack, das glaubst du gar nicht«, sagte Polizeiobermeister Unger, als sein Kollege den Wagen vor dem Wohnhaus parkte. »Für wen hält der sich eigentlich?«

»Für Gott wahrscheinlich.«

»Nein, wenn Gott Glück hat, darf er bei König an die Bürotür klopfen. Aber nur, wenn König gute Laune hat.«

»Hatte KK jemals gute Laune?«

Sie stiegen aus, rückten sich die Schutzwesten und die Pistolengürtel zurecht und klingelten. Unterdessen drangen aus ihren Handsprechfunkgeräten pausenlos Kommandos und Meldungen.

»Mist!«, schimpfte Unger, als er dem Funkverkehr lauschte. »Beim Alten Matthäus-Kirchhof läuft ein großer Polizeieinsatz und wir sollen Kindermädchen für eine Zehnjährige spielen. Noch dazu für die Tochter einer Junkiemutter und eines

Schlägers. Ich meine, wofür hat sie denn jetzt Pflegeeltern? Sollen die doch auf sie aufpassen.«

»Vielleicht dauert es ja nicht lange«, beschwichtigte Polizeimeister Güljan und klingelte mehrmals. »Wie es scheint, ist niemand da. Dann können wir immer noch zur Großgörschenstraße düsen und unsere Hilfe anbieten.«

»Bis dahin sitzt die Rothmann längst wieder in Gewahrsam.«

»Denkst du, die hat den Tuchfeldt kaltgemacht?«

»Wer weiß? Offiziell wird das niemand bestätigen, aber in jedem Gerücht steckt ein Funke Wahrheit. Wenn du mich fragst, ist die Rothmann völlig durchgeknallt. Hab gehört, die hätte mal einen von uns dermaßen zur Schnecke gemacht, dass der später gekündigt hat. Wegen Verwarngeldabrechnungen und ein paar lächerlichen Euro!«

»Ja, hab auch so einiges über die gehört.«

Einige Minuten standen sie vor dem Wohnhaus und schauten die Fensterfront entlang, ob sich irgendwo eine Gardine bewegte.

»Mann, hieß es nicht, die Mordkommission hätte bei den Jakobus angerufen, dass wir vorbeikommen?«, fragte Güljan genervt, weil ihnen niemand öffnete.

»Beim LKA geht doch eh alles drunter und drüber. Komm, lass uns ne Currywurst essen gehen. Wer weiß, wann wir sonst unser Mittagessen kriegen.«

»Und die Sache mit dem Friedhof?«

Unger hatte das Interesse an dem Einsatz verloren und zeigte auf Güljans Funkgerät. »Wir sind zu spät dran. Hast ja eben gehört, die Rothmann ist angeblich abgehauen. Mehr als zehn Funkstreifenwagen kreiseln in der Gegend, da kommt es auf uns zwei nicht mehr an.«

»Wenn du meinst. Ich mache nur schnell Meldung, dass bei den Jakobus niemand zu Hause ist. Soll sich unser

Dienstgruppenführer mit KK auseinandersetzen. Ich rufe den garantiert nicht selbst an.«

Unger legte seine Hand auf Güljans Sprechmuschel. »Warte noch! Wir gehen erst essen, sonst kriegen wir gleich den nächsten Auftrag.«

Sein jüngerer Streifenpartner schien nicht glücklich über die Entscheidung, aber er lenkte schließlich ein. »Okay, nach der Mittagspause.«

KAPITEL 55

Beim ersten Mal Läuten hatte Julietta geschrien. Daraufhin hatten sich seine Tatzen sofort um ihren Mund geschlossen. Er presste ihren Unterkiefer so fest gegen den Oberkiefer, dass ihr Gebiss knackte. Es klingelte noch drei Mal, dann kehrte in der Wohnung absolute Stille ein.

»Das war äußerst unklug von dir«, hörte sie die raubtierhafte Stimme dicht an ihrem Ohr. »Äußerst unklug, mein schönes Rotkäppchen! Wir sind doch jetzt ein Team, oder nicht? Immerhin hast du mir die Tür mit deinem Schlüssel geöffnet.«

Vorher war Julietta draußen gewesen und hatte mit Kreide auf den Platten gemalt. Plötzlich war da der Mann aufgetaucht. Der Mann, der sich als Hausverwalter ausgegeben und im nächsten Moment die Wolfsmaske getragen hatte.

»Wenn ich jetzt meine Hand von deinem Mund nehme, wirst du dann schreien?«

Trotz der Umklammerung konnte Julietta den Kopf eine Winzigkeit schütteln. Nein, sie würde keinen Mucks mehr von sich geben.

»Sei ein liebes Rotkäppchen«, sagte der Wolf und nahm ganz langsam seine Pranken von ihrem Gesicht. »Denn wenn du noch einmal unaufgefordert redest, werde ich dir die Augen ausstechen.«

Sekundenlang kniff Julietta die Augenlider zusammen, obwohl sie unter dem furchtbar kratzenden Sack ohnehin kaum etwas sah. Erst als der Wolf sich von ihr entfernte, blinzelte sie wieder. Durch die Gewebemaschen konnte sie seinen Schemen verfolgen. Er stand eine Weile am Fenster. Dort verharrte er vollkommen lautlos. Fast schien es, als wäre nur noch sein Schatten anwesend. Aber sie konnte ihn riechen. Das Parfüm, das an seinem Körper haftete.

»Polizisten«, durchbrach er die Stille, dann trat er wieder an ihren Stuhl. »Sie sind einfach gegangen. Das war echt knapp. Du siehst, das Märchen von Rotkäppchen ist anders, als man es dir erzählt hat. Weißt du, wie es richtig heißen muss?«

Zögerlich schüttelte Julietta den Kopf. Sie wollte ihm nicht zuhören, sie wollte nur wissen, was mit ihren Pflegeeltern Tanja und Patrick Jakobus passiert war. Beide verhielten sich schon die ganze Zeit mucksmäuschenstill.

»Komm, steh auf und streck mal deine Hand aus«, forderte er und griff nach ihrem Arm, um sie ein bisschen durch das Zimmer zu führen. »Fühl mal! Na, was ist das?«

Zuerst ertastete Julietta Stoff. Als ihre Fingerkuppen Feuchtigkeit spürten, lachte er. Da zog sie hastig die Hand weg und weinte.

»Das Blut deiner Pflegeeltern ist noch ganz warm.«

KAPITEL 56

Nora erreichte den Binnenhafen in Berlin-Moabit kurz vor Heinlein. Er war ihr tatsächlich gefolgt, vermutlich, weil er auf dem Friedhof nicht von der Polizei geschnappt werden wollte. Jetzt standen ihr Ford und sein Porsche Tür an Tür vor einem Lagergebäude, an dem stillgelegte Gleise vorbeiführten. Vom angrenzenden Wasser roch es brackig herüber. Darunter mischte sich der Geruch von Schweröl aus Tanks. Die Lastenkräne am Ufer standen heute still. An diesem Sonntagnachmittag ging es auf dem Gelände insgesamt ruhig zu. Nora und ihr unfreiwilliger Begleiter konnten sich nach Belieben bewegen. Nur hin und wieder tauchten auf Sichtweite andere Menschen auf.

»Obwohl Sie mich nicht kennen, vertrauen Sie mir«, sagte Heinlein.

Einige Augenblicke starrte Nora den Mann bloß stumm an und dachte über die Äußerung nach. Heinlein war der Typ, den man anheuerte, wenn man einen Leibwächter brauchte. Nicht, weil man sich besonders beschützt bei ihm fühlte, sondern weil er entbehrlich war. Niemand hätte einem Mann wie Heinlein nachgetrauert, wenn ihm etwas zustieß. Wahrscheinlich nicht mal seine eigene Tochter. Nora bezweifelte nicht, dass er wusste, wie man die Fäuste einsetzte. Das machte ihn in ihren Augen umso unberechenbarer. Aber wenn es stimmte und er sich um seine Tochter Sorgen machte, hatte er etwas zu verlieren.

»Ich vertraue weder Ihnen noch sonst jemanden. Ich bin auf der Suche nach Antworten.«

»Deshalb sind wir ja hier.«

»Also, wohin gehen wir?«

»Auf die gegenüberliegende Seite vom Hafenbecken.« Er zeigte auf ein Backsteingebäude, an dessen Fassade ein Gerüst stand. »Ist ein alter Lokschuppen. Auf der Rückseite befinden sich die Schienen zum Güterbahnhof. Das Gebäude wird gerade entkernt, danach soll eine Spedition einziehen.«

»Was suchen wir dort?«

»Antworten.«

Sie wechselten die Uferseite. Dabei achtete Nora darauf, dass sie immer leicht versetzt hinter ihrem Führer lief. Für den Fall, dass er sie verarschte, würde sie ihren Revolver erneut benutzen.

»Ismael!«, rief Heinlein wenig später in das Gebäude, das wegen der Sanierungsarbeiten gleich an mehreren Stellen offen stand. »Ismael, hier ist dein alter Kumpel Fjodor.«

»Ismael?«, fragte Nora ungläubig, als aus dem Inneren keine Antwort kam.

»Es gibt da wohl diesen Jugendroman, in dem ein verhaltensauffälliger Junge die Hauptrolle spielt. Er leidet an dem erfundenen Ismael-Leseur-Syndrom, wenn Sie verstehen. Ismael Leseur ist sein Name, glaube ich. Ich hasse Bücher, bin in der Schule nie über Seite 1 hinausgekommen.«

»Ich kenne den Namen Ismael aus ›Moby-Dick‹.«

»Ja, dadurch ist der Name berühmt geworden.« Er zeigte in das Gebäude und Nora sah, wie sich im Halbdunkel ein großer Schatten aufbaute. »Jedenfalls ist dieser Ismael hier eine Katastrophe.«

»Warum?«

»Werden Sie gleich merken.«

Langsam bekam der Schatten Konturen. Einen Wimpernschlag später stapfte ein Büffel auf zwei Beinen auf sie zu.

»Ist Ismael ein Schamane?«, fragte Nora ungläubig, als sie den ungepflegten Mann erkannte, der auf Kopf und Schultern tatsächlich ein Bisonfell samt Hörnern trug.

»Ismael ist alles, was Sie wollen, wenn Sie ihn nur mit genügend Alkohol versorgen. Hier mein Freund, für dich!«

Heinlein wedelte mit einem Fünfeuroschein. Mit zittrigen Fingern nahm Ismael ihm den Geldschein ab. Der Obdachlose stank nicht nur wie eine ganze Büffelherde, sondern sah im Gesicht auch schmutzig aus wie ein Tier, das mit der Nase eben noch in der Erde gewühlt hatte.

»Ismael ist einfach nicht totzukriegen, nicht wahr?«

Statt zu nicken oder etwas zu antworten, leckte Ismael an dem Geldschein und steckte ihn in eine verborgene Spalte in seinem Fell.

»Für mich sieht er tot aus«, sagte Nora.

»Das liegt an seinem Alter. Einige schätzen ihn auf hundert.«

Mit einem Grinsen trat Heinlein beiseite und Nora stand dem schweigenden Fremden gegenüber. Ismael schaute sie aus glasigen Augen an, so als würde er sie gar nicht wahrnehmen.

»Kannten Sie Hans Molder?«, stellte sie ihre Frage, doch Ismael reagierte nicht, sondern schwankte nur gefährlich.

»Hans Molder, der Eisenhans? Er muss früher hier gelebt haben.«

Wieder nichts. Ismael schien taub.

»Sie haben ihm zu wenig Geld gegeben«, rief Nora Heinlein zu, der inzwischen draußen vor dem Eingang stand und auf seinem Smartphone herumtippte.

»Legen Sie einfach was drauf.«

Nora hatte noch nie jemanden für Auskünfte bezahlt, so wie man es in Mafiakreisen vermutete. Es fühlte sich falsch an, deshalb zögerte sie. Schlussendlich warf sie ihre Bedenken über Bord, zückte ihr Portemonnaie und hielt dem Trinker einen Zehner hin.

»Hans Molder!«

Endlich zeigte Ismael eine Regung, indem er sich über die Lippen leckte.

»Den hamse im Wald erschossen«, krächzte er und langte nach vorn, aber Nora zog den Geldschein hastig weg.

»Nicht so schnell! Was heißt erschossen?«

»Weiß doch jeder, den hamse in den Wald geschleppt. Ganz tief in den Wald. Und dann ...« Er setzte zwei Finger unterhalb der Hörner an seine Schläfe. »Peng!«

In dem Zeitungsbericht, den Benjamin gefunden hatte, spekulierte man über ein mögliches Verbrechen an dem Obdachlosen. Näheres stand dazu aber nicht. Von einer Schusswaffenanwendung war keine Rede.

»Zufällig kenne ich mich mit den hiesigen Wäldern gut aus. Warum wurde seine Leiche nie gefunden?«

»Im Wald findet dich niemand, wenn du tot bist. Allenfalls die Füchse und die Wildschweine. Aber die Wodkaflasche ist zurückgeblieben. Natürlich zerbrochen.«

»Was für eine Wodkaflasche?«

»Die Flasche eben. Und seine Umhängetasche. Bekomme ich jetzt mein Geld, Lady?«

Nora empfand die Unterredung als kurios, Heinlein hielt sie für einen Betrüger. Enttäuscht wollte sie den Schein wieder einstecken, woraufhin Ismael bedrohlich wie ein Büffel brummte und auf sie zuwankte.

»Hey, ich sage die Wahrheit! Eisenhans war mein Freund, der hat mir beigebracht, wie man im Westhafen über die Runden kommt. Aber er selbst hat eben nicht überlebt. Wir waren quasi wie Brüder, der Eisenhans und Buffalo, das bin ich. Ham uns gegenseitig beschützt, ich war ein blutjunger Indianer. Buffalo, so nennt man mich, wenn man nicht Ismael sagt. Verstehen Sie, Lady?«

»Wie gut kannten Sie Hans Molder?«

»So gut wie man jemanden nach fünf Wochen eben kennt. Wir ham uns bei so nem Projekt getroffen. ›Projekt LAMM‹, hieß das. L-A-M-M. ›Leben, Arbeiten, Mitbestimmen, Motivieren.‹ So stand es auf den schicken Plakaten.«

»LAMM«, wiederholte sie und erinnerte sich dumpf an den Schriftzug. Damals konnte sie kaum älter als zehn gewesen sein. »Der Slogan klingt heute noch ziemlich dämlich.«

»Wir mussten sogar für die Presse pos… pos…«

»Posieren?«

»Genau, das ist das Wort! Das ist über zwei Jahrzehnte her. War ne schöne Idee, aber aus dem Projekt ist nix geworden. Anfangs wollten die hier am Westhafen eine riesengroße Sozialstation einrichten, ist aber nur ein winziges Büro rausgesprungen, wo man Anträge ausfüllen konnte.« Er kicherte pfeifend, als wäre seine Lunge löchrig. »Als ob von uns jemand nen Antrag braucht. Für Bettler hat niemand was übrig.«

»Woher wissen Sie das mit dem Wald und was Hans Molder passiert ist?«

»Ham se hier gemunkelt. Ehrlich, ich lüg Sie nich an, Lady! Hab noch seine Tasche von damals. Hab sogar den Riemen repariert. Ist hornalt das Ding. Darin befand sich eine Eisenschatulle, da waren keine großen Wertsachen drin. Aber die Kiste hat mir trotzdem jemand abgekauft. War das Geschäft meines Lebens.«

Jetzt horchte Nora auf und hielt ihm die zehn Euro wieder hin. »Was war in der Eisenschatulle drin?«

Ganz langsam griff er nach dem Schein und Nora ließ ihn los.

»Ein alter Kompass und ein Lohnzettel von seiner Firma.«

Als sie das hörte, wusste sie, dass Ismael die Wahrheit sprach. Wenn es auch eine kuriose Wahrheit war.

»War es ein Mann, der Ihnen Geld gegeben hat?«

»Klar, ein feiner Geschäftsmann.«

»Wie sah er aus?«

»Wie Geschäftsmänner nun mal aussehen. Feiner Anzug, wie meiner.« Er strich über sein Fell und kicherte.

»Ich brauche eine Beschreibung.«

»Nicht von mir, mein Kopf ist klar, aber meine Augen schlecht.«

»Würden Sie ihn bei einer Gegenüberstellung wiedererkennen?«

Er schüttelte den Kopf. »Ich sag ja, die Augen ...«

»Ich gebe Ihnen mehr Geld.«

Ismael prüfte den Geldschein wieder mit der Zunge und zuckte dann mit den Schultern. Dann zog er sich Stück für Stück in das Gebäudeinnere zurück.

»Wozu noch mehr Geld? Buffalo ist reich. Mir gehört das ganze Land.«

»Bleiben Sie hier!« Nora fluchte. »In welchen Wald hat man Hans Molder gebracht?«

Ein Kichern drang aus der Dunkelheit.

»Warten Sie! In welches Waldgebiet?«

»Man munkelt, nach Köpenick ins Teufelsseemoor«, kam es geflüstert.

»Das kann nicht sein!«, rief Nora ihm hinterher. Das Teufelsseemoor war ihr Jagdgebiet. Wenn es da etwas gegeben hätte, hätte sie davon gehört. Wenigstens Gerüchte. »Hören Sie? Das ist eine Lüge!«

Ihr Gesprächspartner hatte sich in das Gemäuer zurückgezogen. Eine Weile stand sie noch unschlüssig im Eingangsbereich.

Sie lauschte, aber der sonderbare Obdachlose schien sich in Luft aufgelöst zu haben.

»Das ist Bullshit«, fasste sie das Gehörte zusammen und wollte gehen.

Doch als sie sich herumdrehte, stand Heinlein direkt vor ihr. Er war lautlos hinter sie getreten. Sein Smartphone hielt er nicht länger in seinen Händen. Dafür streckte er beide Arme nach ihr aus. In seinen Augen funkelte der Wahn.

»Es tut mir leid«, wisperte er.

Dann schlossen sich seine großen Hände um ihren Hals.

KAPITEL 57

Vergangenheit

Über dem Eingang des Lokals hing noch die Lichterkette von Weihnachten. Auch an diesem Januarabend war die Westhafenkneipe gut besucht. Hans Molder brauchte keinen freien Tisch. Er steuerte direkt auf den Tresen zu.

»'n Abend, Eisenhans!«, begrüßte man ihn, dazu mit weiteren Kommentaren.

»Der Eisenhans kommt zur Tränke!«

»Noch steht er und geht er.«

»Ein Hoch auf den Eisenhans!«

Molder wusste, dass sich die anderen Gäste lustig über ihn machten. Auch wenn es ihm in den Fäusten juckte, ignorierte er die Zurufe. Wenn die gewusst hätten, was in ihm steckte! Leider war aus ihm ein Säufer geworden. Sein neuer Kumpel Ismael, der sich draußen am Wasser eine Zigarette drehte, hatte ihn gewarnt, ohne Geld in der Tasche das Lokal zu betreten. Aber in der Westhafenkneipe schmeckte der Korn nun mal am besten. Außerdem konnte Molder hier anschreiben lassen.

Während die anderen Leute über seine kaputten Schuhe lachten, klopfte Molder auf den Tresen. Er hielt zwei Finger für zwei kleine Schnäpse hoch. »Wie üblich!«

»Heute nicht!« Der Wirt, der sonst immer freundlich lächelte, zeigte humorlos mit dem Daumen zur Schiefertafel, wo in krakeligen Buchstaben neben ein paar anderen Namen Eisenhans stand. »Zahl erst mal deine Schulden zurück.«

»Pah, Schulden! Bin ein Ehrenbürger, du kennst mich.«

»Dein Schuldenzähler sagt was anderes. Und du weißt, der lügt nie.«

Tatsächlich notierte die Tafel bei Eisenhans die meisten Striche. Man munkelte, der Betreiber werde den Laden wegen stark gestiegener Pacht bald dichtmachen. Aber an fehlendem Geld konnte es eigentlich nicht liegen, denn die Kneipe war täglich gut gefüllt. Daher verstand Molder nicht, weshalb der Betreiber sich diesmal querstellte. Immerhin hatte Molder dann und wann einen zerknitterten Schein über den Tresen geschoben. Meistens am Monatsanfang, wenn die Leute noch spendabler gegenüber Bettlern waren.

»Ich zahle morgen.«

»Ja, das hast du gestern auch schon behauptet. Vielleicht pennst du dich erst mal ordentlich aus und überlegst dabei, wie du an neues Geld kommst. Die wollen hier bald ein Sozialprojekt starten. Da gibt es vielleicht Arbeit für dich. Weniger trinken ist sowieso besser für deine Gesundheit!«

»Pah, was geht dich meine Gesundheit an?« Zum Zeichen, wie rüstig er trotz seines Alters von achtundvierzig noch war, hämmerte er seine Faust auf den Tresen. Für einen Augenblick verstummten sogar die Gespräche in der Schankstube. Auch wenn er ein Trinker und Obdachloser war, legte sich niemand gern mit ihm an. Jeder in der Gegend wusste, wie wild Molder werden konnte. Deshalb und weil er stets eine Eisenschatulle in seiner Umhängetasche trug, nannten ihn alle Eisenhans. Wie in dem Märchen vom wilden Kerl.

Statt einzulenken und wenigsten den billigsten Spiritus unter der Theke hervorzuholen, polierte der Wirt seelenruhig Gläser. Dazu drehte er sich um, als wäre Molder plötzlich Luft für ihn.

»Scheiße, draußen ist es schweinekalt!«

»Meinetwegen setz dich noch ein paar Minuten hin und wärme dich auf. Mehr kann ich dir nicht bieten.«

Molder schaute sich um, ob es irgendwo eine ruhige Ecke gab. Wenn er nur lange genug mit verzogenem Gesicht dahockte, würde der Wirt vielleicht ein Einsehen haben. Oder die anderen Gäste ließen zu späterer Stunde etwas in ihren Gläsern übrig. Aber ausgerechnet heute war die Bude gerammelt voll, sodass kein Stuhl frei war. Ohne ein Getränk in der Hand hätte er zudem eine ziemlich gute Zielscheibe für Spott abgegeben.

»Was denn, Eisenhans, schon ausgetrunken?«, kam es aus einer Männerrunde, die Karten spielte.

»Mich hast du das letzte Mal hier gesehen«, schimpfte er in Richtung des Betreibers und spuckte zusätzlich auf den Tresen.

Dann schnappte er sich seine Umhängetasche mit der Eisenschatulle und stapfte zum Ausgang. Noch bevor er ganz durch die Tür getreten war, legte jemand den Arm um ihn.

»Hey, mein Freund!« Der Mann, der ihn freundschaftlich anredete, drückte ihm eine Flasche Wodka in die Hand. »Hab mitbekommen, was dir da drin widerfahren ist. Wusste nicht, dass man benachteiligte Menschen in dem Schuppen dermaßen schlecht behandelt. Da ist mir die Lust am Trinken gleich vergangen. Komm, ich geh mit dir ein Stück und wir reden ein bisschen!«

»Wer sind Sie?«, fragte Molder und stierte dabei auf das Etikett der Flasche. Es war sogar ein hochwertiger Wodka, stellte er fest. So einer wurde in der Kneipe garantiert nicht verkauft.

»Die Frage ist nicht, wer ich bin, sondern was ich dir anbiete.«

Sie traten ins Freie. Über dem Westhafen lag bereits die Nacht. Es stürmte ein bisschen, aber der Regen blieb aus. Von Ismael war weit und breit nichts mehr zu sehen. Selbst am Wasserbecken konnte Molder seinen neuen Kumpel nicht ausmachen.

»Und was bieten Sie mir an?«

»Einen Job, mein Freund.«

»Sind Sie von LAMM?«

»LAMM?«

»Dieses Sozialprojekt, für das ich mein Gesicht in die Kamera halten sollte.«

»Ah, das …! Ja, richtig, reden wir über LAMM.«

Molder drehte den Verschluss der Flasche auf und nahm einen großen Schluck.

»Teufelszeug!«

»Gut, nicht wahr?«, sagte der Fremde.

»Wegen des Jobs …«

»Der Reihe nach, ich erkläre dir alles in Ruhe. Hab gehört, du hast früher im Kompasswerk gearbeitet.«

»Woher wissen Sie …?«

Der Mann in dem schicken Mantel wartete nicht auf ihn, sondern ging davon und winkte bloß. Seine Schuhabsätze hallten auf dem Pflaster. Die Schuhe sahen nicht weniger teuer aus als der Wodka. Alles an dem Mann roch nach Geld. Molder war neugierig. An eine Festanstellung glaubte er zwar nicht, aber der Fremde machte einen netten Eindruck. Der würde Molder garantiert nicht ausrauben. Und falls er es doch versuchte, konnte der Eisenhans ziemlich wütend werden.

»Warten Sie!«, rief Molder ihm hinterher, nahm im Gehen noch einen Schluck und folgte ihm schließlich in eine Gasse, wo ein Luxusschlitten parkte. »Also, worum geht es?«

Der Mann öffnete die Heckklappe, als wollte er etwas daraus hervorholen. Doch der Kofferraum war leer, stellte Molder fest.

Der Fremde dreht sich herum und faltete die Hände ineinander. »Wir dachten da an ein Abenteuer, bei dem du uns behilflich sein könntest ...«

»Wir?«

Plötzlich wurde Molder von hinten ein Leinensack über den Kopf gezogen. Die Wodkaflasche glitt ihm aus den Händen und zersplitterte auf dem Pflaster. Zwar wehrte er sich nach Leibeskräften, aber es waren einfach zu viele, die auf ihn einprügelten. Über seiner Schulter riss der Riemen der Handtasche und sie fiel zu Boden. Eine Schuhspitze stieß sie im Gerangel unter den Fahrzeugboden. Kurz bevor man Molder in den Kofferraum steckte, schlug man ihn bewusstlos. Dann brauste der Wagen davon.

Alles, was vom Eisenhans zurückblieb, war die zerrissene Handtasche mit der darin befindlichen Eisenschatulle. Es war der Obdachlose Ismael, der die Gegenstände einsammelte.

KAPITEL 58

Es tut mir leid, hämmerte Heinleins Beteuerung irgendwo schwach in Noras Hinterkopf. Sie sah ihren Angreifer schon jetzt nur noch verschwommen. Jeden Augenblick würde sie die Kontrolle über ihren Körper verlieren. Heinlein presste das Leben aus ihr heraus. Er war im Begriff, sie zu erwürgen. Wehrlos zappelte sie in seinen Händen, die wie Schraubzwingen ihren Hals umschlossen. Um mehr Druck auszuüben, quetschte er sie mit dem Rücken zusätzlich gegen eine Wand. Sie spürte, wie ihre Füße mehr und mehr an Bodenhaftung verloren.

»Bitt…«, drang es schwach aus ihrer Kehle.

Zuerst hatte sie versucht, mit den Fingern zwischen seine zu kommen, aber da war kein Millimeter Spielraum. Jetzt wollte sie sein Gesicht zerkratzen und seinen Kopf nach hinten überstrecken, um ihn von sich zu stoßen, aber er war einfach zu stark. Vergeblich ließ sie von seinem Kinn ab und tastete nach ihrer Waffe unter der Jacke. Sie erreichte sie jedoch nicht.

»Ich muss es tun«, hörte sie ihn reden. »Er zwingt mich dazu.«

Während Noras Blick langsam in ein Flackern überging, erinnerte sie sich an die Minuten zuvor. Sie hatte mit dem Büffelmann gesprochen und Heinlein hatte außerhalb des

Gebäudes auf seinem Handy herumgetippt. Wahrscheinlich hatte es innerhalb dieser Zeitspanne Absprachen mit dem Wolf gegeben.

»Isma…«, wollte sie den Namen des Obdachlosen rufen, aber ihre Stimme ging in ein Zischen über.

Ismael – oder wie auch immer der Büffelmann hieß – würde ihr nicht zu Hilfe kommen. Er hatte sein Geld bekommen und würde es in Alkohol umsetzen.

»Warum?«, brachte sie mit letzter Kraft hervor.

»Er hat meine Tochter in seine Gewalt gebracht«, antwortete Heinlein, dann wechselte sein trauriger Blick zu Raserei. »Deshalb muss ich dich umbringen.«

Seine Kraft schien für einen Wimpernschlag nachzulassen. Als ihre Schuhsohlen wieder Kontakt zum Beton fanden, schrie Nora noch einmal. Zumindest bildete sie sich das ein. In Wahrheit blieb sie stumm und rang um Luft. Heinleins Kräfte ließen einfach nicht nach. Er hielt ihren Hals weiterhin umklammert, jedoch drückte er sie jetzt zu Boden. Mit seinem gesamten Gewicht setzte er sich auf ihren Bauch.

»Ich muss es tun«, presste er zwischen den Zähnen hervor.

Der Anblick eines Raubtiers war das Letzte, was sie sah, ehe sie die Augen schloss. Nora war bereit zu sterben.

»Ich kann es nicht«, hörte sie weit entfernt noch.

Ob Heinlein das sagte, konnte sie nicht mehr einschätzen. Sie merkte stattdessen, wie sie einen Schwebezustand erreichte. Alles wurde leicht. Ihre Seele löste sich von ihrem Körper.

Ich fliege, dachte sie.

Plötzlich wurde sie zurück ins Leben gerissen. Ihre Lungenflügel brannten, weil eine ungeheure Woge an Sauerstoff in sie hineinströmte. Auf einmal konnte sie frei atmen und sie konnte ihren Oberkörper aufrichten. Als sie sich hustend aufbäumte, riss sie gleichzeitig die Augen auf. Heinlein kroch von ihr weg und fiel mit dem Gesicht zu Boden.

»Ich kann das nicht«, heulte der große, kräftige Mann neben ihr.

Bevor Nora richtig zur Besinnung fand, kam Tumult auf.

»Keine Bewegung!«, brüllte eine Frau.

»Weg von ihr, Heinlein!«, befahl ein Mann.

Noch halb benommen krümmte Nora sich auf dem Boden und rollte sich in Seitenlage. Der Hustenkrampf brachte sie um. Aus dem Augenwinkel sah sie, dass zwei Personen mit gezogenen Pistolen in die Bauruine stürzten.

»Ich habe nichts getan«, behauptete Heinlein mit weinerlicher Stimme. Er erhob sich und baute sich vor den beiden Kriminalbeamten auf. »Er hat meine Tochter!«

»Das mit Ihrer Tochter wissen wir! Nehmen Sie die Hände hoch.«

Wie Konrad König und Manja Steinke sie hier gefunden hatten, konnte Nora sich nicht erklären, aber anscheinend war sie in Sicherheit. Oder doch nicht, denn Heinlein dachte nicht daran, sich zu ergeben, sondern ging direkt auf die Pistolenmündungen zu.

»Letzte Warnung«, ermahnte König ihn.

»Ich bin unschuldig!«, behauptete Heinlein.

Zu spät. Ein Schuss hallte im Gebäude und machte Nora und alles um sie herum taub.

KAPITEL 59

»Nehmt ihm schon die Handschellen ab«, bestimmte König, als er den Besprechungsraum betrat, in dem zwei Schutzpolizisten Fjodor Heinlein bewachten. »Ihr könnt gehen, ich komme allein klar.«

Natürlich wusste König um die Kampfkünste des Beschuldigten und deshalb unterschätzte er ihn nicht. Zu seiner Sicherheit fand die Vernehmung in einem Raum mit einem venezianischen Spiegel statt, hinter dem Königs Kollegen alles mitverfolgen konnten. Heinlein hatte sich am Westhafen widerstandslos festnehmen lassen, nachdem König einen Warnschuss in eine verrottete Matratze abgegeben hatte. Auf der Fahrt zur Dienststelle war kein einziges Wort über seine Lippen gekommen. Selbst jetzt hockte er auf dem Stuhl wie ein Häufchen Elend. Er wusste bereits, dass Julietta entführt worden war. Er wirkte bemitleidenswert. Als Vater eines erwachsenen Sohnes und einer erwachsenen Tochter konnte König seine Situation nachempfinden.

Nachdem die Tür hinter den Uniformierten ins Schloss gefallen war, stellte er Heinlein einen Plastikbecher mit Kaffee hin.

»Das Aroma ist lausig, aber es ist der beste, den Sie momentan bekommen können.«

Weder bedankte Heinlein sich noch griff er nach dem Heißgetränk.

»Haben Sie sich die Sache mit dem Anwalt überlegt?«, fragte König, denn bei der Belehrung vor Ort hatte Heinlein behauptet, er brauche keinen Anwalt. »Nicht? Na gut, vielleicht komme ich später auf das Angebot zurück. Immerhin sind Sie hier wegen versuchten Mordes.«

»Ich habe niemanden umgebracht«, erhob der Beschuldigte plötzlich die Stimme.

»Eben, deshalb reden wir von einem Versuch.« König klatschte eine fingierte Akte auf die Tischplatte. Sie enthielt größtenteils nur belanglose Dokumente. Wichtig war momentan nur der Aktendeckel, auf dem in Druckbuchstaben deutlich erkennbar der Name Fjodor Heinlein stand. »Es sieht nicht gut für Sie aus. Meine Kollegin und ich waren Zeuge, wie Sie versucht haben, Nora Rothmann umzubringen.«

»Wenn Sie dabei waren, dann haben Sie auch gesehen, wie ich von ihr abgelassen habe.«

»Sie können von Glück reden, dass der tote Kollege auf dem Gehöft vor seiner Ermordung nach dem Obdachlosen Hans Molder recherchiert hatte und wir in seinen Notizen auf den Westhafen gestoßen sind. Zudem lief die Fahndung nach Frau Rothmanns auffälligem Pick-up. Einer aufmerksamen Polizeistreife ist der Wagen dann auch zufällig auf der Stromstraße aufgefallen. Die Kollegen haben sofort Meldung gemacht. Nur deshalb waren wir rechtzeitig am Westhafen, bevor Sie Ihre Tat vollenden konnten.«

»Warum haben Sie mich nicht gleich erschossen?«

»Ja, im Nachhinein ärgere ich mich ein bisschen, dass ich eine Patrone für eine harmlose Matratze verschwendet habe. Ich könnte sie Ihnen natürlich in Rechnung stellen.«

Heinlein senkte den Kopf und schwieg.

»Ist echt heftig, einem Menschen in die Augen zu sehen, wenn man dabei ist, ihn zu erwürgen, nicht wahr?«

»Verdammt, ich war verzweifelt! Wegen der Bildnachricht. Sie haben das Foto auf meinem Handy doch gesehen.«

König hob den Aktendeckel einen Spalt an und zog das oberste lose Blatt heraus. Darauf waren Juliettas verheulte Wangen und ein rotes Tuch über ihren Augen zu sehen. Darunter stand der Text:

Töte Nora Rothmann oder du findest dein Rotkäppchen tot im Wald.

»Meine Tochter wurde entführt! Als ich das Bild bekommen habe, bin ich in Panik geraten. Ihre Kollegin stand mit dem Rücken zu mir. Es war so leicht … Ich … ich habe die Kontrolle verloren. Ich dachte, ich würde Julietta wiederbekommen, wenn ich Frau Rothmann beseitige. Ich meine, das steht doch da, oder? Das hat er verlangt im Austausch gegen meine Tochter. Was hätte ich denn tun sollen? Was hätten Sie getan? Was, frage ich Sie?« Er schlug mit den flachen Händen auf den Tisch und machte Anstalten sich zu erheben. »Haben Sie Kinder?«

Statt ihm zu antworten, lehnte König sich im Stuhl zurück und wartete, bis der Wutausbruch nachließ. »Nun trinken Sie schon!«

Die Aufforderung zeigte Wirkung. Heinlein griff nach dem Becher und führte ihn an die Lippen. Er trank ihn fast in einem Zug leer.

»Besser?«, fragte König.

Heinlein leckte sich die Lippen und schüttelte den Kopf.

»Keinem bei uns schmeckt das Zeug, aber so ist das Leben. Man muss es nehmen, wie es kommt.«

»Wollen Sie mich verfickt noch mal totphilosophieren?«

König beugte sich nach vorn. »Keineswegs. Ich halte Sie nur nicht für so unschuldig, wie Sie mir weismachen wollen. Ihr Vorstrafenregister spricht eine eindeutige Sprache. Ich mag Sie nicht und wir spielen hier garantiert nicht Ringelpiez, aber ich werde alles dafür tun, dass wir Ihre Tochter retten. Ja, ich habe Kinder. Deshalb lüge ich Sie nicht an. Wir haben mehrere Teams zusammengestellt, die unter Anleitung der regionalen Förster die umliegenden Waldgebiete durchkämmen. Zusätzlich setzen wir Suchhunde ein und ein Hubschrauber ist aktuell auch in der Luft. Während die Einsatzkräfte nach Julietta suchen, erzählen Sie mir der Reihe nach, wieso Sie Nora Rothmann in den letzten Wochen am Telefon terrorisiert haben.«

»Ursprünglich hatte ich nur den Auftrag, sie einzuschüchtern.«

»Warum?«, fragte König, weil Heinlein nicht weiterredete.

»Keine Ahnung, ich versuche, über die Runden zu kommen, da nehme ich gelegentlich solche Aufträge an. Deshalb habe ich sie nachts mit unterdrückter Nummer angerufen und habe ihr nachspioniert. Verstehen Sie, bis zum Abschluss ihrer Ermittlungen sollte ich ihr Schatten sein.«

»Sie reden von den Untersuchungen gegen den ehemaligen Polizeipräsidenten des LKA?«

»So konkret wurde das anfangs nicht gesagt, aber ja, ich habe mitbekommen, um wen es ging: Wilhelm Tuchfeldt.«

»Bleiben wir bei Ihnen. Von wem kam der Auftrag?«

»Aus dem Innensenat. Ich habe Ihnen doch vorhin schon gesagt, mein Kontaktmann, dieser Sandner, ist tot.«

Gespielt gelangweilt verdrehte König die Augen. »Ihre Geschichte mit dem Parkhaus am Grenzhaus haben wir überprüft. Wir haben weder eine Leiche noch Philipp Sandners

Fahrzeug finden können. Dort parkte kein solcher Mietwagen, wie Sie ihn beschrieben haben.«

»Aber da muss doch Blut gewesen sein.«

König schüttelte den Kopf. »Parkdeck B, haben Sie vorhin angegeben. Dort wurde jeder Quadratmeter abgesucht.«

»Ich habe doch mit seinem Handy telefoniert.«

»Und wo ist das Telefon jetzt?«

»Versenkt in der Spree, das sagte ich auch bereits.«

»So ein Pech aber auch.«

»Was ist mit seiner Frau? Ich habe an seinem Finger einen Ehering gesehen. Die muss ihn doch als vermisst gemeldet haben.«

»Mit Sandners Frau haben wir gesprochen. Die vermisst ihn nicht. Ich verrate Ihnen auch den Grund. Die beiden sind zwar verheiratet, leben aber seit mehreren Jahren getrennt.«

»Sehen Sie bei C nach! Vielleicht habe ich mich im Parkdeck geirrt. Ja, Sandner hatte sich verspätet, vielleicht hat er mich gesucht. Ich weiß es nicht mehr. Verdammt, ich war in Panik!«

Geirrt haben wollte er sich? König schaute zum venezianischen Spiegel und zuckte mit dem Mundwinkel. Seine Leute würden das Signal verstehen und sich sofort hinter ein Telefon klemmen.

»Okay, fassen wir das zusammen: Jemand aus dem Innensenat hat Sie beauftragt, die internen Ermittlungen gegen Wilhelm Tuchfeldt zu boykottieren?«

»Nein, Sie hören mir nicht zu. Mein Auftrag war, Nora Rothmann zu beschatten. Mehr weiß ich nicht.«

»Und Margot Schreiner?«

»Kenne ich nicht.«

»Pausenlos lügen Sie mich an. Uns liegen Zeugenaussagen vor, dass Sie sich mit Frau Schreiner am Abend vor ihrem Tod unterhalten haben. Und zwar in der Royal Lounge.«

»Dann habe ich mich eben mit ihr unterhalten, ist das verboten? Wozu ist das überhaupt wichtig? Hier geht es um meine Tochter!«

»Und haben Sie Frau Schreiner in oder außerhalb der Bar angefasst?«, blieb König beim Thema. »Ihr vielleicht in den Mantel geholfen oder haben Sie ihr die Tasche gehalten?«

Heinlein hob abwehrend die Hände. »Nein, nein, nein! Nichts dergleichen. Hören Sie! Sieht so Ihre Hilfe für Julietta aus?«

König brauchte Bedenkzeit. Er selbst hatte noch immer nicht verdaut, dass man in der Wohnung von Juliettas Pflegeeltern zwei weitere Leichen gefunden hatte. Anders als an den bisherigen Tatorten, fehlte von dem zehnjährigen Mädchen jede Spur.

»Aktuell sucht die gesamte Berliner Polizei nach ihr. Wir zwei können im Moment nichts tun, als uns zu unterhalten. Sobald auch nur der kleinste Hinweis zu Ihrer Tochter bekannt wird, geht hinter mir die Tür auf. Solange warten wir, das müssen Sie verstehen. Was mich bis dahin jedoch brennend interessiert, wie kommen Ihre Fingerabdrücke auf die Handtasche von Margot Schreiner?«

»Scheiße, ich habe niemanden umgebracht! Ich weiß gar nicht, warum Sie mir diese Fragen stellen. Wenn Sie Details wissen wollen, warum fragen Sie nicht einfach Ihre Kollegin!«

»Nora Rothmann wird ebenfalls befragt.«

»Nein, nicht Nora Rothmann.«

Jetzt musste König heftig blinzeln. »Welche Kollegin meinen Sie?«

»Na, die mit den roten Haaren. Die, mit der zusammen sie mich festgenommen haben. Die weiß doch Bescheid, die kennt mich.«

Für einen Moment war König sprachlos. Sein Blick ging zur verspiegelten Scheibe, hinter der Manja die Vernehmung beobachtete. König konnte sich nicht erklären, was das bedeutete, aber er merkte, wie sein zurechtgelegtes Konzept in sich zusammenfiel. Er und sein Team hatten ein Problem.

Kapitel 60

Auf die Forderung ihres Dezernatsleiters hin stellte man Nora in den Räumlichkeiten des LKA 11 ein separates Zimmer zur Verfügung. Dort konnten sie und Dieter Quast sich ungestört unterhalten.

»Für die Sache mit dem Revolver werde ich geradestehen«, sagte sie, nachdem sie alles erzählt hatte, was geschehen war. »Aber Sie müssen mir glauben.«

Fast wie ein Vater umschloss Quast Noras Hände. »Ich glaube dir und ich werde dich vor König und seinen Leuten beschützen. Du musst garantiert nicht wieder in eine Gewahrsamszelle. Du bist keine Mörderin.«

Trotz dieses Versprechens entzog Nora ihm ihre Finger. Ihr Körper sträubte sich gegen seine Berührung, auch wenn sie keinesfalls davon ausging, dass er sexuelle Interessen hegte. Andernfalls hätte der sechzigjährige Vorgesetzte schon früher Gelegenheit für derartige Andeutungen gehabt. Sie rang sich ein »Danke« ab. Quast lächelte, aber er sah dabei besorgt aus, was sie stutzig machte.

»Was ist?«

»Da gibt es ein Problem. Ich erreiche Philipp Sandner nicht mehr. Niemand erreicht ihn.«

»Dann hat Heinlein die Wahrheit gesagt und er ist tot.«

»Der Senatsdirigent arbeitet nicht mehr im Innensenat. Sein Büro steht schon seit Wochen leer und im Organigramm taucht sein Name nicht mehr auf. Er ist weder im Telefonsystem noch sonst irgendwo im Intranet auffindbar. Angeblich hat er sich in die Frühpension versetzen lassen.«

»Aber das hätten Sie doch mitbekommen müssen. Ich meine, wie kann er Ihnen denn sonst den Auftrag für Ermittlungen erteilt haben?«

Quast lehnte sich im Stuhl zurück und hob entschuldigend die Hände. »Anfangs gab es nur ein Schreiben mit dem Briefkopf des Senats. Darin wird mitgeteilt, dass umgehend Ermittlungen gegen Wilhelm Tuchfeldt zu führen sind. Das Dokument ist sauber. Allerdings hat sich wohl Philipp Sandner irgendwie dazwischengeschaltet. Er hat mich kontaktiert, es gab E-Mail-Austausch über eine offizielle Adresse des Senats. Ich meine, wer hätte da an seinem amtlichen Auftrag gezweifelt?«

»Dann handelt es sich um ein riesiges Komplott. Sandner hätte jederzeit alles abstreiten und sich auf Identitätsdiebstahl berufen können.«

»Scheint so. Aber das klären andere. Wir sind aus der Sache raus.«

Nora legte den Kopf schief. »Welche anderen? Was heißt das, wir sind raus?«

»Stell dich nicht so an, Nora! Du weißt genau, was das heißt. Andere haben die Ermittlungen übernommen.« Quast zeigte mit dem Daumen zur Tür. »Das LKA 11 ist für die Aufklärung der Morde zuständig. Darüber hinaus entscheidet schon lange die Politik, was läuft.«

Nora sprang von ihrem Platz auf und lief unruhig durch den Raum. »Aber das ist nicht richtig.«

»Stimmt, aber weder du noch ich können daran etwas ändern.«

»Es ist absolut falsch.«

»Du sagst es«, stimmte Quast ihr abermals zu, doch sie ahnte, dass er gegen die Entscheidung seiner Vorgesetzten nicht aufbegehren würde.

»Wir sind für die Bekämpfung von Korruption und Amtsdelikten zuständig. Wir sollten solche Umstände aufklären.«

»Man glaubt uns nicht mehr. Nach den Vorfällen wird man auch meine Abteilung unter die Lupe nehmen.« Er seufzte. »Ich fürchte, man wird das Dezernat zerpflücken und mit neuen Stellen besetzen. Ja, darauf wird es hinauslaufen.«

»Dann werde ich dafür sorgen, dass alle die Wahrheit erfahren.«

»Nora, sei vernünftig! Wenn du da jetzt rausgehst und wieder auf eigene Faust ermittelst, kann ich nicht für deine Sicherheit garantieren. Heinleins Tochter ist bereits verschwunden. Alle verfügbaren Kräfte suchen nach dem Mädchen.«

Sie nickte bloß, denn deshalb hatte Fjodor Heinlein versucht, sie umzubringen. Quast unterbrach ihre Gedanken.

»Juliettas Pflegeeltern wurden abgeschlachtet. Wer weiß, was noch passiert. Da draußen läuft ein Wahnsinniger herum, der es auf dich abgesehen hat. Den kannst du unmöglich im Alleingang stellen. Überlass das der Mordkommission. König ist zwar nicht immer einfach, doch kompetent wie kein Zweiter.«

»Aber das Ganze stinkt zum Himmel!«

Quast nickte gelassen, was sie innerlich umso mehr aufregte. Eigentlich hätte ihr Chef mindestens genauso erzürnt sein müssen wie sie. Stattdessen hockte er mit seinem breiten Hintern auf seinem Stuhl, als wollte er dort sitzen bleiben, bis sich die Wogen wieder geglättet hatten.

»Umso wichtiger ist es, dass wir beide vernünftig bleiben und zusammenarbeiten. Lass uns die nächsten Tage sehen, was wir machen können.«

»Wenn Sie das für richtig halten«, sagte sie verbissen.

»Ja, das denke ich. Deshalb ist es absolut notwendig, dass du mir alles erzählst.«

Diesmal entgegnete sie nichts, sondern schaute ihm nur in sein feistes Gesicht, in dem seine kleinen Augen sie fürsorglich anblickten. Auf neutrale Beobachter wirkte Quast behäbig, aber er konnte blitzschnell kombinieren. Außerdem ließ er sich selten in die Karten schauen, bis er explodierte. Er ahnte oder wusste vielleicht sogar, dass Nora ihn nicht über alles informiert hatte. Von der Goldmünze wusste er nichts und auch nichts darüber, dass sie die Wolfsmaske, die Heinlein beschrieben hatte, schon einmal innerhalb ihrer Familie gesehen hatte.

»Also, Nora …«, holte sie seine innige Stimme zurück ins Zimmer. »Erzählst du mir endlich, was hier los ist? Ich will es nur begreifen. Die Sache mit Sandner verwirrt mich genauso wie dich. Und alles andere auch.«

»Da gibt es nichts weiter.«

»Dachte mir schon, dass du das sagst. Hör zu, du würdest der Abteilung einen großen Gefallen tun, wenn du die Hilfe von Janosch Querschläger in Anspruch nimmst, um den Tod deiner Freundin besser zu verarbeiten.«

Sie erinnerte sich an das Telefonat mit Quast am Vormittag, an dem ohne ihr Wissen auch Querschläger teilgenommen hatte, weil er sich zu dem Zeitpunkt angeblich zufällig bei Quast im Büro aufgehalten hatte. »Nein, das werde ich nicht.«

»Hör mir doch wenigstens zu!«

Quast öffnete seinen Aktenkoffer und legte eine SFP9 von Heckler & Koch auf den Tisch. Es war ihre Dienstpistole. Nora erkannte sie sofort an der eingravierten Nummer.

»Nur ein, zwei Sitzungen«, redete Quast weiter. »Dann wird Herr Querschläger dir bescheinigen, dass keinerlei posttraumatische Belastungsstörung bei dir vorliegt. Es ist alles schon besprochen. Wir wollen dir keine Umstände machen, aber du musst uns entgegenkommen. Du weißt, dass ich dir voll und ganz vertraue. Also kannst du dich damit arrangieren?«

Nach den Schüssen auf dem Gehöft von Benjamins Schwiegermutter hatte man ihr auch den Revolver abgenommen. Eigentlich bestand keine Notwendigkeit, ihr die Dienstpistole zurückzugeben. Es fühlte sich sogar falsch an. Andererseits hatte Dieter Quast immer seine behütende Hand über Nora gehalten und sie aus freien Stücken in seine Abteilung geholt, während alle anderen sie abgelehnt hatten. Während der zermürbenden Zeit in der Cybercrime-Abteilung hatte sie unzählige Stellenbewerbungen geschrieben, keine war berücksichtigt worden, bis auf die im LKA 34. Quast hatte ihr nie Grund zum Zweifel an seiner Loyalität ihr gegenüber gegeben. Er hatte sie gefordert und gefördert. Aber das hatte Tuchfeldt in ihrem letzten Gespräch auch von sich behauptet. Tuchfeldt hatte sie kein Wort geglaubt, Quast vertraute sie da mehr. Wahrscheinlich sorgte er sich tatsächlich um ihre Sicherheit, weshalb er ihr die Pistole aushändigen wollte.

»Ich melde mich bei Herrn Querschläger.«

Damit griff sie nach der Schusswaffe und verließ das Zimmer.

KAPITEL 61

Angesichts der rasanten Entwicklungen und sich überschlagenden Ereignisse wusste selbst der erfahrene König nicht mehr, wo er anfangen sollte. Dauernd klingelte sein Telefon oder jemand klopfte an seine Bürotür. Er kam nicht einmal dazu, weitere Nachforschungen bezüglich Manjas möglicher Verbindung zu Heinlein und damit zu Sandner anzustellen. Immerhin würde der Ex-Kampfsportler die Nacht in einer Zelle verbringen, darauf hatte König sich mit dem Staatsanwalt abgestimmt. Ob morgen eine Haftrichtervorführung erfolgte, würde sich im Laufe des Abends herausstellen. Dringlicher war die Suche nach der entführten Julietta, die König nebenbei vom Bürostuhl aus koordinieren musste. Über die Pressestelle hatte er eine Öffentlichkeitsfahndung angeregt. Inzwischen wusste ganz Berlin, dass ein zehnjähriges Mädchen vermisst wurde und die Polizei von einem Verbrechen ausging. Leider musste man die Suchmaßnahmen in den Waldgebieten unterbrechen, da es dunkel wurde. Letztlich war nicht einmal klar, ob der Täter seine Drohung wahr machen und das Kind in ein Waldstück bringen würde, wie es in der Handynachricht an den Vater hieß. Vielleicht war Julietta längst tot. König war Realist genug, vor allem nach dem, was er an den Tatorten gesehen hatte. Als

284

Familienvater klammerte er sich trotzdem an die Hoffnung, dass der Entführer das Mädchen wie die beiden anderen zuvor leben lassen würde.

»Danke für Ihren Anruf«, sagte er und beendete sein Telefonat mit der Stationsärztin.

Immerhin gab es aus dem Krankenhaus positive Nachrichten. Mara war aus dem Koma erwacht. Ihr körperlicher Zustand war weiterhin kritisch. König musste entscheiden, ob er Nora davon erzählen wollte. Immerhin war sie Maras Patentante. Er fand, sie hatte ein Recht, es zu erfahren. Andererseits war Nora unberechenbar und wenig einfühlsam, wenn es um die Interessen und Bedürfnisse anderer Menschen ging. Er hatte angenommen, dass sie heimlich versuchen würde, das Mädchen in der Notaufnahme zu besuchen. Aber sie traute sich wohl nicht, weil sie sich noch immer schwere Vorwürfe gegenüber der Kleinen machte.

»Ach, Scheiße!«

König rieb sich die Erschöpfung aus dem Gesicht. Sein Blick ging zur Uhr auf dem Monitor. Bald zwanzig Uhr. Andreas Anruf war auch längst überfällig. Nach Heinleins Einlassung hatte er sie zu dem Parkhaus geschickt, um die Sache mit Sandner sicherheitshalber noch einmal zu überprüfen. Bei Falk und Habil würde es auch mächtig spät werden. Die beiden Kommissare steckten noch mitten in der Tatortarbeit in der Wohnung der getöteten Pflegeeltern. Laut den Fotos, die König vorab per Mail zugeschickt wurden, hatte der Mörder keine Zeit verloren und das Ehepaar einfach hinterrücks niedergemetzelt. Mehr als zehn Stiche und Schnitte hatte der Arzt an beiden Leichen gezählt. Tanja und Patrick Jakobus waren jämmerlich verblutet. Mit wem auch immer es die Kripo hierbei zu tun hatte, diese Person hatte sich innerhalb kürzester Zeit in einen Blutrausch hineingesteigert. Es war ein Raubtier aus der Hölle. Selbst König, der weder an Übernatürliches glaubte, noch sich leicht einschüchtern ließ, bekam eine Gänsehaut, sobald er die Tatortfotos betrachtete. In seinen Augen handelte es sich bei dem Killer auch nicht um jemanden, der einen Minderwertigkeitskomplex durch seine Gräueltaten kompensieren musste, nein, diesem Killer machte es ganz offensichtlich Spaß, Menschen zu töten. Dieser Killer empfand nichts dabei außer purer Begeisterung.

»Hoffentlich tut er dem Kind nichts an.« Er schniefte und stöberte durch die Akten, die Andrea über das polizeiliche System bis jetzt herausgesucht hatte. »Dieser feige Idiot!«

Diesmal meinte er nicht den Killer, sondern seinen alten Polizeipräsidenten. Inzwischen gab es keine Zweifel mehr daran, dass Tuchfeldt Selbstmord begangen hatte. Im Müll des Ehepaars hatte man die Spritze mit Rückständen von Cyanid gefunden. An dieser waren nachweislich Tuchfeldts Fingerabdrücke und seine DNA sichergestellt und ausgewertet worden. Zudem hatte er Andeutungen gegenüber seinem Anwalt Martin Bechstein gemacht, dass er die Ermittlungen gegen ihn nicht durchstehen werde. Bechstein hatte ihm dazu geraten, jegliche Aussage zu verweigern und alles Weitere der Kanzlei Starhemberg zu überlassen. Tuchfeldt hatte sich gegen den Rat seines Anwalts entschieden, weil er vor seinem Suizid reinen Tisch machen wollte. Aber auch für ein Geständnis gegenüber Nora war er zu feige gewesen. Das sichergestellte Gesprächsprotokoll der Kriminalhauptkommissarin gab nicht viel her. Nora war für ihr brillantes Gedächtnis bekannt. Sie benötigte nie viele Notizen. Königs Kollegin Andrea war jedoch fleißig gewesen. Mit Zugriffsrechten, für die Tuchfeldt die Freigabe erteilt hatte, war die Akte Raschun gesperrt worden; und zwar so, dass vorerst niemand mehr an den elektronischen Vorgang kam. Falls sich bestätigte, was bis jetzt nur eine Vermutung war, dann hatte Tuchfeldt dem LKA einen Bärendienst erwiesen. Und dabei ging es nicht um das Berliner Wappentier. Tuchfeldt war ein Mistkerl gewesen und König konnte sich nicht erklären, weshalb ein so hochdekorierter Polizist die Ermittlungen zu schwersten Straftaten negativ beeinflusst hatte.

»Weil er etwas verbergen wollte«, gab König sich selbst die Antwort.

Die Sache mit der Akte Raschun musste erst mal warten, denn endlich rief Andrea an.

»Wir haben Philipp Sandner gefunden«, kam sie gleich zur Sache.

»Ist er tot?«

»Seine Leiche lag im Kofferraum eines Mercedes. Heinlein hatte sich tatsächlich im Parkdeck geirrt.«

»Im Parkdeck geirrt! Das ist ein selten schlechter Witz. Mir ist unbegreiflich, wie unsere Leute das Fahrzeug und den Toten denn übersehen konnten. Es gab doch eine klare Anweisung: Mehrere Polizeibeamten sollten das Parkhaus durchsuchen.«

»Wie das so ist, einer schiebt die Schuld dem anderen zu. Angeblich haben sie alle Parkdecks kontrolliert, aber ich gehe davon aus, dass sie in den übrigen Etagen nur oberflächlich nachgesehen haben. Außerdem war Sandner mit einem Mietwagen hingefahren.«

»Was ist mit Blutspuren? Heinlein meinte, da sei eine ganze Blutlache gewesen.«

»Kann ich bestätigen, allerdings hat der Täter Bindemittel benutzt, um das Blut zu beseitigen. Die verbliebenen Rückstände sehen bei flüchtiger Betrachtung aus wie ein Ölfleck.«

»Scheiße, ich fasse es nicht! Ein ermordeter Senatsmitarbeiter ist das Letzte, was wir jetzt brauchen können.«

»Ob es sich bei ihm überhaupt um einen offiziellen Senatsmitarbeiter gehandelt hat, steht noch in den Sternen. Wenn es stimmt, was man sagt, und Sandner vor Monaten sein Büro geräumt hat, haben die im Senat ein ziemliches

Sicherheitsproblem. Wenn du mich fragst, ist das alles extrem merkwürdig.«

Dem konnte König nur beipflichten. »Wo steckt eigentlich Manja? Seit der Vernehmung von Heinlein ist sie verschwunden.«

Andrea hatte mitbekommen, was der Festgenommene bei seiner Befragung über Manja geäußert hatte. »Keine Ahnung, wo sie jetzt ist. Sie wollte sich mit Dieter Quast über die Ermittlungen zu Tuchfeldt unterhalten, so wie du es ihr aufgetragen hast.«

»Aber doch nicht jetzt!«, rief König zornig.

»Hey, ganz ruhig! Mich brauchst du nicht anzufahren. Am besten klärt ihr das unter euch.«

»Entschuldige, ich kapier das einfach alles nicht! Hilft uns Sandners Leiche wenigstens bei den Ermittlungen weiter?«

»Aktuell kann ich gar nichts sagen, außer dass die Leiche schon ziemlich stinkt. Ich schicke dir Videomaterial vom Tatort an deine Mailadresse, dann kannst du dir einen Überblick verschaffen.«

»Wir behalten den Leichenfund erst mal für uns. Meinetwegen kann Sandner noch eine Weile in dem Kofferraum liegen bleiben. Sorg dafür, dass die Karre bewacht wird. Und diesmal von fähigen Polizisten! Das verschafft uns ein wenig Zeit, bevor im Senat sämtliche Telefone heiß laufen. Dämliche Nachfragen von dort kann ich aktuell nicht gebrauchen. Die da oben scheren sich nicht um das Leben einer Zehnjährigen, wenn bei denen was schiefläuft.«

»Du bist der Chef.«

Nach dem Ende des Telefonats wartete König ungeduldig auf den neuen Posteingang. Tatsächlich erklang Minuten später ein heller Ton. Aber es war keine Mail von Andrea, sondern von Ronny Schaffner, dem Kneipenbesitzer.

»Ganz mieses Timing«, murmelte König.

Bisher hatte Schaffner sich vehement geweigert, die Videoaufzeichnungen seiner Überwachungskamera im Fall Tremmel herauszugeben. König hatte gedroht, mit einem richterlichen Durchsuchungsbeschluss bei ihm aufzutauchen. Das hätte er auch durchgezogen, wäre da nicht die Mordserie eines Geisteskranken dazwischengekommen. Anscheinend bekam Schaffner allmählich kalte Füße und schickte deshalb überraschend die Videodatei. Obwohl dafür keine richtige Zeit blieb, startete König die Wiedergabe. Seine Neugier konnte er nicht so ohne Weiteres unterdrücken. Im Schnelldurchlauf spulte er fast bis zum Ende. Mehrfach tauchte Tremmel in dem Video auf, beim Verlassen der Wohnung oder bei seiner Rückkehr. Dann und wann stoppte König den Film und machte sich einen Screenshot, sobald eine fremde Person im Treppenhaus auftauchte. Er klickte das Druckersymbol an, machte mehrere Ausdrucke.

»O Gott, die ist doch niemals volljährig!«, kommentierte er schließlich eine der Szenen. »Das Dreckschwein hat tatsächlich eine Minderjährige zu sich kommen lassen.«

KAPITEL 62

Anders als sonst herrschte im LKA 11 auch am Sonntagabend reger Betrieb. Für eine Aussprache traf Nora sich mit Konrad König allein in dessen Büro. Das hier sollte keine Vernehmung werden. Zuvor hatte sie sich gegenüber zwei seiner Kollegen zu den Ereignissen auf dem Friedhof und am Westhafen geäußert. König selbst hatte verlangt, dass sie danach noch einmal bei ihm vorbeikommen solle. So wie er jetzt vor dem Fenster stand, mit hinter dem Rücken verschränkten Händen, und in die Nacht hinausstierte, wirkte er, als wollte er sie nur schnellstmöglich wieder loswerden. Vielleicht war er aber auch einfach nur ratlos, so wie jeder andere, der versuchte, die Verbrechen der letzten Tage zu begreifen.

»Habt ihr inzwischen mit Andrzej Raschun gesprochen?«, wollte sie wissen.

Selbst bei der Begrüßung hatte er stur nach draußen geblickt und lapidar gemeint, sie solle sich hinsetzen. Erst Augenblicke nach ihrer Frage drehte er sich schwunglos herum.

»Damit wir uns richtig verstehen, ich soll den Mann acht Jahre nach seiner Verurteilung im Gefängnis aufsuchen und ihn nach einer dämlichen Münze befragen?«

»Nein, du sollst ihn fragen, wer da draußen mit einer Wolfsmaske herumläuft und eine mörderische Version von ›Rotkäppchen‹ nachstellt.«

»Und was ist das für eine Maske, von der du da redest?«

Heinlein hatte seine Aussage längst gemacht. Entsprechend kannte auch König die Details zur Maske. Er zielte also nicht auf eine Beschreibung ihrerseits ab. Er wollte die Hintergründe verstehen.

»Ich weiß nicht, was für ein Mensch darunter steckt. Ich kenne seine Identität nicht. Das ist es doch, was du eigentlich hören willst, oder?«

»Und warum er all das tut, weißt du auch nicht, nehme ich an.«

Zuerst wollte Nora den Kopf schütteln, aber dann blieb sie wie versteinert sitzen. Permanent die gleichen Fragen, das nervte gewaltig. Davor von seinen Kollegen, jetzt vom Leiter der Mordkommission. Noch dazu störte sie sich daran, dass sie wie eine Sünderin vor ihm auf dem Stuhl saß, während er wie ein Richter vor ihr stand. Sie erhob sich, um ihm die Stirn zu bieten. Im Stehen hatte sie außerdem einen viel besseren Blick auf seinen Schreibtisch. Darauf lagen kreuz und quer Unterlagen und Akten. Sie scannte jeden Zentimeter des Tisches, suchte nach Hinweisen und Fakten. Als Chef der Abteilung wusste er garantiert mehr, als er zugeben wollte. Ihr Blick fand schließlich eine schwarz-weiße Bilderserie. Die grobpixeligen Ausdrucke stammten augenscheinlich von einer Videokamera. Den Unterlagen zufolge handelte es sich um den Fall des unter mysteriösen Umständen verschwundenen Sexualstraftäters und Mörders Tom Tremmel. Streifenpolizisten hatten in seiner Wohnung nur noch dessen Unterschenkel gefunden. Die Entdeckung war bereits Monate her und das LKA 11 tappte nach wie vor im Dunkeln. Dieser Fall korrelierte aber garantiert nicht mit der aktuellen Mordserie. Im Gegensatz zu den anderen Unterlagen, die daneben halb verdeckt auf dem Tisch lagen. Darunter befand sich ein Auskunftsersuchen an das Bundeskriminalamt bezüglich Andrzej Raschuns Datenbestand. Anscheinend interessierte König sich doch für dessen Verbrechen.

»Nora, bist du noch anwesend?«, riss König sie aus ihren Gedanken.

»Ich … Nein, ich weiß nicht, warum er es auf mich abgesehen hat.«

»Gut.« König kniff die Lippen zusammen und schaute zur Decke, um dann einen neuen Anlauf zu starten. »Also, damit ich das richtig einordne, du glaubst, Andrzej Raschun hat die Morde im Grunewald nicht begangen. Und der wahre Täter sei jetzt wieder aktiv.«

»Nein, du missverstehst mich. Ich glaube aber, da stimmt etwas nicht. Raschun hat etwas damit zu tun. Seine Papierakte ist nicht zufällig verschwunden. Alles deutet darauf hin, dass Tuchfeldt sich für diese Akte interessiert hat. Unbestreitbar wurde ein Account für einen fingierten Polizeisachbearbeiter namens Friedrich Brecht erstellt. Damit sollte sich jemand um die elektronische Akte kümmern, was wohl auch geschehen ist. Zumindest wissen wir, dass sie gesperrt wurde. Sobald wir Zugriff erhalten, müssen wir herausfinden, ob Daten verändert oder gelöscht wurden, und wenn ja, zu welchem Zweck. Vielleicht war es Tuchfeldt selber, nur unter fremdem Namen.«

»Nora, selbst für einen Polizeipräsidenten, der mit sämtlichen Zugriffsrechten ausgestattet ist, dürfte es schwer sein, die Taten eines inhaftierten Serienkillers nachträglich unter den Tisch zu kehren. Das ergibt doch gar keinen Sinn.«

»Eben, deshalb muss es einen anderen Grund geben. Wenn er ein solches Risiko auf sich nimmt, hat das nichts Gutes zu bedeuten. Vielleicht wurde er gezwungen oder er schuldete jemandem einen Gefallen. Meine Aufgabe beim LKA 34 ist es, solche Vorfälle aufzuklären.«

Jetzt blickte auch König zu dem Auskunftsersuchen mit Raschuns Namen. »Also schön, gibt es noch mehr Fälle, bei denen es Unregelmäßigkeiten gab? Fälle, von denen ich wissen sollte.«

»Sag du es mir.«

Auf einmal schmunzelte König. Nora konnte sich nicht erinnern, den Mordermittler jemals erheitert gesehen zu haben. Sein Gesicht wirkte sonst immer wie eine Faust.

»Du bist wirklich clever, das muss ich dir lassen.« Er setzte sich auf seinen Stuhl und klopfte demonstrativ auf das Dokument. »Alles, was hier liegt, ist das Papier nicht wert.«

»Was soll das heißen?«, fragte sie mit einiger Verzögerung.

»Das heißt, dass es offenbar illegale Veränderungen von Datenbeständen gab und wir momentan keinen Überblick haben, wie groß der Schaden ist. Wir haben lauter leere Einträge. Ich rede von Polizeiakten, die nachträglich manipuliert wurden.«

»Soll das heißen, es wurden ganze Inhalte gelöscht?«

»Davon müssen wir ausgehen.« Er hob wahllos ein paar bedruckte Blätter an und warf sie achtlos zur Seite. »Insgesamt hat meine Kollegin vier Vorgänge gefunden, bei denen es unberechtigte Zugriffe gab. Die Recherche ist noch nicht abgeschlossen, aber wie es scheint, hatte Friedrich Brecht als einer der Letzten die Fälle in Bearbeitung. Leider ist uns die IT-Abteilung auch keine große Hilfe, denn die können sich das genauso wenig erklären. Sogar die Back-ups sind verschwunden. Eine derartige Sicherheitspanne gab es noch nie im LKA. Entsprechend überfordert sind Vorgesetzte und ITler mit der Situation. Jeder schiebt die Schuld auf eine andere Abteilung oder Behörde. Ich habe von Datensicherheit wenig Ahnung. Zum Glück kümmert sich Andrea darum. Nur leider bekommt sie kaum vernünftige Auskünfte. Der Ausgang der Sache ist also ungewiss. Wir haben schon bei der Staatsanwaltschaft nachgefragt. Zu allem Überfluss sind die Originalakten aus dem Archiv verschwunden.«

Davon hatte Nora bisher nichts gewusst und es klang nach einem handfesten Skandal innerhalb der Polizei und der Staatsanwaltschaft. Sie bezweifelte, dass König ihr die Namen der betreffenden Straftäter nennen würde, aber vielleicht ließ er sich zu ein paar Informationen hinreißen. »Handelt es sich um Tötungsdelikte?«

Zuerst zeigte König keine Regung, dann schüttelte er den Kopf.

»Was ist mit den Gerichtsunterlagen? Die müssten doch vollständig sein.«

»Davon gehe ich aus, aber das erfahren wir, wenn das Gericht die Freigabe dafür erteilt.«

»Wann ist damit zu rechnen?«

»Wir haben noch keinen Antrag gestellt, da wir erst alle Polizeiakten der letzten Jahre überprüfen wollen. Das kann dauern.«

»Aber …«

»Willst du mir nicht endlich sagen, was hier los ist?«, ließ König sie nicht zu Wort kommen. Doch sie war es leid, ständig dieselbe Antwort auf die stets gleiche Frage zu geben. Sie wusste es nicht, deshalb machte sie mit ihren Nachforschungen weiter.

»Was ist mit Hans Molder?«

»Ah ja, der Eisenhans. Wir haben nachgeschaut, der Vermisstenfall von damals wurde seit über fünfzehn Jahren nicht mehr angefasst. Bei diesem Vorgang hat Andrea keine Auffälligkeiten festgestellt. Es gab einfach keine Spur zu dem Mann und entsprechend dürftig sind die dortigen Vermerke. Und verschone mich jetzt bloß mit dem Zeitungsartikel, den dein Kollege Benjamin im Internet gefunden hat. Was da im Text steht, sind wildeste Spekulationen, die allein auf den widersprüchlichen Angaben eines Büffelmanns namens Ismael beruhen.«

»Gut, dann sind wir hier fertig. Ich werde die Sache mit Molder trotzdem weiterverfolgen, denn ich denke, er ist die Schlüsselfigur zu all den Verbrechen. Nicht ohne Grund habe ich seinen Kompass gefunden, nicht ohne Grund hat mir jemand seine Eisenschatulle überlassen. Ich will wissen, was mit ihm passiert ist.«

König knallte beide Hände auf die Tischplatte und stemmte sich darauf ab. »Hirngespinste, mehr nicht! Du verrennst dich da in eine krude Verschwörung! Mag sein, dass Tuchfeldt Einfluss auf Akten genommen hat, aber der Vermisstenfall ist mehr als zwanzig Jahre alt. Glaubst du, du bist schlauer als die Ermittler von damals? Was bildest du dir eigentlich ein? Einige von uns sind deutlich länger bei der Kripo als du.«

»Der Mord an meiner Familie ist auch zwanzig Jahre her und verstaubt seitdem in eurer Abteilung. Was habt ihr denn erreicht?«

König winkte ab. »Meine Güte, Nora! Ich habe deine Aussage gelesen, du denkst, der Mörder deiner Familie ist jetzt wieder aktiv. Das ergibt gar keinen Sinn! Es tut mir leid, was du damals erleben musstest, aber überleg doch mal! Warum sollte derjenige ausgerechnet nach zwei Jahrzehnten es plötzlich auf dich abgesehen haben?«

Sie überlegte, kam aber auch zu keiner plausiblen Erklärung. »Ich weigere mich, den Fall als abgeschlossen zu betrachten. Und ich werde beweisen, dass meine Theorie stimmt: Der Killer, den wir jagen, ist der Mörder meiner Familie.«

Für einen Moment schloss König seine Augen. »Du bist so verdammt stur.«

»Ja.«

Beschwichtigend hob er die Hände. »Okay, meinetwegen, ich will mich nicht streiten. Dir zuliebe werde ich Andrzej

Raschun besuchen, aber ich will, dass du mir dafür die Münze überlässt.«

»Warum?«

»Entweder gibst du mir die Münze oder die Sache ist gestorben.«

Weil sie nicht wusste, was sie sonst mit der Goldmünze anstellen sollte, griff sie in ihre Hosentasche und warf sie auf den Tisch. Er zog sie zu sich und schob ihr im Gegenzug Stift und Notizblock zu.

»Und ich möchte, dass du alle deine Kontakte namentlich aufschreibst. Wir wollen jeden überprüfen, der dir in letzter Zeit nahe gekommen ist. So wie es aussieht, haben Heinlein und ...« Er zeichnete Gänsefüßchen in der Luft. »... *der Unbekannte mit der Maske* Mareike Busch im Netz nachspioniert. Wir sind bei Instagram auf einen Nutzer namens Wahrer_Wolf gestoßen, dieser hat unter dem Namen ›Wolf‹ auch auf dem Blog von Schreiners Ehemann eine Nachricht gepostet. Wir haben das überprüfen lassen und sind auf eine gleichlautende IP-Adresse gestoßen. Leider führt sie ins Nirgendwo. Wie dem auch sei, ich will sichergehen, dass niemand deiner digitalen Spur folgt.«

»Ich habe weder einen Instagram- noch einen Facebook-Account.«

»Fein, zwei Probleme weniger, um die wir uns kümmern müssen. Außerdem wird dir ein Observationsteam auf Schritt und Tritt folgen.«

Sie nahm den Stift auf. »Ich nehme an, das soll meiner Sicherheit dienen.«

»Natürlich.« König legte die Zeigefinger auf seine Lippen und schaute eine Weile still zu, wie sie einen Namen nach dem anderen aufschrieb. Irgendwann erhob er die Stimme. »Kennst du Tim Walther?«

»Nein.«

»Aber seine Mutter Carola Walther kennst du.«

Sofort unterbrach Nora das Schreiben. Sie erinnerte sich an den Fall der Sekretärin, gegen die sie die Untersuchungen geführt hatte. Sie wusste, dass die Frau später Suizid begangen hatte. »Was ist mit ihrem Sohn?«

»Der Kinderrollstuhl in der Wohnung deiner Freundin gehörte ihm. Wir haben den jungen Mann überprüft und aufgesucht, er kann keinerlei Angaben machen, was es mit dem Rollstuhl auf sich hat. Dazu ist er schlichtweg nicht in der Lage. Er lebt in einem Behindertenheim. Aber wir haben eine gewisse Charlotte befragt, die eine Zeit lang so eine Art Stiefschwester für ihn war. Seine Mutter war mit ihrem Vater zusammen. Die Beziehung hielt nur zwei Jahre.«

Nora unterbrach König nicht. Während er redete, musterte er sie, als wollte er herausfinden, wie sie auf die Geschichte reagierte. Bis auf Carola Walther hatte Nora mit keinem dieser genannten Menschen zu tun gehabt.

»Jedenfalls hat diese Charlotte uns erzählt, dass ihr Vater und sie Tim nach dem Tod seiner Mutter aus deren Wohnung geholt haben. Er war drei Tage allein mit seiner toten Mutter dort. In seinem Rollstuhl hatte er in ihrem Zimmer ausgeharrt, während sie leblos am Fensterriegel hing. Weil er den Anblick und ihre körperlichen Veränderungen jedoch nicht erdulden konnte, hat er einen Leinensack genommen, mit Pinsel und schwarzer Farbe ein lächelndes Gesicht darauf gemalt und den Sack anschließend dem Leichnam über den Kopf gezogen.«

KAPITEL 63

Nachdem Nora gegangen war, stand König eine Weile ratlos einfach nur so am Fenster. Von seinem Büro aus konnte er bis zum Zoologischen Garten schauen, auch wenn er kein einziges Tier sah. Manchmal hörte er die Affen oder die Löwen. Aber von denen ging nicht die geringste Gefahr aus. Das schlimmste Raubtier lief irgendwo da draußen frei herum. Und es war ein Wolf, das hatte König inzwischen kapiert. Nur konnte er die Zusammenhänge nicht fassen. Wilhelm Tuchfeldt, Nora Rothmann, Philipp Sandner, Fjodor Heinleins Tochter … All das waren Namen, die zu losen Enden führten.

Er drehte sich herum, überblickte seinen Schreibtisch. Die ausgedruckten Fotos von der Videoaufzeichnung lenkten ihn ab. Seit Schaffner ihm die Datei geschickt hatte, ließ ihm die Sache mit der Minderjährigen keine Ruhe mehr. Das dunkelhaarige Mädchen auf dem ausgedruckten Bild war höchstens fünfzehn. Egal, ob es sich um Verwandtschaft oder die Tochter eines Bekannten handelte, Tom Tremmel hatte ein gerichtliches Umgangsverbot mit Minderjährigen. Augenscheinlich hatte Tremmel sich dieser Auflage widersetzt. Wie oft in den vergangenen Jahren, das würde König vielleicht noch herausfinden.

Allerdings würde das nichts daran ändern, dass man bisher nur Tremmels halbes Bein gefunden hatte.

»Ach, verdammt, wir drehen uns im Kreis.«

Er stürzte sich auf die Ausdrucke und schob die einzelnen Blätter zusammen. Für heute wollte er den Fall »Fußfessel« beiseitelegen. Immerhin arbeitete seine Abteilung seit drei Monaten daran, da kam es auf einen Tag oder eine Woche mehr nicht an. Als er den Papierstapel in eine separate Box legte, fiel ihm plötzlich auf dem Bild etwas auf, was er bisher übersehen hatte.

»Das Hauslicht!«

In dem damaligen Bericht der beteiligten Beamtin stand alles sehr detailliert. An einen Vermerk erinnerte König sich spontan, weil er beim Lesen über diese scheinbar belanglose Erwähnung geschmunzelt hatte. Als der Schlüsseldienst Tom Tremmels Wohnung geöffnet hatte, war die Hauslichtanlage defekt gewesen. Laut Aussagen der Bewohner schon seit über einer Woche. Auf den Bildern, die laut der Uhrzeitanzeige auf dem Videofilm aus den Nachtstunden stammten, funktionierte das Deckenlicht der Etage jedoch.

»Dieser Mistkerl will mich verarschen!«

»Wer will dich verarschen?«

Es war Manja, die plötzlich hinter ihm im Zimmer stand. Wo auch immer sie herkam, ihm gefiel ihre gute Laune nicht.

»Mit dir hatte ich gar nicht mehr gerechnet.«

»Kein Problem, ich kann gern gehen. Die Überstunden versauen mir nämlich gerade gehörig mein Privatleben.«

König trat von der Ablage mit den ausgedruckten Fotos weg. »Aha, dabei bin ich gerade am Zweifeln, ob du deinen Job noch ernst nimmst.«

»Geht es dir noch gut? Ich rackere mir hier den Arsch für dich ab, indem ich dir lästige Aufgaben vom Hals schaffe. Oder wolltest du lieber mit dem behäbigen Quast reden? Außerdem sollte ich mich um die Affäre von Mareike Busch kümmern.«

»Und hast du was erreicht?«

»Ja, verdammt, ich habe eben mit ihrem Arbeitskollegen telefoniert. Er war nicht besonders begeistert, weil ich zuerst seine Frau an der Strippe hatte und ihr gegenüber geäußert habe, dass wir in einem Mordfall ermitteln und ihr Mann sachdienliche Hinweise geben kann. Garantiert hat sie den Braten gerochen. Er kommt morgen zur Vernehmung her.«

»Wegen einer Unterhaltung mit Quast und einem Telefonat mit einem möglichen Zeugen warst du die letzten Stunden unauffindbar und bist auch nicht an dein Handy gegangen?«

Sie zögerte, weil sie wohl ahnte, worauf er hinauswollte. »Ich habe vorhin mit Noras Dezernatsleiter gesprochen und mich mit ihm über Nora und Tuchfeldt unterhalten, das hat über eine Stunde gedauert, falls du es genau wissen willst.«

»Und ist bei der Unterhaltung auch etwas für uns rausgekommen?«

»Ja, ja, Scheiße, ich denke, es lief zu unseren Gunsten. Quast war echt lammfromm. Der will uns morgen vollumfänglich Einblick in Noras Ermittlungen gewähren.«

»Warum erst morgen?«

Manja zischte. »Fahr dich runter, ja? Du kannst mir gar nichts, Konrad, denn ich bin die letzten Jahre deine Versicherung gewesen, wenn es mal scheiße lief. Oder hast du vergessen, wer dem LKA 11 mehrfach den Arsch gerettet hat?«

Natürlich hatte es auch bei der Mordkommission die eine oder andere Unregelmäßigkeit gegeben, aber das waren Kleinigkeiten und hätten schlimmstenfalls mit einem Verweis geendet. Deshalb sah König sich nicht in unterlegener Position gegenüber Manja. Er stand bei ihr in keinerlei Schuld.

»Wie hat Fjodor Heinlein das vorhin gemeint, als er sagte, du würdest ihn kennen?«

Manja spuckte ihren Kaugummi in seinen Papiereimer und trat dann dicht an ihn heran. Sie funkelte ihn herausfordernd an. »Pass auf, Konrad, es ist mir scheißegal, was Heinlein behauptet. Ich kenne den Mann erst, seit wir ihn festgenommen haben. Vielleicht hat er mich mal gesehen oder verwechselt mich mit jemanden. Such dir was aus, kapiert?«

Ihr Ton gefiel ihm ganz und gar nicht, aber Manja war eine exzellente Ermittlerin und anerkanntes Mitglied seines Teams, trotz ihrer Eigenarten. Jeder stand unter Stress, deshalb ließ er ihre Dreistheit durchgehen. Aber um eine Warnung kam er als Vorgesetzter nicht herum.

»Gut, ich werde mich trotzdem mit der Sache beschäftigen. Und jetzt nimm gefälligst Abstand!«

Tatsächlich hielt sie inne und trat nach einigen Augenblicken einen Schritt zurück. »Besser?«

Er nickte und wartete, ob da noch eine vernünftige Erklärung kam, aber sie enttäuschte ihn.

»Also, hast du noch was für mich? Nein? Dann würde ich meinen Dienst beenden. Mir reichts nämlich für heute! Sollen mal andere zeigen, was sie können.«

»Bevor du abhaust, eine Sache noch …«, hielt er sie auf, als sie bereits im Begriff war zu gehen. Dann beugte er sich über den Schreibtisch und reichte ihr die Liste mit Namen, die Nora verfasst hatte. »Ich will, dass du diese Kontaktpersonen von Nora überprüfst.«

Sie zischte und zupfte ihm den Zettel mit einem süffisanten Lächeln aus der Hand. »Wie du wünschst …«

»Und noch eins … Ich hoffe für dich, dass Heinlein dich mit jemandem verwechselt hat.«

Kapitel 64

»Bis morschen, Ronny!«

»Ja, du mich auch«, scherzte Ronny Schaffner und winkte zum Abschied mit seinem Putztuch. »Pass auf dich auf, Bruno, da draußen rennen ne Menge verrückter Typen rum.«

»Ick hab doch Oogen in de Jondel.«

Hinter Bruno fiel die Eingangstür ins Schloss. Schaffner schaute zur Wanduhr. Kurz nach ein Uhr, für alle anderen begann in wenigen Stunden die neue Woche. Endlich hatte der letzte Stammgast die Eckkneipe verlassen. Zehn Minuten später, als es die Öffnungszeiten und das Ordnungsamt erlaubten. Von den Anwohnern hatte es in der Vergangenheit Beschwerden gegeben. Aber wegen der paar Minuten pfiff Schaffner auf die Befindlichkeiten von denen. Ihn quälten andere Sorgen. Geldsorgen, die sich auf seinen Magen niederschlugen.

»Noch einen Absacker?«, fragte Renate, seine Aushilfe. Dabei klimperte sie mit zwei Schnapsgläsern.

»Nee, heute besser nicht.«

»Immer noch der Mollenfriedhof?« Sie klopfte ihm leicht gegen den Bierbauch.

Er brummte wegen der Krämpfe. »Ich muss nur mal richtig auf den Lokus.«

»Nimm Kümmel, hat mene Großmutter schon jenutzt.«

»Ich kümmel dich auch gleich.«

Er lachte, was seine Bauchschmerzen nur noch verstärkte.

»Willst nicht endlich ranjen?«

Den ganzen Abend hatte Ronny Schaffner das Klingeln seines Handys ignoriert. Eigentlich wollte er mit niemandem mehr reden, erst recht nicht mit dem LKA. Wie gewünscht hatte er Kriminalhauptkommissar König die Videodatei von seiner Überwachungskamera geschickt. Um weiteren Ärger zu vermeiden, hatte er die Technik deinstalliert. Seit Tremmels Wohnung leer stand, gab es keinen Grund mehr für die Überwachung. Schaffner glaubte nicht, dass der die Flocke gemacht hatte. Nicht mit einem fehlenden Bein. Unter seinen Kneipengästen munkelte man, den habe der Wolf geholt. In den letzten Tagen hörte man so einige schaurige Geschichten. Sämtliche Kanäle berichteten von einer beispiellosen Mordserie. Bruno, der als Letzter gegangen war, wusste angeblich sogar, dass der Killer eine Wolfsmaske trug. Aber Bruno war ein Säufer. Schaffner gab nichts auf das Wort eines Trinkers. Auch die anderen Gäste hatten Bruno ausgelacht wegen der Geschichte mit der Maske.

»Is bestimmt wichtig«, forderte Renate ihn auf, endlich das Telefonat anzunehmen. »Ich spül noch die letzten Gläser und wisch die Tische ab. Dann is Feierabend!«

Er nahm das Handy auf und betrachtete die Nummer bloß. Sein Magen meldete sich prompt. Schlechte Vorzeichen.

»Kannst danach gehen, ich schließ später ab.«

Von der Kneipenstube trat er in den Hausflur und nahm das Handy ans Ohr.

»Sie haben mir Scheiße untergeschoben«, fauchte Kriminalhauptkommissar König aus dem Gerät.

»Geht es um die Videodatei?«, vergewisserte Schaffner sich, weil er sich keiner Schuld bewusst war.

»Ja, verdammt, es geht um die Videodatei!«

Schaffner konnte König nicht folgen, wusste nicht, warum er so aufgebracht war und ihn deshalb sogar nach Mitternacht anrief.

»Was stimmt denn damit nicht?«

»Was damit nicht stimmt? Haben Sie sich die Aufnahmen mal angesehen?«

»Klar, wollte ja mal wissen, was darauf zu sehen ist.«

»Und ist darauf irgendwo zu sehen, wie Tom Tremmel an besagtem Abend vor seinem Verschwinden die Wohnung verlässt?«

»Nee, also … Darüber habe ich mich auch schon gewundert. Aber woher soll ich wissen, wie der das gemacht hat? Kann ja sein, dass jemand anderes das Bein ins Schlafzimmer gelegt hat.«

»Ja, das ist gut möglich, aber auch das sieht man im Video nicht. Und wissen Sie warum?«

Schaffner konnte es sich wirklich nicht erklären. »Nee, verraten Sie es mir.«

»Das Datum in Ihrer Kamera muss falsch eingestellt gewesen sein. Zum Zeitpunkt von Tremmels Verschwinden ging das Licht im Treppenhaus nicht …« Als König davon sprach, schaute Schaffner reflexartig zur Decke, wo das Licht brannte. »Im Video funktioniert dagegen die Beleuchtung im Hausgang. Also was sagt Ihnen das?«

Fahrig fingerte Schaffner nach seinem Wohnungsschlüssel in der Hosentasche. »Moment, das muss ich überprüfen. Wie Sie wissen, war ich wochenlang verreist, ich hab natürlich nicht die gesamten Aufzeichnungen durchgesehen, sondern nur den Zeitraum, in dem das mit Tremmel passiert sein muss.« Während des Redens schloss er seine Wohnung auf. Ihm war es peinlich, denn er hatte die Kriminalpolizei keinesfalls übers Ohr hauen wollen. »Es tut mir leid, ich melde mich umgehend bei Ihnen.«

»Ich warne Sie!«, kam es mahnend von König. »Verarschen Sie mich kein zweites Mal.«

Nachdem der Beamte aufgelegt hatte, betrat Schaffner seine Wohnung. Da er allein lebte und selbst für die Sauberkeit verantwortlich war, behielt er die Schuhe an. Er setzte sich sogleich an den Rechner. Während das Betriebssystem startete, betrachtete er die abgebaute Hardware, die seit Wochen auf dem Tisch herumlag. Das Kamerasystem hatte er gebraucht erstanden, entsprechend veraltet war die Anlage. Wegen Mietern wie Tremmel, die selbst kaum Knete besaßen, konnte er sich keine bessere Technik leisten. Insgeheim verfluchte er den Pädophilen. Erst war dessen Bude wochenlang von der Kripo beschlagnahmt gewesen und jetzt konnte Schaffner sie noch nicht einmal neu vermieten. Weil er selbst daran interessiert war, dass der Inhaber gefunden wurde, kümmerte er sich umgehend um die Videoaufzeichnung. Ob man Tremmel tot oder lebendig fand, war Schaffner egal. Auch wenn die wenigsten Menschen über einer Kneipe wohnen wollten, würde er schon einen Nachmieter finden. Notfalls nahm er wieder einen Problemfall vom Amt auf.

»Mist, der Bulle hat recht, es ist das falsche Datum!«, stellte er fest, als er die Zeiteinstellung der Videokamera überprüfte.

Von der Konfiguration hatte er keine Ahnung, deshalb war ihm das bei der Installation der Überwachung nicht aufgefallen. Um ganze zehn Tage war das Datum verstellt. Jetzt musste er noch die richtige Stelle der Aufzeichnung suchen und diese erneut an König schicken. Deshalb startete er auf dem Rechner die Wiedergabe. Nach wenigen Minuten flimmerte auf dem Bildschirm, was er suchte. Diesmal zeigte das Bild eine Person.

»Da ist doch jemand!«

Schaffner rieb sich Spucke von den Lippen, so aufgeregt war er. Mehrfach musste er blinzeln, weil er nicht glauben konnte, was er auf dem Monitor entdeckt hatte.

»Ich muss König anrufen!«, redete er zu sich selbst und griff nach seinem Handy.

Wegen seiner Entdeckung war er dermaßen zittrig, dass er sogar Schwierigkeiten mit der Wahlwiederholung hatte. Zusätzlich lenkte ihn das Läuten der Klingel ab. Was wollte Renate denn jetzt noch? Wahrscheinlich hatte sie die Kneipe abgeschlossen und wollte ihm seinen Schlüssel bringen. Oder er hatte was dort vergessen. Mit dem Smartphone in der Hand eilte er durch den Korridor und riss die Wohnungstür auf.

»Renate, ich …«

Im selben Moment explodierte sein Gesicht.

KAPITEL 65

Wie lange Nora geschlafen hatte, konnte sie nicht sagen. Laut der Uhr am Laptop war es 5.08 Uhr, als sie die Augen aufschlug. Statt ins Bett zu gehen, war sie auf der Couch eingeschlafen. Sie hob den Kopf vom Kissen und griff sich an die Stirn. Dahinter pochte es hitzig. Sie fühlte sich wie erschlagen. Nach den Strapazen der letzten Tage signalisierte ihr Körper ihr, wie dringend er Erholung benötigte. Kein Abendbrot, keine Dusche, keine aufmunternden Worte von irgendjemandem. Nur Beth hatte geschnurrt, als Nora zurückgekehrt war. Hatte sie ihre Katze überhaupt gefüttert? Sie wankte in die Küche, um nachzusehen. Mit dem Futter und der Katze war alles in Ordnung. Beth schlummerte im Sessel und ließ sich nicht von der Unruhe stören.

Nora trug sogar noch Straßenschuhe und Jacke. Beim Betreten ihrer Wohnung hatte sie gefroren, daran erinnerte sie sich. In den Zimmern schwebte die Aura eines Fremden, schien regelrecht mit unsichtbaren Armen nach ihr zu greifen. In der Jacke fühlte sie sich irgendwie behütet. Auf dem Weg zurück ins Wohnzimmer durchschritt sie erneut den Flur. Dort fiel ihr Blick auf den Blutfleck von Schreiner sowie die Klebepfeile und das Spurenpulver der Kripo. Niemand würde ihr helfen, den Schmutz zu beseitigen. Mit dem Gefühl des Befremdlichen würde sie allein klarkommen müssen.

Nora griff an ihre Hüfte, ob sich ihre Dienstwaffe noch dort befand, wo sie sie nach dem Gespräch mit Quast hingesteckt hatte. Alles bestens. Von ihrem Holster streckte sie die Hand zum Laptop aus und wischte den Bildschirmschoner weg. Eine neue E-Mail war eingetroffen. Nora erinnerte sich, dass der Warnton des Mailprogramms sie geweckt hatte.

Suchst du nach der hier?

Unter der Frage befand sich ein Foto von einer Wolfsmaske. Nicht irgendein Modell, sondern exakt jenes, welches sie damals in der ausrangierten Schublade ihres Bruders im Keller entdeckt hatte. Rabenschwarz mit weißen Fangzähnen und senkrechten roten Streifen über den Augenlöchern. Die Maske sah zerkratzt und schmutzig aus und lag mitten zwischen Gras, als hätte jemand sie einfach weggeschmissen.

Sie gehört deiner Familie. Sie gehört dir, wie alles, was du geerbt hast.

Die Nachricht stammte von Snow-White.

»Woher weiß sie das?«, flüsterte Nora, während sie gebannt auf den restlichen Text schaute.

Jetzt suchst du nach dem Eisenhans. Dein Vater kannte ihn.

Bis auf den Namen Snow-White am Ende stand da nichts mehr. Einen weiteren Anhang gab es ebenfalls nicht. Nora lehnte sich zurück und dachte nach. Sie musste an die Zeit mit Fiona denken. An die Zeit, als sie sich kennengelernt und sich später ihre Wege getrennt hatten …

Plötzlich miaute Beth.

»Na, kannst du auch nicht schlafen?«

Die Katze sprang vom Sessel auf die Couch und stieß mit ihrem Kopf mehrfach gegen Noras Hüfte, als wollte sie ausdrücken, dass Nora sich endlich aufraffen sollte. Das tat sie schließlich auch. Schnurstracks ging sie in den Abstellraum, wo der Waffenschrank stand. Hinter einem Stoffvorhang befanden sich zudem eine Handvoll Umzugskartons. Zwei davon enthielten persönliche Unterlagen ihrer Eltern. Seit über fünfzehn Jahren hatte Nora die Kisten nicht mehr angerührt. Als sie die Staubschicht von der Kartonoberfläche wischte, kam es ihr vor, als würde sie ein antikes Grab öffnen.

»Das Erbe meine Familie«, deutete sie laut für sich die Zeilen von Snow-White.

Als sie den Deckel des Kartons anhob, klingelte es plötzlich an der Wohnungstür. Sofort ging ihr Griff zur Pistole. Allerdings hätte sich der Killer wohl kaum angekündigt. Aber wer, verdammt noch mal, besuchte sie um diese Uhrzeit? Während Nora zu keinem Entschluss fähig war, tippelte Beth mutig in den Flur, miaute und schaute abwechselnd zu Nora und der Wohnungstür.

»Du meinst, ich sollte nachsehen?«

Die Katze legte den Kopf schief. Auf Rückendeckung von ihr brauchte Nora wohl nicht zu hoffen. Nahezu geräuschlos schlichen sie beide vorbei am getrockneten Blutfleck durch den Korridor. Erneut schrillte die Klingel. Anders als sonst zuckte Nora zusammen. Sie schaute durch den Türspion. Kevin stand davor.

»Ich weiß, dass du da bist«, sagte er, als könnte er sie von der anderen Seite sehen.

Nora verhielt sich absolut still. Mehr noch als beim letzten Mal fragte sie sich, warum er mitten in der Nacht bei ihr aufkreuzte.

»Komm schon, Nora, ich habe den Lichtschein in deiner Wohnung gesehen.« Zaghaft trommelte er mit der Faust gegen das Türblatt. »Seit zwei Tagen versuche ich, dich zu erreichen. Ich habe die Fernsehbilder vom Friedhof gesehen. Ich mache mir Sorgen um dich.«

Danach sagte er noch mehr, aber Nora gab ihm keine Antwort. Sie entfernte sich von der Tür und ging zurück in die Abstellkammer. Irgendwann gab Kevin auf. Nora brauchte weder Ablenkung noch Aufmunterung von ihm. Zu sehr geisterte in ihrem Kopf die mysteriöse Mail herum. Sie musste etwas überprüfen. Seit den Ereignissen am Westhafen machte sie sich Gedanken über Hans Molder. Ihre Kollegen hielten Ismael für verrückt, aus nachvollziehbaren Gründen. Aber Nora glaubte der kruden Schilderung des Büffelmanns. Ihr Gegner hatte ihr nicht umsonst den Kompass und die Münze überlassen. Beide Gegenstände waren Teil eines Rätsels. Eines Rätsels, dessen Lösung sie möglicherweise in dem Karton finden würde, über den sie sich nun, nach der Unterbrechung durch die Klingel, erneut beugte. Mutters Unterlagen hielt sie für unwichtig, deshalb legte sie sie beiseite. Wenn Nora fündig werden wollte, dann gelang ihr das höchstens bei den Sachen ihres Vaters. Neben längst gekündigten Verträgen gab es zahlreiche alte Schreiben von ihm aus seiner Zeit als Politiker. Mit den meisten Inhalten konnte sie nichts anfangen. Beim Durchblättern fragte Nora sich, warum sie das Zeug überhaupt aufgehoben hatte. Minutenlang stöberte sie vergebens durch das Papier. Blatt für Blatt ging sie durch, akribisch wie auch im Beruf. Irgendwann stieß sie auf eine Art Agenda, für die sich ihr Vater stark gemacht und durch die er in der Öffentlichkeit Bekanntheit erlangt hatte. Es ging um bessere Bedingungen und soziale Angebote für Obdachlose in Berlin. Zwischen den offiziellen Dokumenten aus dem Senat befanden sich ein paar vergilbte Zeitungstexte. Jeder davon berichtete von den Plänen ihres Vaters. Überwiegend ging es dabei um das Projekt LAMM.

»Nein, das kann nicht sein«, stieß Nora aus, als sie die Zeitungsblätter schon fast durchgesehen hatte.

Zu einem Artikel, der über eine Wohltätigkeitsveranstaltung berichtete, gab es ein übergroßes Foto, das ihren Vater zeigte. Darauf lächelte er in seiner ihr wohl bekannten intelligenten Art in die Kamera. Seine Mimik war freundlich, aber sein Blick undurchschaubar. Ihr Vater war Politiker und Jäger gewesen. Ein solcher Mann tat das Notwendige und musste dabei gelegentlich erbarmungslos sein. Doch diese Charaktereigenschaft durfte er niemals öffentlich zeigen. In der Öffentlichkeit war er stets als treu sorgend und gerecht aufgetreten. Nora kannte verschiedene Seiten von ihm. Aber nicht das Gesicht ihres Vaters war im Artikel für sie von Interesse, sondern eine von fünf Personen, die hinter ihm standen.

»Nein, nein, nein!«

Das Bild zeigte Hans Molder im Alter von Mitte vierzig.

KAPITEL 66

Zuletzt war König vor drei Jahren in der Justizvollzugsanstalt Moabit gewesen. Damals hatte er einen Mann aufgesucht, der seinen Bruder erschlagen hatte. Säufermilieu. Als Motiv hatte er Liebe angegeben. Der Klassiker! Streit um eine Frau. Der Täter war strenggläubig gewesen. Trotzdem hatte er die Tat bei seiner Festnahme kein bisschen bereut.

Als König am Montagmorgen durch die Gänge zum Besucherraum geführt wurde, fragte er sich, ob dieser Mann inzwischen geläutert war. Außerdem dachte er darüber nach, ob jeder Mörder gleich wenig wert war. Für die Strafzumessung war er zum Glück nicht zuständig. Dafür gab es Anwälte und Gerichte. Seine Aufgabe bestand darin, die Fakten auf den Tisch zu bringen.

In dem Raum, in den man ihn brachte, stand ein Tisch. Ein Tisch war eine fassbare Grenze zwischen einem Ermittler und einem verurteilten Straftäter. Gleichzeitig konnten an einem Tisch Vereinbarungen getroffen werden. König wusste selbst nicht, wohin das Gespräch führen würde, ob es Sinn hatte oder ob überhaupt eins zustande kam. Minutenlang wartete er in dem Raum, der mit seinen kargen Wänden und dem muffigen

Geruch selbst wie eine Zelle wirkte. Vielleicht hatte man ihn, ohne dass er es gemerkt hatte, in eine gesteckt.

»Worauf hast du dich da eingelassen?«, fing er irgendwann mit Selbstgesprächen an.

Kurz nach acht Uhr ging die Tür auf und ein Wärter führte Andrzej Raschun herein. Der Knast veränderte einen Menschen, so behauptete man. Beim Anblick dieses Insassen mochte das wohl stimmen. Äußerlich hatte Raschun sich gewaltig verändert. Der große Mann überragte König, der selbst eins neunzig maß, noch um fast einen ganzen Kopf. Aber seine Schultern wirkten deutlich schmaler als bei früheren Begegnungen. Das intensive und gefährliche Strahlen in seinen Augen hatte nachgelassen.

»Hallo, Herr Hauptkommissar.«

»Erinnern Sie sich an mich?«

»Kann mir gut Gesichter merken.« Der Sohn russischer Einwanderer lächelte stolz. »Ihres erinnert mich daran, wie verzweifelt die Kripo damals gewesen ist. Sie können bis heute nicht begreifen, was damals geschehen ist, nicht wahr?« König antwortete nichts darauf und Raschun schien das auch nicht erwartet zu haben. »Ich wäre bestimmt ein ausgezeichneter Ermittler gewesen, wenn man mich bei der Polizei genommen hätte.«

»Wir werden es nie erfahren.«

König wusste von Raschuns Bewerbung für den Polizeidienst. Sein Lebenslauf war bei Gericht ausgiebig geschildert worden. Wegen einer Knochenfehlbildung in der Schulter hatte ihn der ärztliche Dienst ausgemustert. Raschun war anschließend Metallarbeiter geworden wie sein Vater vor ihm. König signalisierte, dass er allein zurechtkam. Erst als sich die Tür hinter dem Bediensteten schloss, fing Raschun wieder an zu reden.

»Wissen eigentlich Ihre Vorgesetzten, dass Sie hier sind?«

»Ich bin mein eigener Vorgesetzter.«

313

»Dann müssen Sie sehr kompetent sein.«

Gegen Schmeicheleien war König immun. Sicherlich ahnte Raschun, weshalb man ihn hergebracht hatte. Im Gefängnis gab es Zeitungen, Radio und Fernsehgeräte. Die Nachrichten waren voller Geschichten von einem bösen Wolf, der die Hauptstadt in Angst und Schrecken versetzte. Der Mann, der König gegenübersaß, erinnerte nicht mehr an einen Wolf. Inzwischen war Raschun neunundvierzig. Sein Gesicht wirkte blass, was aber nicht an der Beleuchtung lag. Außerdem waren seine blonden Haare noch heller und dünner geworden, als es die Lichtbilder seiner erkennungsdienstlichen Behandlung zeigten. Das einstige Raubtier befand sich in einem bedauernswerten Zustand. Eine lange Gefangenschaft zähmte selbst das gefährlichste Untier. Wie es in Raschuns Innerem aussah, konnte König schwer einschätzen. Er glaubte allerdings nicht daran, dass ein Serienmörder wie Raschun seine Taten wirklich reflektieren konnte. König hätte sich in den kleinen Finger schneiden können und er hätte sofort Witterung aufgenommen. Ein einziger Tropfen Blut hätte seine niedersten Instinkte aufs Neue angefacht.

»Sie haben damals vier Kinder umgebracht.«

»Mädchen«, korrigierte Raschun, weil er darauf anscheinend Wert legte.

»Mädchen im Alter von sieben bis zehn Jahren. Sie haben ihnen verschiedene Körperteile abgeschnitten, die Haut von den Knochen gerissen, sie mit Sportpfeilen gejagt.«

»Die Sache mit den Pfeilen hat echt Spaß gemacht.«

»Eines Ihrer Opfer haben Sie bis zur Unkenntlichkeit ausgepeitscht.«

»Das war auch eine ziemliche Sauerei, aber im Wald kümmert sich die Natur um die Reinigung.«

König konnte nicht fassen, was Raschun da von sich gab, aber er bemühte sich, seine Fassungslosigkeit zu verbergen.

Damals als frisch eingesetzter Leiter der Mordkommission war er nicht im Detail an den Ermittlungen der Soko Wolf beteiligt gewesen, sondern hatte lediglich die Ergebnisse überwacht. Nach der Festnahme des Beschuldigten hatten Königs Mitarbeiter die Vernehmungen übernommen. Daher hatte er mit Raschun vorher nie persönlich ein Wort gewechselt, sich mit dem Mann jedoch während der Gerichtsverhandlung in einem Saal aufgehalten. Dort hatte sein Anwalt Fragen an König zur Organisation der Sonderkommission und zu internen Abläufen gestellt.

»Ich verstehe, Sie sind verdammt stolz auf das, was sie den Mädchen angetan haben.«

»Stolz und mit Dank erfüllt. Was ich getan habe, hat mein Leben bereichert. Meine Taten sind ein einzigartiges Geschenk an die Gesellschaft. Leute wie Sie werden das nie verstehen können. Es war diese Stimme, die mir den Auftrag erteilt hat. Ich war nur ein Werkzeug.« Er tippte sich gegen die Schläfe. »Hier oben hat es angefangen. Die Stimme des Erzählers war plötzlich da, verstehen Sie? Grimm hat mit mir gesprochen.«

»Solche Stimmen können ziemlich lästig sein.«

»O nein, es ist überaus sinnstiftend.«

»Und Grimm, dieser Erzähler, wie Sie ihn nennen, redet der jetzt auch noch mit Ihnen? Vielleicht nachts, wenn Sie einsam sind in Ihrer Zelle?«

Er verneinte, indem er den Kopf gemächlich schüttelte. »Wozu? Meine Aufgabe ist erfüllt. Nun nennt man mich den Wolf vom Grunewald. Grimm hat mich auf den Namen getauft! Grimm ist Gott, verstehen Sie eigentlich, was ich Ihnen da sage? Haben Sie nur annähernd eine Vorstellung, was das mit dem Ego eines Menschen macht? Pures Glück für die Seele, so nenne ich es. Pures Glück aus einer nie versiegenden Quelle! Ich bin ein Heiliger, jawohl! Während man Sie in ein paar Jahren vergessen haben wird, werden nachfolgende Generationen noch von mir sprechen. Man wird mich als grausame Legende in Erinnerung behalten. Das ist Ruhm! Das sind die wahren Geschichten, die das Leben schreibt. Ich bin nun Teil einer einzigartigen Anthologie. Deswegen habe ich meine Taten auch nie bestritten. Wie Sie wissen, habe ich nach meiner Festnahme ein vollumfängliches Geständnis abgelegt und dieses vor Gericht sogar wiederholt.«

Sein Geständnis war wirklich detailliert gewesen, was König im Nachhinein als extrem ungewöhnlich empfand. Selbst damals erfahrene Ermittler hatten es sich nicht erklären können, weshalb Raschun nicht dem Ratschlag seines Anwalts gefolgt war und geschwiegen hatte. Dabei irritierte König nicht so sehr die Tatsache, dass Raschun die Morde nicht bestritten hatte, sondern vielmehr, wie er sie in allen Einzelheiten hatte beschreiben können.

»Der Wolf vom Grunewald«, wiederholte König die eben erwähnte Bezeichnung. »Und jetzt gibt es einen neuen Wolf im Revier. Ein Wolf, der Ihnen die Rangfolge streitig macht.«

»Also ist es wahr, dass da draußen jemand ›Rotkäppchen‹ nachspielt.«

König nickte. Wenn es sich bereits im Knast herumgesprochen hatte, brauchte er es nicht mehr leugnen.

»Was wissen Sie über diese neuen Märchenmorde?«

Nahezu bedächtig schüttelte Raschun den Kopf. »Ich weiß gar nichts, aber ich nehme an, da will sich jemand auf meine Kosten profilieren. Egal, wie viele Menschen er noch umbringt, er wird niemals meinen Status erreichen.«

»Ihren Status?«

Raschun grinste selbstgefällig, gab jedoch keine näheren Auskünfte. Angriffslustig beugte König sich nach vorn.

»Was haben Sie dafür bekommen?«

»Sie kennen doch das Gerichtsurteil«, sagte Raschun gelangweilt.

»Ich meine nicht Ihre Haftstrafe. Ich will wissen, was Ihnen die Morde an den Mädchen eingebracht haben. Was haben Sie dafür bekommen?«

Raschuns Mimik blieb starr. Nur seine Augen sprachen. Sie leuchteten.

»Ich habe keine Ahnung, worauf Sie hinauswollen.«

»Ich will es Ihnen verraten, aber im Gegenzug helfen Sie mir.«

»Das entscheide ich, wenn ich Ihre Erläuterung spannend finde.«

»Oh, Sie werden sie spannend finden, garantiert!«

König schniefte und griff dann in seine Hosentasche nach einem Gegenstand. Umschlossen von seiner Faust führte er diesen über die Tischplatte. Raschun stierte wie gebannt auf Königs Hand, bis König sie herumdrehte und die Finger öffnete. In Zeitlupe senkte sich Raschuns Unterkiefer und seine Augen weiteten sich. Wie gebannt betrachtete er die Goldmünze mit dem großen G. Die Gier sprang ihm förmlich aus dem Gesicht.

»Woher haben Sie die?«

»Im Wald gefunden«, gab König nur die halbe Wahrheit kund, dann drehte er die Münze, wodurch der Wolfskopf zum Vorschein kam. »Es ist Ihre, habe ich recht?«

Raschun blinzelte, um seine Gesichtszüge sogleich wieder zu straffen. »Wie kommen Sie darauf?«

»Den Kratzern nach ist die Münze alt und darauf ist ein Wolf zu sehen. Dieser Wolf ist Ihr Wappentier, nicht wahr?«

»Das ist eine gute These, doch leider ist sie falsch.«

König legte die Münze direkt in die Tischmitte. Raschun hätte jederzeit danach greifen können. Und tief in seinem Herzen wollte er das bestimmt.

»Wissen Sie«, redete König weiter, »ich habe eine ähnliche Münze schon einmal gesehen.«

»Tatsächlich?«

»Vor knapp zwanzig Jahren in einem Haus, in dem sich eine Familientragödie abgespielt hat. Auf der Rückseite der Goldmünze war jedoch kein Wolf, sondern ein Jägerhut. Wir hielten das Schmuckstück damals für interessant, aber unwichtig für die Aufklärung des Falls. Ich meine, wer hätte auch damit rechnen können, dass zwanzig Jahre später eine ähnlich geartete Münze eine wichtige Rolle für mich spielen würde? Jetzt hat mich dieses Ding zum Nachdenken gebracht. Ich habe mir in den letzten Tagen wirklich sehr viele Gedanken darüber gemacht.« König tippte auf die Münze. »Wenn es zwei solcher Münzen gibt, gibt es vielleicht noch mehr. Sozusagen Stücke einer ganzen Sammlung.«

»Möglich, aber ich bin weder Sammler noch Münzkenner.«

»Ach, kommen Sie schon, was hat es mit diesem Stück Metall auf sich?«

Raschun zögerte, dann beugte er sich ebenfalls nach vorn. Ihre Gesichter waren jetzt nur noch Zentimeter voneinander entfernt. So nah, dass König Raschuns nikotingeschwängerten Atem roch.

»Es bedeutet, dass es den perfekten Mord gibt.«

»Wie meinen Sie das?«, fragte König. »Sie wurden verurteilt und sitzen im Gefängnis.«

»Sie sagen es! Mir ist das perfekte Verbrechen gelungen.«

Anfangs noch wie ein Fanatiker, sprach Raschun jetzt wie ein Schwachsinniger. Offenkundig hatte die Zeit im Gefängnis Spuren an seinem Gehirn hinterlassen. Von einem perfekten Mord konnte wahrlich nicht die Rede sein. Alle Verbrechen an den Kindern waren ihm beweiskräftig nachgewiesen worden.

Beim Herkommen hatte König nicht damit gerechnet, wirklich etwas Gewichtiges von dem Schwerverbrecher zu erfahren, aber mittlerweile empfand er die Unterhaltung als pure Zeitverschwendung.

»Sie mögen ein Narzisst sein, aber ich glaube, Sie wissen gar nichts.«

»Sie stellen einfach die falschen Fragen, Herr Kommissar.«

»Ist das so?« König seufzte, wollte es aber noch einmal probieren. Ein letztes Mal hielt er die Münze hoch. »Wofür steht das G?«

»Können Sie sich das nicht denken?«

»Ich will es von Ihnen hören.«

»Das G steht für Grimm.«

»Wie originell! Ich verschwende hier meine Zeit, Sie wissen leider gar nichts, was mir bei meinem aktuellen Fall weiterhilft.«

Enttäuscht wollte er die Münze wegstecken, aber Raschuns Hand schnellte nach vorn und packte Königs Arm. Dann begann er zu flüstern.

»Grimm gibt es nicht mehr.«

»Sie meinen die Brüder Grimm? Jedes Kind weiß, dass Jacob und Wilhelm Grimm tot sind.«

Wieder schüttelte Raschun den Kopf. »Ich rede von den Grimm-Akten.«

»Ich verstehe nicht, was Sie mir damit sagen wollen.«

»Derjenige, den Sie suchen, muss hinter das Geheimnis der Grimm-Akten gekommen sein.«

KAPITEL 67

DUNKLE WELT

Vergangenheit

Darknet-Server: KHM1812

Grimm heißt dich willkommen!
Teilnehmer im Chat: 4

> **[Bruder Lustig]**: Sie haben ihn festgenommen. Er hat alles gestanden.

> **[Herr Korbes]**: Haben Sie ihm die Münze abgenommen?

> **[Bruder Lustig]**: Die Münze ist in Sicherheit.

> **[Herr Korbes]**: Gut, wenigstens etwas.

[Blaubart]: Wie geht es mit den Grimm-Akten weiter?

[Bruder Lustig]: Wir lassen die Sache ruhen, so wie wir es besprochen haben, sollte etwas schieflaufen.

[Blaubart]: Aber das Projekt ist noch nicht abgeschlossen.

[Bruder Lustig]: Du kennst unsere Regeln. Wir schließen die Akten.

[Herr Korbes]: Und Allerleirauh? Ich meine, es muss weitergehen.

[Bruder Lustig]: Keine neuen Videos.

[Herr Korbes]: Also auch keine neuen Mädchen?

[Bruder Lustig]: Keine weiteren Mädchen. Der Wolf sitzt in U-Haft. Ich wollte euch das nur mitteilen.

[Stiefmutter]: Damit ist es beschlossen. Dieser Server wird umgehend gelöscht. Guten Tag, meine Herren!

[Stiefmutter] hat den Chat verlassen.

[Blaubart] hat den Chat verlassen.

[Herr Korbes] hat den Chat verlassen.

Teilnehmer im Chat: 1
Grimm ist offline.

KAPITEL 68

Inzwischen war es neun Uhr. Seit über zwei Stunden umrundete Nora allein und zu Fuß den Teufelssee. Gegen die Temperaturen nahe null Grad hatte sie sich warm angezogen. Bei jedem Schritt knirschte das Gras. Im Wetterbericht hatten sie Sonnenschein angekündigt. Am Himmel zeigte sich jedoch lediglich eine fadgraue Decke. Noch bei morgendlicher Dunkelheit hatte sie ihr Gewehr geschnappt und war in das Naturschutzgebiet von Köpenick gefahren. Eigentlich war es bei den schlechten Sichtverhältnissen nicht nur vernunftwidrig, den Wald zu betreten, sondern auch gefährlich. Deshalb streifte sie den Weg am Ufer des Sees entlang, um nicht im Dickicht in eine Grube zu stürzen. Die Suchmannschaften der Polizei hatten die Suche nach Julietta am Vorabend ergebnislos abgebrochen. In etwa einer Stunde wollte man einen neuen Versuch mit Unterstützung von Polizeischülern starten. So lange wollte Nora nicht warten. Das Teufelsseemoor war ihr Revier, hier kannte sie sich aus. Nach der Entdeckung des Fotos von Hans Molder in den Unterlagen ihres Vaters formte sich in ihrem Kopf ein verzerrtes Bild. Teile davon ergaben bereits Sinn, aber es war an etlichen Stellen noch unvollständig. Immerzu dachte sie an die Äußerungen von Ismael, dem obdachlosen Büffelmann. Vom

Projekt LAMM hatte er ihr erzählt, das nachweislich in der Planung gewesen war. Demzufolge entsprachen zumindest Teile seiner Schilderungen der Wahrheit. Den Eisenhans hätten sie in den Wald nach Köpenick gebracht, hatte er zudem behauptet. Konkret hatte er das Teufelsseemoor benannt. Hier in diesem Naturschutzgebiet hatte ein Unbekannter auch Noras Vater und ihren Bruder erschossen. Natürlich musste es da keinen Zusammenhang geben, aber wegen dieser Übereinstimmung war Nora noch einmal zur Schutzhütte zurückgekehrt, wo sie das tote Lamm gefunden hatte. Leider gab es dort weder neue Spuren noch neue Hinweise. Demzufolge irrte sie sich vielleicht. Vielleicht suchte sie das Mädchen an der völlig falschen Stelle.

»Er hat gedroht, sie im Wald zurückzulassen«, redete sie vor sich hin, während sie den Riemen ihrer Flinte über ihrer Schulter lockerte. »Fjodor Heinlein werde sein Rotkäppchen im Wald finden, wenn er versagt.«

Heinlein hatte versagt. Er hatte es nicht geschafft, Nora umzubringen. Damit hatte er das Todesurteil seiner eigenen Tochter unterschrieben. Immer wieder schaute Nora auf den See, doch an der Oberfläche ruhten nur Eisschollen, Teichrosen und abgestorbenes Geäst. So weit sie das Gewässer überblicken konnte, trieb darin kein Leichnam. Selbst im Winter erschwerte der dichte Schilfgürtel die Sicht auf das Wasser. Mit Glück allein würde sie das Mädchen niemals finden. Als sie den See ein zweites Mal umrundet hatte, ruhte sie sich für Minuten auf einem umgestürzten Baumstamm aus. Sie trank aus ihrer Wasserflasche, dann tauschte sie diese gegen ihr Handy. Vor einer Stunde hatte sie es schon einmal vergeblich bei Dr. Samuel Kronstädt probiert, diesmal hatte sie Glück.

»Nora, wie geht es dir?«

»Gut«, sagte sie knapp. »Hat mein Vater je von einem Hans Molder gesprochen?«

»Hans Molder? Ich glaube nicht. Wieso ist das wichtig?«

»Hans Molder ist ein Obdachloser, der spurlos verschwunden ist.«

»Wenn du mich nach deinem Vater fragst, scheint es kein aktueller Vermisstenfall zu sein.«

»Nein, es muss vor mehr als zwanzig Jahren geschehen sein. Vater hatte doch etwa zur selben Zeit dieses Projekt für Obdachlose initiiert.«

»Ja, es hieß LAMM. Das war um die Jahrtausendwende, aber die Anträge wurden im Senat blockiert, dabei gab es wohl jede Menge private Geldgeber. An der Finanzierung hat es jedenfalls nicht gelegen, glaube ich. Ich verstehe nicht, warum du dich dafür interessierst.«

»Ich habe ein Zeitungsfoto entdeckt, auf dem mein Vater mit Hans Molder zu sehen ist. Man hat Hans Molder auch den Eisenhans genannt. Sagt Ihnen der Begriff etwas?«

»Tut mir leid, nein.«

Nora dachte an das aufgeschlitzte Lamm und die blutige Inszenierung von »Rotkäppchen«. »Also schön ... Es gibt ein Märchen der Brüder Grimm, es heißt ›Der Eisenhans‹. Darin verschwinden im Wald eines Königs mehrere Jäger auf unerklärliche Weise. Schließlich findet ein Jäger einen wilden Mann in einem Tümpel, der dafür verantwortlich ist.« Während sie eine Zusammenfassung gab, schaute sie unablässig zum See hinaus. »Dieser Mann ist der Eisenhans, der vom Jäger in einen Käfig eingesperrt wird. Ich suche den Eisenhans und will das Mädchen finden.«

»Nora, ich kann dir nicht folgen.«

Sie schloss die Augen und atmete einmal tief durch. »Sie kannten meinen Vater besser als die meisten Menschen. Er war Jäger und das Teufelsseemoor sein Jagdgebiet. Wohin hätte er einen gefangenen wilden Mann gebracht?«

»Armin hätte keinen ...«

»Beantworten Sie einfach meine Frage!«, schrie sie ins Telefon. »Ich bin mir nämlich sicher, der Mörder meiner Eltern ist wieder aktiv.«

Sie hörte den Arzt schlucken.

»Du denkst immer noch, die Morde der letzten Tage, das war ...?«

»Ich fühle es. Ich habe als Einzige überlebt und jetzt ist er gekommen, um meine Familie vollständig auszulöschen.«

»Man hat den Mörder nie gefunden. Mein Gott, du hast vielleicht recht, dann musst du ...«

»Wohin muss ich?«

»Kennst du die Stelle am großen Findling?«

»Ja, die kenne ich.«

»Unweit davon befindet sich eine Schlucht. Armin nannte sie die Jagdschlucht. Dort befand sich früher eine alte Blockhütte.«

Nora erinnerte sich an mehrere Schwarz-Weiß-Fotos, von denen eins früher eingerahmt im Trophäenzimmer gehangen hatte und auf dem die rustikale Hütte mit der achtstufigen Eichentreppe zu sehen war.

»Dorthin durfte ich als Kind nie mitgehen. Mein Vater hat es mir verboten, weil ich angeblich zu jung war. Aber Jens hat mir von der Hütte erzählt. Mein Bruder durfte ja mit. Er hat mir erzählt, dass sie aus schwarzem Holz bestand.«

»Ja, das kam vom Öl, mit dem man die Stämme eingeschmiert hatte. Dein Vater hatte recht, du warst zu jung für die Jagd.«

»Jens war zehn, als er ihn das erste Mal mit auf die Jagd begleiten durfte. Mit elf hat er seinen ersten Schuss auf ein Reh abgegeben. Er hat mir erzählt, wie ängstlich und gleichzeitig begeistert er war, als er den Gewehrlauf auf das Wildtier gerichtet hat. Er hat es verfehlt. Später wurde er ein ausgezeichneter

Schütze.« Sie erhob sich und legte sich das Gewehr über die Schulter. »Aber die Hütte ist abgebrannt.«

»Die Hütte schon, aber es gab einen Erdkeller.«

Nora hatte den Ort später besucht, als Waldarbeiter die zerstörte Baracke komplett abgerissen und die Trümmer beseitigt hatten. Von einem Erdkeller hatte sie bisher nichts gewusst. Sie schaute in die Richtung, wo der Findling tief verwachsen mit dem Erdreich ruhte. Bis dorthin war es weniger als ein Kilometer.

»Was ist das für ein Erdkeller?«

»Es ist ein Aushub von ungefähr drei Kubikmetern. Die Wände sind gemauert. Früher waren zwei Eisenklappen darüber, um Vorräte …«

Noch während der Doktor redete, lief Nora bereits los.

Kapitel 69

König trat durch das Ausgangstor der Justizvollzugsanstalt Moabit und blickte nicht ein einziges Mal zurück. Am liebsten wollte er die wirre Unterhaltung mit Andrzej Raschun für immer vergessen. Aber dessen Worte hämmerten in Königs Hirn wie quälende Kopfschmerzen.

Mir ist das perfekte Verbrechen gelungen.

Die Vorstellung, wie der Mann die Mädchen auf abartigste Weise misshandelt und getötet hatte, widerte ihn an. Die Gewissheit, dass der Mann für diese Taten hinter Gittern saß, war da nur ein schwacher Trost, selbst acht Jahre nach dem rechtskräftigen Urteilsspruch. König konnte sich beileibe nicht vorstellen, warum Raschun von einem perfekten Verbrechen sprach. Selbst in der Welt eines empathielosen Serienmörders entbehrte das jeder Basis. Hätte er sein Unrechtsbewusstsein verleugnet, hätte König das akzeptieren können, nicht aber diese Aussage vom perfekten Mord.

Kurz bevor er seinen Wagen erreichte, griff König noch einmal in seine Hosentasche. Sekundenlang betrachtete er anschließend die Goldmünze mit dem Wolfskopf auf seiner Handfläche. Sie gehörte zweifelsfrei Raschun, auch wenn der das nicht zugegeben hatte. König hatte es in seinen Augen sehen können, hatte es aus seiner Stimme herausgehört. Wäre es die einzige ihrer Art gewesen, wäre sie für König bedeutungslos gewesen, bloß ein Artefakt eines Mörders. Doch vor neunzehn Jahren hatte er im Haus von Armin Rothmann schon eine ähnliche Münze gesehen. Nach dem gewaltsamen Tod der Familie waren Kollegen bei der Durchsuchung des Tatortes in einer abgeschlossenen Schublade auf eine Goldmünze mit einem Jägerhut gestoßen. Damals hatte die gesamte Truppe gerätselt, was der Buchstabe G auf der anderen Münzseite bedeuten sollte. Man hatte es versäumt, das Mädchen, das überlebt hatte, danach zu befragen. Letztlich war die Münze für die Aufklärung des Falls bedeutungslos gewesen. Jetzt revidierte König diese Auffassung.

Er fragte sich, was wohl aus dieser Münze geworden war. Gestern hätte er Nora darauf ansprechen können. Aber selbst wenn er sie mit der Frage konfrontiert hätte: Wie er Nora kannte, hätte sie ihm nichts darüber erzählt. Andernfalls hätte sie es lange vorher getan. Also musste König eigene Nachforschungen anstellen. Er würde sich bei Gelegenheit mit Dr. Samuel Kronstädt unterhalten, der Nora damals bei sich aufgenommen und für sie den Nachlass ihrer Familie geregelt hatte. Vorausgesetzt, der alte Kinderarzt lebte noch.

König wollte gerade seinen Wagen entriegeln, als Habil ihn anrief.

»Was gibt es?«, fragte König.

»Ronny Schaffner hat sich bei mir gemeldet.«

König dachte an das gestrige Telefongespräch mit dem Kneipenbesitzer. Schaffner hatte versprochen, sich die Videoaufzeichnung der Überwachungskamera noch einmal anzusehen und sich dann zu melden. Bisher war es bei dem Versprechen geblieben. »Welche Ausrede hat er diesmal?«

»Er wurde überfallen.«

»Was heißt überfallen?«

»Gestern Abend hat es in seiner Wohnung einen Angriff auf ihn gegeben. Jemand hat bei ihm geklingelt, an das folgende Geschehen kann er sich nicht erinnern. Angeblich wurde er mit einem Elektroschocker niedergestreckt. In seinem Gesicht sollen deutliche Brandmarken zu sehen sein. Er ist auf dem Weg zur Dienststelle, dann können wir uns selbst von seiner Geschichte überzeugen.«

König klemmte das Handy zwischen Ohr und Schulter und schob den Jackenärmel am linken Arm zurück, um die Uhrzeit abzulesen. Bald halb zehn. »Warum kommt er damit erst jetzt zu uns?«

»Er war im Krankenhaus zur Behandlung.«

»Und warum hat uns niemand vom Klinikpersonal unterrichtet?«

»Schaffner hat denen eine wilde Story aufgetischt und behauptet, er werde das selbst mit der Polizei regeln. Bei einem Körperverletzungsdelikt ist das nicht unüblich. Er wurde erst nach Mitternacht untersucht, der Arzt vermutet, dass der Täter ihm nach dem Einsatz des Elektroschockers zusätzlich intravenös ein Narkotikum verabreicht hat.«

»Was für ein Narkotikum?«

»Müssen wir abwarten. Im Krankenhaus haben sie Blut- und Urinproben genommen.«

»Wenn er überfallen und betäubt wurde, kann er den Täter garantiert nicht beschreiben.«

»So klang es zumindest beim Telefonat. Es gibt noch ein weiteres Problem ...«

König bekam eine Ahnung, was Habil ihm gleich sagen würde. »Lass mich raten, die Videoaufzeichnung ist verschwunden.«

»Exakt. Festplatte, Rechner, alles.«

»Ich glaube diesem Mann kein Wort mehr. Der hat uns die ganze Zeit verarscht. Scheiße, das ist allein meine Schuld, ich hätte ihn von Anfang an in den Fokus der Ermittlungen setzen sollen.«

»Willst du ihn dir selbst vorknöpfen?«

Tatsächlich hätte er Schaffner am liebsten jetzt gleich in die Mangel genommen. Da der Fall Tremmel aktuell aber nicht sein dringendstes Problem war, entschied König, dass Habil sich um den Mann kümmern sollte. Wie richtig dieser Entschluss war, zeigte sich nach dem Telefonat, als König einen weiteren Anruf erhielt.

»Herr König, hier ist Hanno, Tim Walthers Pfleger. Erinnern Sie sich an mich?«

»Ja, vom sozialtherapeutischen Wohnheim. Ist etwas mit Tim?«

»Nein, ihm geht es gut. Ich sollte mich bei Ihnen melden, wenn mir noch etwas einfällt.«

Inzwischen saß König hinter dem Lenkrad und wollte gerade den Motor starten. »Und, ist Ihnen etwas eingefallen?«

»Nicht direkt, aber ich habe mich mit einer Kollegin über Ihren Besuch bei Tim unterhalten. Ja, und da ist mir Ihre Frage wieder eingefallen ... Wissen Sie, ich bin mir nicht sicher, ob Sie das interessiert ...«

»Hören Sie, Hanno, ich habe verdammt wenig Zeit, also kommen sie zum Punkt.«

»Entschuldigung, jedenfalls hat sie mir erzählt, dass Tim kürzlich doch Besuch von jemandem hatte ...«

Kapitel 70

Inmitten eines Birkenwaldabschnitts fand Nora bald den Findling, von dem Dr. Samuel Kronstädt am Telefon gesprochen hatte. Bis heute rankten sich Mythen darum, wie der Stein einst hierhergekommen war. Er ruhte an dieser Stelle im Wald wie ein alter monumentaler Wächter. Nur wenige Berliner kannten dieses imposante Felsgebilde mitten in der Gemarkung Köpenick. Wanderer kamen selten hier vorbei, denn das gesamte Gelände war unwegsam. Seit die Hütte abgebrannt war, hatte sich die Natur den einstigen Trampelpfad und die angrenzenden Flächen zurückerobert. Dank ihrer Stiefel konnte Nora dem hohen Gras und dem Geäst trotzen. Nachdem sie den Findling umrundet hatte, stand sie Minuten später an dem Ort, den sie offiziell nie hatte betreten dürfen.

Es gibt Dinge, die sind den Männern vorbehalten, hatte ihr Vater einst behauptet. Ihr Vater hatte sie bei der Erziehung nicht schlecht behandelt, aber er hatte ihr deutlich gezeigt, wie sehr er Jens bevorzugte. So sehr, dass Jens mehr als einmal die harte Hand ihres Vaters zu spüren bekommen hatte, während Nora allenfalls mit Worten bestraft wurde, wenn ihrem Vater etwas nicht gepasst hatte. In der Öffentlichkeit galt Armin Rothmann als gerechter Mann, davon kündeten etliche Zeitungsartikel, die sie in dem Umzugskarton aufbewahrte. Er war sogar ein treu sorgender Familienvater gewesen, so hätte Nora es auch im Nachhinein bestätigt. Im Rückblick jedoch hatte ihn eine dunkle Aura begleitet. Oder ging dieses Empfinden mehr auf ihre Mutter zurück? Im Augenblick konnte Nora es nicht abschätzen. Dafür wusste sie, dass vor ihr einst die Hütte mit dem schwarzen Holz gestanden hatte, bevor ein Unbekannter Feuer gelegt hatte.

Sie schaute auf die ehemals bebaute und nunmehr von Gras und Moos zugewachsene Stelle, während ein kalter Wind ihre Ohren streifte. Beinahe hörte es sich wie Stimmen aus der Vergangenheit an.

»Rosenrot komm!«

Sie blinzelte, weil sie sich einbildete, eine Mädchenstimme gehört zu haben. Aber sie war allein. Nur sie und ihr Gewehr befanden sich an diesem Ort. Vor ihrem geistigen Auge materialisierte sich die Hütte. Die achtstufige Treppe, das grüne Dach, die silberfarbene Esse. Trotz des Verbots ihres Vaters war sie als Kind hier gewesen. Zusammen mit Fiona.

»Das ist unsere Hütte«, sagte ihre einstige Freundin wieder in ihrer Erinnerung. »Sie ist perfekt! Wie im Märchen bei Schneeweißchen und Rosenrot.«

»Snow-White«, wisperte Nora, um es dann in den Wald zu schreien: »Verschwinde endlich!«

Fiona war schon lange nicht mehr da. Das Mädchen von nebenan war Vergangenheit. Fionas Eltern waren noch vor den schrecklichen Ereignissen in der Nachbarschaft weggezogen. Und auch Nora hatte später ihr gewohntes Umfeld verlassen müssen. Sie war ja eine Jugendliche gewesen, die nicht auf sich allein gestellt im Elternhaus leben durfte.

»Was mache ich hier eigentlich?«, fragte sie sich. »Hier gibt es nichts außer jeder Menge Gespenster.«

Sie ging näher heran, zu der Stelle, wo sich einst die unterste Stufe der Treppe befunden hatte. In ihrem Kopf zeichnete sie die Umrisse der Hütte auf den Boden. Sie durchschritt das Unterholz und entdeckte schließlich auf der Anhöhe zwei Metallplatten. Hatte der Doktor am Ende recht und den Erdkeller gab es noch? Die Platten sahen aus wie riesige eiserne Fensterflügel. Von der Luft aus für einen Polizeihubschrauber schwerlich zu erkennen.

Das Metall war verrostet, doch seltsamerweise sah der Riegel in der Mitte wie frisch geölt aus. Und noch etwas fiel ihr auf: Die beiden Eisentüren, die ungefähr eine Fläche von drei Quadratmetern aufwiesen, hätten eigentlich von Pflanzen zugewuchert sein müssen. Was nicht der Fall war. Im Gegenteil, die metallene Fläche sah aus, als hätte sie jemand kürzlich von Moosen und Unkraut befreit.

»Das ist nicht gut«, flüsterte Nora.

Bevor sie direkt an den Erdkeller trat, schaute sie sich um, weil in ihr plötzlich das Gefühl aufkam, jemand würde sie beobachten. Doch bis auf das Rascheln der Bäume und ein paar Tierlaute vernahm sie nichts. Wer hätte sich auch hierher verirrt? Nicht an einem Montagmorgen, nicht um diese Uhrzeit. Selbst dass sie hier stand, war idiotisch. Andererseits fühlte sich dieser Ort genauso verboten an wie ihre Vorahnung.

»Julietta!«, rief sie kraftlos, denn im Bewusstsein ihrer Vorahnung drohte ihre Stimme zu versagen. »Julietta, bist du hier?«

Warum sie zögerte, konnte sie sich selbst nicht erklären. Schließlich schob sie die Flinte so auf den Rücken, dass sie sich bücken und den Riegel aus der Verankerung lösen konnte. Sie fasste eine Ecke der beiden Türen und wuchtete sie herum. Dann die andere. Das durch die Baumkronen verminderte Tageslicht drang nur schwach in das Loch, sodass Nora zusätzlich ihre Taschenlampe einschaltete. Der Lampenstrahl fiel auf das tote Rotkäppchen.

Kapitel 71

Vergangenheit

Es war ein brütend heißer Sommertag. Auch der Abend brachte kaum Abkühlung. Über den Wipfeln flog kein einziger Vogel. An den Ästen hingen die Blätter, als wären sie verdorrt. Selbst die Stämme der mächtigsten Bäume wirkten ausgetrocknet. Kein Käfer kroch aus seiner Ritze. Nur in dem Erdloch waren die Temperaturen halbwegs erträglich. Aber das war kein Trost für den Mann, der gefesselt und geknebelt in der Dunkelheit lag. Der Boden unter ihm war aus Beton, die Wände mit Ziegelsteinen verkleidet. Es roch erdig, nach Lebensmitteln und ein bisschen nach Öl. Wie lange sich der Mann schon hier unten befand, wusste er nicht. Er war einfach aufgewacht und hatte seine missliche Lage registriert. Mehr noch als die Todesangst verspürte er Hunger und Durst. Demnächst würde er sich einnässen. Doch der Druck in seiner Blase war ein lächerlich kleines Problem. Er wollte begreifen, warum man ihn entführt hatte. Er hatte ein paar Mal über die Stränge geschlagen, aber doch niemandem wirklich wehgetan.

Unterdessen näherten sich zwei Männer der Hütte. Sie trugen Gewehre. Der eine war ein erfahrener Jäger. Der andere war vor Kurzem volljährig geworden. Vor der achtstufigen Treppe blieben sie stehen.

»Bist du bereit?«

»Ja.«

Es folgte ein Schlag ins Gesicht des Jüngeren.

»Ich frage dich, ob du bereit bist.«

»Ja, Vater, ich werde die Beute erlegen.«

Der Vater lächelte. Ein stolzes, mitleidsloses Lächeln. Er tätschelte die sich rötende Wange seines Sohnes.

»So ist es richtig, mein Junge. Du hast gesehen, wie es geht. Ich habe dir alles beigebracht, was ich weiß. Du warst dabei und hast gelernt.«

»Noch ist sein Herz warm und kräftig. Es schlägt für dich. Du bist der Jäger und er ist die Beute. So will es die Tradition.«

Der Sohn stand stramm und hielt die Luft an. Das Gewehr auf seinem Rücken drückte wie ein zentnerschweres Gewicht. Nachher würde er es in den Anschlag bringen, den Schaft gegen seine Schulter stemmen und Kimme und Korn ausrichten. Sein Körper durfte nicht zittern und seine Finger durften nicht abrutschen. Sein Vater hatte ihm beigebracht, mit dem Geist zu zielen. Der Lauf war sein verlängerter Arm. Und dieser Arm gehorchte seinem Willen.

Peng!

Er würde den Finger so zart krümmen, als würde er seiner Liebsten eine Strähne aus dem Gesicht wischen. Die Kugel würde durch Haut, Fleisch, Sehnen, Knochen und Organe dringen und das Herz zum Erkalten bringen. Darauf war er jahrelang vorbereitet worden. Davon hatte er geträumt. Er hatte zugesehen, wie man es macht. Aber zusehen war leicht …

»Woran denkst du?«, fragte der Ältere.

»Ich gehe in Gedanken den Ablauf durch. Ich will alles genau so machen, wie du es mich gelehrt hast.«

»So ist es brav! So kenne ich meinen Sohn. Es wird dich etwas kosten, denn die Beute ist wild und kräftig. Sobald du einmal der Sieger bist, verändert es deine Seele. Es ist ein heiliger Akt. Manche nennen es gnadenlos, was wir hier tun, aber es ist nur gerecht. Niemand wird ihn vermissen. Er war in der Gesellschaft, aber doch für die Gesellschaft unsichtbar. Ich weiß, wovon ich rede. Tagtäglich habe ich mit solchen Menschen zu tun. Für die da draußen, außerhalb des Waldes, meine ich, ist er nichts wert. Also stört es keinen, wenn er stirbt.«

»Ja, Vater. Er wird sterben.«

Der Ältere nickte zufrieden. Sein Sohn war so weit. Er zog den Reißverschluss an seiner Jackentasche auf und holte die Goldmünze heraus. »Das ist der Lohn für den Jäger. Wer die besitzt, ist Teil der Gruppe. Möchtest du Teil der Gruppe werden?«

Der Sohn stierte gierig auf das Gold und verzog die Mundwinkel zu einem Grinsen. »Ich bin der Wolf.«

»Hast du deine Maske dabei?«

Aus seinem Rucksack holte der Sohn die Maske. Sie hatte die Form eines Wolfkopfes. Geübt zog er sie sich über das Gesicht. Durch die Augenschlitze sah er, wie sein Vater zufrieden nickte.

»Egal, was passiert, achte darauf, dass dir die Maske nicht verrutscht, verstanden? Man könnte sonst dein Gesicht erkennen. Ich halte mit der Kamera direkt auf das Geschehen. Erwarte nicht, dass ich dir helfe. Du wirst ihm die Fesseln durchschneiden und ihm Vorsprung geben. Dann wirst du ihn jagen und es beenden. Und jetzt lass uns diesen Bastard aus seinem Käfig holen.«

Die Holzstufen bebten unter ihren schweren Stiefeln. Der Vater öffnete die Hütte. Sie lag an einer Anhöhe, weshalb die Luke zum Erdkeller im Boden eingelassen war. Der Sohn kannte das Loch. Es waren schon andere Opfer darin gewesen.

Diesmal sollte er den Riegel zurückziehen. Als er sich nieder-
beugte, fasste sein Vater ihn fest an der Schulter.

»Jens«, flüsterte er und erst danach drückte er den
Aufnahmeknopf der Kamera. »Mach keinen Fehler! Das da
unter dir ist der echte Eisenhans. Wenn du einen Fehler machst,
wird er siegen. Er darf diesen Wald niemals mehr verlassen.«

KAPITEL 72

»Lange Nacht?«, fragte Kriminalhauptkommissarin Manja Steinke, als Kevin Wittekind endlich nach mehrmaligem Klingeln seine Wohnungstür öffnete.

»Wer sind Sie?«

»So einen schon mal gesehen?« Sie hielt ihren Dienstausweis hoch. So wie er sich die Augen rieb und schlaftrunken wankte, bezweifelte sie, dass er die winzige Schrift überhaupt erkannte. Also half sie ihm auf die Sprünge. »Da steht LKA Berlin. Sind Sie der Freund von Nora Rothmann?«

»Wie spät ist es?«

»Gleich zehn.« Sie stieß ihn beiseite und inspizierte im nächsten Moment seine Privatsphäre. »Schick! Für einen alleinlebenden Mann, meine ich. Nur das mintgrüne Sofa sollten Sie bei Gelegenheit annoncieren. Oder besser, entsorgen Sie es auf dem Sperrmüll, sonst begehen Sie damit noch ein Verbrechen. Wow, Sie können Klavier spielen?«

Ungeniert trat sie zu einem teuer aussehenden Piano und klappte den Deckel der Klaviatur hoch, um wahllos ein paar Tasten zu drücken. Es erklang eine schiefe Tonfolge.

»Hey, Sie können doch nicht einfach …«

»Doch kann ich«, fiel sie dem Besitzer ins Wort. »Und mein Kollege übrigens auch.«

»Entschuldigen Sie«, sagte ihr Begleiter Falk Ernst und trat ebenfalls ein. Anders als Manja reichte er dem Wohnungsinhaber zur Begrüßung die Hand. »Kriminalkommissar Ernst. Sie sind über die Vorfälle der letzten Tage im Bilde?«

»Was für Vorfälle?« Wittekind schüttelte sich und ließ die Tür hinter sich und den Polizisten ins Schloss fallen. »Ich meine, ja, wenn es um diese schrecklichen Morde geht. Nora ... ist mit ihr ...?«

»Reden Sie ruhig weiter«, ermunterte Manja ihn.

»Muss ich mir Sorgen um sie machen? Ist sie in Gefahr?«

Manja schnippte mit den Fingern, weil er einen wichtigen Punkt ansprach. »Ständig. Sie setzt sich ständig der Gefahr aus. Als ihr Freund sollten Sie das wissen.«

Mit einem Nicken übergab sie an ihren Kollegen, während sie, ohne um Erlaubnis zu fragen, jeden einzelnen Raum betrat.

»Was suchen Sie eigentlich bei mir?«, wollte Wittekind prompt wissen, weil sie auch nicht davor zurückschreckte, seine getragene Wäsche zu inspizieren.

»Wir überprüfen gerade Frau Rothmanns privates Umfeld«, klärte Falk ihn auf. »Dazu zählen Sie anscheinend. Zumindest stehen Sie mit auf der Kontaktliste, die sie uns gegeben hat.«

»Wow, ich hätte nicht gedacht, dass ich tatsächlich schon zu ihren engsten Freunden zähle, so wie sie mich behandelt. Kennen Sie sie richtig?«

»Gut genug, um zu wissen, dass man besser nicht mit ihr befreundet ist«, rief Manja aus der Küche, wo sie die Schubladen kontrollierte und über die Ausstattung staunte. »Benutzen Sie den Thermomix öfter?«

»Ja, ähm, gelegentlich«, antwortete Wittekind hörbar verwirrt. »Wozu interessiert Sie das? Habe ich irgendwas ausgefressen? Ist das so eine Art Durchsuchung?«

»Lassen Sie sich nicht von meiner Kollegin irritieren«, flüsterte Falk ihm halblaut zu. »Das hat nichts mit Ihnen persönlich zu tun, sie ist gegenüber Fremden grundsätzlich skeptisch. Sie macht sich gern ein umfassendes Bild von einer Person, verstehen Sie?«

Manja kehrte in den Flur zu den beiden Männern zurück. »Das mit dem Thermomix war nur so aus privater Neugier. Ich habe es nicht so mit Kochen. Und bevor mir mein Verlobter wegrennt, denke ich, ein Thermomix könnte meine Kochkünste auf das nächste Level bringen. Was meinen Sie?«

»Wir sind hier, um sicherzugehen, dass es Ihnen gut geht«, funkte Falk dazwischen und wedelte demonstrativ mit seinem Notizblock. »Also, ist Ihnen in letzter Zeit etwas Merkwürdiges aufgefallen? Seltsame Nachrichten? Unbekannte Personen, die sich Ihnen genähert haben oder Sie in sozialen Medien gestalkt haben?«

Wittekind fasste sich an sein unrasiertes Kinn. Während der Geste sah er verlegen aus, was seiner Männlichkeit keinen Abbruch tat. Sein eng anliegendes weißes Shirt ließ erkennen, dass er seinen Körper fit hielt. Manja konnte nachvollziehen, warum Nora auf ihn stand, auch wenn es einen unübersehbaren Altersunterschied zwischen den beiden gab.

»Nein, in meinem Umfeld war alles normal. Ich hatte zuletzt wenig Kontakt mit Leuten, da ich verletzungsbedingt nicht zum Sport gehen konnte.« Er klopfte sich gegen das Knie. »Außerdem war ich auf der Arbeit ziemlich eingespannt.«

»Und Ihre Arbeitskollegen?«, fragte Falk. »Ist mit denen alles in Ordnung?«

»Meine Kollegen? Klar, warum nicht?«

»Okay«, kürzte Manja es ab, da auf der Liste noch mehr Personen standen, die sie heute aufsuchen mussten. »Lassen Sie uns noch einen Blick in Ihren Keller werfen, dann sind wir verschwunden.«

»Meinen Keller?«

»Ich nehme doch an, dass jeder Mieter im Haus über ein eigenes Kellerabteil verfügt.«

»Ja, schon, aber wozu ist das notwendig?«

»Ist Ihnen das unangenehm?«

»Wie ich schon sagte«, übernahm Falk, bevor Wittekind antworten konnte. »Meine Kollegin ist sehr skeptisch.«

»Und gründlich, wolltest du ergänzen.« Sie zwinkerte Wittekind zu, woraufhin er die Augen sichtlich genervt schloss und den Kopf schüttelte.

»Darf ich mir vorher eine anständige Hose anziehen?«

Manjas Blick wanderte hinunter zu seinen Shorts und sie musste schmunzeln.

»Was passt Ihnen denn an dem Streifenmuster nicht?«, fragte Manja, aber Wittekind verdrehte erneut die Augen und verschwand im Schlafzimmer.

Minuten später stiegen sie zu dritt in den Kellerbereich hinab. Wie in vielen Berliner Altbauten roch es dort modrig und die Nässe klebte an den Wänden.

»Ich war schon seit Ewigkeiten nicht mehr hier unten«, gab er an und klimperte mit dem Schlüsselbund. »Hier lagern nur alte Umzugskisten, Kleinmöbel, Werkzeuge und ausgediente Reifen, die ich im Frühjahr entsorgen will. Mein kaputtes Mountainbike sollte ich auch längst reparieren, aber ich habe zwei linke Hände, was das angeht.« Er entriegelte das Schloss und zog die Holztür auf. Der Verschlag war innen mit dunkler Folie verkleidet, um das Inventar vor neugierigen Blicken zu schützen. »Von meiner letzten Partnerin müsste auch noch einiges an Krempel lagern. Also wundern Sie sich bitte nicht über die vielen Porzellanpferde. Sie hatte da diesen Pferdetick. Hat das Zeug aber nie abgeholt. Wahrscheinlich ist sie immer noch sauer auf mich.«

Er ließ Manja eintreten und hielt sich die ganze Zeit am Türriegel fest. Mehrmals bewegte er die Tür wie gelangweilt hin und her, wodurch die Scharniere quietschten. Auch wenn ihr das Geräusch auf die Nerven ging, ignorierte sie es und sah sich zwischen dem Gerümpel um. Sie suchte nichts Bestimmtes, aber der Inhalt eines Kellers sagte oftmals viel über einen Menschen aus.

»Hier riecht es ja noch strenger als im Treppenabgang«, sagte Falk und versuchte, zwischen den Latten der übrigen Kellerabteile hindurchzuspähen.

»Das sind wirklich beeindruckend viele Porzellanpferde«, bekundete Manja, als sie einen Schrank öffnete.

»Meinetwegen können Sie sie beschlagnahmen. Ach, und nehmen Sie die Altreifen gleich mit.«

Wittekind fing an zu scherzen. Nicht zum Scherzen zumute war es Manja, als sie eine Decke anhob, unter der sich augenscheinlich noch mehr Plunder befand. Zuerst hielt sie die einzeln in durchsichtiger Folie eingewickelten Gegenstände für weiteres Porzellan, sonderbare Skulpturen oder Puppen. Aber Sekunden danach bemerkte sie ihren gewaltigen Irrtum.

»Haben Sie was gefunden?«, fragte Wittekind und trat hinter sie.

Manja war zu keiner Erwiderung fähig. Eine gefühlte Ewigkeit blickte sie nur den abgetrennten Menschenkopf in der Plastikfolie an. Erst als sie Wittekinds Atem in ihrem Nacken spürte, schnellte ihre Hand zur Waffe.

»Keine Bewegung!«, brüllte sie und wirbelte mit gezogener Pistole herum.

Wittekind war bereits zurückgewichen.

»Nimm ihn fest!«, rief sie ihrem Kollegen zu, aber Wittekind rammte Falk seinen Ellenbogen ins Gesicht und flüchtete.

Völlig überfordert von der Situation feuerte Manja aus ihrer Pistole.

KAPITEL 73

Nora stand am Rand der Grube und blickte in eine Tiefe, die so unsäglich hoffnungslos schien wie die mittelalterliche Inquisition. Sie bildete sich ein, Hilferufe aus der endlosen Verdammnis zu vernehmen, aber in Wahrheit lauschte sie nur dem Rufton ihres Handys. Vergeblich probierte sie, König telefonisch in seinem Büro zu erreichen. Irgendwann sprang die automatische Rufumleitung an und sie wurde mit Andrea Michalski verbunden.

»Du rufst zum verdammt ungünstigsten Zeitpunkt an«, murrte die sonst so zugängliche Andrea, nachdem Nora sich gemeldet hatte. »Wir stecken bis zur Kotzgrenze in Arbeit. Wir kämpfen an sämtlichen Fronten und dauernd will jemand was von unserer Abteilung. Ein solches Chaos habe ich in all meinen Dienstjahren nicht erlebt, sage ich dir.«

»Bist du fertig mit Jammern?«

»Ich jammere nicht, ich ... Tut mir leid, was hast du?«

»Die Suche nach der vermissten Julietta kann eingestellt werden«, drückte Nora die Wahrheit pragmatisch aus.

»Was sagst du da? Ich meine, woher ...?«

»Ich habe sie gefunden. Kein Zweifel, sie ist es.« Nora holte Luft. Unablässig starrte sie auf die Leiche, die jemand zurückgelassen hatte, als sollte sie dort unten verrotten. »Julietta ist tot. Sie liegt im Wald in einem alten Erdkeller.«

Für einen Moment sagte keine der Frauen etwas, bis Andrea sich gefangen hatte. »Wo ist die genaue Stelle?«

»Kennst du dich im Teufelsseemoor aus?«

»Nicht wirklich, aber es gibt für das Gebiet einen Suchtrupp, der sich schon in Bereitschaft gemeldet hat.«

»Ich schicke dir die Koordinaten an dein Mailfach.«

»Wie sieht …?«

»Wie die Leiche aussieht? Als wäre sie friedlich eingeschlafen.«

Wie leicht ihr die Lüge über die Lippen kam, konnte Nora sich nicht erklären. In Wahrheit musste Julietta jämmerlich erfroren sein. Laut den Internetdaten hatten in der Nacht Minusgrade geherrscht. Obwohl das Mädchen noch seine Jacke trug, hatte es gegen die Kälte keine Chance gehabt. Sie lag gefesselt da und selbst wenn sie sich damit auf dem Boden hatte herumwälzen können, war ihre Körpertemperatur nach und nach gesunken. Blutdruck und Puls fallen unter solchen Bedingungen ab. Irgendwann fangen die Muskeln zu zittern an, um Wärme zu erzeugen, doch innerhalb kurzer Zeit ist der kleine Körper vollkommen erschöpft. Danach folgen Herzrhythmusstörungen und schlussendlich Herzstillstand. So musste es abgelaufen sein. Erfrieren war ein qualvoller Tod. Der Täter hatte ihr eine Chance gelassen. Eine winzige nur, dass die Polizei sie lebend fand.

Seltsamerweise stellte Nora sich vor, Hans Molder liege in dem Loch. War es ihm einst ähnlich ergangen? Nora hatte keine Beweise dafür, was damals tatsächlich mit dem

Eisenhans passiert war, aber ihre Einschätzung hatte kein gutes Vorzeichen.

»Hörst du mir noch zu?«, fragte Andrea und Nora merkte, dass sie gedanklich abgedriftet war.

»Was hast du gesagt?«

»Der Einsatzleiter des Suchteams wird sich umgehend bei dir melden.«

»Jemand von der Mordkommission muss herkommen. Ich kann nicht ewig bleiben.«

»Was hast du denn vor? Aktuell arbeitet unsere Abteilung am Limit. Sobald ich jemanden von unseren Leuten entbehren kann, wird jemand dazustoßen.«

»Wo ist KK?«

»Konrad ist nicht da. Ich kann versuchen, ihn zu erreichen. Er muss das sowieso entscheiden. Habil ist gerade mit einem Geschädigten im Fall Fußfessel beschäftigt. Der hat uns dazwischengefunkt. Ich sage dir ja, momentan ...«

»Ein weiterer Geschädigter?«, wunderte Nora sich, denn sie konnte sich kaum vorstellen, dass in Berlin noch jemand sein Bein verloren hatte und damit auch noch humpelnd bei der Kripo auftauchte.

»Eigentlich ist er ein Zeuge in dem bestehenden Fall«, verbesserte Andrea sich. »Vielleicht kann ich die Vernehmung durchführen. Wenn wir Glück haben, hat Habil noch nicht angefangen. Dann kann er zu dir rausfahren.«

»Ist mir egal, wie ihr das regelt, nur jemand von euch muss das machen. Ich will hier nicht länger bleiben.«

Zu Noras Erleichterung fragte Andrea nicht nach, aber sie kam auf etwas anderes zu sprechen.

»Das klingt vielleicht jetzt seltsam, aber hast du heute schon was von deinem Freund Kevin Wittekind gehört?«

»Er ist nicht mein Freund«, stellte Nora klar. »Warum fragst du mich nach ihm?«

»Nur so.«

»Kümmere dich um meine Ablösung.«

Damit beendete Nora das Gespräch und wählte anschließend Kevins Nummer.

KAPITEL 74

König wohnte in einem Einfamilienhaus mit einem kleinen Grundstück, ähnlich dem, das er an diesem Vormittag betrat. Er machte sich nicht viel aus Gartenarbeit, das überließ er seiner Frau, aber er konnte klar einschätzen, ob jemand einen grünen Daumen besaß oder nicht. In diesem Fall musste der Daumen des Hausherrn nahezu ökologisch glühen. Sogar im Winter wirkten die Pflanzen entlang des Gehwegs saftig. Während König sich dem Gebäude näherte, kam er nicht umhin, mit der flachen Hand die Hecke zu befühlen. Die immergrünen Sträucher trugen widerstandsfähige Blätter und schimmerten gelblich und rötlich. Seine Frau hätte bestimmt gern das Geheimnis einer solchen Pracht erfahren. Angesichts der Temperaturen und der Jahreszeit trugen die Gewächse natürlich keinerlei Blüten, aber das Grundstück wirkte trotzdem wie aus einem Gartenprospekt. Dagegen zeigte sich das Gebäude, in dem Martin Bechstein wohnte, wie ein futuristisches Musterhaus. Der Architekt hatte beim Skizzieren wohl einfach mehrere Würfel wild aufeinandergestapelt und wo immer es ging eine Glasfront eingearbeitet. Bei der Fassadenfarbe hatte er einen silbergrauen Ton gewählt. Die Jalousien waren schwarz, was sicher trendig sein sollte, auf König jedoch einfach nur bedrückend wirkte. Äußerlich machte die Hülle etwas her, aber König hätte sich in einem solchen Klotz trotzdem nicht wohlgefühlt. Das Haus war individuell, zweifelsfrei, aber auch irgendwie unromantisch.

»Und das denke ich mir als Realist.« Vor der Eingangstür schaute er sich noch einmal um. »Vielleicht hat der Eigentümer einen Hund, der dem Ganzen etwas Lebendiges verleiht.«

Als er klingelte, ertönten im Inneren Vogelstimmen.

»Wenigstens etwas.«

Gegen das Gezwitscher der Klingel wirkte sein Standardton am Handy geradezu nervig. Manja rief unpassend an. Weil er sich auf die Begegnung mit Bechstein konzentrierte, wollte er sie zuerst wegdrücken. Dann überlegte er es sich und ging ran.

»Ist es wichtig?«, fragte er.

»Es ist scheißwichtig!«, redete Manja hörbar aufgeregt. »Ich glaube, wir haben Tom Tremmel gefunden.«

Für den Bruchteil einer Sekunde wurde es König schwummrig vor Augen. Er rieb sie sich aus. Was er da hörte, klang völlig absurd. Zu unbegreiflich war diese Nachricht. Im Kopf durcheinander, drehte er sich von der Eingangstür weg. Wie von selbst machten seine Füße zwei Schritte zurück in Richtung Garten. »Sag das noch mal!«

»Wir haben vermutlich Tom Tremmel gefunden, zerlegt in seine Einzelteile. Wir haben einen Kopf, einen Rumpf, zwei Arme, zwei Hände und ein Bein samt Fuß. Die Gliedmaßen sind dick mit Plastikfolie umwickelt, was den Verwesungsprozess verlangsamt hat. Daher kann man sein Gesicht identifizieren. Jetzt rate mal, wo wir die Leichenteile entdeckt haben!«

König hatte keine Lust auf Ratespiele, aber er wunderte sich sehr über den Fund, denn eigentlich hätten Manja und Falk Noras Kontaktliste abarbeiten sollen. »Sag jetzt nicht ...«

»Doch, wir sind im Keller von diesem Kevin Wittekind auf den Gesuchten gestoßen. Wir wollten Wittekind festnehmen. Ich musste schießen und er ist einfach weitergerannt ...«

»Du hast geschossen?«

»Ja, verdammt!«

»Wo ist Wittekind jetzt?«

»Danke, dass du dich erkundigst, wie es mir geht! Hörst du mir eigentlich zu? Ich habe auf einen Menschen geschossen.«

König raufte sich das Haar, weil er sich selbst Vorwürfe machte. Immerhin hatte er Manja und Falk auf Wittekind angesetzt. König hätte den Mann vorher besser überprüfen lassen müssen. Allerdings hatte er niemals damit gerechnet, dass seine Kollegen direkt in die Wohnung eines möglichen Täters spazieren würden. »Ich muss das erst …«

»Ja, bitte?«, tönte es plötzlich hinter ihm.

König wirbelte herum. In gebügeltem Hemd und Jogginghose stand Martin Bechstein vor ihm. König hatte nicht bemerkt, dass die Haustür geöffnet worden war.

»Läuft die Fahndung?«, fragte König abschließend ins Telefon.

»Die läuft so was von …«

»Wir reden später«, kürzte König es ab, weil der Hauseigentümer mit sichtlich argwöhnischer Miene auf eine Erklärung wartete.

»Habe ich Fahndung gehört?«, fragte Bechstein, als König auflegte und sich für das Telefonat entschuldigte.

»König, LKA 11.«

»Ich weiß, wer Sie sind. Durch Wilhelm Tuchfeldts Tod hatten wir bereits das Vergnügen. Es muss ja ungeheure Neuigkeiten geben, wenn Sie mich privat aufsuchen.«

»In Ihrer Kanzlei meinte man, sie würden heute im Homeoffice feststecken und eventuell später noch vorbeischauen. So lange wollte ich nicht warten, also entschuldigen Sie mein Auftauchen. Ich war gerade in der Nähe und …« König stand noch unter dem Eindruck der Unterhaltung mit Manja. Er verlor seinen Faden und kratzte sich verlegen am Kinn. »Wir überprüfen gerade ein paar Hinweise im Zusammenhang mit der Mordserie, von der Sie sicherlich in den Nachrichten gehört haben. Vielleicht können Sie mir bei einem Punkt helfen.«

Bechstein schaute hinter sich in den hellen Flur, als müsste er seine Gattin erst um Erlaubnis fragen. Aber König wusste, dass der Anwalt allein lebte. Und wie es schien, wohnte auch kein Hund bei ihm.

»Eigentlich muss ich noch den Fall eines Mandanten vorbereiten, dessen Verteidigung morgen ansteht. Worum geht es denn?«

»Es geht um Carola Walther.«

»Carola Walther?« Er zog die Augenbrauen hoch. »Das verwirrt mich.«

»Genauer gesagt um ihren Sohn. Hätten Sie eine Minute für mich?«

»Meinetwegen, kommen Sie rein.«

Bechstein machte keine Anstalten, ihm den Mantel abzunehmen oder ihn zu bitten, die Schuhe auszuziehen. Stattdessen marschierte er davon und bog direkt in den Küchenbereich ein. Wie überall im Haus wirkte auch dieser Raum offen und lichtdurchflutet.

»Traurige Geschichte, das mit Carola Walther«, redete Bechstein, während er sich die Hände in der Spüle abwusch und anschließend in einen Schrank griff. »Noch tragischer für ihren Sohn. Wissen Sie, dass er in einem Heim für Behinderte wohnt?«

König bejahte und fuhr mit den Fingerspitzen über den Rand der Arbeitsplatte in der Raummitte. Kein Krümel, keine Flecken. Alles sauber. Der Mann schien auf Ordnung zu stehen. »Man erzählte mir dort, Sie haben Tim vor einiger Zeit besucht.«

»Ja, ich könnte jetzt damit argumentieren, dass solch ein Kontakt zur Firmenphilosophie unserer Kanzlei gehört.

Sozusagen als Nachbetreuung unserer Mandanten. Sie wissen schon, wegen Kundenbindung und so. Die Kanzlei ist da gewöhnlich sehr hinterher. Allerdings wäre das bei Tim vollkommene Zeitverschwendung, wie Sie sich sicherlich vorstellen können. Daher muss ich zugeben, dass ich rein aus persönlichem Interesse bei Tim zu Besuch war. Der Junge tut mir einfach leid.«

Ohne sich zu erkundigen, ob König überhaupt Kaffee trank, stellte Bechstein zwei große Tassen unter einen Vollautomaten und startete die Maschine. Das Mahlwerk ratterte los und sofort verbreitete sich der Duft von frischen Bohnen im Raum.

»Sie sind für Ihre soziale Ader bekannt«, sprach König ihn darauf an, denn Bechstein betreute gelegentlich Sozialhilfeempfänger und anderweitig Leute, die finanziell in Schwierigkeiten steckten und sich eine Kanzlei wie Starhemberg eigentlich niemals leisten konnten. »Es heißt, Sie vertreten Mandaten gelegentlich unentgeltlich.«

»Ich verliere darüber ungern Worte.« Bechstein schwang von der Kaffeemaschine herum und hielt die vollen Tassen in den Händen. Eine davon reichte er König. »Also worüber wollten Sie mit mir eigentlich reden?«

König kostete vom Kaffee, befand ihn für erstklassig und leerte ein Drittel der Tasse. Es war der beste Kaffee, den er heute bekommen hatte. Mit dem Daumen wischte er sich Schaum vom Mund. »An einem der Tatorte haben wir Tims alten Kinderrollstuhl gefunden.«

»Das ist ein Scherz, oder?«

»Kein Scherz. Und es ist auch kein Irrtum. Da Tim und auch sonst niemand mir die Frage beantworten konnte, komme ich zu Ihnen. Haben Sie eine Ahnung, was mit dem Kinderrollstuhl passiert ist, nachdem Tim ihm entwachsen war?«

»Woher sollte …?« Bechstein ließ die Frage unvollendet, wischte sich ebenfalls über die Lippen und stellte seine Tasse ab.

»Das ist zig Jahre her. Ich habe damals lediglich als Anwalt seine Mutter verteidigt. Natürlich hatte ich in der Vergangenheit mehrfach Kontakt mit Tim, aber was mit seinen persönlichen Sachen passiert ist, darüber kann ich keine Auskunft geben, weil ich es nicht weiß. Tut mir leid, ich fürchte, Sie sind umsonst hergekommen.«

Enttäuscht starrte König in seine mittlerweile fast geleerte Tasse. Auf einmal schmeckte ihm das Getränk nicht mehr. Das Aroma fühlte sich pelzig auf der Zunge an. »Ziemlich nobel von Ihnen, dass Sie noch nach so vielen Jahren Kontakt zu dem Sohn einer toten Mandantin pflegen.«

»Wie Sie es vorhin so schön angesprochen haben, ist Geld eben nicht alles im Leben. Auch wenn man das einem Juristen selten zubilligt, geht es mir immer zuallererst um den Menschen.«

»Waren Sie eigentlich sehr enttäuscht, als Sie damals das Verfahren von Carola Walther verloren haben? Gegen eine Kollegin von mir, Nora Rothmann.«

»Jede juristische Niederlage schmerzt. Wie ist das in Ihrem Job? Wurmt es Sie nicht, wenn Straftäter nicht ihre gerechte Strafe bekommen?«

»Was heißt schon gerechte Strafe? Tut mir leid, mit dem Begriff kann ich nichts anfangen.« König merkte, wie schwer ihm das Reden fiel. Müdigkeit legte sich auf seine Glieder. Er rieb sich die Augen, aber selbst diese Bewegung strengte ihn an, weil sich seine Hände plötzlich bleischwer anfühlten. »Mal gewinnt man, mal verliert man. Ich stehe jeden Tag auf, um mein Bestes zu geben. Am Anfang meiner Karriere haben mich private Schicksale getroffen. Inzwischen weiß ich, dass Gerechtigkeit eine schöne Einbildung ist.«

»Tja, wie heißt es so schön: Gute Menschen leben ein gutes Leben, schlechte Menschen mitunter auch.«

Als König diesen Satz hörte, kniff er die Augen zusammen, um seine Gedanken zu ordnen. Als er wieder seine Tasse anschaute, verschwamm sie in seinem Blickfeld. »Dieser Spruch ...«

»... stammt von einem Kalenderblatt«, vervollständigte Bechstein. »Ich weiß.«

Auch König erinnerte sich an die Wohnung von Mareike Busch und an den Kalender, der in der Küche hing. Zu spät realisierte König seinen Fehler. Er hätte den Kaffee ablehnen sollen. »Sie haben mir ...«

Bevor er es aussprechen konnte, fiel die Tasse und das Porzellan zersplitterte auf dem Fliesenboden. Zeitgleich griff König an seine Hüfte. Vergeblich zog er am Griff seiner Pistole. Sie klemmte – oder besser gesagt, die Hand gehorchte König nicht. Fast gemächlich näherte sich die Silhouette von Bechstein. Kaum noch bei Bewusstsein nahm König dessen Armbewegung wahr. In seinen Fingern befand sich ein Küchenmesser, das seitlich auf Königs Kopf zuraste. Er wollte schreien, aber die Klingenspitze drang auf der linken Gesichtsseite in seine Wange ein und an der anderen Seite wieder nach außen.

KAPITEL 75

Über Habil hatte Nora nie etwas Schlechtes gehört. Der Kollege, der stets vornehm gekleidet zur Arbeit ging und immer etwas schüchtern auftrat, bereute es vermutlich, dass er ausgerechnet in edlen Halbschuhen durch den Wald wandern musste. Drei Mal hatte er mit einem Taschentuch schon über das Leder geputzt, inzwischen machte er sich nicht mehr die Mühe. Spätestens wenn er in das Erdloch kroch, würde er seine Kleidung komplett ruinieren. Nora kümmerte das nicht, vielmehr machte sie sich Sorgen, was mit Kevin los war. Vergeblich hatte sie versucht, ihn telefonisch zu erreichen. Sein Mobiltelefon war ausgestellt. Allerdings hatte er ihr per Mail eine kryptische Nachricht geschickt.

Ich habe niemanden umgebracht. Hilf mir bitte! Wo können wir uns treffen?

Von der Nachricht erzählte sie Habil nichts, aber sie musste den Kommissar, der kopfschüttelnd in die Grube blickte, unbedingt darauf ansprechen. »Was kannst du mir über Kevin Wittekind erzählen?«

»Wie kommst du ausgerechnet jetzt auf ihn?«

»Ihr wolltet alle meine Kontakte überprüfen und Andrea hat da vorhin so eine komische Bemerkung gemacht.«

»Tut mir leid, da musst du dich an KK oder Manja wenden. Ich weiß nichts.«

»Weißt du nichts oder willst du es mir nicht sagen?«

Wie ein Polizeianwärter, der die Antwort auf die Frage seiner Ausbilderin nicht kannte, rieb er sich den Nacken und schaute verlegen zur Seite.

»Nora, hör zu, ich will hier nur meine Arbeit machen, okay? Da unten liegt ein totes Mädchen und du konfrontierst mich mit Angelegenheiten, die dagegen völlig unwichtig sind.«

Für sie hörte sich das nach einer Ausrede an und natürlich vermutete sie, dass man ihm bezüglich Kevin einen Maulkorb verpasst hatte. Aber sie gab sich niemals schnell geschlagen.

»Was hat er getan?«

Habil seufzte. »Gibst du dann Ruhe?«

»Kommt drauf an, was du mir erzählst.«

»Man hat Tom Tremmels Leiche in seinem Keller gefunden.«

»Was, den verschwundenen Pädophilen? Das ist wie lange her? Drei Monate? Vier? Willst du mir sagen, die Leiche hat die ganze Zeit in Kevins Keller gelegen?«

»Wie lange sie dort war, weiß ich nicht. Mehr kann ich dazu auch nicht sagen. Die Infos sind frisch reingekommen und ich habe das nur nebenbei aufgeschnappt, weil ich zu dir fahren sollte. Wie du siehst, bin ich jetzt hier und kümmere mich um den Mord an Julietta. Ich will meine Arbeit sauber durchziehen, einverstanden?«

Obwohl die Sache mit Kevin sie extrem verwirrte, konnte sie Habils Argumente verstehen. »Weiß es ihr Vater schon?«

Er schüttelte den Kopf. »Heinlein sitzt noch in der Zelle und macht sich Sorgen.«

»Wie nah seid ihr dran?«

Obwohl sie es nicht ausdrücklich aussprach, wusste er garantiert, dass sie von dem Killer redete. Das LKA 11 konnte nicht ewig im Dunkeln tappen. Es musste Hinweise auf die Identität von Juliettas Mörder geben.

»Momentan ist alles ziemlich undurchsichtig«, antwortete Habil. »Wir mussten heute sogar die Frühbesprechung ausfallen lassen. Was der aktuelle Stand ist, kann ich dir nicht sagen. Manja und Falk sind gerade in der Wohnung von deinem Kevin ...«

»Er ist nicht mein Kevin.«

»... und KK war am Vormittag im Knast.«

»Und?«

»Nichts und! Hörst du mir eigentlich zu?« Er erhob die Stimme, was sie von ihm so nicht kannte. »Oder hörst du dich manchmal selbst reden? Ich weiß nicht, was hier los ist, ich weiß aber, dass es schlimm wird, sobald dein Name irgendwo auftaucht.«

Statt gekränkt zu sein, deutete Nora trotzig auf die Leiche. »Merkt ihr nicht, dass der Täter den Einsatz erhöht hat? Der will nicht mehr spielen. Der hat sich komplett in einen Blutrausch hineingesteigert.«

Weil die übrigen Kollegen, die eigentlich für die Suche nach dem Kind eingeteilt waren, die Diskussion mitbekamen, trat Habil dicht an Nora heran und begann zu flüstern. Sein von der Kälte sichtbar austretender Atem stieß ihr ins Gesicht.

»Wende dich bitte an KK, einverstanden?«

»Fein, wenn du mir sagst, wie ich ihn erreichen kann.«

»Aktuell erreicht ihn niemand. Andrea probiert es auch schon die ganze Zeit. Manja hat als Letzte mit ihm gesprochen. Seitdem geht er nicht mehr an sein Handy.«

Das klang seltsam. König wollte sonst immer über alles informiert werden. Schließlich war er der Leiter der Mordkommission. Entsprechend stand sein Telefon selten still.

»Er war also in der JVA Moabit. Andrzej Raschun muss etwas zu der Mordserie wissen.«

»Kann sein, aber wie gesagt, ich hatte noch keine Zeit, mit meinem Chef zu sprechen.«

Die Unterhaltung stellte sich mehr und mehr als Zeitverschwendung heraus. Bevor sie sich verabschiedete, unternahm sie noch einen Versuch. »Wisst ihr inzwischen wenigstens, wer Mareike auf Instagram unter dem Namen Wahrer_Wolf gestalkt hat?«

Wieder schüttelte Habil den Kopf. »Das war ein Fake-Profil. Wir wissen nur, dass Mareike der Schlüssel sein muss. KK sucht nach einem Zusammenhang zwischen deiner Freundin und dem Rollstuhl von Tim Walther. Wenn du uns helfen willst, dann finde die Verbindung.«

KAPITEL 76

Wie lange König weggetreten war, konnte er nicht sagen. Schon vor einer ganzen Weile war er aufgewacht. Nach und nach kamen die Erinnerungen an die Ereignisse in der Küche zurück. Zudem realisierte er seine missliche Lage: Er lag gefesselt an Armen und Beinen in einem Weinkeller. Ihm fehlte jegliches Zeitgefühl. Er wusste nur, dass er schrecklich fror und bald an seinem eigenen Blut ersticken würde. Bechsteins Messer hatte ihm beide Wangen zerschnitten, mindestens zwei Zähne zertrümmert, Teile des Zahnfleisches aufgerissen und die Zunge verletzt. All das hatte er wegen des Narkosemittels im Kaffee gar nicht mehr richtig mitbekommen. Danach musste der Hauseigentümer ihn im betäubten Zustand hier runtergeschleppt haben. Zumindest glaubte König, dass er sich zwar noch im Haus, aber nicht mehr im Erdgeschoss befand. Sein Hinterkopf und Rücken schmerzten, was vermutlich von Treppenstufen herrührte, auf die er beim unfreiwilligen Transport geschlagen war. Vielleicht war sogar ein Knochen gebrochen. Egal, diese Schmerzen waren nichts im Vergleich zu den Qualen in seiner Mundhöhle. Speichel und Blut vermischten sich, liefen ihm im Rachen zusammen. Er konnte seine Lippen nicht öffnen. Sein Mund war mit Klebeband einmal um den Kopf fixiert. Somit konnte König auch nicht schreien. Er musste ruhig durch die Nase atmen und das nachlaufende Blut vorsichtig hinunterschlucken. Während er auf seinen Tod wartete, betrachtete er seine Umgebung.

Das Weinabteil im Keller bestand ähnlich wie die Gebäudehülle fast vollständig aus Glas. Durch die Scheiben schaute er auf eine mit Lehm verputzte Wand, an der drei LED-Fackeln brannten. Hinter ihm befand sich ein deckenhohes Regal, in dem Weinflaschen lagerten. Hunderte. Bechstein hatte ihm nicht nur Waffe, Handy und Fahrzeugschlüssel abgenommen, sondern auch die Schuhe ausgezogen. König hatte probiert, mit den Fußsohlen gegen das Regal zu stoßen, damit vielleicht eine Flasche zu Boden krachte und er eine Glasscherbe erreichte, aber die Fesseln an den Knöcheln und Handgelenken, die zusätzlich mit einem Seil hinter dem Rücken zusammengebunden waren, ließ keine festen Tritte zu. Ihm wurde klar, dass Bechstein genau wusste, was er tat. Der Mann war ein Psychopath, der alles erschütternd brillant unter Kontrolle behielt. Allein wie seelenruhig er König Einlass gewährt und ihm den Kaffee zubereitet hatte, zeugte davon, wie kalkuliert und pragmatisch er bei seinen Taten vorging. Hinzu kam die unaussprechlich rohe Gewalt, mit der er seine vorherigen Opfer getötet hatte. König glaubte nicht daran, dass es ihm besser ergehen würde. Im Gegenteil, sein Gegner würde es mit brutalem Genuss tun. Andernfalls hätte Bechstein ihn nicht hierhergebracht, sondern ihm noch in der Küche die Kehle durchgeschnitten. Vor dem Tod selbst fürchtete König sich nicht, auch wenn er seiner Frau vorher gern Lebewohl gesagt hätte. Was ihn so entsetzlich ängstigte, war die Vorstellung, auf welche grausame Weise sein Peiniger ihn umbringen würde. Seine Furcht wurde noch gesteigert, als der Hauseigentümer in dieser Sekunde außen vor die Glasscheiben trat.

Bechstein hatte sich umgezogen. Statt des Hemdes und der Jogginghose trug er nun einen weißen Schutzanzug, wie ihn Königs Kollegen bei der Tatortarbeit benutzten. Außerdem verbarg er sein Gesicht hinter einer Wolfsmaske, die Heinleins Beschreibung entsprach. Im Schein der Fackeln wirkte Bechstein bestenfalls wie ein Anwalt aus der Hölle.

Mit einem Ploppen öffnete sich die Zugangstür zum Weinabteil.

»Endlich sind Sie wach, wie fein«, ließ Bechstein unter der Maske vernehmen und er schwang dabei eine Stange aus Bewehrungsstahl, wie sie auf Baustellen tagtäglich verwendet wurde. »Sie haben da oben in meiner Küche eine ganz schöne Sauerei verursacht, wissen Sie das? Aber natürlich gebe ich mir eine Mitschuld. Jetzt ist alles wieder sauber. Außerdem habe ich mir erlaubt, Ihren Wagen an einem anderen Ort zu parken. Sie wissen ja, wie das ist, wenn ein Bulle verschwindet. Ihre Leute werden nicht untätig bleiben, nehme ich an. Ich musste mit der Straßenbahn zurückfahren, deshalb hat es etwas gedauert.«

König stöhnte bloß. Er merkte, wie sich sein Atem vor Aufregung beschleunigte. Bechstein fiel es offenbar ebenfalls auf.

»Ich verstehe, dass Sie es schnell hinter sich bringen wollen. Wenn Sie aber schon einmal mein Gast sind, möchte ich Ihnen auch etwas bieten.«

Er lehnte den Stahlstab in eine Ecke, kniete sich hin und hielt König im nächsten Moment einen Korkenzieher vors Gesicht. König zuckte zusammen.

»Den ramme ich Ihnen vielleicht später ins Hirn.« Bechstein erhob sich wieder und wählte eine Flasche. »Château Lafite Rothschild! Ein Weingut nahe Bordeaux. Zehn Jahre alt. Sagen Sie also nicht, Sie wären mir nichts wert.«

Er zog den Korken, inhalierte das Bukett und schloss dabei die Augen. Dann schob er seine Maske nach oben und setzte die Flasche wie ein Trinker an seinen Lippen an.

»Ah«, sagte er, nachdem er einen großen Schluck getrunken hatte. »Hans Molder hätte einen solch edlen Tropfen garantiert niemals zu schätzen gewusst.« Der Eisenhans, dachte König. Warum redete Bechstein auf einmal über den Eisenhans? »Er war ... Wie soll ich es ausdrücken? ... limitiert in seiner Getränkeauswahl. Nichtsdestotrotz war er ein Mensch wie Sie und ich. Es ist eine Schande, dass er gesellschaftlich ausgegrenzt wurde, aber weitaus verwerflicher ist die Tatsache, dass Armin Rothmann und sein Sohn Jens den armen Mann haben entführen lassen, um ihn im Teufelsseemoor zu jagen und letztendlich zu erschießen. Glauben Sie mir, es existiert sogar ein Video von der Jagd. Ein Snuff-Film von einer menschenverachtenden, blutigen Jagd. Sie halten mich für einen kranken Bastard, der Spaß daran hat, unschuldige Leute auf bestialische Art und Weise zu töten? Mag sein! Zum Punkt der Unschuld komme ich jedoch gleich noch. Fakt ist, Molder hatte niemandem etwas getan. Gut, er war ein Säufer und lag dem Staat auf der Tasche, aber das ist kein Grund, ihn als Freiwild zu betrachten. Das Video, das ich ansprach, zeigt in aller Deutlichkeit, wie Jens Rothmann ihn unter Anfeuerung seines Vaters abknallt. Armin Rothmann war kein Saubermann, sondern ein mieses Schwein. Unter dem Deckmantel, etwas für sozial Benachteiligte zu tun, hat er sich die richtig armen Menschen herausgesucht und sie im Wald gejagt. Bestimmt gibt es etliche derartige Filme, die im Darknet kursieren.«

König konnte nicht glauben, was er da hörte. Wenn das auch nur annähernd stimmte, ergab sich das Motiv, weshalb Bechstein auch Noras Tod wollte. Anscheinend erriet der Anwalt Königs Gedanken.

»Machen Sie sich keine Vorwürfe, Sie mögen ein guter Polizist sein, aber das konnten Sie nicht wissen. Nur ein überschaubarer Personenkreis weiß davon. Natürlich hört man manchmal von illegalen Tauschbörsen mit angeblichen Snuff-Videos. Filme, die echte Tötungsszenen zeigen sollen. Mag sein, dass mit dem Leid anderer tagtäglich Profit im Darknet gemacht wird, aber ich spreche hier von Filmmaterial, das weit über den Verstand eines normalen Menschen hinausgeht. Ich rede von einer einzigartigen Sammlung. Ich rede von den Grimm-Akten. Ihnen dürften die Taten von Andrzej Raschun, dem Wolf vom Grunewald, bekannt sein. Auch von den Morden an den Mädchen gibt es Videomaterial. Ist ziemlich heftiges Zeug, das kann ich Ihnen sagen. Ich gebe zu, ich habe mich bei meiner Inszenierung an ihm orientiert. Ich bin kein Bewunderer von ihm, ich verachte ihn sogar. Aber ich dachte mir, eine gewisse Portion Theatralik gehört zu einem Serienkiller dazu, finden Sie nicht?«

König blieb stocksteif liegen, obgleich Bechstein eine Antwort forderte. Der Anwalt stellte die Flasche ab und griff zur Eisenstange, um sie wie einen feinen Degen zu betrachten.

»Finden Sie nicht?«

Weil König sich immer noch nicht regte, schlug Bechstein zweimal auf ihn ein. Unter den Hieben presste es König die Luft aus der Lunge. Er musste husten. Ohne das Klebeband hätte er Blut und Wasser gespuckt, so aber wimmerte er nur.

»Ich gehöre nicht zu denen«, plauderte Bechstein weiter. »Ich gehöre nicht zu der Gruppe, die Morde nach Märchenmotiven begehen, verstehen Sie? Ich bin derjenige, der diejenigen zur Rechenschaft zieht. Schließlich bin ich Anwalt! Der Anwalt der Schwachen. Hans Molder war zu schwach, um sich zu verteidigen, ich musste ihm eine Stimme geben. Deshalb habe ich die Inszenierung auch auf derart enthemmte Weise vollbracht. Ich gebe zu, das Morden hat mich berauscht. Ich habe nichts als Freude dabei empfunden. Wissen Sie, wenn Sie sich näher mit meinem Stil als Verteidiger beschäftigt hätten, wüssten Sie, dass ich unter Umständen zu drastischen Mitteln greife. Einschüchterung, Terror, Körperverletzung. Natürlich tue ich das diskret und nicht unbedingt in dieser Reihenfolge, aber meine Gegner können ein Lied davon singen, zu was ich fähig bin. Ich bin ein exzellenter Anwalt, wenn es um das Recht meiner Klienten geht. Ich bin effektiv und verfolge mein Ziel vehement. Das weiß meine Kanzlei zu schätzen, auch wenn niemand versteht, wie ich es anstelle. Meine Methoden sind brutal und ich bin garantiert alles andere als ein normaler Verteidiger. Dafür ist meine Erfolgsquote inzwischen derart beängstigend, ich müsste eigentlich längst in Hollywood arbeiten, wo die echten Psychopathen leben.« Er lachte über seinen eigenen Witz und fuhr fort, sich zu betrinken. »So erfolgreich wie jetzt war ich nicht immer, aber mit den Jahren lernt man dazu. Inzwischen bin ich erfahren genug, um Grimm vollständig auszulöschen. Ich werde alle Opfer rächen, das kann ich Ihnen versprechen. Es gibt viel zu tun, denn Hans Molder und die vier Rotkäppchen sind nicht die einzigen misshandelten und getöteten Menschen dieser Vereinigung. Margot Schreiner war der Sache dicht auf der Spur. Zu dicht, denn aus unbegreiflichen Gründen hat sie mich plötzlich ins Visier genommen und mir dämliche Fragen gestellt. Dabei bin ich doch der Gute! Also war ich bei ihr zum Handeln gezwungen. Ein kleiner Schubs, sie stürzt, niemand bekommt etwas mit. Es ist dunkel und spät und die Straße wegen der Bauarbeiten nicht sehr befahren. Am Morgen findet man ihre Leiche in der Baugrube. Die Details sollten Ihnen bekannt sein. Ich bringe jeden um, der meine Mission gefährdet. Deshalb muss ich mich jetzt leider um Sie kümmern.«

Unvermittelt schlug er mehrfach auf König ein, dann beugte er sich zu ihm hinunter. »Sie haben keinen blassen Schimmer, wovon ich rede, stimmt's?«

Diesmal nickte König zaghaft. Daraufhin hielt Bechstein ihm die Goldmünze mit dem Wolfskopf vor.

»Für Sie spielt es eigentlich keine Rolle mehr. Aber ich will Ihnen eine Antwort geben. Darum geht es: um diese Münzen! Nur die treusten und aufrichtigsten Mitglieder von Grimm erhalten eine solche Kostbarkeit. Die hier gehörte zum Beispiel Raschun. Sie gelangte in meinen Besitz während des Ermittlungsverfahrens, an dem sich Ihre überaus ehrgeizige Kollegin Nora Rothmann abgemüht hat. Sehen Sie die Zahlen?« Er zeigte auf die eingeprägten Ziffern unter dem G. »Das ist der Zugangsschlüssel zum innersten Kreis, zu einem Portal im Darknet. Dort treffen sich die Mitglieder der Vereinigung namens Grimm. Zumindest bestand das Portal über eine sehr lange Zeit, bis ... ja, bis man Andrzej Raschun geschnappt hat. Seitdem gibt es Grimm nicht mehr, wohl aber dessen verbliebene Mitglieder.« Bechstein erhob sich abermals und trank vom Wein. »Sicherlich ahnen Sie, woher ich das alles weiß, wenn ich doch nicht dazugehöre ...«

Wilhelm Tuchfeldt, schoss es König durch den Kopf. Er war Bechsteins Mandant und Informationsquelle gewesen. Er hatte vielleicht reinen Tisch machen wollen, irgendwie aus der Sache rauskommen. Aber er hatte nicht mit Noras Hartnäckigkeit gerechnet.

»Tuchfeldt gehörte nicht zum innersten Kreis von Grimm, das kann ich Ihnen versichern. Er war einfach nur geldgierig und daher bestechlich. Er hatte Beziehungen in die höchsten Senatskreise und er wusste zu viel. Der Name Philipp Sandner ist Ihnen sicherlich ein Begriff. Er und Tuchfeldt kannten sich jahrelang. So kam ich übrigens mit Sandner in Kontakt, er bot mir seine Hilfe an, was das Verfahren gegen meinen Mandaten anging. Bis zu seinem Tod standen wir in regem Austausch. Übrigens habe ich den ehemaligen Senatsmitarbeiter dazu überredet, eine Spionagesoftware auf Noras Smartphone aufzuspielen, während sie in der Gewahrsamszelle saß. Aber zurück zu Tuchfeldt. Als Polizeipräsident war er die perfekte Marionette, um ein paar Verbrechen ... Tja, wie sagt man? ... zu vertuschen. Sein ausufernder Lebensstil musste schließlich bezahlt werden, daher war er jederzeit erpressbar. Solange er mitgespielt hat, wurde er bezahlt. Enorm gut bezahlt. Im Gegenzug hat er für Grimm unliebsame Akteneinträge und Namen verschwinden lassen. Nichts bleibt unentdeckt, das wusste er. Er wusste, dass man ihm irgendwann etwas nachweisen würde. Und dann kam Nora Rothmann. Die Frau kann selbst einem ranghohen und erfahrenen Polizisten die Psyche kosten. Dem Druck hat Tuchfeldt irgendwann nicht mehr standgehalten. Ich meine, er wusste, dass er alles verlieren konnte. Er brauchte jemanden, dem er sich offenbaren konnte, und so fand er bei mir Hilfe. Was glauben Sie, wie überrascht ich war, als ich von ihm – selbstverständlich unter dem Mantel der anwaltlichen Verschwiegenheit – erfahren habe, dass auch Noras Vater dazugehörte? Ich war nicht nur überrascht, sondern scheißwütend.« Er drosch erneut mit dem Stab auf Königs Schulter, Hüfte und Gesäß. »Scheißwütend, so wie jetzt! Ausgerechnet Nora Rothmann! Die Beamtin, die Carola Walther in den Suizid getrieben hat. Die Freundin von Mareike Busch, die einen Verkehrsunfall verursacht hat, bei dem eine Frau für den Rest ihres Lebens entstellt wurde und seitdem arbeitsunfähig ist. Ich denke, ich hatte allen Grund, wütend auf dieses Miststück zu sein. Und wissen Sie was? Sie hat es schlussendlich zugegeben. Kurz vor ihrem Tod hat sie es vor ihrer Familie gebeichtet.«

Ja, das ergab alles irgendwie Sinn, dachte König, während ihm allmählich die Besinnung entglitt. Er hatte wahrscheinlich zu viel Blut verloren. Das merkte nun anscheinend auch Bechstein.

»Aber warum erzähle ich Ihnen das alles? Sie werden sowieso sterben. Hier unten in meinem Keller. Und Tote reden nicht.

Ein bisschen Zeit habe ich mitgebracht, aber irgendwann werden sich Ihre Kollegen bei mir melden. Immerhin will man wissen, wo Sie geblieben sind. Ich werde wahrheitsgemäß angeben, dass Sie am Vormittag hier waren und ein paar Fragen zu Tim Walther gestellt haben. Unser Gespräch habe weniger als zehn Minuten gedauert, dann sind Sie wieder weggefahren. Exakt das werde ich erzählen. Ich habe ein bisschen Wein getrunken und werde vielleicht ein bisschen lallen. Ihre Kollegen werden das Interesse verlieren, eventuell peinlich berührt sein und sich nicht länger mit einem angetrunkenen Anwalt unterhalten wollen. Selbst wenn ich sie ins Haus bitte …«

Als Bechstein erneut die Eisenstange anhob, setzte Vogelgezwitscher ein. Die Türklingel.

»Ach, sieh an! Wer mag das wohl sein?«

KAPITEL 77

Vor fast drei Stunden hatte Nora den Wald verlassen. Inzwischen war es Nachmittag. Genügend Zeit, um abzuschalten, sollte man meinen. Doch die Erinnerungen an das tote Mädchen blieben wie ein Geschwür, das man ständig kratzte. Sie ertappte sich dabei, dass sie sich dauernd fragte, wie jemand imstande sein konnte, ein Kind umzubringen – egal ob aktiv oder passiv. Die Leichenschau vor Ort hatte kein anderes Ergebnis als den Tod durch Erfrieren ergeben. Mit Glück hätte ein Erwachsener die Nacht in dem Erdloch überleben können, doch für das Kind waren die niedrigen Temperaturen tödlich gewesen. Hoffentlich war Julietta sanft eingeschlafen. Leider sagte Noras Verstand unentwegt, dass Erfrieren ein qualvoller Tod war. Gleichzeitig dachte sie an Mara, die inzwischen im Krankenhaus aufgewacht war. Bisher hatte Nora es versäumt, ihr Patenkind zu besuchen, obwohl König ihr, vorbehaltlich der Einschätzung der Ärzte, die Erlaubnis zum Besuch erteilt hatte.

»KK«, murmelte sie, während sie die Maserung der opulenten Holztür vor ihrer Nase betrachtete und schließlich die Klingel zum dritten Mal betätigte.

Für ihren Geschmack dauerte es einen Tick zu lange, bis der Hauseigentümer ihr öffnete. So als hätte er sich extra noch umziehen müssen.

»Frau Rothmann, ich bin überrascht.«

Nora musterte Martin Bechstein vom leger gekämmten Scheitel bis zu den feinen Lederhausschuhen. Sein blütenweißes Hemd gab ihm etwas Unschuldiges und die Jogginghose, die er dazu trug, machte ihn mindestens zehn Jahre jünger.

»Ich suche meinen Kollegen, Kriminalhauptkommissar Konrad König.«

Seine dichten Augenbrauen hoben sich. »Und da kommen Sie zu mir?«

»Ich dachte, eventuell hätten Sie ihn heute gesehen.«

Bechstein schaute sie einen Moment bloß an, dann zwinkerte er. »Ja, in der Tat, Herr König war bei mir, aber das war …« Er hob seinen linken Arm, an dessen Gelenk sich eine edle Uhr befand. »… vor circa drei Stunden. Stimmt etwas nicht?«

»Das kann ich Ihnen sagen, wenn ich ihn gefunden habe.«

»Sie sprechen wie immer in Rätseln.« Er öffnete die Tür ein Stück weiter. »Zufällig habe ich Zeit. Wollen Sie reingekommen und mir alles erklären?«

Er wartete keine Antwort ab, sondern trat in den Flur zurück. Nora wog ab, ob sie sein Haus betreten wollte. Schließlich tat sie es. Bechstein entfernte sich, blickte sich einmal nach ihr um, stellte Fragen und sie folgte ihm mit Verzögerung in den Küchenbereich.

»Sie sehen müde aus. Ich mache Ihnen erst mal einen Kaffee.«

Zum Ausruhen hatte Nora bisher nicht die Zeit gefunden. Nachdem niemand im LKA 11 gewusst hatte, wo König steckte, hatte sie vorgeschlagen, sein Handy orten zu lassen. Das hatte sich als richtig herausgestellt.

»Wir haben sein Auto beim Alexanderplatz gefunden«, berichtete Nora Bechstein, während der den Kaffeeautomaten bediente. »Keiner kann sich erklären, was er in der Gegend wollte. Viel seltsamer ist jedoch, dass sein Handy im Wageninneren liegt.«

»Ah, verstehe, Sie haben es orten lassen.«

Zwei Tassen schlugen gegeneinander.

»Davor ist das Gerät in einen Sendemast hier in der Nähe eingeloggt gewesen.«

»Wie gesagt, er hat mich besucht. Er wollte von mir noch ein paar Dinge über Wilhelm Tuchfeldt wissen. Ich nehme an, davon hat er seine Kollegen unterrichtet.« Er schwang mit zwei gefüllten Kaffeetassen herum und hielt ihr eine auffordernd hin. »Kosten Sie und danken Sie mir danach. Das ist eine auserlesene afrikanische Sorte. Sie werden noch davon träumen, versprochen!«

Sie beantwortete sein Lächeln mit einer kühlen Kopfbewegung und roch am Getränk. Zumindest was den Duft anging, hatte er nicht übertrieben.

»Sie beide sprachen lediglich über Wilhelm Tuchfeldt?«

»Hauptsächlich.« Er lehnte sich an den Küchenblock, kreuzte dabei die Beine, trank von seinem Kaffee und schaute sie über den Tassenrand hinweg an. »Kommen Sie, was wollen Sie wissen?«

»Haben Sie beide auch über Carola Walther gesprochen?«

Diesmal wirkte Bechstein nicht überrascht, sondern nickte sofort. »Erstaunlich scharfsinnig, wie immer. Ja, wir sprachen über meine damalige Mandantin. Und wir sprachen über Ihre Rolle dabei. Ich will unseren damaligen Disput nicht aufwärmen, deshalb mache ich Ihnen keinen Vorwurf, wie die Sache ausgegangen ist. Sie haben nur Ihre Arbeit gemacht, das verstehe ich als Privatmensch. Als Anwalt stand ich jedoch voll und ganz hinter meiner Mandantin. Es ist mir nicht gelungen, sie erfolgreich zu verteidigen. Aber ich war noch jung und unerfahren. Heute würde mir das wahrscheinlich nicht mehr passieren.«

»Heute würden Sie mich nicht mehr als empathielose Bürokratiehure betiteln?«

»Es tut mir leid, was ich damals gesagt habe. Kommen Sie, vergessen wir die alten Geschichten und trinken gemeinsam einen Kaffee!« Er hob seine Tasse an. Nora schaute in ihre. Der Duft war wirklich verlockend.

»Sie kannten Mareike Busch«, sagte sie, statt zu trinken.

Er nickte. »Aber Ihren Namen erwähnte Herr König im Zusammenhang mit der Mordserie heute Vormittag nicht. Worauf wollen Sie hinaus?«

»Meine Freundin soll damals angeblich eine Frau angefahren und schwer verletzt haben. Die Frau war ebenfalls Ihre Mandantin, soweit ich weiß.«

Jetzt wirkte Bechsteins Mimik nicht mehr so einladend, sondern eher genervt. Er ging mit seiner leeren Tasse zur Spüle, wo er sie mit Wasser reinigte. »Auch das ist richtig. Frau Busch konnte der Unfall nie nachgewiesen werden, das Verfahren wurde eingestellt. Also worauf wollen Sie hinaus? Ich dachte, Sie seien hier, weil Sie Ihren Kollegen suchen. Verstehen Sie mich nicht falsch, ich biete Ihnen gern einen Kaffee an, aber um ehrlich zu sein, bin ich jetzt doch ein bisschen in Eile. So wie Sie mich ansehen, glauben Sie mir nämlich nicht. Ich weiß, wie akribisch Sie arbeiten und wie misstrauisch Sie sind. Sie können gern in der Kanzlei anrufen und sich erkundigen. Dort wird man Ihnen bestätigen, dass ich am späten Nachmittag noch einen Termin habe.«

Nora war aufgefallen, dass Bechstein Alkohol getrunken hatte. Zumindest hatte sie bei der Begrüßung einen leichten Geruch wahrgenommen.

»Sie haben heute noch einen Termin?«

»Bei Gericht. Diesmal werde ich hoffentlich besser abschneiden als gegen Sie damals. Schade, dass Ihnen mein Kaffee nicht schmeckt.«

Obwohl es wohl ein Vorwurf sein sollte, lächelte er. Gleichzeitig streckte er die Hand aus, um ihr die Tasse abzunehmen. Um nicht unhöflich zu sein, führte sie die Tasse an ihre Lippen. Dabei fiel ihr Blick auf den Küchenboden. Sie hielt inne und verzichtete auf den Schluck. Stattdessen gab sie ihm die volle Tasse zurück. Danach bückte sie sich, um die Fliesen näher zu betrachten. Sie wirkten wie frisch gewischt, aber direkt neben dem Küchenschrank stachen Nora zwei Flecken ins Auge. An der Fußleiste des Schranks entdeckte sie weitere. Trotz des hellen Raumes kniff sie die Augen zusammen, um die Punkte und Striche identifizieren zu können. Zusätzlich zog sie ein Taschentuch aus ihrer Jacke und strich damit über den Boden.

»Etwas Interessantes entdeckt?«, hörte sie Bechstein fragen.

Sie antwortete nicht, sondern betrachtete die dunkelroten Spuren auf dem weißen Zellstofftuch. Sie hatte soeben Blut weggewischt. Blitzartig kam ihr der Verdacht, dass vor ihr – exakt an dieser Stelle – ein Mensch gestanden haben könnte. Konrad König!

Fast zu spät registrierte sie Bechsteins Angriff. Statt aufzuschauen, warf Nora sich reflexartig zur Seite. Noch in der Bewegung sah sie, wie das große Küchenmesser mit Wucht in die Schranktür stieß. Um Haaresbreite hatte die Klinge ihren Kopf verfehlt. Bechstein war der Wolf und sie war ihm direkt in die Klauen gelaufen. Er hatte Mareike und alle anderen umgebracht. Er hatte vermutlich auch König etwas angetan. Jetzt war sie das Rotkäppchen und er der Wolf. Ein Wolf mit einer spitzen, scharfen Kralle. All das schoss ihr durch den Kopf, als sie auf dem Rücken liegend von Bechstein wegkroch.

»Kluges Mädchen«, sagte der Anwalt, der sein Gesicht zu einer raubtierartigen Maske verzog.

Er knurrte, riss das Messer aus dem Furnier und stapfte wild entschlossen auf sie zu. Noras Füße fanden auf den glatten Fliesen keinen richtigen Halt. Sie konnte ihm nicht entkommen. Im Unterbewusstsein tastete Nora nach ihrer Waffe. Als er über ihr stand und das Messer erhob, spürte sie das Eisen fest in ihrer Hand. Im Bruchteil einer Sekunde richtete sie den Lauf ihrer Dienstpistole aus und drückte ab.

KAPITEL 78

Nora hielt ihre Pistole so fest umklammert, als wäre die Waffe ihr Distanzstab in einem Raubtierkäfig. Sie atmete nicht, zitterte nicht, blinzelte nicht. Alle ihre Sinne waren auf den Wolf fokussiert. Auf Bechstein, der noch eine schiere Endlosigkeit über ihr stand und erst in diesem Moment das Messer fallen ließ. Ohne den Angreifer aus dem Blick zu lassen, beobachtete sie, wie die Klinge sich einmal fast ganz in der Luft drehte und schließlich auf dem Boden aufschlug. Sämtliche Geräusche waren ausgeblendet. Die Szene lief ab wie in Zeitlupe. Erst als das scharfe Küchenwerkzeug völlig still neben Noras Beinen lag, wurde ihr Geist in die Gegenwart zurückkatapultiert. Bechstein röchelte und hielt sich den Bauch. Mindestens drei Patronen steckten darin. Nora hatte nicht mitgezählt, aber sie war sich sicher, dass er dreimal gezuckt hatte, nachdem sie mehrfach hintereinander den Abzug ihrer Waffe betätigt hatte. Sie hatte getroffen. Das verdeutlichte ihr der dickflüssige Saft, der sein weißes Hemd rot färbte und zwischen seinen Fingern hindurchquoll. Er blutete, wie ein Mensch nur bluten konnte. Außerdem unterließ er jeglichen weiteren Angriff, schaute stattdessen stöhnend an sich hinab.

»Man kann gegen Sie einfach nicht gewinnen«, presste er hervor, ehe er seitlich gegen den Küchenblock kippte und dann vollends zusammenbrach.

Erst jetzt löste sich Noras Erstarrung. Sie kroch einen halben Meter von ihm weg, richtete ihren Oberkörper auf. Unentwegt hielt sie dabei ihre Waffe schussbereit in der Hand. Einige Sekunden wartete sie noch. Dann erst erhob sie sich vollständig. Sie tastete sich ab, horchte in sich hinein, ob sie nicht doch verletzt war, aber sie hatte es unbeschadet überstanden. Selbst das Schockmoment wich nach und nach. Ihre Rollen waren plötzlich vertauscht. Er lag hilflos am Boden und sie stand aufrecht und mit einer Waffe über ihm. Der Drang, eine weitere Patrone abzufeuern, wurde übermächtig. Sie wollte die Welt von dieser Bestie erlösen. Deshalb verdrängte sie auch die Notwendigkeit, einen Notarzt zu rufen. Mit der freien Hand stützte sie sich am Küchenblock ab, dann hob sie einen Fuß und führte ihn direkt über die Stelle seines Bauches, wo sich die Wunden befanden. Ihr Schuh schwebte Zentimeter über der blutenden Stelle. Es war so leicht, ihre Schuhsohle mitten auf seine zitternden, blutverschmierten Hände zu stellen und das Gewicht zu verlagern. Ja, am liebsten wollte sie endlos lange zusehen, wie er verreckte. Aber da war noch etwas anderes, das weitaus wichtiger war. Sie brauchte Gewissheit. Also stellte sie den Fuß wieder auf den Boden ab und kniete sich neben den sterbenden Mann. Aus seiner Kehle kamen Pfeifgeräusche und er verdrehte mehrfach die Augen. Das Sprechen fiel ihm schwer und kostete ihn Kraft. Es würde ihm vielleicht einfacher fallen, mit einem Pistolenlauf unter dem Kinn. Genau das ermöglichte sie ihm auch. Sie presste ihm das Schießeisen gegen die Kehle. Ein Schwall Blut verließ seinen Mund. Er spuckte und die Tropfen benetzten ihr Gesicht und ihre Lippen. Aber sie wischte das Blut nicht weg. Sie genoss die Hilflosigkeit dieses Unmenschen.

»Hast du meine Familie umgebracht?«

Er hustete. Wieder trat Blut über seine Lippen. Er gab sich redlich Mühe, ihr eine Antwort zu geben. Seine Worte kamen leise und stockend.

»Ich wünschte, ich wäre es gewesen.«

Das hieß wohl nein. Im Kopf rechnete sie sein Alter nach. Am Tag der Ermordung ihrer Familie war Martin Bechstein Mitte zwanzig gewesen. Alt genug, um drei Menschen eiskalt zu erschießen. Eiskalt beschrieb nicht annähernd, wie der Anwalt als maskierter Wolf in den letzten Tagen gewütet hatte. Bestialisch traf es eher, aber auch das wirkte noch zu harmlos.

»Zum letzten Mal!«, brüllte Nora ihn an, packte ihn am Hemdkragen und schüttelte ihn. »Hast du sie umgebracht?«

Er versuchte sich an einem Grinsen. Letztlich gelang ihm nur, eine gequälte, blutverschmierte Fratze zu ziehen. Dann schüttelte er schwach den Kopf. Er war es nicht gewesen. Bechstein war ein Mehrfachmörder, aber er hatte Noras Familie nicht umgebracht. Andernfalls hätte er es jetzt gestehen können. Sogar müssen, denn es wäre ihm garantiert eine Genugtuung gewesen, es ihr zu sagen.

»Wo ist Konrad König?«, fragte sie, nachdem sie sich gesammelt und ihre Familie für den Augenblick abgehakt hatte.

»Un…«

»Wo?«

»Unten«, brachte er schwach hervor, bevor ein heiseres Luftholen ihn am Weiterreden hinderte.

Inzwischen war er so schwach, dass er nicht einmal mehr die Wunde am Bauch halten konnte. Seine Hände glitten schlaff zu den Seiten. Noch lebte er, aber Nora glaubte nicht daran, dass ein Arzt ihn jetzt noch retten konnte. Und tief in ihrem Inneren wollte sie das auch nicht. Wozu auch? Ein weiterer Mörder eingesperrt in einer Justizvollzugsanstalt? Zelle an Zelle mit Andrzej Raschun? Bechsteins Überleben hätte

Mareike, Benjamin oder all die anderen nicht wieder lebendig gemacht. Natürlich war sie Polizistin und musste entsprechend ihrem Eid handeln. Soweit es in ihrer Macht stand, musste sie jedes noch so unwerte Leben retten.

»Es ist bloß ein Anruf«, murmelte sie und richtete sich auf.

Seine sterbenden Augen blickten zu ihr hoch. Er wollte noch etwas sagen, aber egal, was es war, sie wollte es nicht hören. Es war vorbei. Der Wolf war besiegt, wie in der Märchenversion, die sie von klein auf kannte.

»Ein Anruf«, wiederholte sie, dann griff sie nach ihrem Handy.

Auch wenn er bestimmt nicht mehr klar sehen konnte, reichte seine verbliebene Wahrnehmung, um jede ihrer Bewegungen zu verfolgen. Sie wartete noch volle zwei Minuten, schaute zu, wie immer mehr Blut aus ihm herausfloss, dann wählte sie die 112. Als die Verbindung stand, ließ sie ihr Smartphone auf seinen Brustkorb fallen. Die Stimme aus der Notrufzentrale drang aus dem Gerät. Sollte Bechstein sich selbst retten. Im Fortgehen sah sie, wie er mit glitschigen Fingern erfolglos versuchte, das Handy zu greifen und in die Nähe seiner Lippen zu bringen, damit er Hilfe herbeirufen konnte. Sie verließ die Küche und niemand würde ihr später Vorwürfe machen. Schließlich musste sie einen Kollegen finden.

KAPITEL 79

Drei Wochen später

Konrad König saß auf seiner Terrasse und stierte nachdenklich auf die gefrorene Wiese davor. Kein einziger Grashalm bewegte sich. Selbst der Wind wirkte angesichts des anhaltenden Frosts erstarrt. Eisig waren auch seine Gedanken, wenn er an die Verbrechen des Anwalts Martin Bechstein dachte. Um ein Haar hätte der Psychopath in seinem Weinkeller auch Konrad mit einer Eisenstange totgeprügelt. Wenn er daran dachte, schüttelte es ihn trotz der dicken Winterjacke und einer Wolldecke, die zum Schutz vor der Kälte über seinen Beinen lag. Auf dem Tisch stand eine dampfende Tasse. Den Tee darin ließ er abkühlen. Seit drei Wochen ging das schon so, dass er keine Heißgetränke zu sich nehmen konnte. Die Entzündung in der Mundhöhle wollte sich einfach nicht bessern. Permanente Schwierigkeiten bei den Mahlzeiten machten ihn mürbe. Und das lag nicht an den zwei fehlenden Zähnen, bei denen sein Zahnarzt als Einziger zuversichtlich war, dass man sie tadellos ersetzen konnte. Irgendwann bauen wir das, hatte dieser gemeint und ein strahlendes Lächeln gezeigt. Derzeit kam Konrad sich wie ein Krüppel vor. So musste es später im Altersheim sein, falls er es gesundheitlich überhaupt bis dahin schaffte.

»Bist du noch anwesend?«, fragte Manja, die vor fünfzehn Minuten an der Haustür geklingelt hatte.

Ihr Besuch hatte ihn weniger erfreut als überrascht. Konrads Frau befand sich auf Arbeit, also konnten sie ungestört reden. Manja hatte sich nicht angekündigt. Etwas anderes hätte auch nicht zu ihr gepasst.

»Ich höre dir zu«, sagte König leise. Selbst das Sprechen strengte ihn an. »Was ist mit Fjodor Heinlein?«

»Wurde aus der U-Haft entlassen. Der Staatsanwalt setzt ein minimales Strafmaß an, weil er durch den Tod seiner Tochter genug gestraft ist.«

»Gute Entscheidung! Und ihr habt Kevin Wittekind endlich verhaftet.«

»In der U-Bahn ist er einer Streife der Bundespolizei aufgefallen. Wittekind wollte erneut flüchten, wurde aber von einem alten Mütterchen mit ihrem Trolley gestoppt. Er hat die Frau und den Koffer umgerannt und ist dabei selbst zu Fall gekommen. Zum Glück ist sie unverletzt geblieben. Wittekind hatte weniger Glück, die Beamten haben ihn ordentlich rangenommen.«

»Hab es in der Zeitung gelesen«, sagte Konrad, ohne seine Kollegin anzublicken. »Angeblich wurde die Rentnerin sogar für den Verdienstorden der Stadt vorgeschlagen.«

»Möglicherweise bekommt die Geschichte doch noch ihre Heldin. Hey, da fällt mir ein Witz ein! Zuerst hat Wittekind die U-Bahn genommen, dann ist er in die U-Haft gekommen.« Manja lachte, Konrad fand es weniger lustig, was sie wohl merkte, denn sie erzählte sofort weiter. »Sein Konto war gesperrt und das Bargeld ist ihm ausgegangen. Die letzten Wochen hat er in einem Gartengrundstück gelebt, das ihm gehörte und von dem wir nichts wussten, weil es in seiner Wohnung keine Belege dazu gab.«

»Im Inland hätte er sich nicht ewig verstecken können.«

»Anfangs hat er bestritten, Tom Tremmel umgebracht und den Leichnam zerstückelt zu haben, inzwischen schweigt er beharrlich. Ihm wurde ein Pflichtverteidiger gestellt.«

»Gibt es ein Motiv?«

Manja schüttelte den Kopf. »Bisher nicht. Laut jetzigem Stand gab es zwischen Wittekind und Tremmel in der Vergangenheit keinerlei Kontakte. Wir überprüfen seine Eltern und seine beiden Geschwister, aber die Beziehungen innerhalb der Familie sind schwierig. Zu seinem Vater hatte Wittekind schon seit frühster Kindheit keine Verbindung mehr. Seine Mutter ist ziemlich jähzornig und schlecht auf die Polizei zu sprechen. Die war wohl mal als Jugendliche in irgendeiner linksextremistischen Organisation.«

Konrad nickte, sagte aber nichts, weil er momentan nicht an den Ermittlungen beteiligt war und somit keine tieferen Einblicke besaß. »Das klingt nicht so, als wären die verschwundenen Videodaten von Schaffner inzwischen aufgetaucht.«

»Wie gesagt, die Durchsuchung von Wittekinds Wohnung hat nichts ergeben. Schätze, der Fall wird uns noch eine Weile beschäftigen.«

Genau wie der Fall Martin Bechstein. Konrad rief sich dessen Worte aus dem Weinkeller in Erinnerung. Von den Schilderungen über diese Vereinigung namens Grimm und der Sache mit dem Darknet hatte er seinen Kollegen bisher nichts berichtet. Da Tuchfeldt und Sandner angeblich daran beteiligt gewesen waren, konnte Konrad schwer abschätzen, wem aus den eigenen Reihen er noch trauen konnte. Das traf vor allem für Manja zu. Zweifellos hatte sie Kontakte zu Philipp Sandner gehabt. Außerdem hatte sie Kenntnis davon, dass die alten Wolf-Akten vor Zugriffen gesperrt waren. Das alles wusste

Konrad inzwischen, denn in den letzten drei Wochen hatte er nicht nur untätig auf seiner Terrasse gesessen, sondern E-Mails geschrieben und, soweit es sein Mund zuließ, Telefonate geführt. Jetzt war nicht der Zeitpunkt, um sie unter Druck zu setzen. Nach seiner Rückkehr würde Konrad die Dinge sondieren und entsprechend handeln. Möglicherweise standen ein paar Personalveränderungen an.

»Was ist?«, fragte sie, weil er sie sekundenlang stumm anblickte.

»Nichts«, wehrte er ab. »Ich musste nur an Bechstein denken.«

»Auch hier werden sich die Ermittlungen noch hinziehen, aber wir sind sicher, dass wir sämtliche seiner Morde lückenlos aufklären können. Bechstein hat als Kind ähnlich wie Tim Walther zuerst im Heim und später wie Julietta bei Pflegeeltern gelebt. Er hatte offenbar schon früher Schwierigkeiten bei der Impulskontrolle, was sich in gesteigertem Jähzorn ausgedrückt hat. Ärztliche Gutachten gibt es leider nicht. Aber er wollte wohl schon immer Anwalt werden. Die entsprechenden Noten und Abschlüsse hatte er dazu. Wir stützen uns hierbei auf Aussagen von Leuten, mit denen er in der Vergangenheit Umgang hatte. Du weißt ja, was man von den meisten dieser Aussagen halten darf. Im Nachhinein wissen es alle besser. Vielversprechender sind da die Aussagen von Zeugen aus seinen früheren Verfahren, bei denen er anwaltlich tätig war. Er muss wohl Leute massiv eingeschüchtert und bedroht haben, aber nachweisbar ist keine einzige Tat. Deshalb gab es nie Anzeigen gegen ihn.«

»Gut möglich, dahingehend erwähnte er mir gegenüber etwas. An den genauen Wortlaut kann ich mich nicht mehr erinnern, die Umstände haben das nicht zugelassen, wie du dir vorstellen kannst.«

»Langsam ergibt sich ein vollständiges Bild von diesem Mann. Dieser Mensch wollte unbedingt mit den ganz Großen der Anwaltszunft mithalten. Auch wenn er ein ethisch vertretbares Motiv verfolgt hat, ist er bei seinen Methoden sprichwörtlich über Leichen gegangen. Irgendwie bin ich trotzdem froh, dass ich mir von Martin Bechstein kein Geständnis mehr anhören muss.«

»Höre ich da ein schlechtes Gewissen heraus?«

»Wie meinst du das?«

»Keine Ahnung, sag du es mir.«

Manja schnappte sich ihre Tasche und erhob sich. »Sobald wir neue Erkenntnisse haben, melde ich mich bei dir. Trotz deiner Arbeitsunfähigkeit solltest du auf dem Laufenden sein. Schließlich bist du unser Chef. Gute Besserung! Ich bin sicher, du bist bald wieder der Alte.«

Konrad nickte und versuchte sich an einem zuversichtlichen Lächeln. Zum Glück konnte er sich nicht selbst dabei betrachten wie im Badezimmer, wenn er vor dem Spiegel das Gesicht verzog. Seine Mimik war vermutlich ein Abbild aus Schmerz und Selbstmitleid. Er griff zur Teetasse und hob sie zur Verabschiedung.

»Ja, ich bin sicher, ihr werdet die Mordserie auch ohne meine Hilfe aufklären.«

Kapitel 80

Nach Maras Entlassung aus dem Krankenhaus besuchte Nora das Mädchen jetzt zum dritten Mal bei seinen Großeltern. An jedem Freitag erkundigte sie sich nach Mara. Nora konnte schwer einschätzen, wie viele Besuche für eine Patentante angemessen waren. Vielleicht zweimal pro Woche oder noch öfter? Maras Großeltern schienen sich nicht an ihrem Auftauchen zu stören, im Gegenteil, sie boten jedes Mal Kaffee und Kuchen an, aber Nora lehnte dankend ab. Das Kaffeeangebot weckte nur schlechte Erinnerungen. Da sie sich in den Räumlichkeiten von Mareikes Eltern fremd fühlte, hielt sie die Besuche möglichst kurz. Mara hatte bei den Großeltern ein eigenes Zimmer bekommen. Für Noras Geschmack war es einen Tick zu kitschig eingerichtet. Sogar der Teppich war rosa. Aber der Kleinen gefiel das Zimmer offenbar. Ihr Chef, Dieter Quast, hatte vorgeschlagen, beim nächsten Mal nicht mit leeren Händen aufzutauchen, also hatte sie diesmal eine Spielzeugziege mitgebracht. Keine Ahnung, warum sie ausgerechnet eine Ziege gekauft hatte, aber im Laden hatte das Tier sie so vorwitzig angeschaut. Mara hatte sich artig bedankt und die Ziege in ein Regal neben ein Holzflugzeug mit abgebrochenem Propeller gestellt. Vermutlich würde das Spielzeugtier dort einstauben. Nora wusste nicht, ob sich ein kleines Mädchen über eine Spielzeugziege freute. Eigentlich wusste Nora gar nicht, was Mädchen in Maras Alter für Vorlieben hatten. So war es schon immer gewesen. Mareike hatte das nie thematisiert, aber jetzt spürte Nora deutlich, dass ihre Freundin bei der Wahl der Patentante für ihre Tochter eine völlig ungeeignete Person erwischt hatte. Natürlich war Nora erleichtert, dass es Mara nach den tragischen Ereignissen und dem Tod der Eltern wieder besser ging, doch das kam mehr aus dem Verstand heraus. Ihr Herz beförderte zwar jede Menge Blut, aber anscheinend nur eingeschränkt Empfindungen. Ihren Wunsch nach einem eigenen Kind sollte Nora in nächster Zeit noch einmal durchdenken. Andererseits fühlte es sich gut an, zusammen mit Mara auf dem rosafarbenen Teppich zu sitzen und zuzusehen, wie die kleinen Hände Perlen zu einer Kette auffädelten.

»Du bist sehr geschickt.«

»Ja, und du schießt gut«, antwortete Mara.

»Wie kommst du darauf?«

»Hat Mama gesagt.«

Augenblicklich dachte Nora daran, wie sie Bechstein in den Bauch geschossen hatte. Der Anwalt war tatsächlich noch vor Eintreffen der Sanitäter verblutet. In der Rechtsmedizin hatte man drei Patronenkugeln aus seinem Körper gefischt. Es gab ein Verfahren gegen Nora, aber das würde bald eingestellt werden. Nora kannte sich in der Materie aus, deshalb machte sie sich keine Sorgen über mögliche dienstliche Konsequenzen.

»Ah, na dann wird es wohl stimmen«, sagte sie und streichelte Maras weiches Haar.

»Musst du heute noch auf Arbeit?«

»Ich soll mich beim Seelenklempner vorstellen«, drückte Nora ihren Termin beim Psychosozialen Dienst aus und vollführte vor ihrem Gesicht eine Scheibenwischerbewegung. »Die halten mich doch tatsächlich für durchgeknallt.«

Was witzig klingen sollte, hörte sich sogar in ihren Ohren irgendwie verstörend an. Maras zarte Seele hatte genug durchgemacht, das konnte selbst Nora treffend einschätzen. Genau wie sie selbst damals, als sie ihre Eltern verloren hatte, hatte Mara regelmäßig Sitzungen beim Kinderpsychologen. Laut ihrer Großmutter machte sie das ganz gut. Für Eltern war es die Hölle, ihr Kind zu verlieren, so sagte man; was war es andersherum für Kinder?

»Ich muss gehen«, erklärte Nora, als sie es nicht länger in dem bunten Zimmer aushielt, in dem nicht nur der Teppich, sondern auch die Möbel neu rochen.

Sie wünschte sich Mareike und Mario zurück. Bei ihnen in der Wohnung hatte sie sich wohlgefühlt. Aber das war Vergangenheit. Mara hatte ein neues schönes Zuhause gefunden. Nur das zählte. Nora würde ebenfalls klarkommen. Davon war sie überzeugt, als sie ihrem Patenkind einen flüchtigen Kuss auf die Stirn gab und sich erhob.

»Wann kommst du wieder?«, fragte Mara.

»In einer Woche.«

KAPITEL 81

DUNKLE WELT

Heute

Darknet-Server: KHM1858

*Wie ist mein Name: *****
*Passworteingabe: ****************
*Verifizierungscode: *****
Willkommen! Grimm ist online.
Teilnehmer im Chat: 3

[Blaubart]: Ist die Verbindung auch sicher?

[Bruder Lustig]: Der neue Server ist absolut sicher.

[Blaubart]: Ich war erstaunt über die Nachricht. Wie lange ist es her?

[Bruder Lustig]: Fast neun Jahre seit der Sache im Grunewald. Das Projekt Grimm muss wiederaufgenommen werden. Es gibt einen neuen Kandidaten.

[Blaubart]: Es gibt immer neue Kandidaten. Wo sind [Krähe], [Herr Korbes] und die anderen?

[Bruder Lustig]: [Krähe] ist vor drei Jahren bei einem Tauchunfall ums Leben gekommen. Mit [Herr Korbes] und den anderen müssen wir noch sprechen. Vorerst stimmen wir drei uns ab. Ist das in deinem Interesse?

[Blaubart]: Von mir aus, ich bin dabei.

[Stiefmutter]: Grimm wird uns alle überdauern. Also beginnen wir …

>> *Upload File*

Upload-File-Name: Voegelchen_Tag01.mp4
Upload läuft …

DANKSAGUNG

Liebe Leserinnen und Leser,

es freut mich sehr, dass Sie diesen Roman gelesen haben, denn nur aus diesem Grund habe ich ihn geschrieben! Falls Sie bereits andere Bücher von mir kennen, wissen Sie vielleicht von meiner Affinität zu den Märchen der Brüder Grimm. Schon als Kind habe ich diese geliebt, aber schon damals habe ich bei aller Begeisterung auch oft einen gewissen Schauer beim Lesen oder Zuhören verspürt. Noch heute bin ich von »Rotkäppchen«, »Hänsel und Gretel« und all den anderen bekannten Erzählungen fasziniert, zumal sie mein schriftstellerisches Können ein Stück weit geprägt haben.

Die Grundidee zum vorliegenden Buch hat mich bereits einige Jahre begleitet. Ich wollte irgendwann eine Trilogie schreiben, die das Märchenthema aufgreift und bei den Schilderungen fast an die Grenzen des Erträglichen geht. Immerhin veröffentliche ich knallharte Thriller und keine romantisch schwärmerischen Texte. Im Vorfeld habe ich mich dafür intensiv mit der Herkunft von Märchen und den Biografien von Jacob und Wilhelm Grimm auseinandergesetzt.

Danach musste ich meine ursprüngliche Planung, das historische Brüderpaar persönlich im heutigen Berlin ermitteln zu lassen, verwerfen, denn ich hätte einfach keine glaubhafte Geschichte schreiben können, die obendrein den beiden berühmten Persönlichkeiten gerecht geworden wäre. Was Jacob und Wilhelm Grimm mit ihren »Kinder- und Hausmärchen« und darüber hinaus in sprachwissenschaftlicher Sicht erschaffen haben, hat einfach meinen höchsten Respekt verdient. Ich hoffe, ich habe Ihnen nicht die Freude an Märchen genommen, denn ohne Märchen wäre diese Welt sehr viel ärmer.

Natürlich ist die Handlung im Buch frei erfunden und wird in dieser Art hoffentlich auch nie Realität werden. Allerdings basieren die erwähnten Taten des fiktiven Tom Tremmel auf wahren Begebenheiten. Der unvorstellbar grauenhafte Mord an einem Mädchen hat sich vor vielen Jahren in Sachsen zugetragen und wurde von mir im Rahmen des Thrillers nach Berlin verlegt. Als Polizeibeamter hatte ich einmal persönlich Kontakt zu jenem Entführer, Vergewaltiger und Mörder und in der Folge habe ich mich eingehend mit dem Fall beschäftigt. Egal, was wir gegenüber solchen Straftätern empfinden oder denken, ich kann bezeugen, man sieht es einem Menschen nicht an, zu was er im Extremfall fähig ist. Letztlich kann ein Verbrecher in Gestalt ihres besten Freundes, ihrer besten Freundin daherkommen.

Um einen Ausblick auf Band 2 der Grimm-Trilogie, »Vöglein schweigt«, zu geben: Nicht nur die Entwicklung der Protagonistin Nora Rothmann geht weiter, auch die Geschichte von Tom Tremmel wird fortgeführt. Schon sehr bald heißt Grimm Sie wieder willkommen!

Bis dahin geht ein herzliches Danke an meine fleißigen Unterstützer, ohne die es dieses Buch so nicht geben würde: Kerstin Gilbert, Melisa Schwermer, Jens Leichsner, Lektorin und Korrektor sowie Matthias Kühr und das gesamte Team von Amazon Publishing.

Elias Haller, Mai 2023

Klara Frost & Erik Donner:

Der Luzifer-Killer

Arne Stiller:

Der Kryptologe
Die Chiffre
Das Zeichen
Der Rätselmann
Die Schrift

Einzelband:

Jemand

Folge dem Autor auf Amazon

Wenn dir dieses Buch gefallen hat, folge Elias Haller auf Amazon. Dann erhältst du eine Benachrichtigung, wenn der Autor sein nächstes Buch veröffentlicht. Um dem Autor zu folgen, gehe bitte folgendermaßen vor:

Desktop:

1 Suche auf Amazon.de oder in der Amazon App nach dem Namen des Autors.
2 Klicke auf den Namen des Autors, um auf die Autorenseite zu gelangen.
3 Klicke auf den »Folgen«-Button.

Smartphone und Tablet:

1 Suche auf Amazon.de oder in der Amazon App nach dem Namen des Autors.
2 Klicke auf einen Titel des Autors.
3 Klicke auf den Namen des Autors, um auf die Autorenseite zu gelangen.
4 Klicke auf den »Folgen«-Button.

Kindle eReader und Kindle App:

Wenn du dieses Buch auf einem Kindle eReader oder in der Kindle App liest, wird dir automatisch angeboten, dem Autor zu folgen, nachdem du die letzte Seite des Buches gelesen hast.

Zeitfracht Medien GmbH
Ferdinand-Jühlke-Straße 7
99095 Erfurt, Deutschland
produktsicherheit@kolibri360.de

Druck:
CPI Druckdienstleistungen GmbH
im Auftrag der
Zeitfracht Medien GmbH
Ein Unternehmen der Zeitfracht - Gruppe
Ferdinand-Jühlke-Str. 7
99095 Erfurt